FOLIO POLICIER

Marin Ledun

La guerre des vanités

Gallimard

L'auteur a bénéficié, pour la rédaction de cet ouvrage,
du soutien du Centre national du livre.

Marin Ledun a publié une quinzaine de romans noirs, dont *Les visages écrasés* (Trophée 813 du meilleur roman francophone 2011, Grand Prix 2012 du Festival international du film policier de Beaune), *La guerre des vanités* (prix Mystère de la critique 2011), *L'homme qui a vu l'homme* (prix Amila-Meckert 2014), *En douce* (prix Transfuge du meilleur polar 2016). Il écrit également des romans pour la jeunesse et des pièces radiophoniques pour France Culture.

À Luz.

Chaque société est prédisposée à fournir un contingent déterminé de morts volontaires.

ÉMILE DURKHEIM,
Le suicide, 1897.

Le poète sortit et se rendit compte qu'il restait encore deux heures de jour et qu'il n'avait nul endroit où aller. Il fut effrayé, et il tenta de composer une ode au jour déclinant pour maintenir sa frayeur à distance. Il essaya, essaya encore, mais le déclic ne se faisait pas dans son esprit et sa frayeur devint terreur et il s'effondra à genoux, sanglotant à la recherche d'un mot ou de plusieurs pour que l'équilibre revienne.

JAMES ELLROY,
Lune sanglante, 1987.

Je n'avais pas à faire ça, j'aurais pu partir, m'enfuir. Mais non, je ne m'enfuirai plus. Plus de ça pour moi. Pour mes enfants, mes frères et sœurs que vous baisez, je l'ai fait pour eux.

CHO SEUNG-HUI,
auteur de la fusillade du lycée
Virginia Tech qui fit
32 morts le 16 avril 2007.

Prologue

Lundi 7 février – 10:05

Les vies tranchées dans le vif se regardent en chiens de faïence. Tournon-sur-Rhône, dix ou douze mille habitants, peu importe, et autant de petites histoires qui se croisent et se recroisent depuis des générations. Les gestes suspendus, les corps aux aguets et les volets entrecroisés. Les yeux observent, les cœurs battent et, en dépit du bon sens, les destins continuent de s'accorder sans tenir compte des imperfections et de leur insignifiance. L'air est anormalement doux, un TGV passe de l'autre côté du Rhône en direction du sud. L'hiver accorde un bref moment de répit, avant que le vent du nord et le brouillard ne reprennent leurs droits sur cette étrange langue de granite, coincée entre le plateau ardéchois et les pentes viticoles de la Drôme tel un goulot d'étranglement.

Engoncé dans son imperméable neuf, Francis Pellissier contemple son reflet dans la vitrine du numéro 27 de la rue piétonne. L'allure est encore belle : une touche d'élégance raffinée, les tempes grisonnantes et une légère inflexion dans l'ordonnance de sa chevelure lui confèrent un sentiment de charme et de puissance.

Un coup d'œil à sa montre interrompt brusquement son état de grâce. Sa jeune maîtresse l'attend quelques rues plus loin, et il doit être rentré au collège pour onze heures sans faute. Une petite incartade dans son emploi du temps de proviseur.

Les pieds coincés dans une paire d'escarpins bleus à deux cent dix euros, Gisèle Buffat regarde avec curiosité le proviseur du collège quitter la devanture du magasin. Il est de notoriété publique que Francis Pellissier a le feu aux fesses, mais elle brûle d'envie de savoir quelle est sa dernière conquête.

— Vous le prenez ?

Gisèle se retourne vers la vendeuse.

— Je vous demande pardon ?

— Le trente-neuf, vous le prenez ?

Abandonnant avec regret la rue piétonne, Gisèle lance un nouveau regard à ses pieds gonflés, puis au visage amorphe de Christelle, la vendeuse, avant de refuser.

Sur le pas de la porte, Sophie, employée à mi-temps du magasin de chaussures depuis un peu moins de six mois, la regarde s'éloigner avant de fermer boutique. Une affaire à régler.

Elle consulte sa montre. Parti faire le tour de ses fournisseurs, son patron ne rentre pas avant midi. Elle dispose d'une heure pour se rendre au garage Jourdan récupérer sa Clio et relancer Simon, l'apprenti mécano, au sujet d'un téléviseur écran plat tombé d'un camion la semaine dernière que son petit ami lui a demandé de l'aider à fourguer. Le jeune mécano hésite à passer la moitié de sa paie dans l'affaire.

À cet instant précis, Simon Jourdan, des boutons d'acné sur le front, les mains dans le cambouis et les yeux perdus sur le fessier de la femme de Jean-Pierre, un bon client du garage, est à mille lieues de penser à sa proposition.

— Je suis désolé, madame Gouy, mais il va falloir changer les bougies.

Agacement de Farida qui lui tourne le dos et ne cesse de regarder l'heure sur son mobile.

— Combien ?

— Je dois en parler à mon père, mais Jean-Pierre est un bon client, repassez me voir demain en fin de matinée, ça devrait être réglé.

Soupir désespéré de la jeune femme qui comprend qu'elle n'arrivera pas à l'heure à son rendez-vous.

— Demain, seulement !

— Je suis désolé, madame Gouy.

En sortant, elle croise Sophie, les yeux brillants, qu'elle salue de la tête, avant d'accélérer le pas et de remonter l'avenue à pied.

Élargissement du cadre.

L'œil survole à présent le parking du garage, laissant s'éloigner Farida. Puis vient l'avenue de Beaucaire et sa cohorte d'âmes damnées au volant de leurs voitures. Mécanique du quotidien : les individus calés dans la tôle de leurs véhicules et les cœurs serrés dans les cages thoraciques. Plus loin encore, les collines de l'Hermitage et celle de Tournon. Au milieu, un pont suspendu assure la liaison des humains et des marchandises.

En face du pont, un immeuble, une heure plus tard.

Septième étage, une silhouette.

L'enfant enjambe le rebord de la fenêtre de sa chambre sans hésiter. Aucun vertige, ni aucune appréhension. Ses gestes sont parfaitement maîtrisés, presque naturels. Instinctifs. Comme si son corps les connaissait à l'avance. La voix de sa mère, quelque part dans l'appartement.

Ensuite le printemps, l'été, l'automne, l'hiver et le printemps à nouveau, pense-t-il. Puis plus rien.

Toujours la même histoire.

Un air à la mode sort des enceintes de la chaîne hi-fi. Il tourne la tête. Sa console de jeux est encore allumée et l'écran du téléviseur renvoie l'image d'un soldat armé jusqu'aux dents, prêt à affronter mille dangers. Une feuille vierge repose sur son lit. Il caresse l'idée de descendre et de tenter à nouveau de s'expliquer. Leur dire que ce n'est pas leur faute, qu'il n'agit pas sur un coup de tête. Qu'ils n'auront rien à se reprocher.

Mais l'enfant sait que c'est faux.

— Nous sommes tous responsables, murmure-t-il avant de sauter dans le vide.

Sous l'œil d'un petit caméscope numérique que son propriétaire éteint une fraction de seconde avant que le corps ne vienne s'écraser sur le bitume du parking.

Sept heures plus tard, Marion est debout, interdite, face à la porte vitrée du salon. Depuis deux jours, elle est consignée dans sa chambre par décision parentale. Mauvaises notes, bagarres dans la cour de récréation, élève insolente et dissipée en classe. Elle ne leur en veut pas. Elle ne sait même pas ce que tout cela veut dire. Les mots lui parviennent mais pas leur signification.

L'air est doux. Il flotte dans la maison une délicieuse odeur de pâte à crêpes.

La comédie peut cesser.

Marion n'a que onze ans. C'est trop peu pour comprendre le journal télévisé, mais largement assez pour tenir un couteau de cuisine et se le planter dans la gorge.

Derrière la porte vitrée, elle voit son père, assis sur le canapé du salon, et devine sa mère, quelque part, perchée au téléphone dans une autre pièce.

La webcam est branchée. Un voyant rouge clignote. Quelqu'un enregistre la scène, deux pâtés de maisons plus loin. Qui interrompra la connexion avant que les parents de Marion ne découvrent le corps. Aucune véritable émotion, pas de voyeurisme. Debout, sans un cri, à peine un souffle.

Un ange qui meurt.

Le bruit de sa chute est couvert par les soupirs de satisfaction de son père quand apparaît la mine contrite du présentateur des informations régionales.

— Claire, ça commence !

Mesdames et messieurs, bonsoir. Tout d'abord, tragédie dans la vallée du Rhône. Trois décès survenus depuis ce matin inquiètent les autorités policières de la région de Tournon, sous-préfecture de l'Ardèche. Trois enfants de sept, dix et treize ans ont trouvé la mort dans des circonstances inexpliquées, dans différents quartiers de la ville. Michel Bongrand, commissaire à Valence en charge de l'affaire, évoque la thèse du suicide. Une équipe d'enquêteurs doit être envoyée sur place avant la fin de la semaine et une cellule psychologique a été mise en place.

— Claire, viens voir, ils parlent de Tournon !

Le présentateur arbore un air grave de circonstance.

Sur place, notre envoyé spécial, Marc Stern.

— Bonjour.

— Pouvez-vous nous en dire plus sur cette triste affaire qui secoue la petite ville ardéchoise de Tournon-sur-Rhône et ses habitants ?

— Eh bien, à vrai dire, nous ne disposons pour le moment que de très peu d'informations sur les faits. La seule chose que nous pouvons dire avec certitude, c'est que le cauchemar a commencé ce matin, aux alentours de onze heures, en face de la passerelle qui relie Tain et Tournon, provoquant un embouteillage de plusieurs kilomètres…

Julien Chalembel fait signe à sa femme de poser le combiné sur son socle, au-dessus du téléviseur, et de venir s'asseoir.

— Il paraît que trois gosses se sont suicidés aujourd'hui. Un en sautant de sa fenêtre, ce matin, et deux dans un incendie, tout à l'heure.

Claire roule des yeux horrifiés, avant de demander :

— On les connaît ?

PREMIÈRE PARTIE

LE CORPS DES JUSTES

1

Mardi 8 février – 08:36

Le lieutenant Alexandre Korvine arrête sa Laguna devant la gare de Valence et allume une Camel. Par habitude. La carrosserie gémit, pressée par des rafales de vent. La radio grésille, un mal de crâne effroyable lui laboure le cerveau chaque fois qu'il tousse. Une bronchite carabinée qui n'en finit pas — il pense : peut-être pire. Une enveloppe blanche marquée du cachet de la clinique de Granges-lès-Valence repose sur le siège passager. Les résultats de ses analyses. La jeune infirmière brune qui les lui a remises a eu un drôle de hochement de tête qu'il n'a pas su comment interpréter. Empathie, compassion ou simple tic nerveux ? Au lieu de s'enquérir de la marche à suivre, son seul réflexe a été de sourire d'un air stupide et de faire demi-tour en silence.

Le regard perdu dans les volutes de fumée, Korvine tend la main et tripote l'enveloppe un instant sans parvenir à prendre la décision de l'ouvrir. Pas le courage d'affronter les certitudes. La santé de son larynx et de ses poumons n'est pas sa priorité. La phase terminale sera plus drôle.

Il croise ses yeux injectés de sang dans le rétroviseur et détourne la tête vers la droite.

Rien à signaler.

Une quinte de toux subite menace de lui crever les bronches. Il parvient à reprendre son souffle, un goût de bile amère sur la langue, la gorge sèche. Il cherche un tube d'aspirine du regard, fouille nerveusement dans la boîte à gants, sans succès, se demandant ce qu'il fait là.

Le tableau de bord de la voiture est criblé de brûlures de cigarettes, mégots et paquets froissés jonchent le sol. Korvine se penche, attrape un sac plastique et le remplit d'une partie des ordures qui traînent sous les sièges. Gestes mécaniques, vague trace d'instinct hygiénique. Il ricane en ouvrant la portière.

Puis il vide le contenu du sac plastique sur la chaussée.

À deux doigts de démissionner.

On n'est pas nommé lieutenant sans une certaine dose de cynisme sur soi et sur le monde.

Korvine enfonce rageusement son poing dans le dossier du siège de droite.

Marre de bosser pour ces abrutis.

Abrutis et incapables.

Valence, une ville minuscule, un point de plus sur la carte.

Korvine a parfaitement conscience d'être un lâche. Ne pas faire de vagues. Personne ne devient lieutenant grâce à ses faits d'armes et à sa grande gueule.

Par ambition et en rampant.

Pas d'attache, pas de famille, ni aucune petite femme, au chaud, quelque part dans une piaule cotonneuse, pour la retraite. Mais Korvine, pour rien au monde, ne perdrait son poste ni ses galons.

Ni un salaire fixe pour payer ses cigarettes.

Devant l'entrée principale de la gare, à moins de dix mètres de lui, deux dealers sont en train de fourguer leurs saloperies. Deux gamins, probablement mineurs. Le visage du plus petit lui est familier. Le lieutenant les observe sans esquisser le moindre mouvement. Lassitude. Valence, ville du vent et du taux de criminalité le plus important du pays. Même pas le goût de les interpeller.

Il siffle entre ses dents :

— Cassez-vous, connards !

Les mains crispées sur le volant, son cancer au bout des lèvres, les poumons en feu.

Pas son affaire.

Un mois qu'il tousse comme un beau diable. Un mois de rendez-vous chez le médecin en laboratoire d'analyses, à se demander si c'est bientôt la fin et si le sourire inquiet du médecin ne va pas mettre un terme à quinze années de maison. Quinze années de peur au ventre et d'insomnies. Fidèle comme un labrador, docile comme un employé de bureau.

D'un geste sec, Korvine glisse sa cigarette entre ses lèvres, attrape l'enveloppe et la fourre dans la poche intérieure de son blouson. Les yeux gonflés de larmes. Devant lui, les deux dealers se marrent. Korvine ouvre sa fenêtre en grand et jette son mégot sur le trottoir, à quelques centimètres de leurs pieds.

Cassez-vous connards, c'est votre jour de chance !

Le visage cramoisi, il écrase le klaxon de sa main gauche et hurle à leur intention :

— Vos clients pourront crever en silence.

Des passants se retournent vers la Laguna, pendant qu'il étouffe péniblement une nouvelle quinte de toux. Une fois la crise passée, les deux gamins ne sont plus devant l'entrée. Il jette un coup d'œil circulaire, puis allume une nouvelle cigarette. Ils ont filé.

Leur jour de chance.

Korvine redémarre dans un vacarme de pot d'échappement percé et de crissements de pneus. Dans moins de vingt minutes, il sera au commissariat de police de Tournon. Pas sûr qu'ils apprécient beaucoup de voir débarquer chez eux un lieutenant de la criminelle de Valence pour les aider à démêler une histoire de suicides d'enfants. Entre l'Ardèche et la Drôme, ça n'a jamais été le grand amour. Ce genre d'affaires se traite en famille.

Ou alors, c'est que la situation est plus grave que le commissaire Bongrand veut bien l'avouer.

— Allez tous vous faire foutre, marmonne-t-il en passant la troisième. Jusqu'au dernier !

Tournon gémit sous les assauts répétés du mistral. Ronronnement permanent des poids lourds qui remontent la vallée et luttent sur l'autoroute contre les rafales du vent. En face. Un TGV s'étire en couinant au pied des vignes de l'Hermitage. Toujours en face. Le Rhône qui gronde et déverse ses mètres cubes d'eau, de boue et de corps en décomposition. Barrière liquide, au milieu, toujours au milieu. Guerre de tranchées. Gyrophare sur le toit, la Laguna de Korvine est lancée à vive allure. Les piétons se retournent et grimacent. Le pont suspendu, les quais qui longent le collège puis le lycée publics. Vieilles pierres, baies vitrées, platanes centenaires ; un semblant d'histoire pour une masse grouillante de gamins.

Lui, il n'y a pas si longtemps.

Les brimades, les jeux entre garçons, Alexandre

la tête à claques. Quatre ans d'internat, de septembre 1982 à juin 1986.

Tête à claques.

Son oreiller souillé du sperme de ses voisins de chambrée le premier soir, pour bien lui montrer qui est le chef. Ses poings et ses dents serrés, les larmes qui coulent enfin quand les lumières s'éteignent.

Korvine soupire.

— En finir au plus vite.

Le premier suicide a eu lieu lundi matin. La nouvelle est tombée vingt heures plus tard sous la forme d'un ordre de mission, quand le nom dans la rubrique nécrologique est devenu une liste de cinq cadavres. Korvine a quitté Valence une heure après.

Dans deux jours, l'enquête est pliée.

Se barrer dès que possible.

Le feu est orange. À droite, la passerelle piétonne, à gauche, des passants qui gueulent. Korvine accélère et bifurque pour gagner la place de la mairie, au pied des remparts imposants du château. Liberté, égalité, fraternité et dix mètres plus loin : Hôtel de Police, en lettres noires. Le lieutenant a déjà éteint la sirène. Portable, arme de service et convocation en bonne et due forme. Il quitte sa voiture sans prendre soin de la fermer à clef et gravit le perron quatre à quatre. Affiches officielles, plantes et pots en plastique, dans chaque commissariat le même décor.

Son entrée interrompt la conversation des deux jeunes flics. Tresses blondes, longues et raides, cheveux roux et coupés ras, leurs mains aux ongles vernis bien à plat sur la banque d'accueil. Deux gamines à peine sorties de l'adolescence. Le gars en uniforme assis dans un coin hèle Korvine qui sort sa carte.

— Bureau du commissaire Bongrand.

Haussement de sourcils, signe de tête en direction de l'escalier, les conversations reprennent, presque la routine. Korvine grimpe les premières marches, il entend les remarques derrière lui, son nom prononcé. Pause. Il tourne la tête, dévisage les deux flics une fraction de seconde. Sourire nerveux. Il reprend son souffle et monte les dernières marches.

Au premier étage, la stature obèse de Michel Bongrand, coincée au milieu du couloir, un cigarillo éteint calé entre ses lèvres huileuses. Des gouttes de sueur perlant sur ses tempes, des mèches brunes collées sur son front, une main appuyée contre le chambranle d'une porte.

Toi aussi, vieux renard, pense Korvine. Toi aussi, tu as dû déplacer ta graisse jusqu'à Tournon-les-trois-tours…

Korvine jette un coup d'œil en arrière sur l'escalier, puis son regard se pose à nouveau sur le commissaire. Bongrand a muté Korvine sur cette affaire, quelqu'un de haut placé a mis Bongrand sur la même galère. Les deux hommes ne s'apprécient pas, ce n'est pas un secret. Chiffres, quotas et résultats : une entente statistique suffit entre eux.

Le commissaire plante ses yeux dans ceux de Korvine. Deux billes de verre noyées dans une gangue de peau et d'un liquide vaguement salé. Une moue grippée en forme de sourire.

— Viens !

Korvine connaît la moindre des expressions de ce visage. Pas de passion, aucune émotion, mais un agacement constant gravé au couteau. Il sait que Bongrand ne se déplace jamais pour une enquête de moins d'une semaine.

Le commissaire affiche sa tête des mauvais jours.

— Merde ! siffle-t-il entre ses dents avant de le suivre.

— Cinq suicides.

Korvine ne s'assoit pas, planté près de la porte du bureau. Une table, trois chaises et un carton ouvert. L'atmosphère, saturée de l'odeur de transpiration de Bongrand, est irrespirable.

Le commissaire récite par cœur :

— Patrick Gouy, dix ans, fils de Farida et Jean-Pierre Gouy, petit commercial bossant pour une société de sous-traitance en informatique, domiciliés quai Charles-de-Gaulle, en face du pont suspendu. Lundi 7 février, 11 h 05, hier matin, premier suicide recensé…

Il ajoute après avoir repris son souffle :

— … Défenestré.

— Quelle hauteur ?

— Sept étages.

Soupir.

— Poussé ?

— A priori non. À toi de le déterminer… Suivants : Michaël et Bastien Buffat, respectivement sept et treize ans, fils de Gisèle Buffat, veuve d'Hervé Buffat, non remariée, résidant dans les quartiers sud de Tournon, au 27, rue de Chapotte… petite maison aux volets violets… vivant de ménages et de missions à temps partiel pour la mairie et le centre culturel. Hier également. Un suicide et un meurtre potentiels. Moment de la mort estimée entre cinq heures et demie et six heures du soir. On suppose que le grand a *suicidé* le plus jeune à l'aide de barbituriques, après l'avoir soigneusement attaché. À vérifier. Pour les deux : intoxication au gaz suivie d'une explosion, puis d'un incendie. Les corps ont été identifiés, mais il reste des zones d'ombre.

— Lien entre les trois suicides ?

— À déterminer.

Interroger les parents.

Korvine sort un calepin de la poche de sa veste. Bongrand enchaîne.

— Suicide numéro 4, hier, entre six et sept heures, juste après celui de Bastien et Michaël, selon le médecin légiste : Léa Durand, quatorze ans, élève de 3e B2 au collège Notre-Dame… inutile de prendre des notes, je te passerai le dossier… Fille de Corinne et Stéphane Durand, résidant 12, rue Camille-Arnaud, tous deux ingénieurs chez Caravelair, entreprise de fabrication de caravanes et de camping-cars, soixante-dix salariés. Décédée suite à une intoxication par ingestion de mort-aux-rats. Heure effective du décès, à 5 h 04 ce matin, aux urgences.

— Bordel !

— C'est bien là le problème… Ces gamins sont d'une inventivité effrayante… où j'en étais ?… ah oui ! Dernier suicide : Marion Chalembel, onze ans, fille de Claire et Julien Chalembel, employé à la Poste et femme au foyer, petite maison dans le quartier des Girondies. Hier soir également, à l'heure du repas. Poignardée par un couteau de cuisine… au niveau de la gorge, lame enfoncée à moitié, une sacrée détermination…

— Ou sacrément bien aidée !

— Je préférerais, Alexandre… je préférerais…

Le commissaire referme le dossier d'un claquement sec. S'ensuivent deux longues minutes d'un silence ponctué de cris émanant du couloir. Bongrand s'abîme dans ses pensées avant de relever la tête et de hausser un sourcil circonspect sur la quinte de toux subite qui secoue Korvine.

— Cinq suicides en moins de vingt-quatre heures… Putain de hasard du calendrier !

— Nous sommes là pour ça.

Korvine comprend : prouver qu'il ne s'agit que d'un foutu hasard.

Bongrand, comme s'il lisait dans ses pensées :

— Nous sommes chargés de trouver ce qui pousse cinq jeunes têtes blondes à mettre fin à leurs jours quasiment sous les yeux de leurs parents.

Il tend le dossier à Korvine qui s'avance pour le saisir.

— Les flics du coin sont trop impliqués. Tout le monde se connaît dans cette ville. Le fils d'un voisin, la fille d'une cousine germaine, le copain des enfants, tu vois le topo ! C'est pour ça qu'on a fait appel à nous… Tu as toutes les adresses là-dedans, les premiers rapports et les autopsies partielles des petits Gouy, Buffat et Chalembel.

— Qui est le légiste ?

— Christophe Hardt.

— Bien.

— Déjà travaillé avec lui ?

Korvine hoche la tête.

— C'est un bon.

— Tant mieux, tant mieux… Tu passeras le voir dans la matinée, il t'attend. Il a tes coordonnées téléphoniques de toute façon.

Korvine comprend que le débriefing est terminé et s'apprête à sortir. Interroger les parents, voir le légiste ensuite.

Au moment où il franchit la porte :

— J'oubliais…

Le lieutenant s'immobilise sans se retourner.

— … De la discrétion, beaucoup de discrétion dans cette affaire…

Inutile de faire du bruit. Il ne s'agit peut-être que d'un malencontreux hasard…

— … ne pas remuer trop de merde inutilement.

Le hasard fait forcément les affaires des uns.

— Personne n'est encore au courant ?

Bongrand lève les yeux au ciel.

— La presse…

Hésitation.

— Je te fais confiance. Tu feras équipe avec le jeune Revel.

Puis, comme pour se justifier :

— Il connaît la ville comme sa poche.

Korvine secoue la tête avec agacement, puis il quitte la pièce et dévale l'escalier, espérant commencer son enquête sans le bleu. Dans le hall, les deux flics sont toujours là, mais le type derrière le comptoir a disparu. Korvine leur adresse un petit salut de la main et se précipite vers la sortie.

Prendre l'air.

Respirer.

Sourire aux lèvres, le lieutenant Richard Revel l'attend devant la Laguna.

Quartiers sud de Tournon, plusieurs lotissements de maisons individuelles coincés entre le Rhône, l'hôpital pour vieux et le centre de traitement des eaux usées. Vingt ans plus tôt, quelques fermes et des champs d'abricotiers recouvraient la quasi-totalité du secteur où Korvine faisait l'école buissonnière. La maison des Chalembel se dresse au centre d'une décharge de palettes, de machines plus ou moins rouillées et d'un potager à l'abandon. Rapide coup d'œil alentour. Pelouses soignées, rue entretenue, rien de particulier.

Korvine fait signe au jeune policier de sonner.

Un homme, la trentaine, apparaît dans l'entrebâillement de la porte d'entrée.

— Julien Chalembel ?

Le type acquiesce. Korvine s'avance.

— Lieutenant Alexandre Korvine, brigade de Valence. J'aurais quelques questions à vous poser.

Avant d'entrer, il fait signe à Revel de rester dehors sans prendre la peine de faire les présentations.

Claire Chalembel est allongée sur le canapé, la main sur son portable, le regard perdu en direction du téléviseur. L'intérieur est plus ordonné que l'extérieur. Des fleurs sur la commode, meubles Ikea, une petite bibliothèque appuyée contre le mur d'entrée.

Infanticide ?

Peu probable.

Le rapport des collègues venus chercher le corps ne mentionne aucune trace de maltraitance. Reste l'avis du légiste à venir… Aucune envie de voir ou de manipuler le couteau.

— Toutes mes condoléances, madame.

Sans paraître prendre conscience de sa présence, la femme rajuste le châle qui lui couvre les jambes et dévisage son mari comme s'il s'agissait d'une ombre. Korvine la regarde un instant sans s'attarder sur ses yeux rougis par les larmes. Rondeurs assumées, menton volontaire et nez retroussé non dénué d'un certain charme. Ses mains calleuses et sèches trahissent ses origines modestes et font remonter chez Korvine le souvenir de sa propre mère, fille de paysan austère et inquiète, rongée par la maladie et clouée au lit vingt-quatre heures sur vingt-quatre. Son fichu noir, ses grimaces de douleur et cette angoisse de la mort qui lui tenaillait le ventre en permanence rendant les rares instants d'accalmie plus sombres encore. En apparence dur comme la pierre, son corps était en réalité aussi tendre qu'une pomme en train de pourrir. Un fruit qui avait réussi à accoucher d'un seul fils, en dépit des avis médicaux, et pour la plus grande fierté de son père, emporté lui aussi quelques années plus tard. Par le chagrin.

Interrompant le fil de ses pensées, Julien Chalembel l'invite à s'asseoir.

— Ma femme…

Il ne termine pas sa phrase, étouffant un sanglot. Gêné, le lieutenant jette un regard par la fenêtre. La jeune recrue est occupée à faire l'inventaire du jardin. Korvine réprime un sourire, puis il se retourne vers le couple.

— Pouvez-vous me montrer où votre fille s'est…

Les yeux vitreux, le type l'emmène derrière le canapé et indique du doigt le plancher d'un petit bureau que Korvine avait pris pour un débarras. L'espace de travail est séparé du salon par une porte vitrée. Une tache de sang séché étale son ombre sur le bois ciré, seule trace du cadavre de Marion Chalembel.

— Vos collègues nous ont dit de ne rien toucher.

— Parfait.

Au fond de la pièce, un bureau sur lequel sont disposés un ordinateur portable, une imprimante et une pile de CD-ROM classés avec soin. La webcam attire l'attention de Korvine.

— Qui utilise l'ordinateur ?

— Tout le monde, enfin… ma femme, moins.

— La petite aussi ?

— Elle s'en sert pour sa musique et pour échanger

des mails avec ses amies. Surtout le soir, après l'école. Elle joue aussi, un peu, je crois.

Korvine montre la webcam.

— Elle savait se servir de ça ?

— Vos collègues nous ont déjà posé des questions à ce sujet. L'ordinateur était en veille quand ils sont arrivés mais la webcam était bien branchée.

Aucune trace dans le rapport, évidemment…

— En fait, elle était la seule à s'en servir. Ils communiquent comme ça entre eux, à cet âge-là.

Des larmes à nouveau dans les yeux. Korvine l'ignore et se concentre sur la webcam. Il s'assoit sur le tabouret qui fait face au bureau. La petite caméra n'est pas orientée vers lui. Curieux…

Il se lève pour essayer de déterminer la direction qu'elle indique. Elle semble fixer un point imaginaire sur la porte vitrée.

— Est-ce possible d'afficher l'image sur l'écran ?

Un instant, Julien Chalembel regarde Korvine comme s'il ne comprenait pas la question, puis son visage s'éclaire et il se dirige vers l'ordinateur, pressant une touche. L'écran s'allume sur MSN, un outil de dialogue, de partage de son et d'image en ligne. À l'intérieur du petit cadre animé, le téléviseur et le sommet du crâne de Claire Chalembel, toujours immobile devant le poste éteint.

— Personne n'a touché à cette caméra, depuis la découverte de la petite, vous en êtes certain ?

Korvine comprend au regard perdu de son interlocuteur que sa seule préoccupation depuis hier soir est le corps de sa fille.

La webcam, vaguement orientée vers l'endroit où devait se tenir le corps avant de tomber.

Probablement un hasard.

Il sort un carnet de sa poche et griffonne quelques notes, avant de regagner le salon où le père est revenu s'asseoir.

Vérifier les antécédents des parents. Question de l'ordinateur.

Puis :

Un suicide.

Un quart d'heure plus tard, l'ordinateur portable des Chalembel sous le bras, Korvine rejoint Richard Revel qui l'attend devant la voiture en jouant avec les photos du cadavre de la petite Marion.

— Le couteau était enfoncé à moitié.

Korvine ressent une légère démangeaison, à la base du cou.

— Sacrée volonté d'en finir pour une gamine, hein…

L'envie de se gratter, comme si la lame était fichée dans son propre cou, plantée dans sa propre carotide.

— La lame s'est coincée dans la carotide… Sans ça, elle lui traversait le cou.

Il fixe Korvine.

— Ses empreintes sont les seules sur le manche.

Ne pas penser à la lame.

— Que dit le premier rapport ?

Ni à son sang, ni à sa douleur.

— Que la position du corps sur le sol correspond. Si c'est un crime, c'est rudement pervers de la part des parents.

Korvine, à voix basse :

— Ils auraient craqué si c'était eux…

Il sort son paquet de Camel et en tire une cigarette qu'il allume avec nervosité, tentant de se concentrer sur la lame plantée dans le cou de la gamine.

— Putain, ça promet…

Se concentrer sur son sang à elle, sur sa douleur, sur les raisons de cette lame, de ce sang et de cette douleur.

Le bleu semble se dire la même chose, tout en feignant d'être maître de lui-même.

— Tu me vérifieras le casier des parents et tu essaieras de savoir si la gamine était en communication avec son PC avant ou pendant son suicide et d'identifier l'interlocuteur s'il y en avait un. Il y a un spécialiste à la brigade ?

Revel fait signe que non.

— Bon alors, tu me contactes rapidement Fournier, à la brigade de Valence. C'est un crack… On va se débrouiller avec ça…

Il tend l'ordinateur à Revel.

— Tu ranges ça et tu le donnes à Fournier dès qu'il arrive.

Korvine fait le tour de la voiture. Il s'efforce de chasser l'image de la lame, du sang et de la douleur de la gamine.

— On va où ?

— Je vais faire le tour des voisins au cas où.

Il traverse la rue.

— On a une bonne vue sur la maison d'à côté, depuis le salon des Chalembel.

Cigarette au bec, il ajoute sans se retourner :

— Appelle le légiste pour voir où il en est sur le cadavre de la petite.

La voisine des Chalembel, Julie Constant, vit avec son mari et ses trois enfants au numéro 34 de la rue des Girondes. Brune, pas très grande, presque la quarantaine. Quand elle ouvre la porte, elle arbore la compassion de l'amie de la famille.

Maquillée, malgré tout.

Elle invite Korvine à entrer, mais il décline. Il recule de quelques pas de manière à ce qu'elle sorte sur la terrasse qui tient lieu de perron. À présent, il a une vue imprenable sur la rue.

Sur le pavillon des Chalembel.

Julien est posté à la fenêtre, sa main écarte les rideaux. Il observe le va-et-vient des deux lieutenants. Quand il s'aperçoit que Korvine le fixe, il détourne la tête et retourne s'asseoir aux côtés de sa femme.

Korvine laisse traîner son regard sur la fenêtre, maintenant vide. Il imagine ce que ressent ce père, ses pensées pleines de lames de rasoir, de sang et de douleur. Cherchant les raisons. À en devenir fou.

Sans changer de position, il demande à Julie Constant ce qu'elle sait des Chalembel.

Pas ce qu'elle pense, juste ce qu'elle sait.

— Des gens adorables.

Ses yeux, cherchant à percer l'opacité des rideaux.

— Le père, vous le connaissez ?

— Un peu… un brave type.

Elle s'agite, Korvine le sent, il se retourne pour lui faire face.

— Je veux dire, un homme vraiment bien, très attentionné, très… amoureux de sa femme et de sa fille, un peu bricoleur, bordélique, mais gentil. Même la gamine semblait heureuse, je n'aurais pas cru que… Pas le genre à…

Elle hésite. Ses mains à elle, crispées sur ses hanches. Ses poings à lui, serrés au fond des poches.

— Vos collègues… les policiers qui sont passés cette nuit ont dit… enfin, ont sous-entendu que Julien et sa femme…

Sa voix tremble en prononçant le prénom de son voisin.

— … bref qu'ils sont peut-être soupçonnés de…

Toujours cette démangeaison à la base du cou.

Un suicide.

Pas un meurtre.

Korvine tranche pour éviter de perdre du temps.

— Ils ne sont soupçonnés de rien.

Il ajoute, après deux secondes de flottement :

— Mes collègues font leur boulot. C'est la procédure.

Julie Constant parle très vite, comme rassurée :

— Je comprends, je comprends.

Une ville comme Tournon, le scandale, les commérages, rien de bon à laisser courir les rumeurs non fondées.

Les relevés d'empreintes ont été faits. Si le père est coupable, ils seront vite fixés.

L'angle de la webcam, la lame dans le cou, le sang et la douleur.

Peu probable.

Tournon, ses petites histoires, ses vies enchevêtrées, les regards qui traînent et les voix qui enflent, les cousins, les amis, les fils des cousins, les filles des amies. Et maintenant les corps sans vie. Les cadavres des fils des cousins, des filles des amies.

Poser ses questions, remercier la voisine et s'en aller.

— Avez-vous remarqué quelque chose de particulier hier soir ? Avant ou après le… suicide… des cris dans la rue ? Une voiture qui n'aurait rien à faire là ? Un détail, n'importe quoi qui vous ait paru inhabituel ?

— Lieutenant, c'était la pagaille, vous savez… des cris, après, il y en a eu, la mère, Jul… le père de la petite, les voisins que vos collègues sont venus interroger en pleine nuit.

Elle semble penser : beaucoup de bruit pour un suicide.

— Nous avons tous cru qu'il y avait eu un meurtre, que les parents de Marion étaient morts eux aussi... L'insécurité, la recrudescence des cambriolages dans le quartier... Vous me comprenez n'est-ce pas...

Le cinquième suicide en moins de vingt-quatre heures.

— J'ai peur pour mes enfants.

Ses doigts, blancs à force de trop les serrer.

— Mon mari dit qu'il ne faut pas que je m'inquiète.

Korvine lève les yeux sur elle.

— Pourquoi dit-il cela ?

Julie Constant esquisse une grimace.

— Pour me rassurer, j'imagine.

Korvine griffonne dans son carnet, puis le referme d'un coup sec avant de le fourrer dans sa poche.

— Je vous remercie madame Constant.

Mauvaise nuit, mauvaise journée.

Korvine descend l'escalier. Première marche, deuxième, troisième. La mort de cinq enfants remet en question la tranquillité de la ville.

Bientôt, ils ne parleront que de ça. À la sortie des écoles, dans la cour des écoles, au bureau, à la sortie du bureau. Les morts inutiles, les cadavres qui parlent des vivants. Les vivants qui se taisent sur les cadavres, les photos de famille amputées au-dessus des cheminées et sur les murs. À quoi servent cinq suicides ?

Hall d'immeuble, trois étages seulement, à quelques rues du centre de Tournon, propre. Géraniums, odeur discrète de Javel, poubelles vidées, aucune trace de pas sur le carrelage immaculé.

Korvine croise le reflet d'un homme usé dans le

grand miroir qui fait face aux boîtes aux lettres. Un homme de quarante ans qui en fait quinze de plus. Des poches noires lui cernent les yeux, sa chevelure épaisse et en bataille reflète à la perfection le désordre broussailleux qui hante ses pensées. Ses épaules sont toujours aussi larges et ses bras puissants, mais son dos se voûte légèrement. À côté de lui, la silhouette fluette et sportive de Richard Revel offre le contraste saisissant d'une jeunesse volontaire et pleine de vie.

Korvine laisse ses épaules s'affaisser davantage et détourne les yeux. Sur le trottoir d'en face, les ruines, les cendres, les poutres et les corps carbonisés. Le numéro 187 de la rue de Chapotte est dans un sale état. Un bout du toit tient encore par miracle, mais pour le reste, ce ne sont que des ruines. L'odeur de gaz a été remplacée par celle de la cendre humide et du plastique fondu.

Revel range son téléphone dans la poche de sa veste.

— Le légiste confirme le premier rapport d'observation.

Korvine presse une deuxième fois la sonnette des voisins qui hébergent Gisèle Buffat.

— Aucune trace de violence, même ancienne. Pas de carences, bonne santé, trajectoire de la lame correspondant à une automutilation, profondeur de la plaie raisonnable pour la force musculaire d'un enfant de cet âge.

— Donc a priori, selon Hardt, rien de suspect ?

— Un suicide, répond Revel.

— D'autres empreintes ?

— Aucune.

Une pause, avant d'ajouter :

— Fournier sera là d'une minute à l'autre, je fonce au commissariat pour lui donner l'ordinateur.

La voix dans l'interphone.

— C'est pour quoi ?

— Lieutenant Korvine, brigade criminelle de Valence, j'aurais quelques questions à vous poser.

Il tend les clefs de la Laguna à Revel, puis il pousse la porte.

La mine défaite, Gisèle Buffat attend sur le perron, jetant des coups d'œil de chaque côté. Des hoquets de sanglots parcourent son corps, que l'on devine trapu et musclé sous sa robe grise bon marché.

Korvine fait un pas dans sa direction.

— Je peux entrer ?

Les yeux de Gisèle Buffat se plantent dans les siens, passent par-dessus ses épaules et reviennent à nouveau sur lui. Korvine cache son agacement. Ses gosses sont morts mais c'est comme si elle avait encore peur du regard des voisins.

Quelques secondes passent avant qu'elle se décide à cracher, dans un soupir :

— Bastien et Michaël étaient toute ma vie.

Korvine ouvre la bouche pour lui répondre, mais, ne trouvant rien à redire, lui fait comprendre d'un signe de la main qu'ils seront plus à l'aise pour discuter à l'intérieur. Gisèle Buffat s'excuse avec maladresse et s'écarte pour le laisser passer.

— Mon amie est sortie faire des courses. Nous serons au calme pour discuter. Je… je suis désolée pour ma tenue, mais je n'ai rien pu récupérer chez moi. Tout a brûlé.

Une lueur de panique lui voile les yeux une fraction de seconde.

— Je vous sers quelque chose à boire ?

Korvine secoue la tête et décide d'en finir au plus vite.

— Est-ce qu'il y a quoi que ce soit qui ait pu vous faire penser que vos deux fils voulaient mettre fin à leurs jours, madame Buffat ?

— Non ! Bien sûr que non ! Des braves petits, toujours prêts à rendre service.

— Des amis qui auraient pu les influencer ?

— Quand leur père est mort, après la naissance du deuxième, j'ai cru que je pourrais m'en sortir seule. Je sais qu'il leur manquait beaucoup. J'espérais… enfin… Ça vous dérange, si je m'assois ? J'ai la tête qui tourne.

Korvine acquiesce avec lassitude.

— Des braves petits.

Elle secoue la tête, livide. Korvine se demande un instant si elle ne va pas lui faire une crise d'hystérie ou un malaise, mais elle parvient à maîtriser sa voix quand elle répète :

— De très braves petits.

Il laisse filer une poignée de secondes avant de la questionner à nouveau.

— Savez-vous s'ils connaissaient les autres enfants qui ont mis fin à leur jour ?

Elle relève la tête vers lui.

— C'est vrai. J'oubliais qu'il y en avait d'autres. Excusez-moi, je crois que je perds un peu la tête.

Korvine chasse sa remarque d'un geste doux de la main et l'invite à poursuivre.

— Pas que je sache. Bastien et Michaël étaient très indépendants pour leur âge. L'aîné traînait son frère partout où il allait. Je faisais de mon mieux, mais je n'étais pas toujours très présente.

— Ils avaient bien des amis qui venaient à la maison ?

— Non.

Il insiste :

— Même pas une fois ou deux ?

— Non, désolée... Peut-être quand j'étais au travail.

— Bien. Pouvez-vous me dire s'ils pratiquaient des activités en dehors de l'école. Sport, musique ?

— Je n'aimais pas trop qu'ils sortent.

— Je dois prendre ça comme un « non » ?

— Ils rentraient seuls de l'école tous les jours, et le mercredi, le jeudi et le vendredi, je n'étais pas à la maison avant dix ou onze heures du soir à cause du boulot. Ce qu'ils faisaient dans l'intervalle, j'en sais rien. Bastien devait me passer un coup de fil à cinq heures, puis juste avant de se coucher. Pour le reste, je leur faisais confiance.

De braves petits, pense Korvine les dents serrées. De braves petits qui se font sauter au gaz.

— Il était donc possible qu'ils sortent pendant votre absence ?

Gisèle Buffat secoue la tête et se recroqueville dans son fauteuil. Des larmes grosses comme le poing obstruent sa gorge quand elle tente de lui répondre. Korvine tend la main, cherchant les mots susceptibles de la consoler.

— Vous faisiez de votre mieux.

La petite femme éclate en sanglots, ce qui rend la situation encore plus pénible.

— Je vais me renseigner, ajoute-t-il en griffonnant sur son carnet avant de le refermer dans un claquement sec.

Gisèle Buffat acquiesce en reniflant bruyamment.

— Nous allons procéder différemment. Parlez-moi de Bastien et Michaël. Habitudes, manies, rêves, cauchemars, résultats scolaires, problèmes de santé, relations avec leur père, tout ce que vous jugerez utile pour que je puisse dresser un portrait le plus exhaustif possible. Vous comprenez ce que je vous demande ?

Pour toute réponse, la femme se remet à pleurer et s'excuse à nouveau. Korvine lève les yeux au ciel et s'assoit sur le canapé en face d'elle.

Une heure plus tard, Korvine grille une Camel sur le parking, en attendant le retour de son collègue. Une poignée de photos de Bastien et Michaël dans la main. Encore vivants. Gisèle Buffat, petit bout de femme, complètement effondrée, impossible d'en tirer quoi que ce soit. Des larmes, des gémissements, l'impression que la terre s'est arrêtée de tourner, le regard qui fuit, à des années-lumière des ruines, des cendres et des corps carbonisés de ses enfants.

Juste :

— Bastien, Bastien, mon petit Bastien…

Un coup d'œil de l'autre côté de la rue.

— Michaël, Michaël, Bastien, Bastien, Bastien…

La maison aux volets violets a entièrement brûlé. Rien d'exploitable à l'intérieur. Les fouilles commencent demain, le temps que les experts arrivent de Lyon.

— Oh mon Dieu, mes chéris, mes petits chéris !

Et à nouveau les larmes et les gémissements.

Mère célibataire, rien à dire. Ne vit que pour ses enfants et leur bonheur immédiat. Les voisins qui l'hébergent étaient sincères. Michaël et Bastien, élèves moyens, des jeux de gosses de leur âge. Pas mélancoliques, souriants, gais, blagueurs. Aucune activité extrascolaire connue, mais Korvine a laissé un énorme point d'interrogation dans la marge de son carnet, en face de la déclaration de Gisèle Buffat. Une piste à explorer.

Il devine les pleurs qui sifflent au-dessus des corps carbonisés, les larmes qui s'évaporent avant même de les avoir atteints, les cris qui les transpercent.

Michaël et Bastien sont seuls à la maison. Ils attendent que leur mère rentre des courses. Michaël attache son frère, prend des tranquillisants, juste assez pour s'endormir, pas pour en mourir. Il pose le verre, il allume le gaz et craque une allumette.

D'autres photos dans la voiture, Michaël et Bastien Buffat, la chair noire et les os blancs, les trous dans les orbites. Tournon et sa cohorte de larmes et de gémissements.

Korvine traverse la rue, soulève le ruban placé par ses collègues et s'avance dans les décombres de la maison aux volets violets. Rien d'exploitable à l'exception de la chambre à coucher des gamins qu'un mur en béton a miraculeusement protégée de l'explosion. Pas des flammes. Il fait le décompte. Chaîne hi-fi carbonisée, téléviseur carbonisé, ordinateur carbonisé, mobilier et jouets carbonisés, système électrique carbonisé.

Traces de chair carbonisée et de graisse fondue.

Il se penche sur le tas de cendres et de matières plastiques qui devait être le bureau et l'ordinateur, passe la main, mais ne trouve aucune webcam. Puis il sort son carnet et écrit : *acte criminel ?* Il barre et ajoute : *suicide*.

— Merde, merde, merde.

Sept ans et treize ans…

Sept ans, putain !

Son portable vibre dans sa poche.

— Korvine.

— C'est Revel. Fournier est arrivé, je lui ai filé l'ordinateur. J'ai appelé les télécoms pour avoir la liste des communications émises ou reçues depuis le PC de la petite Chalembel.

Korvine s'apprête à raccrocher, il change d'avis et ajoute :

— Rejoins-moi directement rue Camille-Arnaud, chez les Durand. J'y vais à pied, c'est pas loin… Et dis à Fournier de m'appeler dès qu'il a les résultats.

— OK.

Il coupe la communication. Devant lui, l'avenue de Nîmes est déserte. Au fond, sur sa droite, la caserne des pompiers, à gauche un radar automatique, le rond-point et le centre commercial. Korvine s'avance jusqu'à la station-service et achète une canette de boisson gazeuse. L'employé, un vieil homme au teint rubicond et empestant l'essence, écoute la radio locale en hochant la tête.

— Pauvres parents !

Korvine tend un billet de dix euros. Prenant son silence pour une invitation à poursuivre, le pompiste ajoute en lui rendant sa monnaie :

— Ça devrait pas exister des trucs pareils. Être obligé d'enterrer ses propres enfants, vous vous rendez compte ?

Agacé, Korvine lui lance :

— Vous en avez ?

Surpris par le ton de sa voix, l'autre lève un œil injecté de sang dans sa direction.

— Si j'ai quoi ?

— Des gosses, vous en avez ?

— Non.

— Alors pourquoi est-ce que vous plaignez leurs parents ?

Sans lui laisser le temps de trouver une repartie, Korvine fait demi-tour, sort de la boutique et remonte l'avenue pour rejoindre Revel.

Le père, assis au bord du canapé, les mains posées sur les genoux, répond d'une voix monocorde aux questions de Korvine. Sa femme est prostrée quelque part dans l'appartement, étendue sur un lit, un paquet de mouchoirs en papier entre les mains.

— Je vous ai préparé la liste de ses amis, comme vos collègues me l'ont demandé ce matin.

Stéphane Durand tend une feuille de papier à Korvine qui y jette un coup d'œil rapide : aucune trace de Bastien et Michaël Buffat.

Un paquet de mort-aux-rats imprimé devant les yeux.

— Parlez-moi de Léa, monsieur Durand.

Sa fille qui s'étouffe, qui respire mal, qui saigne du nez et des oreilles, qui vomit jusqu'au petit matin le produit toxique dans la solitude de sa chambre.

— Corinne…

Un geste en direction du couloir.

— Corinne et elle étaient comme deux sœurs. Elles échangeaient beaucoup, se faisaient des confidences. Corinne et moi étions très à l'écoute, nous la laissions sortir avec ses amies, nous l'emmenions au cinéma ou au théâtre de temps en temps. Elle était suivie par un psy, comme Corinne et moi… pas parce qu'elle allait mal, mais pour trouver le bon équilibre, pour passer sans heurt ce petit cap de l'adolescence. Je… Corinne devinait ses petits tracas avant même qu'elle n'en parle… Elle ne savait pas tout, bien sûr, Léa avait ses petits secrets, mais…

Des sanglots dans la voix monocorde, des larmes qu'étouffe la voix monocorde.

— Léa… Léa n'avait que quatorze ans, mais c'était un petit bout de femme bien dans ses baskets.

— Vous connaissez ses amis ?

— Tous. De bonnes fréquentations. Je ne dis pas que certains ne font pas des conneries derrière notre dos, Léa aussi sûrement, mais des gamins pleins de vie… pleins de vie… mon Dieu !

Stéphane Durand se tait quelques secondes. Korvine jette un œil au mobilier. Belle collection de disques, grosse bibliothèque, environnement confortable et sécurisant.

Tout le contraire de son enfance.

Le père se prend la tête entre les mains.

— Nous… nous n'aurions jamais imaginé qu'elle était au bord du gouffre à ce point-là.

Le rapport du pédopsychiatre, sur le siège arrière de la Laguna. *Une enfant sans problème, épanouie, heureuse, psychologiquement stable… quelques absences de temps en temps, quelques blancs, mais rien de grave.* Le rapport qui décrit Léa comme une jeune fille bien vivante. Pas dans un cercueil en bois, le système digestif bouffé par la coumarine.

Léa, petite tête blonde au visage d'ange.

Léa qui ouvre en cachette le placard du couloir, tire un tabouret, attrape la boîte de mort-aux-rats située tout en haut, derrière la caisse à outils, et en vide le contenu dans un sac en plastique. Le sac à l'abri des regards sous son pull. Elle remet la boîte vide à sa place, referme le placard et range le tabouret.

Korvine est là, qui observe et imagine.

Léa qui se rend dans sa chambre après le dîner, comme tous les soirs, qui se lave les dents, se déshabille, jette un coup d'œil à sa silhouette dans le miroir de l'armoire, enfile un tee-shirt délavé et sort de sous son lit le sac plastique rempli des granules rouges de mort-aux-rats. Léa qui se prend pour un rat et qui avale consciencieusement l'intégralité des granules avec de l'eau et du sucre pour faire passer le goût. Ses parents qui regardent une série télé et qui n'entendent pas ses premiers vomissements, ses parents qui, comme de plus en plus souvent, ne passent pas voir si elle est bien endormie avant d'aller se coucher. Léa qui entend leurs pas devant la porte de sa chambre mais qui trouve la volonté de retenir ses cris pendant quelques minutes, qui est simplement évanouie ou au bord de la syncope.

Korvine pleure pour les parents qui pleurent.

Saigne pour Léa qui saigne.

Stéphane et Corinne Durand qui trouvent leur fille vers onze heures, hurlant, crachant du sang et vomissant toutes les tripes de son corps. Pompiers, urgences, le corps à deux doigts de la mort, ballotté dans une ambulance, qu'on tente de ramener à la vie.

Léa, morte par ingestion volontaire de mort-aux-rats.

Korvine note : infanticide possible, motif à déterminer. Puis il pense à Marion, à Michaël et Bastien. À Patrick Gouy, défenestré.

Un suicide, cinq suicides, cinq morts entre sept et quatorze ans.

Ils passent dix minutes supplémentaires à lister les noms et adresses des amis de Léa, ainsi que ses activités : gymnastique dans la salle des sports de Tain tous les mardis soir, de l'autre côté du Rhône, natation à Valence le mercredi après-midi, et cours de piano dans les locaux de la Maison municipale pour

Tous, chaque vendredi de vingt heures à vingt et une heures. Puis Korvine range son carnet, se gratte la base du cou d'un geste saccadé et se lève.

Sortir de là au plus vite. Pas sa place, les laisser avec leur chagrin.

— Je vous remercie, monsieur Durand.

Korvine montre la feuille sur laquelle sont inscrits les noms des fréquentations de Léa.

Trop, beaucoup trop de suicides pour un hasard.

— Je vais vous laisser. J'imagine que vous devez retourner à la morg… à l'hôpital avec votre épouse pour voir votre fille une dernière fois. L'autopsie est terminée, je pense… Je vous remercie pour votre patience.

Il se dirige vers la porte, derrière laquelle Revel attend depuis trois quarts d'heure.

— Je vous demanderais juste de rester à la disposition de la police, au cas où nous aurions besoin d'informations supplémentaires.

Au cas où nous trouverions autre chose que de la mort-aux-rats dans l'estomac de votre fille, pense-t-il en se raclant le fond de la gorge.

Il se retourne vers Revel dans le hall du rez-de-chaussée.

— Quel âge as-tu ?

— Vingt-six ans dans un mois.

— Tu crois au hasard, Richard ?

— Je ne comprends pas.

Korvine hausse les épaules.

— Rien… Laisse tomber.

Il pousse la porte vitrée, sort son paquet de Camel et s'immobilise. Revel le rejoint. Devant eux, une file ininterrompue de voitures se presse pare-chocs contre pare-chocs en attendant que le feu passe au vert. Dans l'alignement de l'avenue de Nîmes, en direction du nord, d'autres voitures se serrent autour d'un rond-point. Il est onze heures quarante-cinq, les écoles se vident de leurs élèves. Dans quelques minutes, ce sera le tour des collèges, des lycées et des usines. La mécanique est bien huilée. La même qu'une vingtaine d'années plus tôt quand Korvine regardait le défilé des parents venant chercher ses camarades de classe pendant que lui restait. Les modèles des voitures ont changé, les visages ont vieilli, mais ce sont toujours les mêmes personnes, les mêmes familles, les mêmes voisins, les mêmes ouvriers et les mêmes employés de mairie qui attendent que le feu passe au vert. En deux décennies, Tournon s'est étiré vers le sud, voyant pousser comme des champignons maisons individuelles et zones commerciales, mais la ville n'a pas changé et les enfants du pays ont simplement grandi. Certains d'entre eux sont partis user les bancs des facultés ou des lycées techniques de Valence, de Lyon ou de Grenoble, pour finalement revenir quelques années plus tard avec femme et enfant, poussés par le chômage, la reprise de l'entreprise familiale ou la quête séculaire du cocon maternel. Fils d'ouvriers et d'agriculteurs, filles d'employés de bureau et de petits patrons, rien ne doit changer. Comme ces voitures collées les unes aux autres.

— Qu'est-ce que tu penses de cette ville ? dit Korvine en allumant sa cigarette.

Revel le dévisage comme pour sonder le sens de sa question. Le regard fixé sur la cigarette de Korvine, il finit par lâcher :

— À vrai dire, pas grand-chose. Tournon est comme toutes les petites villes de son genre. Petite industrie, esprit de village, un peu de tourisme, un peu de drogue, un avenir bloqué quelque part entre le Rhône et la banlieue nord de Valence. On y naît, on y vit et on y meurt. Ma réponse doit te paraître banale, mais c'est comme ça que je vois les choses.

— T'es du coin ?

Revel fait un signe du menton en direction de la colline de Pierre, vers l'ouest.

— Mes parents sont agriculteurs sur le plateau, à côté de Plats.

Korvine hoche la tête.

— Pourquoi t'es pas parti d'ici ? Des commissariats, il y en a partout en France et t'es jeune. Marié ?

— Même pas. J'ai un frère qui est commercial dans le Sud, j'imagine que je me suis dit que ça ferait plaisir à ma mère qu'il y en ait au moins un qui reste. Quand j'ai fini mes études, il y a trois mois, j'ai eu le choix entre la banlieue de Lyon, un poste dans le Nord ou ici. J'ai pas hésité très longtemps. J'ai pensé que je pourrais être utile, que je connaissais déjà pas mal de monde. Et puis, Tournon, c'est pas le plateau ardéchois. C'est déjà la vallée, y a des centres commerciaux, un hôpital, une clinique et un McDo. J'aime assez. Avec tous ses lycéens, sa rue piétonne, ses touristes affalés aux terrasses des cafés du quai Farconnet, l'été, cette ville est assez vivante.

Korvine tire une bouffée sur sa cigarette.

— Vivante… C'est le mot que je cherche depuis ce matin.

Revel lève les yeux au ciel sans trouver quoi répondre. Korvine ferme les yeux.

Qui aurait intérêt à pousser cinq gamins au suicide ?

La question suivante vient toute seule : quel est le lien entre ces cinq enfants ?

Il soupire, jette son mégot et se retourne vers Revel.

— Dernière visite de la matinée, les parents de Patrick Gouy, notre premier suicide. On y va ?

Farida Gouy est seule dans son appartement du septième étage du quai Charles-de-Gaulle. Vue imprenable sur Tain-l'Hermitage, la ville jumelle, de l'autre côté du pont, de l'autre côté du Rhône.

De l'autre côté du miroir.

Jean-Pierre, le mari, n'est pas là. Il répond aux questions des collègues au commissariat. Revel n'est pas resté sur le palier, cette fois-ci.

— Elle ne dira rien, prévient-il avant qu'ils n'entrent.

— Pourquoi ?

— Son fils était tout pour elle.

Korvine, agacé :

— Comme les autres.

— Non ! Pas Farida, pas comme les autres.

— Tu la connais personnellement ?

Sous-entendu : tu as couché avec elle ? Tu en as eu envie ?

— Vous verrez.

Korvine voit.

Farida Gouy est belle à couper le souffle. Les cheveux désordonnés, les yeux rougis, les lèvres gonflées et humides de chagrin ne dénaturent en rien la beauté que dégage sa silhouette. Des mains délicates, une fine veine bleutée qui court de la naissance de sa poitrine à l'arrière de son oreille droite, et un regard sombre que l'on croirait possédé. Pas un mot, pas un son. Farida Gouy se contente d'ouvrir la porte, de réajuster son châle et de retourner s'installer devant la fenêtre.

Revel se faufile, Korvine les suit.

Korvine ressort ses questions, puis les range en attendant le mari. Il se retient de regarder si la fenêtre est bien fermée. Par réflexe. Il ne manquerait plus qu'elle saute à son tour sous leurs yeux.

— Je jette un coup d'œil sur les affaires de votre fils.

La femme hoche la tête.

À Revel :

— Appelle le commissariat et dis-leur de nous envoyer le mari le plus vite possible et va voir si les voisins ont quelque chose à nous dire.

Le lieutenant soupire et s'exécute.

— Vous n'avez touché à rien, j'imagine.

Pas de réponse. Korvine quitte la pièce, s'avance dans un couloir mal éclairé et repère la seule porte fermée. Il tend la main et baisse la poignée. Une chambre d'enfant identique aux autres : hi-fi, téléviseur, jeux, DVD, ordinateur, webcam… Éteinte, celle-là.

Le bruit des moteurs automobiles derrière la fenêtre. Premiers gros embouteillages de la journée, sorties des écoles, puis des usines, fermeture des magasins pour la pause de midi. À l'intérieur de la pièce, un silence glacial. Les tiroirs ne contiennent que des feutres et des babioles, les étagères des vêtements et des jouets.

Une chambre d'enfant identique aux autres.

Korvine n'apprendra rien de plus.

Ce gamin s'est jeté par la fenêtre et y a rien d'autre à ajouter.

Il sort son carnet et note : *les parents de ces cinq enfants se connaissent-ils ?*, puis il le remet à sa place.

Un bruit de clefs, la porte d'entrée qui claque. Un frottement de tissu derrière lui. Korvine se retourne avec lenteur. Farida Gouy s'est glissée dans la chambre et se tient, immobile, près de la porte entrouverte, mains croisées sur le cœur et paupières closes.

Belle à en mourir.

Son mari entre à son tour.

Jean-Pierre Gouy est un homme mort. Comme son fils, écrasé sept étages plus bas.

Costume bon marché, cravate aux couleurs criardes, calvitie précoce, Jean-Pierre Gouy possède une physionomie quelconque. Son regard est vide, ses poches sont vides, ses envies se sont envolées depuis longtemps.

Comme sa femme debout devant la fenêtre d'où son fils s'est jeté.

Richard Revel chuchote à l'oreille de Korvine :

— Femme volage.

Le verdict des voisins.

— De nombreux amants, ajoute Revel. Mari commercial, souvent en mission…

Farida Gouy qui observe les deux villes qui se font face et se défient, le fleuve qui les sépare et le pont suspendu qui les relie.

Une femme que son mari ne satisfait pas.

— Pas une prostituée.

Une femme que tous les hommes aiment.

Revel répète.

— Pas une prostituée.

Une femme perdue, pas une pute.

Une femme qui cherche.

Korvine chuchote à son tour.

— Il me faut une liste de ses amants.

Revel hausse les épaules et s'exécute. Korvine se retourne vers le mari.

Irritation à la gorge.

— Dites-moi ce qui s'est passé hier.

— J'ai déjà tout dit à vos collègues, répond l'homme avec lassitude. Une fois ici et une autre fois, tout à l'heure, au commissariat.

Patience.

— Répétez-moi ce qui s'est passé, s'il vous plaît.

Du feu dans les poumons.

Jean-Pierre Gouy parle d'une traite.

— Farida est rentrée des magasins. Elle est passée au garage Jourdan, au bout de l'avenue de Nîmes aussi. Bref, le petit était dans sa chambre, elle était dans la cuisine et rangeait ses courses.

— Où étiez-vous ?

— Je revenais de l'agence. La journée s'était terminée tôt et…

— Quelle heure était-il ?

— Onze heures passées de quatre ou cinq minutes.

— Vous aviez consulté votre montre ?

— Je vous l'ai dit, la journée s'était terminée tôt au boulot, ce qui est assez exceptionnel, donc oui, je savais exactement l'heure qu'il était. Je… j'étais content de rentrer si tôt.

— Continuez.

Douleur à la base du cou.

— Patrick écoutait de la musique, Farida rangeait et j'étais sur le palier du premier étage quand j'ai entendu des bruits de voix et des cris, en bas. J'ai failli redescendre et puis finalement, la porte d'entrée a dû se refermer et je n'ai plus rien entendu. J'ai gravi les six derniers étages.

— Vous n'avez pas pris l'ascenseur ?

— Je n'aime pas ces machines.

— Et après ?

— Je suis arrivé au septième, j'ai frappé à la porte.

— Vous n'avez pas les clefs ?

— Je voulais leur faire une surprise.

Korvine hoche la tête.

— Farida est venue m'ouvrir, je suis entré, elle m'a dit ce qu'elle avait fait ce matin.

— Y avait-il quelque chose d'inhabituel dans son attitude à ce moment-là ?

— Non, rien.

— Elle aurait pu être contrariée, elle aurait pu s'être disputée avec Patrick et ça aurait pu se voir sur son visage.

Jean-Pierre secoue la tête, contractant les muscles des mâchoires comme s'il fournissait un effort violent pour se maîtriser.

— Elle était… comme d'habitude.

Korvine lui fait signe de poursuivre.

— J'ai refermé la porte, j'ai posé mes affaires et j'ai appelé Patrick. Une fois, deux fois. Farida a souri, puis elle s'est mise à appeler aussi. Une fois, deux fois, trois fois. Pas de réponse. Elle m'a dit d'enlever mon manteau et elle s'est dirigée vers la chambre du petit. J'ai entendu la porte s'ouvrir, elle a dit : « Patrick ? », puis plus rien. J'ai quitté mon manteau, j'ai bu un verre d'eau dans la cuisine, puis comme personne ne venait, je suis allé voir ce qui se passait. La porte était grande ouverte, Farida tournait le dos à la porte, devant la fenêtre grande ouverte elle aussi, mais Patrick n'était pas là. J'ai demandé : « Où il est ? », mais elle a pas répondu. J'ai demandé une fois, deux fois, trois fois, mais elle a rien dit. J'ai fait demi-tour et j'ai fouillé toutes les pièces, croyant à une blague de sa part, mais j'ai rien trouvé, alors je suis revenu dans la chambre où Farida n'avait pas bougé. C'est là que j'ai repensé au bruit.

Korvine ne dit rien, il écoute, il se retient de tousser, il sait ce que le mari va dire.

Se retenir, se retenir.

— Les bruits de voix et les cris que j'avais entendus en montant l'escalier. Ils étaient dans la chambre de mon fils, à présent. Mais il y avait aussi une sirène de police. Ou deux, je sais plus. Les voix, les cris et la sirène venaient de la fenêtre. Farida ne bougeait toujours pas. J'ai répété plusieurs fois : « Où est Patrick ? Où est Patrick ? Où est Patrick ? », et cette fois-ci, elle a reculé, a fermé la fenêtre. Les cris et les voix se sont arrêtés instantanément. Mon cœur battait à toute vitesse, mais quand elle a fermé la fenêtre, je ne saurais pas dire pourquoi, mais ça m'a rassuré. J'ai demandé : « Où il est ? Dis-le-moi ! » Sans se retourner, elle a levé son bras droit, elle a pointé son doigt vers le ciel, à travers les carreaux.

— Qu'est-ce qu'elle a fait ?

— Elle a ouvert la bouche, elle a fermé les yeux et elle a simplement dit : « Il s'est envolé. »

Se retenir, se retenir, se retenir.

— Il s'est envolé.

— Ça va, lieutenant ?

Dans la cage d'escalier, Richard Revel se penche sur Korvine qui tousse à s'en arracher les poumons, une flaque de bile jaunâtre à ses pieds. Le lieutenant reprend peu à peu sa respiration, il parvient à se redresser, puis il se replie en deux, assailli par une nouvelle quinte de toux qui l'oblige à s'asseoir sur les marches.

— Vous voulez vous étendre quelques minutes ? Un verre d'eau ou quelque chose d'autre ?

Korvine refuse d'un geste agacé de la main.

— Retourne voir les Gouy et excuse-moi. Dis-leur

que je repasserai les voir, qu'ils restent à ma disposition. Dis-leur bien que je m'excuse, je dois couver quelque chose.

Revel hoche la tête et se redresse.

— Attends, j'ai pas eu le temps de faire une liste de ses amis et de ses activités. Tu peux t'en occuper ?

Revel acquiesce, sort un carnet de sa poche et monte s'excuser pour Korvine qui tousse. Le portable sonne quelque part dans une de ses poches, Korvine décroche et écoute : Fournier.

— J'ai quelque chose. L'ordinateur de Marion Chalembel était bien connecté à Internet à l'heure du suicide.

Korvine n'est pas capable de répondre.

Teint pâle, mains qui tremblent, voix cassée.

— 18 h 00 à 18 h 03, heure présumée du suicide, il y a eu une liaison par MSN avec un numéro situé sur la commune.

La webcam…

— Elle était bien allumée *et* surtout *connectée* quand Marion Chalembel s'est poignardée.

2

Mardi 8 février – 12:35

Retour au commissariat où Fournier cherche à contacter l'opérateur Internet de la famille Chalembel. Passée l'euphorie de leur découverte, les deux lieutenants regagnent leur bureau. Korvine balaie les papiers entassés sur la table d'un revers de la main et y dépose son carnet, ses cigarettes et sa plaque.

— Ça pue le renfermé, ici.

Indifférent à la remarque, Revel sort un jeu de clefs de la poche de sa veste et ouvre un tiroir d'où il extrait un enregistreur numérique. Korvine pose les yeux sur l'appareil, les relève sur Revel, ouvre la bouche pour faire un commentaire, mais se contente de hausser les épaules en souriant. Il contourne son bureau, s'assoit confortablement et allume une Camel, pendant que son collègue rappelle le service informatique. Il sort son carnet et note : *la webcam de Marion Chalembel, allumée et orientée à l'heure probable de la mort quelque part en direction du téléviseur. À moins d'un mètre quarante au-dessus du sol. Où reposait le cadavre de Marion Chalembel.*

Korvine remet le tout dans sa poche, ne brisant le silence qu'une fois sa cigarette consumée.

— Est-ce que Fournier sait qui étaient les destinataires de la communication vidéo de la petite Chalembel au moment où elle s'est donné la mort ?

— Une adresse MSN bidon qui ne nous en dit pas beaucoup plus sur l'identité de son propriétaire. Il attend le relevé de l'opérateur pour avoir une adresse de facturation. Il devrait y en avoir pour quelques minutes.

— Tu vois, je peux imaginer beaucoup de saloperies, mais y a un truc que j'arrive pas à piger, c'est pourquoi une gosse qui se suicide éprouve le besoin malsain de retransmettre ça sur Internet ?

Revel le regarde sans rien dire.

— Y a pas de réponse à une question pareille, pas vrai ?

— J'en sais trop rien. Malsain, le mot est faible. Elle a peut-être été manipulée.

— Ça me paraît évident. Tu aurais fait un truc pareil, toi, quand t'étais gamin ?

— Y avait pas de webcam, à l'époque.

— Bien sûr que non ! T'y aurais même pas pensé une seule seconde.

— Difficile à dire. J'ai jamais eu de tendances suicidaires.

— Mais ce qui me tracasse le plus, c'est pas ça, c'est qu'il y a quelqu'un, quelque part, qui a assisté à cette communication vidéo.

Revel fait une moue dubitative.

— C'était peut-être juste un appel au secours. Si ça se trouve, il n'y avait personne à l'autre bout.

Korvine se redresse brusquement, comme piqué par un insecte.

— Un appel au secours ! Ses parents étaient à trois mètres d'elle, derrière une putain de porte vitrée !

— Dans ce cas, les parents sont impliqués.

— Le légiste confirme le suicide et nous en avons quatre autres comme ça sur les bras ! Ça ferait quand même un sacré complot.

Il se retient d'ajouter qu'à leur âge, il avait de bien meilleures raisons de tirer un trait sur tout ça. Et qu'il n'avait, pour seule chambre, que le canapé du salon quand il rentrait rendre visite à sa mère pendant les vacances scolaires.

Revel lève les bras.

— Comment on procède, dans ce cas ? On retient quelle hypothèse ? Si leurs parents les aiment et qu'ils sont tous sans histoire, il doit bien y avoir une raison qui explique leur suicide, non ?

Korvine lui demande de se calmer.

— On reprend les contenus des interrogatoires et on les passe au crible. Passe-moi tes notes !

Carnet à la main, il s'adosse au mur derrière son bureau et commence son énumération. Revel attrape son enregistreur et presse un bouton.

— Identification des victimes à des personnes célèbres ?

— Possible, mais non vérifié.

— Identification *collective* des victimes à des personnes célèbres ?

— Peu probable.

— Pourquoi ?

— Goûts musicaux variés selon les victimes, discographie et vidéothèque éclectiques, pas de traces d'une forme de fétichisme récurrent. Si on ajoute à ça les écarts d'âge…

— Chez les parents ?

— Même réponse.

— Activités communes à toutes les victimes ?

— Aucune de connue pour le moment.

— Activités communes à une majorité de victimes ?

— Football Club Tain-Tournon.

— Combien sont concernés ?

— Les deux frères Buffat, Bastien et Michaël…

— Et l'école ?

— Trois écoles différentes recensées pour cinq victimes.

— Pratique de l'informatique ?

— Comme tous les gamins de leur âge. À part Marion Chalembel, pratiques irrégulières et liées à l'actualité scolaire.

— Connaissances communes des victimes ?

— Recherches en cours.

— Connaissances communes des parents des victimes ?

— Idem.

— Antécédents familiaux en matière de pulsions suicidaires ?

— Aucun avoué. Recherche en cours au service des urgences et dans nos fichiers.

— Traces de violences conjugales ou familiales, antécédents judiciaires ?

— Hors infractions au code de la route, qui correspondent à la moyenne départementale, rien à signaler.

— Liens entre les victimes ?

— À l'exception de la fratrie Michaël/Bastien, aucun lien connu.

— Aucun lien.

— Non.

Korvine frappe avec violence le coin de la table du plat de la main.

— Putain, on n'a rien !

Richard Revel acquiesce, il confirme, il est désolé pour Korvine.

— Fin du bilan.

Il éteint l'enregistreur numérique et le range dans le tiroir droit du bureau, attendant que son supérieur prenne une initiative. Korvine consulte sa montre. Une heure et quart de l'après-midi. À peine dix-huit heures après le dernier suicide.

Gorge irritée, poumons en feu, douleur à la base du cou.

Au-dessus de sa tête, le panneau *Interdiction de fumer*.

Il feuillette son carnet d'un geste nerveux à la recherche d'un détail qui lui aurait échappé.

— Merde, merde, merde !

Il passe ses notes en revue. Julien Chalembel, Farida Gouy, Julie Constant. Il relève la tête et range son carnet.

— Je fais une pause.

Il se lève, se dirige vers la porte du bureau et l'ouvre. Silence dans le couloir, silence pour les morts, silence pour les vivants. Odeur de transpiration, de tabac froid et d'encre. Le commissaire Bongrand, invisible. Les collègues de Tournon, invisibles. Les morts et les vivants, invisibles.

Envie d'une cigarette.

Korvine descend, traverse le hall d'entrée, salue les deux hommes de garde et s'avance sur le perron.

Place de l'Hôtel-de-Ville, vue sinistre sur les donjons du château. Un vent glacé venu du nord l'oblige à se retourner pour allumer sa cigarette. En contrebas, les ruelles sombres qui mènent à la rue piétonne. Le sol pavé, la merde de chien, la pisse de leurs maîtres et les commerçants dans les vitrines.

Une nouvelle cigarette, une autre quinte de toux. Korvine est plié en deux. Bastien et Michaël, squelettes et chair brûlée, Léa, intoxiquée à la mort-aux-rats, Patrick, défenestré, et Marion, poignardée. Du verre pilé dans la gorge, des flammes dans les poumons, de la mort-aux-rats dans l'estomac et les nerfs à vif. Korvine tire une nouvelle bouffée sur sa Camel.

Un suicide, deux suicides, trois suicides, quatre suicides, cinq suicides. Une allumette, des toxines, de la peur et du sang à la fin. Pas de coupable, aucun responsable, cinq gosses qui n'auraient pas dû se suicider en même temps en vertu des lois statistiques.

Bastien et Michaël, Léa, Patrick et Marion, pas de liens entre eux, sans occurrence. Leurs parents prostrés, coupables et innocents. Enfants battus, incestes, mal-être ? Au contraire, des enfants qui ne semblent manquer de rien… Les voisins qui guettent derrière les rideaux, les passants qui accélèrent le pas, la rumeur qui ne tardera pas à se répandre.

L'enquête démarre mal, très mal.

Tournon, tes enfants se suicident sans tenir compte des lois statistiques. Cette fois-ci, difficile de mettre ça sur le dos de Kurt Cobain ou de Marylin Manson.

La sonnerie de son portable le tire de ses pensées.

Korvine décroche, Fournier est à l'autre bout, avec une adresse.

— Enfin !

Puis il raccroche, rappelle Revel et lui demande de le rejoindre sur-le-champ.

Balayée par des rafales de vent, la rue piétonne est presque déserte. Deux cents, trois cents mètres à parcourir. Aucun bar, aucune terrasse de café, seulement des commerces, des pharmacies et des portes cochères. Derrière, les cours et les jardins, devant les pavés et les portes closes. La plupart des boutiques sont fermées entre midi et deux, les poubelles sont pleines et les caisses sont vides. Korvine et Revel progressent rapidement, pressés de se mettre à l'abri.

Lundi 7 février, 18 h 03, Marion Chalembel connecte son ordinateur à un numéro situé au 17, Grande-Rue. Cinq minutes avant d'être découverte morte par son père.

— Simple coïncidence ?

Revel se retourne.

— Qu'est-ce que tu dis ?

Korvine secoue la tête.

Son visage filmé, pas son cadavre. Marion, vivante et filmée. Morte, en dehors du champ de la caméra.

La mort est pudique.

Une minute plus tard, les deux lieutenants parviennent à l'adresse indiquée par Fournier, un cybercafé coincé entre une fromagerie et un magasin de babioles néo-hippies bon marché. Revel s'écarte pour laisser Korvine passer le premier.

Une quinzaine d'adolescents sont attablés devant des PC, écouteurs et micro fixés sur le crâne, les yeux rivés sur un improbable monde virtuel. Claquement des doigts sur les touches, souffleries des ventilateurs et sueur.

Carte de police à la main, Alexandre Korvine s'avance vers le responsable, un jeune trentenaire à l'air débonnaire et au look de teenager américain.

— Lieutenant Korvine et…

Brève hésitation.

— Et voici mon collaborateur Richard Revel.

Le type roule des yeux inquiets.

— Nous enquêtons sur la mort d'une adolescente tournonaise qui était connectée à MSN de chez elle, à l'un de vos postes informatiques, hier soir, aux alentours de dix-huit heures.

Soulagement partiel du responsable, ses yeux parlent pour lui.

— Nous aimerions avoir la liste des personnes présentes à cette heure-là, c'est possible ?

Le responsable fouille dans la mémoire de l'ordinateur.

— Je connais presque tous les gamins qui passent chez moi, mais comme vous le voyez, ici, y a du monde et une douzaine de postes. Si vous avez l'adresse IP de la personne dont vous me parlez, je pourrais vous dire quel ordinateur était connecté à MSN.

Korvine se retourne vers Revel sans comprendre. Ce dernier précise :

— Toutes les connexions laissent des traces dans la base de données du responsable…

Pour signifier son agacement, Korvine lève les yeux au ciel et fait signe au lieutenant de prendre le relais. Revel sort son carnet et dicte l'adresse communiquée par Fournier. Le responsable du cybercafé respire bruyamment et transpire. Revel fixe l'écran sur lequel défilent des séries de chiffres et de phrases à la signification absconse.

— Auriez-vous entendu une conversation ou quelque chose d'inhabituel, hier ?

Korvine pointe un doigt vers les écouteurs du client le plus proche, le responsable sourit.

— Qu'est-ce qui vous fait rire ?

— C'est-à-dire… la principale activité de ces gosses, à cette heure-là, c'est le *chat* ou les jeux en réseaux…

— Et alors ?

— Et alors ! Des trucs bizarres, j'en entends tous les jours. Aujourd'hui, les gosses, y s'balancent des horreurs à la gueule et les jeux auxquels ils jouent ressemblent plus à *Massacre à la tronçonneuse* qu'aux échecs… À force, moi, je les écoute plus vraiment.

Il tapote sur un petit boîtier posé à gauche de son écran.

— Je passe l'essentiel de mon temps à écouter de la musique sur mon lecteur MP3 ou à lire.

Korvine soupire.

— Bon, on en était à l'historique des entrées et des sorties…

— Ça vient, ça vient…

L'appareil crache une feuille. Il s'en saisit, la parcourt rapidement, puis la tend au lieutenant.

— Qu'est-ce que c'est que ça ?

— Y avait pas mal de monde, hier soir, explique le jeune homme.

— Il y a presque cinquante noms sur cette liste !

Korvine lit la feuille une deuxième fois puis la passe à Revel, avant de s'adresser à nouveau au responsable qui lui explique tant bien que mal que dix-huit heures, c'est le moment du grand rush. Les gamins viennent surfer ou jouer en réseaux après l'école, en attendant leur bus ou leurs parents.

— Il va me falloir une indication plus précise.

Le responsable balbutie quelque chose et se replonge dans la mémoire de son PC, au rythme du martèlement des doigts sur les claviers et des cris de victoire ou de défaite des adolescents qui jouent, manette à la main. Un groupe de trois garçons de dix ou onze ans pénètrent dans la boutique et filent s'installer dans le fond sans s'arrêter à la caisse. Les minutes défilent.

— Ça vient ?

De larges plaques rouges se dessinent à présent sur les joues et la nuque du responsable.

— Je ne trouve rien.

Korvine s'impatiente.

— Comment ça ? Il y a cinq minutes, vous disiez avoir la solution à notre problème.

— Eh bien, en théorie, oui.

— Mais…

— Il y a bien un signal d'entrée avec l'adresse IP que vous m'avez fournie, hier, aux alentours de six heures, mais après ça je perds la trace de la connexion MSN.

— Je comprends pas, crache Korvine d'un ton sec.

— Je… C'est tout ce que je peux vous dire. Je ne suis pas un expert, non plus ! Le message a pu être crypté, la personne qui était ici au moment de la connexion a très bien pu utiliser un logiciel introduit de l'extérieur pour brouiller la destination précise de l'appel, ou encore aucun ordinateur de la salle n'a été utilisé pour se connecter à la webcam et quelqu'un a réussi à pirater le réseau du cybercafé, tout est possible.

— Bref, vous n'en savez rien !

— C'est un cybercafé pour gosses, pas un centre de renseignement militaire.

— OK, on a assez perdu de temps comme ça ! l'interrompt Korvine en se retournant vers Revel. Tu m'appelles le commissariat et tu demandes un mandat de perquisition et un fourgon pour qu'on m'embarque tout le matériel le plus vite possible. T'as la liste des personnes présentes ?

Revel acquiesce sans un mot.

— Bon, on va appeler celles qui étaient là hier

soir. Avec un peu de chance, celle qui était connectée avec Marion Chalembel est dedans.

Puis il ajoute à l'intention du responsable :

— Et en espérant qu'elle ne soit pas entrée sans s'inscrire, comme les trois gamins qui sont passés devant vous il y a dix minutes et qui se sont installés au fond.

— Je comptais bien aller les voir après votre départ…

— Ouais, et si vous surveillez les sites web qu'ils visitent aussi bien que leurs allées et venues, j'ai l'impression que ce cybercafé va rester fermé un bon moment.

Le responsable se tait, ne sachant pas trop comment prendre la remarque. Korvine sort son paquet de Camel.

— Cigarette ?

— Je ne fume pas.

— Virez-moi tout le monde, je vous attends dehors.

Korvine sort sans écouter les protestations du responsable.

Quinze minutes plus tard, le cybercafé est fermé. Le responsable répond au nom de Cyril Sauzet et l'inquiétude qui se lisait sur son visage à l'arrivée des deux lieutenants s'est muée en détresse profonde. Quand ils se séparent, un moment après, Korvine n'a rien écrit de plus sur son carnet que l'ignorance crasse du jeune Sauzet et son dégoût profond pour l'informatique. Cinquante noms et autant de suspects potentiels, sans compter les éventuels visiteurs non enregistrés. Cinquante noms qu'il va falloir étudier de près, cinquante appels téléphoniques et peut-être le même nombre d'interrogatoires.

Et autant de photos de famille clouées au-dessus des cheminées, peut-être bientôt amputées à leur tour.

— Merde ! gueule Korvine en se dirigeant vers le commissariat.

Dans la rue piétonne, le vent est tombé, remplacé par une pluie fine et froide. Il accélère.

Processus de contamination.

Retourner voir les familles des suicidés et comparer avec les listes d'amis et de camarades de classe. Compatir, pleurer avec les familles dont les photos au-dessus des cheminées sont amputées d'un fils ou d'une fille.

Korvine parvient à l'intersection de la rue de la Poste. Sans tenir compte du stop, une mobylette passe en trombe, manquant de le renverser. Un frisson lui traverse le dos.

Assister aux enterrements, taper sur l'épaule des pères et demander pardon aux mères, comparer les listes, encore et encore. Des heures, des jours, des semaines.

Korvine remonte le col de sa veste.

— Après les jeunes drogués...

Les gamins allumés au crack dans les rues du centre-ville de Valence, les yeux éteints et les espoirs morts, la petite délinquance en mal de rêves, et maintenant ces suicides.

— Qu'est-ce qui ne tourne pas rond ?

Il a presque gueulé, une femme d'une quarantaine d'années se retourne sous son parapluie et le dévisage sans ralentir l'allure.

Une femme avec, peut-être, sur la cheminée, des photos de famille. Des photos bientôt amputées.

Korvine sort son paquet de cigarettes. Vide. Il le froisse et le jette dans le caniveau d'un geste rageur, puis il fourre la main dans ses poches à la recherche d'un nouveau paquet. Ses doigts glissent sur l'enveloppe des résultats de ses analyses. Il les retire aussitôt comme s'il avait touché des braises encore brûlantes.

La sonnerie du téléphone le sauve d'une introspection douloureuse.

— Korvine, j'écoute.

— C'est Richard.

Voix atone, les vociférations de Bongrand derrière lui, les cris des hommes dans le couloir tout à l'heure vide.

— Quoi ?

Korvine demande, mais il connaît déjà la réponse.

— Marie Dufour.

Une petite voix à l'intérieur de sa tête qui implore : ne le dis pas. Pour les mères qui hurlent et les pères qui se taisent.

— Seize ans. Les veines taillées au couteau de boucher.

— Merde.

Il déglutit et ajoute :

— Je te rejoins à la voiture.

Les essuie-glaces de la Laguna balaient l'obscurité à dix mètres, les phares tentent de percer le brouillard d'une petite route sur les bords du Rhône. L'air de l'habitacle est irrespirable. Du tabac blond, le plus dégueulasse.

— La fumée te dérange ?

Pour toute réponse, Revel ouvre de quelques centimètres la fenêtre côté passager. Korvine inspire quelques bouffées supplémentaires, puis il écrase le mégot dans le cendrier.

— L'odeur du tabac m'anesthésie…

— Tu n'as pas à te justifier, tu fais ce que tu veux.

Korvine marmonne, sans tenir compte de sa remarque :

— Ça me vide la tête.

Et ça lui coupe l'appétit.

Marie, seize ans, les veines taillées au couteau de boucher.

Revel remonte la fenêtre.

— J'étais en train d'appeler les premières personnes de la liste donnée par le type du cybercafé quand l'annonce du sixième suicide est tombée.

— Pour le mandat de perquisition ?

— Bongrand s'en occupe. Et de ton côté ?

— J'ai discuté avec le responsable.

— Et ?

— Et rien. On arrive.

Korvine éteint le moteur et esquisse une grimace de dégoût.

— Qu'est-ce qu'on fait ?

Claquement de portières, aboiement d'un chien et pluie qui tombe encore et encore. Korvine sort son briquet et allume une Camel, à l'abri d'un pan de sa veste. Puis, cigarette entre les lèvres, il se retourne vers Revel et le dévisage d'un air dur.

— À ton avis ?

Malaise entre les deux hommes, plantés sur le perron d'une maison préfabriquée du sud des Girondies, modèle Baticonseil, avec une haie d'hortensias de chaque côté de la porte. Korvine préférerait être seul. Il jette sa cigarette à peine entamée et appuie sur la sonnette. Un policier en uniforme vient leur ouvrir. Son visage est fermé, ses yeux gris-bleu n'expriment rien d'autre qu'une profonde colère.

— C'est moche ?

— Quelque chose comme ça, oui.

Korvine l'interroge du regard.

— Je connais les parents et leurs deux filles, Marie et Vanessa. Le père, c'est un ami.

Respiration saccadée, yeux brillants et poings dans les poches.

— Franchement, je préférerais être ailleurs ce soir.

Korvine fait signe à Revel d'entrer. Le policier a besoin de vider son sac.

— Luc, le père, est boucher-charcutier. Une fois par semaine, il ramène ses couteaux à la maison pour les affûter au calme. La petite… Marie… en a pris un pendant que toute la famille était devant la télé et elle s'est tranquillement taillé les veines dans le cellier.

Korvine lui offre une cigarette, il refuse.

— Vanessa, la plus jeune, a essayé de faire la même chose mais sa mère l'en a empêchée.

La main sur l'épaule, le policier en train de craquer, la voix gonflée de sanglots. Le sixième suicide.

— La fille d'un copain, belle comme un cœur…

Korvine retire sa main de l'épaule avec douceur, laissant le policier seul avec sa peur, l'autre main sur la poignée de la porte d'entrée.

— Ça va aller ?

Le policier acquiesce, Korvine entre. Mobilier massif, tableaux douteux, photos de famille et tapisserie en promo à motifs fleuris. Dans un coin, le boucher et sa femme, effondrés, comme desséchés. Leur fille, qui s'est tuée avec les instruments de travail du père. Presque sous leurs yeux.

Il fait signe à Revel de commencer à prendre leur déposition et demande à voir l'endroit où le corps a été retrouvé. Un couloir, d'autres photos de famille sur le mur, des visages qui sourient à l'objectif, puis une porte ouverte. Un policier en civil est encore dans la pièce, occupé à faire des relevés d'empreintes et à prendre quelques photos du corps. Une adolescente au visage d'ange est assise sur un tabouret, accoudée à un établi. La tête baignant dans une mare de sang. Les yeux grands ouverts. Un bleu intense dont Korvine n'arrive pas à se détacher.

Les questions viennent par réflexe, mécaniques.

— Quel âge ?

— Seize ans et demi.

— Drogue ?

— Pas la moindre trace. À vérifier, mais je ne pense pas me tromper.

Un visage d'ange dans une mare de sang. Les yeux grands ouverts sur sa propre mort.

— Des antécédents ?

— Non.

— Une lettre, un mot ?

Korvine se dit : une gamine ne se suicide pas sans laisser un message à ses parents, à sa meilleure amie ou à son journal intime.

— A priori, rien.

— Merde.

— Comme vous dites, lieutenant, comme vous dites. C'est la troisième gamine en deux jours dont je dois photographier le cadavre et j'ai cette putain d'impression que je vais encore recommencer demain ou cette nuit même. Merde, elles sont jeunes, elles sont belles, elles ont la vie devant elles et… et… voilà le résultat !

Korvine se retient de lui répondre qu'il se fout de ses états d'âme.

Se blinder pour ne pas craquer à son tour.

Il interrompt le policier avec brutalité :

— Des empreintes ? Une éventuelle autre personne présente au moment du suicide, quelque chose ?

— Rien !

Des yeux grands ouverts sur une mare de sang, mais pas de coupable.

— Vous pensez que les parents ont quoi que ce soit à voir avec… ?

— M'étonnerait. Le père, Luc Dufour, a l'air d'une grosse brute comme ça, mais il a un cœur en or et il adore ses gamines.

Sous-entendu : c'est un ami.

— Un mec bien.

Les yeux toujours plantés dans ceux de la gamine, Korvine médite quelques secondes, puis il demande où se trouve la petite sœur.

— À l'étage supérieur. Dans sa chambre, avec une voisine, je crois.

Le policier semble se tasser sur lui-même. Puis il ajoute :

— Au moins, celle-là a pu être sauvée.

— Elle s'est loupée, voilà tout.

Pas de coupable, que des innocents et six cadavres.

— Elle recommencera.

Le hasard n'y est pour rien.

Puis :

— Y a Internet dans cette baraque ?

— Non, pas que je sache. Je crois qu'ils n'ont même pas un Minitel.

— Dommage.

Aucun lien apparent.

Mort-aux-rats, couteaux, gaz, les cris silencieux des enfants qui disent adieu.

En quittant le cellier, Korvine croit entendre le policier le traiter de connard.

Sourire.

Il préfère ne pas relever.

À l'étage, Korvine découvre une jeune fille de treize ans au visage couvert d'acné et aux poignets bandés dans des compresses maculées de taches brunâtres.

Elle ne réagit pas quand il demande à la voisine de les laisser seuls quelques instants avec l'infirmière, une quinquagénaire aux gestes lents et aux yeux tristes.

La jeune fille est aussi brune et boulotte que sa sœur est blonde et fine. Son visage est plus volontaire, ses pommettes hautes et ses cheveux longs tirés en queue-de-cheval. Un corps d'enfant mais un regard dur qui ne colle pas avec le reste.

— Comment t'appelles-tu ?

— Vanessa.

— Tu te sens en état de parler ?

— Je crois que oui.

— Tu te sens triste ?

Vanessa, le regard fuyant.

— As-tu voulu imiter Marie parce que tu te sentais triste ?

Le regard fuyant mais les mains posées à plat sur ses genoux.

— Vous pensez que j'ai voulu imiter Marie ?

— C'est ce que tu as voulu faire ?

La réponse fuse, tranchante :

— Vous ne savez rien de ma sœur, vous ne savez rien de moi ! Vous êtes comme les autres et vous ne savez rien sur nous !

Le lieutenant la dévisage.

— Qu'est-ce que tu en penses ?

Les mains de l'adolescente sont toujours posées à plat, mais un léger tremblement trahit sa nervosité.

— Parle-moi de l'école, Vanessa, de vos amis… Y avait-il quelqu'un qui embêtait ta sœur ?

Elle se recroqueville, son visage se ferme.

— Tu peux me parler, je sais ce que c'est, une peine de cœur, un problème ?

Silence.

Deux minutes passent, le tic-tac de l'horloge, comme un métronome. Des larmes se mettent à couler sur les joues de Vanessa.

— Personne n'embêtait Marie.

Elle éclate en sanglots. Une main se pose sur l'épaule de Korvine, il se retourne. L'infirmière secoue la tête en pinçant les lèvres.

— La mort de sa sœur l'a beaucoup éprouvée. Elle a besoin de repos.

Korvine se tourne à nouveau vers l'adolescente, cherche vaguement un mot de réconfort ou une autre question, puis abandonne. Les traits parcourus de tics nerveux et la mâchoire crispée laissant paraître de larges traînées blanches sur ses joues, Vanessa est au bord de la crise de nerfs. Il comprend qu'il n'en tirera rien de plus pour le moment. Il se relève lentement, fait un signe de tête à l'infirmière et sort de la chambre.

Un silence ponctué de sanglots et du va-et-vient des agents accueille Korvine à son retour dans le salon. Luc Dufour est en train de consoler sa femme qui se cache la figure des deux mains, comme si elle priait. Un christ crucifié en bois laqué presque orange surveille la scène au-dessus de leurs têtes. Korvine lance un regard interrogateur à Revel qui hausse les épaules et lui fait comprendre d'une moue gênée qu'Odette Dufour est incontrôlable. Il s'avance vers le canapé et tend une main compatissante.

— Condoléances, monsieur et madame Dufour.

Le boucher lève un regard perdu vers lui. La main de Korvine reste en suspens quelques secondes avant qu'il n'en prenne conscience et la serre en s'excusant. Sa poigne est franche et ses mains sont d'une douceur étonnante.

Le contact quotidien de la viande.

Sa femme reste prostrée.

— Lieutenant Korvine. Je suis responsable de l'enquête. Je sais que le moment est mal choisi mais j'ai besoin que vous répondiez à quelques questions. Vous pensez que c'est possible ?

Luc Dufour dodeline de la tête en signe d'assentiment. Ses doigts jouent avec les motifs à fleur du plaid de couleur verte et marron qui recouvre le canapé. Korvine sent les regards des agents présents dans la pièce rivés sur lui.

— Y a-t-il quoi que ce soit au cours des derniers jours qui aurait pu vous faire deviner les projets de votre fille Marie ?

Le boucher secoue la tête.

— Une lettre, un mot ?

— Non.

— Elle avait un journal intime ?

Même réponse, même regard inexpressif, même apathie. Des larmes coulent sur les joues du boucher. Korvine chasse l'image du sang sur la lame d'un couteau qui se forme dans son esprit. Au bout d'une minute longue et pesante, les doigts de Luc Dufour cessent leur jeu. Il relève la tête, fixe un point situé au-dessus de l'épaule de Korvine et se met à parler d'une voix monocorde.

— Marie a fêté ses seize ans le 15 novembre dernier. Cette journée a commencé par les cris de jalousie de sa sœur et elles se sont disputées. Elle venait tout juste d'être réglée. Vanessa l'était depuis ses douze ans, elle savait que ce retard perturbait beaucoup sa sœur aînée et qu'elle en souffrait. C'était comme une rivalité entre elles. Marie était une belle jeune femme, mais très timide, plutôt bonne en classe. C'était presque maladif chez elle. Vanessa est tout le contraire. Un peu plus ingrate, mais sûre de son pouvoir de séduction de fille. Peut-être trop en avance pour son âge, enfin, il paraît que ça marche comme ça de nos jours... Pas mauvaise en classe non plus, mais trop préoccupée par les garçons.

Un sourire naît à la commissure de ses lèvres, vite estompé et remplacé par une grimace de douleur.

— Leur dispute portait sur le supposé petit ami de Marie. Vanessa soutenait que c'était un mensonge destiné à la rendre jalouse, et Marie s'est entêtée, racontant son histoire en détail. Je suis intervenu, mais j'avais peu de temps parce qu'il était sept heures du matin, et j'étais déjà en retard à la boucherie. J'ai demandé à Marie si ce qu'elle racontait était vrai. Je la savais très empruntée sur ces questions-là, et j'étais étonné par la petite lueur de malice qui brillait dans ses yeux. Vanessa était folle de rage. Plus elle criait que ce n'étaient que des mensonges, plus son aînée en rajoutait. Marie m'a juré que c'était la stricte vérité et j'ai fini par céder. Je lui ai dit que je la croyais, lui ai demandé si c'était sérieux et quel était le nom de l'heureux élu. Vous comprenez, elle était mineure et, bref, quand on a deux jeunes femmes à la maison, on ne peut s'empêcher d'être inquiet à leur sujet. À ce moment-là son visage s'est assombri et elle s'est tue. Vanessa a dit d'un air triomphant que le silence de sa sœur était la preuve qu'elle mentait. Marie se taisait toujours. Comme j'étais surpris également, j'ai insisté, en lui expliquant qu'elle avait tout à fait l'âge d'avoir un petit ami, mais que je voulais savoir si c'était un gars bien. Plus j'insistais, plus Vanessa se moquait, et plus Marie se fermait. J'ai supposé qu'elle s'était inventé cette relation amoureuse et j'avais de la peine pour elle, mais j'ai décidé de ne pas enfoncer le clou et de remettre cette petite discussion au soir même, à mon retour du travail. Vanessa riait en chantant que sa sœur était une frustrée et une mythomane. Je lui ai demandé de se taire. Pour moi le sujet était clos. C'est alors que j'ai vu les poings serrés de Marie. Sa colère a éclaté brusquement. Elle s'est jetée sur sa sœur et s'est mise à la rouer de coups, à lui tirer les cheveux et à la griffer en hurlant. Quand j'ai réussi à les séparer, Vanessa avait le visage lardé de traces d'ongles. Je les tenais toutes les deux par le bras. Ivre de rage, Marie s'est dégagée d'un geste violent, et a craché au visage de sa sœur qu'elle n'était plus vierge, qu'elle l'avait fait. De surprise, j'ai lâché prise. Vanessa s'est figée et lui a demandé un nom et une date. Une fois, deux fois, trois fois. Marie a eu ce sourire bizarre de victoire, a ajouté qu'elle savait très bien quand et avec qui, et à mon grand étonnement, alors que je m'attendais à ce que Vanessa lui saute dessus, il ne s'est rien passé. Elles se sont défiées du regard un instant et ça s'est arrêté là.

Luc Dufour marque une pause, le regard toujours perdu dans le vide. Korvine le relance.

— Qu'est-ce qui s'est passé ensuite ?

— Qu'est-ce que vous auriez fait à ma place ? J'ai pris Marie à part et je l'ai interrogée sur ce garçon, mais elle n'a jamais voulu me dire son nom.

— Vous en avez parlé avec votre femme ?

— Je ne voulais pas qu'elle se tracasse, répond-il d'un air gêné… À partir de ce jour-là, Marie n'a plus été la même. Elle ne m'adressait presque plus la parole, s'enfermait dans sa chambre dès son retour de l'école. Je lui ai interdit les sorties, la télé, les jeux de rôle jusqu'à ce qu'elle me dise tout, mais elle était têtue comme une mule et n'a pas cédé. Bizarrement, Vanessa et elle ne se disputaient plus. Comme si cet évènement les avait rapprochées. Inutile de vous dire que j'étais exclu de leurs discussions.

Korvine jette un œil à sa femme, toujours recroquevillée sur elle-même, avant de l'interrompre à nouveau.

— Qu'est-ce c'est que ces « jeux de rôle » ?

— Oh, ça ! c'était leur activité de la semaine. Un truc organisé tous les vendredis soir par le service culturel de la mairie à la Maison pour Tous, pas très loin de chez nous. C'est moi qui les y emmenais, et venais les chercher, deux heures plus tard. Des jeux de plateaux, on lance des dés, on avance de quatre cases, on boit du Coca et on mange des quatre-quarts, ce genre de choses.

Revel et Korvine échangent un regard bref.

— Où j'en étais ?… Ah oui… Comme ça ne s'était pas arrangé à Noël et que cette histoire de coucherie entre ma fille et un inconnu me rongeait jour et nuit, je les ai emmenées consulter le médecin de famille, le professeur Varèse, à la clinique de Tournon. Il m'a dit de ne pas m'en faire, il a fait les analyses nécessaires sur mes deux filles, les a revues individuellement plus tard, et m'a rassuré. Marie et Vanessa étaient vierges toutes les deux. Je ne peux pas vous dire à quel point j'étais soulagé. Pendant le trajet du retour, nous avons discuté, sans parler des résultats, et j'ai levé toutes les punitions. Elles n'ont rien dit et la vie a repris comme avant.

— C'était quand ?

— Fin décembre, la semaine entre Noël et le nouvel an.

— Vous pensez qu'il y a un lien entre…

— J'en sais rien, putain ! le coupe brutalement le boucher. J'en sais rien, mais je n'arrête pas d'y repenser depuis ce matin. Je me dis que tout est de ma faute, que j'ai sûrement fait quelque chose de mal à ce moment-là, un truc que je n'ai pas vu, les mots que je n'ai pas su trouver, j'ai peut-être été trop dur. Je tourne et retourne ça dans ma tête comme si je devenais fou. Marie et Vanessa, c'est toute ma vie. Je les aime plus que tout au monde, vous comprenez ? Je… je…

Toute la tension mobilisée pendant son monologue s'effondre subitement. Le visage tourmenté, l'homme s'affaisse contre sa femme et se met à pleurer à chaudes larmes. Korvine le regarde sans trop savoir s'il doit le consoler ou poser d'autres questions. Il tourne la tête et balaie la pièce du regard. Les trois agents présents se tiennent immobiles et silencieux dans le fond, les yeux braqués sur le couple, comme s'ils partageaient sa peine. La luminosité du salon s'est considérablement réduite. Aucune lampe n'est allumée, si bien qu'il fait presque noir à l'intérieur. Par la fenêtre la plus proche, Korvine réalise que des nuages noirs et compacts se sont accumulés au-dessus d'eux et qu'une pluie dense s'est abattue sur Tournon. Il jette un œil à sa montre, il est à peine trois heures de l'après-midi. Il n'est sur l'affaire que depuis quelques heures, mais il a déjà l'impression d'y être englué jusqu'au cou depuis des semaines. Six suicides en deux jours et autant de familles enfoncées dans un chagrin abyssal. Korvine imagine les pères et les mères à la recherche des raisons de ces suicides. Fouillant dans leur passé, passant leurs erreurs en revue, brisant le sceau du secret familial et sortant des placards et des tiroirs les vieilles histoires qu'ils croyaient enfouies. Creusant avec désespoir la moindre affaire en quête d'une faille, d'un élément déclenchant. Se raccrochant à la vie qui vient de s'en aller au bout de la lame d'un couteau ou au pied d'un immeuble.

Mais aussi les voisins et les voisines, les regards braqués de l'autre côté de la rue. Les cousins et les cousines, le nez et les yeux plaqués aux carreaux des fenêtres. Les amis, priant dans leur cuisine et sur leur oreiller pour que l'épidémie s'arrête là.

Face à lui, les cris et les larmes du boucher redoublent.

Une odeur de soufre et de merde refoule des égouts de la ville.

Korvine se lève et fait signe à Revel qu'il a terminé pour le moment. Il remercie le couple en pleurs, hésite à tendre la main, se ravise, et sort sans jeter un regard aux agents qui s'écartent pour le laisser passer. Luc Dufour lui a parlé d'un médecin de famille, le docteur, non : le *professeur* Varèse.

Pourquoi, professeur ? se dit-il en franchissant le pas de la porte d'entrée. Pourquoi pas docteur ?

Un médecin de famille…

Quand Richard Revel le rejoint sous le porche, dans la petite allée qui sépare la maison du portail, Korvine l'interroge immédiatement à ce sujet.

— Tu connais ce médecin du nom de Varèse ?

Revel le dévisage sans comprendre.

— Luc Dufour, il a parlé de ce médecin.

— Le professeur Hector Varèse ?

— C'est ça.

— C'est le directeur de la clinique Ambroise Valé, au nord de la ville. Un chirurgien. L'une des figures incontournables de Tournon. Tout le monde le connaît de près ou de loin. Il m'a opéré de l'appendicite en 1997. Un truc merdique, une péritonite mal diagnostiquée par mon médecin traitant. Il a fait du bon boulot. Un type plutôt compétent. L'ami de la famille, quoi.

— Et ce titre ronflant, *professeur*, ça vient d'où ?

— J'en sais trop rien. Je crois que c'est une pointure dans son domaine, qu'il a une bonne réputation.

— Et c'est quoi, son domaine ?

— Me suis jamais posé la question. Pourquoi tu me demandes tout ça ?

— Pour rien. Je me disais juste qu'un type qui connaît toute la ville et que l'on va voir quand sa fille aînée prétend avoir perdu sa virginité a certainement des choses à nous apprendre sur ces gamins et leurs suicides.

Revel hoche la tête et pose les yeux sur la rue, balayée par des rafales de vent et une pluie battante.

— Sale temps, hein !

Sans tenir compte de sa remarque, Korvine lui saisit le bras et demande :

— Tu irais voir un médecin, toi, si ta fille arrivait et te disait qu'elle avait couché avec un mec ?

Revel balbutie quelques mots sans trouver quoi répondre.

— En général, ce genre de trucs, on le chante pas sur les toits, non ?

— Tournon est une petite ville. Varèse soigne plusieurs générations d'habitants. Je ne sais pas, je ne trouve pas ça si bizarre.

— Le père a dit qu'il avait fait vérifier la virginité de ses deux filles, tu ne trouves pas ça choquant ?

— La trouille, le besoin de protéger sa progéniture, la peur qu'elles ne gâchent leur vie…

— La connerie à l'état pur, tu veux dire ! s'énerve Korvine. Ce Dufour, là, c'est un intégriste ou un fanatique ? La sexualité de sa fille de seize ans, ça le regarde pas !

— Il croyait bien faire.

Korvine se retient d'ajouter : « Eh bien, on voit le résultat ! », et se contente d'un : « On va demander à ce professeur sa version des faits » laconique. Il réalise, pour la première fois depuis leur rencontre, que Richard Revel est un enfant du pays, qu'il y a vécu et grandi, qu'il y a fait son trou alors que lui, l'orphelin, avait tenté de tirer un trait sur cette partie de sa vie. Le jeune lieutenant à la mine studieuse et exaltée comprend les habitants de Tournon mieux que lui. Pire : il compatit. Korvine le dévisage et comprend en détaillant ses traits encore juvéniles que c'est pour cette unique raison que le commissaire Bongrand le lui a confié. Non pas pour le former, mais pour profiter de son point de vue, de la naïveté de ses vingt-six ans et de sa fougue à cerner la psychologie d'une ville qui l'a vu grandir et fêter ses diplômes. Presqu'un enfant. Plus proche des victimes qu'il ne le serait lui-même peut-être jamais.

L'enveloppe dans la poche intérieure de sa veste semble peser des tonnes. Les résultats de ses analyses.

Comme un avertissement.

Il remonte son col et quitte l'abri du porche. La pluie s'abat sur lui comme une volée de plombs. Il court jusqu'à sa voiture et appuie d'un poing rageur sur le klaxon pour que Revel le rejoigne.

Korvine sort son portable et appelle les renseignements. La portière côté passager claque, Revel enfile sa ceinture et lui lance un regard de biais. Une voix fatiguée finit par répondre au bout d'une dizaine de sonneries.

— La clinique Ambroise Valé, s'il vous plaît. Commune de Tournon-sur-Rhône, Ardèche.

Des doigts pianotent sur un clavier à l'autre bout du fil.

— Je vous mets en relation ?

— Merci.

Hector Varèse, l'ami de la famille Dufour. Figure incontournable de la ville.

— Clinique Ambroise Valé, j'écoute.

— Lieutenant Alexandre Korvine, brigade criminelle de Valence. Je voudrais parler au directeur, s'il vous plaît.

— Il est au bloc. Voulez-vous que je lui laisse un message ?

— Ça ne sera pas utile, je rappellerai. Vous pensez qu'il en a pour longtemps ?

— Je peux pas vous dire.

La standardiste a déjà raccroché.

Korvine glisse le téléphone entre le boîtier de vitesses et l'allume-cigare, démarre, et file en direction du nord de la ville. Il ne brise le silence qui règne dans l'habitacle que cinq minutes plus tard, une fois la voiture arrêtée au feu, en face du Centre des impôts.

— T'as faim ?

Revel hoche la tête en silence.

— Parfait ! On va essayer de se dégoter un sandwich sur le chemin de la clinique. T'as une préférence pour un troquet en particulier ?

Les deux hommes échangent un sourire. Korvine vient officiellement d'admettre que Revel connaissait mieux la ville que lui, détail qui n'a pas échappé à son jeune collaborateur.

3

Mardi 8 février – 15:13

Le quai Farconnet est désert. La cohorte de voitures et de camions de livraison coincés cul à cul sur l'avenue qui le coupe en deux ne fait qu'accentuer l'impression de désolation. À gauche, l'immense parking en terre battue piqué de platanes centenaires est vide, à l'exception d'une fourgonnette qui évoque un canot échoué sur une berge. Les eaux boueuses du fleuve grignotent un bon tiers de sa superficie, comme si le Rhône était en train de reprendre le lit qu'il occupait avant les grands travaux de canalisation des années soixante. En amont, les vannes des barrages ont été lâchées durant la matinée, signe que la pluie va continuer de tomber pendant plusieurs jours encore.

De l'autre côté de la nationale, une dizaine de bars lugubres s'aligne en un arc de cercle parfait, dont seuls les néons aux couleurs criardes rompent la monotonie géométrique. Les terrasses sont vierges de chaises et de tables, le vent a balayé les derniers papiers qui traînaient et la pluie s'est chargée du reste. La buée sur les baies vitrées laisse supposer qu'ils sont ouverts, en dépit des conditions climatiques.

Korvine se gare devant un bureau de tabac et coupe le contact.

— Lequel ?

Revel lui indique une brasserie dont la terrasse couverte affiche un assortiment insolent de panneaux vert et jaune et d'affiches culturelles locales.

Quand Korvine pousse la porte, des rires et de violents relents d'anis et de friture s'engouffrent par l'entrebâillement. En dépit des lois anti-tabac, le patron, un type à la carrure de rugbyman, arbore entre ses dents un cigare à demi consumé qu'il tète avec avidité, les mains plongées dans un bac d'eau fumante. Face à lui, un vieillard s'empresse d'écraser son mégot de cigarette dans un cendrier gros comme un lavabo, avant d'écluser le fond de son verre de pastis. Au fond, quatre types entre vingt et cinquante ans, attablés devant quatre sérieux de bière blonde et une pile de cartes de jeu, tournent brièvement la tête vers l'entrée pour dévisager les nouveaux venus. L'un d'eux marmonne un truc inaudible qui fait ricaner ses amis, puis ils replongent dans leur partie de belote. En silence, cette fois-ci.

Korvine s'avance vers le comptoir et demande s'il est possible d'avoir quelque chose à manger. Sans le regarder une seule fois dans les yeux, le patron attrape son cigare entre l'index et le majeur de la main droite et le dépose sur l'évier avant de répondre d'un ton froid qu'il va voir s'il reste quelque chose dans le frigo de la cuisine. Revel le rejoint au bar. L'imitation du cri d'une poule fuse du fond de la salle. Revel se retourne d'un coup, Korvine attrape son bras et le contraint du regard à reprendre sa place.

— Tu les connais ?

Revel serre les dents, visiblement piqué au vif, révélant un aspect de sa personnalité que Korvine ignorait.

— Celui du fond, avec le pull bleu, crache-t-il. On s'est côtoyés au lycée. Un vrai connard anti-flic.

— Tu crois qu'être anti-flic est un critère de connerie ? murmure-t-il sur un ton ironique.

— Cet abruti vit sur l'héritage de sa mère et il claque tous ses sous dans la bière.

— Ce n'est pas interdit, que je sache.

— Écoute, Alexandre, tu penses ce que tu veux, mais ne viens pas me donner des leçons de morale quand un type que je connais se fout de ma gueule, d'accord !

Korvine sourit. Revel vient de l'appeler par son prénom. Ce dernier s'en rend compte et détourne les yeux.

— C'est pas ce que je voulais dire.

Comme Revel le regarde d'un air interrogateur, il désigne du menton sur sa droite l'exemplaire du journal du jour, ouvert sur une double page consacrée aux suicides. Le père de Patrick Gouy, photographié en gros plan et en couleur, y déverse sa colère contre l'impuissance des forces de l'ordre dans une interview dramatiquement pauvre, axée sur l'émotion que l'évènement suscite dans toute la ville. En page 3, le commissaire Bongrand pose avec le maire, affichant une mine solennelle. « Nos équipes sont d'ores et déjà à pied d'œuvre… » et le laïus habituel, fait de condoléances, d'hommes appelés en renfort, de maîtrise de la situation et d'énumérations de chiffres.

À ce moment-là, le patron revient avec deux assiettes fumantes dans lesquelles deux croque-monsieur dégoulinant de gruyère fondu rivalisent avec quelques feuilles de salade et un cornichon. Il les balance sur le comptoir avec serviettes, couverts et verres d'eau.

— C'est tout c'qui m'restait.

Korvine lui dit que ça sera parfait et entame son plat. Le fromage lui brûle les lèvres mais il vide son assiette avant que Revel n'ait commencé.

— T'as plus faim ?

— Ces connards me coupent l'appétit.

Du fond de la salle, les ricanements qui les ont accueillis cinq minutes plus tôt se sont transformés en un murmure empreint d'animosité. Le type que Revel connaît les interpelle avec ironie.

— Cette enquête, ça avance ?

La meute des loups veille sur ses petits, ne peut s'empêcher de penser Korvine en repoussant son assiette et en sifflant son verre d'eau. La ville est sous tension. Le sang excite les esprits, l'excitation naît de la peur, et la peur de l'ignorance. Ou de la culpabilité.

Revel se raidit sur son tabouret.

— Laisse tomber, fait-il en demandant la note au patron. Je règle et on se barre.

Une fois sorti du bar, Korvine compose à nouveau le numéro de la clinique Ambroise Valé et s'avance vers le passage piéton.

— Ne quittez pas, je vous passe le professeur Varèse.

Un grésillement, suivi d'une brève sonnerie.

— Hector Varèse à l'appareil. Vous avez cherché à me joindre.

— J'aurais aimé vous rencontrer assez rapidement.

— Pour quelle raison ?

Le ton de Varèse est glacial.

— Je suis chargé de l'enquête sur les suicides d'enfants survenus au cours des derniers jours.

— Je vois.

— Je sais que vous connaissez beaucoup de monde à Tournon. Je me demandais…

Varèse l'interrompt.

— Un instant, je consulte ma secrétaire pour savoir s'il y a un trou dans mon emploi du temps.

Nouveau grésillement dans le combiné, la même musique électronique d'opéra. Une minute passe.

— Lieutenant Korvine, vous êtes toujours là ?

— Je vous écoute.

— Maintenant, c'est possible ? J'ai une autre intervention à quatre heures.

— Parfait.

Un silence. Le professeur ne raccroche pas. Un raclement de gorge.

— Je peux vous demander qui est votre supérieur hiérarchique ?

— Le commissaire Michel Bongrand.

— Bongrand… On se connaît un peu… Bon, à tout de suite.

Korvine glisse son téléphone dans sa poche et ferme les yeux. Dans sa tête, un bout de jardin se matérialise. Des jouets de gamins cassés ou démontés entassés dans un coin, un portique sans corde ni balançoire. Un enfant qui pleure. Un crissement de pneus le sort de sa rêverie. Un bras tendu derrière le pare-brise d'une Clio blanche. Au-dessus des platanes, de lourds nuages noirs défilent à toute allure, comme s'ils fuyaient quelque chose. Korvine retient une quinte de toux, puis il regagne la voiture où Revel l'attend déjà et démarre.

Sans écouter le grondement des hommes en colère de l'autre côté de la rue.

Un mètre quatre-vingts, visage anguleux, chevelure grisonnante et mains fines et soignées, des gestes empreints de certitude, un regard bleu apaisant et lointain à la fois. Son visage exprime l'impassibilité de celui qui s'attend à ce qu'on vienne le consulter en même temps que l'agacement d'être dérangé en plein travail. Hector Varèse est tel que Korvine se le figurait. Le genre d'homme à être aussi à l'aise face à un lieutenant qu'en tête-à-tête avec un macchabée, au bloc opératoire, un scalpel à la main. Première impression, déterminante.

— Veuillez vous asseoir, j'en ai pour une minute.

Korvine fait deux pas supplémentaires dans le bureau.

— Fermez la porte derrière vous, s'il vous plaît !

— Je vous demande pardon ?

Hector Varèse lève la tête et indique la porte du menton avant de lui tourner le dos et de ranger un dossier dans une armoire volumineuse.

— La porte… que nous soyons à l'aise pour discuter…

Une fois le tiroir refermé, il s'avance vers Korvine.

Sa poignée de main est molle mais le ton de sa voix, direct.

— Je dois être au bloc dans vingt minutes.

Tenant toujours la main de Korvine dans la sienne, comme pour sonder son rythme cardiaque, il ajoute :

— Terrible affaire.

Le professeur contourne son bureau, désigne de la main le siège en face de lui et croise les bras d'un geste mécanique.

— À vrai dire, je suis là à titre informel.

Léger sourire de l'intéressé.

— Votre nom est revenu plusieurs fois dans la bouche de différentes personnes croisées depuis mon arrivée, et j'étais curieux de vous rencontrer. Tournon est une petite ville. Chaque point de vue compte.

Varèse acquiesce, sans trahir une quelconque émotion.

— Vous connaissez bien les habitants de cette ville. Des enfants se suicident. Cela affecte tout le monde. Vous devez vous sentir touché.

— Eh bien, je connaissais certains de ces enfants ou leur famille. En particulier la mère du petit Patrick Gouy. La mort de son fils est une véritable tragédie qui l'a anéantie. J'ai lu dans la presse ce matin que vous n'aviez toujours pas de suspect en vue.

— La procédure suit son cours. Vous connaissez très bien la famille Dufour, aussi, je crois.

— Luc est un ami.

— C'est ce que j'ai cru comprendre.

— Je ne m'explique pas le geste de sa fille. Luc prenait soin de ses deux filles comme de la prunelle de ses yeux. Elles avaient tout pour être heureuses.

— Il m'a dit vous les avoir amenées en décembre dernier pour une consultation.

— C'est exact.

— J'aimerais entendre votre version.

Varèse s'interrompt, le regard fixe.

— Vous pensez que Luc serait responsable de…

Korvine coupe :

— Je ne pense rien. La seule chose qui m'intéresse, c'est pourquoi. Répondez à ma question, s'il vous plaît.

Varèse paraît déstabilisé une fraction de seconde.

— Je… Il me les a amenées fin décembre, si ma mémoire est bonne. J'ai surtout discuté avec elles.

— Il m'a parlé d'analyses.

— Oh… Je vois à quoi vous faites allusion. Simple examen gynécologique, comme cela se pratique sur des adolescentes à qui on va prescrire un moyen contraceptif.

— M. Dufour ne m'en a pas parlé.

— Luc était terrorisé à l'idée que l'une de ses filles devienne fille-mère si jeune. Marie était très naïve à ce sujet.

— Pourquoi lui et pas sa femme ?

— Son épouse est assez effacée de caractère.

— Vous voulez dire qu'elle est dépressive.

— Quelque chose comme ça, oui.

— Vous leur avez donc prescrit la pilule.

— Oui.

— C'est tout ?

— C'est tout.

La voix de Varèse ne tremble pas.

— Selon vous, cela n'a aucun rapport avec le suicide de Marie.

— Médicalement, aucun.

— Et psychologiquement ?

— Ce n'est pas de mon ressort, mais je ne vois pas bien quel lien il pourrait y avoir.

Korvine opine.

— Parlez-moi de Farida Gouy.

— Une femme fragile pour qui son fils comptait beaucoup. Son accouchement s'est mal passé, il y a eu une opération, suivie de quelques autres ces dernières années.

— Elle voulait d'autres enfants ?

— Je préférerais que vous lui posiez directement la question.

— Elle est venue vous voir après la mort de Patrick ?

— Oui.

— Pour quelle raison ?

Varèse lève les mains au ciel.

— À votre avis ?

Korvine sort son carnet et prend quelques notes, sous l'œil impavide du professeur, puis il range son stylo.

— Qu'est-ce que vous pensez de ces suicides ?

Ses yeux plantés dans ceux de Varèse qui détourne le regard.

— Je connais les statistiques comme vous. Ce genre d'accident arrive, mais avec une telle fréquence, je vous avoue que je ne sais pas trop… Le nombre de suicides infantiles a augmenté au cours des dernières années. Les statistiques sont ce qu'elles sont. Il est tout à fait probable que, par un concours de circonstances, quatre ou cinq enfants mettent fin à leurs jours aujourd'hui, et qu'il n'y ait plus aucun cas de ce genre au cours des dix prochaines années.

— Les statistiques…

— En tant que chirurgien, je constate des phénomènes similaires concernant certaines pathologies. Les cancers de la thyroïde vont être nombreux une année, puis très rares l'année suivante. L'équilibre se fait sur une longue période.

— Vous pensez que ça peut être le cas dans cette affaire.

— Pour être franc, je n'en sais rien. Mais j'espère sincèrement que la série va s'arrêter là.

Korvine perçoit une légère inflexion dans le ton de sa voix.

— Vous aimez cette ville, professeur ?

Les traits de Varèse se contractent de manière à peine perceptible.

— J'y suis né, j'y exerce depuis une vingtaine d'années.

— Je prends ça comme une réponse positive.

— Je connais l'histoire d'un grand nombre d'habitants de cette ville. Leurs joies, leurs peines. Je connais certains de leurs secrets, des plus anodins aux plus inavouables. Le secret médical est un poids terrible et une chance inouïe. J'ai accès à la part intime de mes patients, ce qui me permet de les comprendre, comment dire… *en profondeur*. Ce qui nous arrive est terrible. Il faut tout faire pour que ça cesse.

Hector Varèse pousse un long soupir et s'appuie contre le dossier de son fauteuil. Son regard se fixe sur un point situé au-dessus de Korvine, qui se fait la réflexion que Varèse est la première personne qu'il croise depuis son arrivée à parler de Tournon et de ses habitants à la première personne du pluriel. Étonné, il fouille dans sa mémoire à la recherche d'un autre cas de ce genre, sans y parvenir. Les médecins sont réputés faire preuve d'un minimum d'empathie, par souci d'objectivité et pour se protéger de toute émotion contradictoire avec l'exercice de leur métier. Surtout quand ils se mêlent de politique ou qu'ils sont carriéristes. Le professeur semble posséder ces deux qualités.

Une petite ville, de nombreux liens.

Korvine jette un coup d'œil à sa montre.

— Encore une question, avant de vous laisser.

Varèse est déjà debout.

— Je vous en prie.

— Quelle pourrait être la réaction des habitants de Tournon s'il y avait d'autres suicides au cours des prochains jours, selon vous ?

Les deux mains à plat sur son bureau, dominant Korvine de toute sa taille, le professeur Varèse ferme les yeux et s'exclame :

— Je suis un homme de science, lieutenant. Et je suis chirurgien. Quand un accidenté de la route arrive aux urgences, la seule chose à laquelle je pense, c'est comment je vais faire pour lui sauver la vie. Je laisse la mort aux autres.

Sans trop savoir s'il doit prendre cette réponse comme un acte de foi ou un aveu d'impuissance, Korvine se lève à son tour.

— De quelle « science » parlez-vous ?

— Je fais allusion aux recherches que je mène ici, dans le laboratoire attenant à la clinique, en parallèle à mes activités de chirurgien.

— Des recherches sur quoi ?

— Un rapport avec votre enquête ?

Agacé par le ton condescendant de sa réponse, Korvine le fixe sans ciller. Un voile passe devant les yeux d'Hector Varèse avant qu'il n'ajoute avec un sourire poli :

— Les neurosciences.

— C'est-à-dire ?

— Tout ce qui touche l'étude de l'anatomie et du fonctionnement du système nerveux. En particulier tout ce qui concerne le cerveau. Imagerie cérébrale, neurophysiologie. La neuropsychiatrie préventive, surtout.

Varèse regarde sa montre.

— L'heure tourne, je dois me rendre au bloc dans

un instant, si vous permettez. Revenez me voir quand vous le voudrez.

Il ouvre un tiroir et en sort une carte professionnelle qu'il lui tend avec un sourire. Korvine la prend et la glisse sans un mot dans sa poche intérieure.

— L'entretien est clos ?

— L'entretien est clos, professeur. Si vous pouviez me communiquer les analyses de Vanessa et Marie Dufour ou tout ce que vous pourrez juger utile pour notre enquête, je vous en serais reconnaissant. Faites amener ça au commissariat.

Hector Varèse acquiesce.

— Je suis toujours là pour cette ville.

Pour sauver des vies, pense Korvine. Et laisser la mort aux autres.

Quand Korvine quitte le bureau du directeur, le flot sanguin dans ses artères a gagné en débit. Il sort une cigarette de son paquet, arrive dans le hall d'entrée de la clinique et rejoint Revel qui l'attend. Il lui fait signe de le suivre dehors. Là, il consulte sa montre pendant que la fumée âcre se fraie un chemin dans ses poumons. Presque quatre heures. Une femme le bouscule en entrant dans la clinique sans s'excuser. Korvine hausse les épaules avec un sourire en direction de Revel et inspire une nouvelle bouffée.

— Alors ?

— Je ne sais pas.

Revel jette un œil à son portable, attendant la suite.

— Un type curieux, souffle-t-il en inhalant. Pragmatique, précieux, condescendant, toutes les caractéristiques du directeur de clinique. Pourtant il me laisse une impression mitigée… Tu as de l'aspirine sur toi ? J'ai un mal de crâne épouvantable.

Revel fouille dans ses poches et en ressort un tube qu'il lui tend. Korvine le remercie et en extrait deux comprimés qu'il croque en faisant la grimace. Les molécules d'acide acétylsalicylique ne tarderont pas à produire leur effet.

— Et toi, qu'est-ce que tu as récolté ?

— Marie et Vanessa Dufour sont bien passées au labo d'analyses fin décembre, le 28, à 16 h 30. Pour Vanessa, c'était la première fois, mais Marie est déjà venue en 2001 pour se faire opérer de l'appendicite. Mais ce n'est pas tout. Les deux sœurs sont repassées jeudi dernier, pour une nouvelle visite.

— Pour venir prendre les résultats des analyses.

— C'est possible.

— Ni Varèse ni Dufour ne nous en ont parlé.

— Jeudi 3 février à…

Revel feuillette son carnet.

— 16 h 30, même heure.

— Cinq jours avant que Marie se suicide. S'il y a un lien, le légiste a dû le découvrir pendant l'autopsie. Christophe Hardt va nous dire ça tout de suite.

Korvine décroche son portable et compose le numéro du commissariat.

— Christophe ?… Oui, je voudrais que tu me prépares tous les rapports d'autopsie, j'ai quelques questions à te poser… C'est ça, les six suicides. Merci, à tout de suite.

Il raccroche.

Devant eux, une double rangée interminable de véhicules se pressent sur l'avenue du Maréchal-Foch. L'une remonte vers le nord, en direction de Saint-Jean-de-Muzols et de Lamastre. L'autre file vers le centre-ville et le pont. Coups de klaxon, essuie-glaces, odeur d'essence et de gaz d'échappement. L'heure de la sortie des écoles, voitures garées en double file. Impression confuse d'une ville-train, non pas statique mais en mouvement autour de son artère principale. Comme si l'essentiel de l'activité ne se situait pas dans les usines, les habitations et les commerces, mais dans ces cars, ces berlines, ces fourgonnettes en procession perpétuelle. Comme si tout élément exogène au trafic était voué à sa perte. Tournon se conçoit comme une machine, dont chaque rouage grippé se protège derrière le mouvement du mécanisme dans son ensemble. Par peur que le flux vital s'interrompe. Par peur de tout corps étranger qui ne trouverait pas sa place. La mécanique est d'une simplicité enfantine. Elle ne peut être remise en question. Pour cela, elle doit être protégée.

À n'importe quel prix.

Les deux lieutenants regagnent la Laguna et s'insèrent dans les embouteillages à leur tour. Korvine hésite un instant à sortir le gyrophare de la boîte à gants, puis se ravise pour ne pas attirer l'attention sur sa voiture. L'épisode du bar, une heure plus tôt, l'a refroidi.

Tournon se protège.

Dix minutes plus tard, ils n'ont progressé que de cinq cents mètres et ne sont parvenus qu'à l'entrée du quai Farconnet. L'habitacle empeste le tabac froid et le mal de crâne de Korvine a empiré.

— Quel est le programme ? demande Revel, relevant le nez de ses notes.

— Je sais pas encore trop où on met les pieds.

— On y verra peut-être plus clair avec les autopsies.

— J'espère, j'espère, marmonne Korvine, avant d'ajouter : est-ce que tu pourrais me trouver des infos sur la clinique Ambroise Valé ?

— Quoi en particulier ?

— Rien de précis. Juste par curiosité. Varèse, la clinique, le laboratoire, ses recherches sur le cerveau.

— Je suis pas vraiment ce qu'on pourrait appeler un spécialiste de la police scientifique et…

— C'est pas ça que je te demande. Varèse n'est soupçonné de rien. Je veux juste m'informer un peu plus. La clinique est le seul lien potentiel que nous ayons entre les victimes, ça vaut le coup d'y jeter un œil, tu crois pas ?

À court d'arguments, Richard Revel lève les mains en signe d'impuissance.

— OK, OK, je m'en occupe dès notre retour.

— Tant que tu y es, vérifie dans les dossiers des victimes si toutes y sont vraiment passées, et à quelles dates. On cherche des corrélations récentes. Vois à tout hasard si les dates de passage de Vanessa et Marie correspondent à d'autres.

— Avec un peu de chance…

— De la chance, ces gosses n'en ont pas eu trop pour le moment, s'emporte Korvine. Alors, fais ça, et après on verra, d'accord ?

Un silence malsain s'installe entre eux pendant tout le reste du trajet. C'est avec soulagement que Korvine quitte les embouteillages pour monter jusqu'à la place de l'Hôtel-de-Ville. Une fois devant le commissariat, il s'extrait du véhicule et entre dans le bâtiment sans attendre Revel ni prendre le temps de fermer à clef.

Lunettes vissées sur le crâne, derrière lesquelles une paire d'yeux perçants remue en cadence, Christophe Hardt est déjà assis dans le bureau quand Korvine entre, essoufflé. Les deux hommes se serrent la main.

— Content de travailler avec toi sur cette affaire.

— C'est une façon de voir les choses, rétorque Korvine en esquissant un sourire.

Le légiste lui désigne une pile de dossiers posés sur le rebord du bureau.

— Voilà les rapports d'autopsie. Il ne manque que celui de Marie Dufour qui est dans le bureau de Bongrand. Je te l'apporte dès que je l'ai récupéré.

Korvine ne quitte pas son collègue du regard. Les yeux cernés.

— Fatigué ? lui demande-t-il.

— Pas eu le temps de fermer l'œil depuis trente-six heures, dit Hardt. Rien d'insurmontable.

Korvine se débarrasse de sa veste, traverse la pièce et attrape le premier dossier de la pile.

— Tu as cinq minutes pour qu'on en discute ?

— Si tu veux, mais y a pas grand-chose à dire. Tu connais les moyens du commissariat, nous ne sommes pas vraiment équipés et je ne sais pas dans quelle direction chercher. Ici, on fait pas d'analyses ADN, ni de recherche moléculaire. Je sais ce que les victimes ont mangé avant de se tuer, si elles ont eu des accidents récents ou anciens. Je pousse jusqu'à regarder leur taux de globules rouges et blancs, mais ça n'a rien donné, pour la simple et bonne raison que les morts sont tous très jeunes, en pleine forme. Dans le meilleur des cas, j'ai trouvé les traces d'une appendicite ou d'un poignet cassé. Pas de traces de coups et blessures, mais ça tu le sais déjà.

— Et si j'arrivais à débloquer une enveloppe conséquente, tu pourrais approfondir ?

— Même pas. C'est pas vraiment une question de budget. J'ai pas le matériel, pas le personnel. Deux cadavres sur six ont déjà été rendus aux familles, c'est-à-dire bientôt enterrés six pieds sous terre, et les autres ne resteront pas longtemps dans les frigos, pour les mêmes raisons.

Korvine abat son poing sur la table avec violence.

— Merde et merde !!! On patauge depuis ce matin. Et tout ce qu'on a, c'est des morts supplémentaires ! Nos réseaux d'indics sont inutiles tant qu'y a pas de trafic de drogue, les caméras de surveillance réparties dans le centre-ville ne nous apprennent rien d'autre que le sempiternel déplacement des ménagères de moins de cinquante ans et y a pas un seul foutu habitant de cette ville pour aligner d'autres mots que : « Je sais pas, j'ai rien vu, retrouvez mes enfants et arrêtez le coupable ! »

— Écoute…

— Il faut recommencer. Il doit bien y avoir quelque chose à trouver.

— Si tu veux, mais s'il y avait une explication récurrente, je l'aurais déjà identifiée. À quoi tu penses ?

Korvine se gratte le crâne et allume une nouvelle Camel sous le regard réprobateur de son collègue.

— Ça te dérange ?

— Tu es dans ton bureau, tu fais ce que tu veux.

Les deux hommes se jaugent un bref instant. Korvine connaît Christophe depuis bientôt une décennie. Dix ans de morgue et de congélateurs, dix ans d'idées noires, les mains dans le sang. Chairs meurtries, overdoses, homicides, tout ce que Valence et ses environs colportent de pourriture humaine et d'erreurs. Pas les conditions idéales pour une relation d'amitié durable. La mort entre eux. Encore et toujours.

— Je suis passé à la clinique avec le petit Revel. Marie Dufour y a fait des analyses il y a peu. Je me demandais s'il y avait un rapport avec les autres suicides.

— Demande aux archives de la clinique, dans ce cas.

— Revel va s'en occuper.

Korvine s'adosse au mur.

— Je voulais juste éviter de faire du bruit pour rien, voilà tout.

Hardt soupire et se dirige vers la porte.

— Je vais voir ce que je peux faire.

— Encore un truc.

Le légiste lâche la poignée et se retourne.

— Qu'est-ce que tu peux me dire sur le professeur Varèse ?

Hardt lève un regard étonné sur Korvine.

— Tu penses qu'il est impliqué ?

— Non ! Je veux juste avoir une idée de qui il est. Le type qui connaît tout le monde, l'un des rouages de la ville, à la fois très distant et très agacé par mes questions.

Le légiste soupire.

— Alors ?

— C'est un notable. Né ici, fils de médecin, ses diplômes en poche, il est revenu ici exercer à la clinique, puis est rapidement devenu directeur. Il passe l'essentiel de son énergie dans le laboratoire qu'il a monté, en annexe de la clinique, avec son équipe de chercheurs qui bossent sur le cerveau.

— Ça fait combien de temps ?

— Depuis une demi-douzaine d'années, je dirais.

— Tu connais le contenu de ses travaux ?

— Pas vraiment, à part les banalités sur la neuropsychiatrie. La communication n'est pas son fort. Autant que je sache, c'est juste un labo comme tant d'autres. Plus un jouet pour Hector Varèse qu'un véritable centre de recherche. Une sorte de vitrine pour asseoir sa légitimité en tant que chirurgien. Le professeur est mégalo sur les bords, les gens se moquent un peu de lui dans le coin.

— C'est pour ça que tous l'appellent « le professeur » ?

Hardt acquiesce.

— Son assurance, ses grands airs, c'est plus pour donner le change, mais ça n'impressionne pas grand monde, ici.

— Un pauvre type, quoi.

— On peut dire ça comme ça…

Il laisse échapper un ricanement.

— Un pauvre type qui roule en BMW dernier modèle, qui dirige une clinique de deux cent cinquante lits et une soixantaine d'employés à temps plein… Mais je t'arrête tout de suite, il a pas le profil d'un tueur en série. Tout le monde se fout de sa gueule, mais il est apprécié pour ce qu'il est : il offre un emploi à pas mal de personnes, directement ou indirectement, n'a jamais raté une opération, enfin, c'est ce qu'on raconte, et une bonne dizaine d'associations reconnues d'intérêt public dépendent de son compte en banque. Sans parler du club de foot qu'il subventionne généreusement.

— Une vache à lait.

— Et un sacré appui politique… Tu l'as vu quand ?

— Il y a une demi-heure.

— Qu'est-ce qu'il a dit ?

Hector Varèse, l'ami de tout le monde et l'idiot du village.

— Rien.

Le hasard n'existe pas.

Contrarié, Korvine écrase son mégot d'un geste nerveux sur le rebord de la fenêtre et le jette dans la poubelle.

— Tu crois au hasard, toi ?

— Je suis un scientifique.

— T'es la deuxième personne à me dire ça aujourd'hui, et c'est pas une réponse.

— T'es chiant, Alexandre. Si tu préfères, mon boulot consiste en gros à réduire les effets du hasard, ce qui veut dire que je vais plutôt parler d'aléas, de causes multifactorielles, de variables aléatoires, de contingences de l'évolution, de probabilités, de systèmes complexes ou de théorie du chaos. Je peux te citer Averroès, Blaise Pascal, von Neumann, Oskar Morgenstern et même t'apprendre que ce mot vient du terme maghrébin *az-zahr* qui signifie *chance* et qu'il désigne, jusqu'au XIIe siècle, un jeu de dés auquel je n'ai jamais joué, dont je ne connais pas les règles et dont je me contrefous.

— Donc on peut dire que le hasard existe.

— Pas vraiment. La science n'est pas la seule tentative de réponse à cette question. À force d'étudier le corps des morts, j'ai compris que dans neuf cas sur dix, mes analyses ne servent à rien.

— Comment ça ?

— Mon scalpel m'aide à découper des *conséquences* d'actes, à partir desquelles je fais des *projections*, mais ce qui pousse un homme à planter un couteau dans le corps d'un autre homme n'a rien de bien scientifique. Dans la majorité des cas, les types comme toi n'ont pas besoin de types comme moi, à part pour prouver leurs théories sur les rapports humains. Et dans quatre-vingt-dix-neuf pour cent des cas, il faut plutôt chercher du côté de l'amour, de la cupidité, de l'avarice, de la jalousie ou de la haine qui ne sont que les différents aspects d'un seul et même système : les rapports humains.

— En clair ?

— Tout ce qu'il y a dans la tête des gens et qui régit leurs rapports : les croyances, les idéologies, les valeurs, les fantasmes, ta libido, la mienne, Dieu, Raël, le Progrès technologique, le CAC 40, la crise boursière, les promos de janvier, les couvertures de *Voici*, les seins de Pamela Anderson, Thatcher, Sarkozy, Elvis Presley et probablement ma mère. Je m'occupe du comment, pas du pourquoi. Y a que les imbéciles et les chantres des neurosciences pour soutenir le contraire.

— Les spécialistes en neuropsychiatrie préventive, tu les classerais où ?

— Tu penses à Varèse ?… Putain, Alexandre, laisse tomber. Ce type ne doit son diplôme et son poste qu'à son père et son argent.

Mais toute la ville est derrière lui, pense Korvine.

— Les médiocres ne sont-ils pas les plus dangereux ?

Une fois Hardt sorti, Korvine attrape son téléphone et appelle Richard Revel pour savoir s'il a avancé sur la clinique. Ce dernier lui dit qu'il en a encore pour un moment.

— Tu me tiens au courant, je bouge pas.

Korvine tire une chaise et entame la lecture des cinq rapports d'autopsie. D'un geste machinal, il sort une cigarette de son paquet et jette un œil à la pendule du couloir à travers la baie vitrée qui le sépare de son bureau, pendant que ses neurones entament le lent processus de reconnexion.

16 h 30, l'heure des braves.

Hector Varèse, la clinique, l'histoire des dernières années dans une petite sous-préfecture ardéchoise.

Patrick Gouy, dix ans, défenestré. Michaël Buffat, sept ans, Bastien, treize ans, intoxication au gaz. Léa, Marion et Marie. Les suicides…

Vingt minutes passent avant qu'un coup frappé à la porte ne le tire de sa somnolence. Le rythme s'accélère : Revel. Il rallume une cigarette. Les premières volutes de fumée achèvent de le réveiller.

— Du nouveau ?

— J'ai ce que tu m'as demandé, compte tenu du délai.

— T'as fait vite.

Revel a les bras chargés de feuilles imprimées et de coupures de presse. Son regard s'attarde une fraction de seconde sur sa cigarette pendant qu'il franchit le seuil. Korvine feint de l'ignorer et désigne le bureau du menton.

— Pose tout ça là et fais-moi un résumé.

Un an auparavant, la clinique du docteur Varèse a été impliquée dans une affaire d'envergure nationale. Avril dernier, une douzaine de centres de radiothérapie destinés à traiter les tumeurs du cerveau sont rappelés à l'ordre. Tous sont fournis en matériel par le leader mondial du marché, une société américaine. Quatre mois plus tard, les machines fonctionnent toujours. En août, le ministère de la Santé décide de suspendre leur utilisation, après un deuxième avis alarmant émis par l'Autorité de sûreté nucléaire et l'Agence française de sécurité sanitaire des produits de santé. Les appareils étaient défectueux.

Pur hasard ?

Selon toute vraisemblance.

Labtech, la société en question, a prévenu les autorités dès qu'elle a eu vent du problème. La clinique Ambroise Valé n'était qu'un de ses clients parmi tant d'autres, mais les conséquences de cette suspension sur les travaux de Varèse pouvaient être dramatiques. Après consultation des fichiers de Varèse, seul un type d'appareil de radiothérapie stéréotaxique était concerné.

— Tout ça nous ramène aux recherches de Varèse.

Revel se laisse aller sur le dossier de sa chaise. Des poches noires lui cernent les yeux. Il réprime un bâillement. Korvine s'étire et grille une cigarette supplémentaire, se demandant si ces histoires de gros sous ont un rapport avec leur affaire.

— Varèse aurait tout simplement pu étouffer l'affaire et changer de matériel. Après tout, il s'agissait d'une directive ministérielle qui ne l'engageait pas personnellement.

— Oui, mais apparemment, il a eu à gérer par la suite une quinzaine de procédures juridiques engagées par certains de ses clients qui se seraient plaints d'effets secondaires.

— Lesquels ?

— Maux de tête, douleurs au ventre, ce genre de trucs.

— Rien de grave… La publicité faite autour de la clinique le dérangeait sans doute.

— Pas les plaintes, d'autant que les rapports d'experts dont la ministre de la Santé de l'époque s'est fait le relais ont finalement déclaré qu'aucun des patients n'avait subi de dommage, étant donné que la déviation d'environ un millimètre du faisceau de rayonnement se situait en dessous du seuil de tolérance.

— Fausse piste, marmonne Korvine.

— Tu penses qu'il y a un rapport avec les suicides ?

Sans répondre, Korvine écrase nerveusement sa cigarette sur le rebord de la table, attrape son téléphone et compose le numéro du médecin légiste. Christophe Hardt décroche au bout de la première sonnerie. Korvine lui résume leur conversation et lui demande son avis, en hochant la tête pensivement à chacune de ses remarques. Il raccroche moins de cinq minutes plus tard, pose ses deux mains à plat sur le bureau et se lève en faisant grincer les pieds de sa chaise sur le carrelage, sous le regard interrogateur de son collègue. Il traverse la pièce en direction de la fenêtre, concédant un haussement d'épaules laconique lorsqu'il passe devant Revel. Du revers de la main, il essuie la buée qui s'est formée sur les carreaux, et laisse ses yeux se perdre le long des murailles en granite du château qui lui barrent la vue à dix mètres. Une vingtaine de meurtrières en partie rebouchées au mortier dessinent les limites de ce qui a été autrefois l'un des avant-postes militaires les mieux gardés des environs.

Derrière elles, les cris des bourreaux et des suppliciés.

Les hurlements de colère et de désespoir de Patrick, Bastien, Michaël, Marion, Marie et Léa. Leurs visages déformés coincés entre les dalles de granite, enserrés dans le mortier. Leurs yeux versent des larmes de sang et de métal bouillant. Leurs parents, au bas des murailles, dans l'ancien lit du fleuve, se noient. Payant pour leurs erreurs. Pour les secrets enfouis et leurs erreurs. Les ponts-levis sont relevés, les lourdes portes en chêne sont verrouillées, la ville est prise au piège.

Korvine chasse cette image de son esprit et s'écarte de la fenêtre au moment où le commissaire Bongrand fait une entrée bruyante dans la pièce.

La porte du bureau se referme dans un claquement sec. Le commissaire affiche une mine contrariée. Korvine et Revel échangent un regard bref.

— Qu'est-ce que c'est que ce bordel, Alexandre ?

Haussement d'épaules.

Hector Varèse.

— Le divisionnaire vient de m'appeler pour me signaler que vous enquêtez sur le directeur de la clinique. Est-ce que c'est vrai ?

Korvine pousse un soupir.

— Hector Varèse est un ami de longue date. Que vous l'interrogiez en tant qu'homme de premier plan de la ville, passe encore, mais que vous alliez fouiller dans les vieux dossiers de la clinique sans m'en avertir !

Hector Varèse, l'ami de tout le monde dans la ville.

— C'est Varèse qui vous a prévenu de notre visite à la clinique ?

— Putain de merde, même pas ! Il a appelé directement mon supérieur qui vient de me remonter sérieusement les bretelles !

— Nous n'avons fait que l'interroger sur ce qu'il pensait des suicides. Le père de l'une des victimes a mentionné son nom et…

— Pas Varèse ! coupe Bongrand en soufflant bruyamment. Pas sans m'avertir avant ! Je te connais, Alexandre, je sais comment tu fonctionnes.

Face au mutisme perplexe des deux lieutenants, le visage obèse du commissaire reprend son teint cireux habituel. Une odeur de transpiration âcre se répand lentement dans la pièce. Korvine saisit son paquet et rallume une cigarette, sous l'œil désapprobateur de son supérieur. Bongrand reprend d'une voix plus calme.

— Vous avez quelque chose sur lui ?

Silence des intéressés. Korvine consulte sa montre, Revel ne le quitte pas des yeux.

— Dans ce cas…

Bongrand fait déjà demi-tour et se dirige vers la porte. Sa main sur la poignée, ses yeux gris acier vissés dans ceux de Korvine.

— Ces suicides remuent une merde, vous avez pas idée. J'ai déjà reçu une bonne dizaine de coups de fil inquiets d'élus ou de personnalités de la ville depuis ce matin me rappelant qu'on marche sur des œufs, sans compter les appels des curieux, alors pour l'instant, vous enquêtez uniquement sur les suicides.

La main du commissaire lâche la poignée de la porte, farfouille dans une des poches de sa veste et en ressort un mouchoir chiffonné qu'il applique sur ses tempes et son front.

— Je suis bien clair ?

Korvine hoche la tête sans proférer un son. Bongrand sort de la pièce et claque une nouvelle fois la porte. Il inspire une dose de nicotine et se tourne vers son collègue.

— Qu'est-ce qu'on a d'autre ?

Revel sort un carnet noir de sa poche.

— Les interrogatoires.

Un soupir.

— Alors on repart du premier suicide jusqu'à ce qu'on trouve quelque chose.

Il contourne son bureau et s'affale sur sa chaise avec lassitude.

— Fais-nous donc un café.

Un téléphone sonne, quelque part dans les couloirs du commissariat. Personne ne semble vouloir y répondre. La pièce empeste la cendre froide et le tabac blond. Revel a étalé les dossiers et ses notes sur le bureau, et Korvine lui fait face, dos au mur.

— Le père de Patrick Gouy n'était pas dans l'appartement au moment des faits, ce qui le met hors de cause pour le moment.

— Et la mère ?

— D'après les voisins, elle adorait son fils. Toujours à le gâter, jamais une parole plus haute que l'autre.

Korvine fronce les sourcils.

— Des disputes entre elle et son mari ? Tu m'as dit qu'elle était volage, peut-être qu'il était jaloux ou qu'il a pu la pousser à un coup de sang.

— Les seuls cris que les voisins aient jamais entendus sont ceux de plaisir de Farida Gouy quand son mari est absent.

— Il n'était pas au courant ?

— D'après leur voisine de palier, Mme Plantin, Jean-Pierre Gouy est parfaitement au courant mais il laisse faire.

— Ça l'excite ?

— Pas vraiment.

— Amoureux ?

— Complètement dingue d'elle.

— Je vois. Chouette famille.

Korvine se gratte la nuque d'un geste machinal. Un picotement désagréable à la base du cou.

— Beaucoup d'amants ?

— Pas mal, d'après la voisine. Pas mal. Le dernier en date s'appelle…

Revel tourne une page de son carnet.

— Daniel Vetter.

Korvine se fige.

— Tu es sûr du nom ?

— Elle m'a dit qu'il était employé en CDD à l'usine de caravanes, au nord de la ville. Tu le connais ?

— S'il s'agit bien du même, j'étais au bahut avec lui dans les années quatre-vingt.

Revel lève vers lui un regard interrogateur. Korvine secoue la tête et décroche le combiné du téléphone. Il demande un certain Saïd à la Centrale de Valence, mentionne le nom de l'employé et s'enquiert de son dossier. Une minute plus tard, le fax se met à ronronner, délivrant une trentaine de feuillets que Korvine saisit, survole rapidement avant d'en balancer la moitié sur le bureau en s'exclamant :

— Daniel Vetter ! Un dossier long comme le bras. Je ne savais pas qu'il s'était rangé. À l'époque, il était dealer sur la zone nord de Valence.

Revel attrape la première page.

— Arrêté en juin 1993 en état d'ivresse sur la voie publique en possession de trois cents grammes de haschisch.

— Condamné en avril 1997 pour revente de produits stupéfiants, poursuit Korvine. 17 janvier 1998, pour agression avec violence sur un représentant des forces de l'ordre. C'est à cette époque-là que j'ai bossé sur le secteur où il évoluait. Une quinzaine d'arrestations entre cette date et août 2001, à chaque fois pour détention, revente ou implication indirecte dans un trafic de stupéfiants. C'est lui qui arrosait toute la zone nord de Valence, Tournon, Mauves, Glun, Cornas, Saint-Péray.

— Je vois qu'à chaque fois, il a écopé de peines légères.

— C'était un dealer de seconde zone. Il nous servait à piéger des plus gros que lui.

— Un indic ?

— Possible, j'avais pas accès à cette information.

Revel feuillette le dossier.

— Y a rien dans le dossier à ce sujet.

Korvine ne répond pas, absorbé dans ses pensées. Six suicides, un directeur de clinique surprotégé et mégalomane, un ancien dealer qui couche avec la mère du premier mort et toujours pas l'ombre d'une piste sérieuse. Une douleur à la base du cou. Comme un nœud coulant qui se resserrait lentement autour de sa gorge.

Ce n'est que le début.

Les résultats d'analyses pliés dans sa poche qui le tirent, l'atmosphère étouffante de la ville, l'épuisement.

— Apparemment, il s'est reconverti, continue Revel.

— Ils replongent tous, marmonne Korvine, les dents et les poings serrés.

— Tu crois qu'il y aurait un lien entre la mort de Patrick et ses anciennes activités ?

Revel referme le dossier. Korvine saisit son blouson, ramasse ses cigarettes et son portable et les fourre dans l'une des poches.

— Peut-être qu'il connaissait aussi les autres victimes, dit Revel.

Korvine secoue la tête.

— Hardt n'a trouvé aucune trace de drogue lors des autopsies.

Revel lève les mains en signe d'incompréhension.

— Dans ce cas, pourquoi on s'intéresse à lui ?

— Parce qu'un type qui a une épée de Damoclès au-dessus de la tête est toujours plus bavard qu'un bon citoyen qui croit avoir le droit pour lui.

Revel n'insiste pas et attrape ses affaires avant de le suivre. Quelque part dans le couloir, la sonnerie d'un téléphone retentit toujours dans le vide.

4

Mardi 8 février – 17:45

Au siège de l'usine Caravelair, qui s'étend au nord de Tournon le long des berges du Doux, un affluent du Rhône, Daniel Vetter est introuvable. Le local où il travaille, un immense hangar composé de deux chaînes de montage séparées par de minces cloisons amovibles en contreplaqué, bruisse comme une ruche dans laquelle on aurait vaporisé du DDT. Une demi-douzaine d'employés entre vingt et cinquante ans s'affaire à son poste de travail, enchaînant tours de vis sur tours de vis au bruit des perceuses électriques, commentant les informations de la veille, enregistrant plus efficacement qu'au commissariat les doléances et les ragots des habitants de la ville. Ce matin, les suicides font travailler. Au centre de la tourmente, protégée dans une bulle de verre, une femme en jeans, aux lunettes d'étudiante et au tee-shirt échancré révélant la naissance de sa poitrine, s'égosille dans un téléphone. Écœuré, Korvine détourne les yeux et enjoint Revel de se dépêcher d'un signe de la main.

La nouvelle des six suicides s'est répandue comme une traînée de poudre. Korvine comprend que ces six morts sont l'épicentre d'un séisme que les secrets trop longtemps enfouis et les rumeurs vont amplifier jusqu'à tout détruire sur leur passage.

Un détonateur. Un détonateur qu'il faut désamorcer le plus vite possible.

Les habitants de Tournon ne comptent pas sur lui pour les aider. Ils sont déjà en train de résoudre le problème à leur manière.

Revel finit par trouver une secrétaire comptable boutonneuse dénommée Druaz qui leur indique l'adresse personnelle de l'employé, quelque part dans la zone pavillonnaire de Saint-Jean-de-Muzols, de l'autre côté du Doux, en dessous de la voie de chemin de fer.

— Une maison aux volets verts, sur le chemin de la digue, en face de l'usine.

Pressé de partir, Korvine est déjà dehors. Des embouteillages bloquent les principales artères de la ville. Ils mettent plus d'une demi-heure à traverser le pont du Doux.

Coup d'œil à droite derrière le pare-brise, coup d'œil à gauche. Chaque rue, chaque impasse, chaque maison. Première cigarette à dix ans, rue de Fellbach, premier joint, rue Raoul-Dufy, première baston, place de la Résistance, premiers émois, place des Marches.

Korvine pense à sa première pipe, rue Perrin, en dessous du chemin des Tours, derrière la voie ferrée. Premier mal au bide, première claque, premières tentatives d'y mettre fin.

Les types comme Daniel Vetter sont immortels. Plus c'est la merde, plus ça dure. Plus ça fait mal et meilleur c'est pour les autres. Aucun regret, foncer, avancer, tout bouffer sur son passage. Coup d'œil à droite, coup d'œil à gauche. Chaque gamin, chaque vieille, chaque commerçant. Des petites histoires dans la grande, des conneries et des erreurs imbriquées les unes dans les autres, un tissu de liens pour celui qui sait regarder et mettre de côté les bonnes informations. Chaque tête, chaque visage, chaque cul, clic-clac. Pas d'amis, pas de frères, chacun pour soi, pas le temps, pas l'envie. Les crachats dans les cours d'école, les crachats à la sortie du collège, les crachats le jour des résultats du bac. Les brûlures de cigarette sur les avant-bras, les coups sur la gueule, les coups dans le dos. Se redresser, toujours debout, se relever et les regarder de haut. Malgré tout, le mal au bide et les claques, chaque fois un peu plus fortes.

Korvine pense : je sais tout sur vous, et ce que j'ignore, je le saurai bientôt.

Coup d'œil à gauche, coup d'œil à droite. La station-service, le radar automatique, les usines de soie, le garage Banc, un nouveau rond-point. Tourner à gauche au parking du supermarché, et encore à gauche après le tunnel sous la voie ferrée. Le métier de Korvine, fouiller la merde. Comme Bongrand, comme Revel. Comme Vetter.

Les mains dedans, le nez dedans.

La tête entière s'il le faut.

Quand ils repèrent la maison de l'employé quelques minutes plus tard, la nuit est tombée et il pleut. Éclairée d'un seul lampadaire, la rue est isolée et silencieuse. De la lumière filtre à travers les volets d'une fenêtre du rez-de-chaussée. La maison est une ruine, des taches de rouille sur la boîte aux lettres, un arbre mort dans la cour, les haies de thuyas couchées par le mistral. Une Yamaha Virago jaune flambant neuve est garée dans l'allée. Immatriculée en Ardèche, numéro 512 BC 07. Korvine mémorise la plaque et s'avance. Revel sort de la voiture et le suit.

Après une seconde d'hésitation, Korvine presse le bouton de la sonnette.

Un homme d'une quarantaine d'années leur ouvre la porte. Cheveux bruns, traits anguleux, yeux couleur noisette, un bon mètre quatre-vingt-cinq, sa tenue est à la fois élégante et négligée. Jeans, perfecto, chemise à la mode, bottes à cinq cents euros. Les photos d'identité trouvées dans son casier judiciaire ne lui rendent pas justice. Contrairement à Korvine, les années l'ont à peine effleuré.

La pourriture et les maîtresses, ça entretient, pense-t-il en énonçant son grade et la raison de leur présence.

Le regard planté dans celui de Korvine, Daniel Vetter les fait entrer dans le hall d'entrée pour se mettre à l'abri sans proférer un son. La porte reste ouverte, laissant passer des bourrasques de vent, mais il ne fait pas mine de vouloir leur proposer de passer dans le salon. Devant eux, un fouillis inextricable de cartons, de chaussures, de piles de vêtements sales, de caisses pleines de ferraille et d'objets divers. D'un signe de tête, Korvine fait comprendre à Revel de le laisser mener la danse.

Vetter est le premier à parler.

— On se connaît ?

Korvine acquiesce en silence pendant que son interlocuteur fouille dans sa mémoire. Soudain, une lueur malsaine brille dans ses yeux et un sourire crispé naît à la commissure de ses lèvres.

— Le petit lieutenant de la brigade des stups de Valence, je me trompe ?

— Nous étions au collège public ensemble aussi.

Vetter le toise et émet un ricanement.

— Six gosses se suicident et vous vous dites : « Tiens, si on allait voir ce bon vieux revendeur de shit ! »

— Vous ne vendez pas que ça.

— Vend*ais* ! Je ne touche plus à ces trucs, vous n'êtes pas au courant. Ça fait un bail que je ne trempe plus là-dedans, je suis salarié, maintenant, je touche mon salaire et je paie mes impôts.

— Je sais, fait Korvine en levant un sourcil dubitatif.

Les doigts de Vetter se resserrent sur le battant de la porte jusqu'à faire blanchir ses phalanges.

— Alors, qu'est-ce que vous foutez là ?

— La même chose que tout le monde dans cette ville, comprendre pourquoi six gamins ont mis fin à leurs jours en moins de vingt-quatre heures. Qu'est-ce que vous en pensez ?

— Rien.

Korvine continue de le fixer sans ciller.

— Je les connais pas, ces gamins. J'ai rien à voir avec tout ça.

— T'en connais au moins un, siffle Revel.

Vetter baisse la tête.

— Patrick Gouy. Tu couches avec sa mère, non ?

— Ça regarde que moi ! Et de toute façon, j'étais pas là au moment des faits. Demandez au contremaître, j'étais au boulot.

Avançant d'un pas vers lui, Korvine secoue la tête.

— Dis-moi, comment est-ce qu'on passe de dealer en échec scolaire à employé modèle, dans une ville comme Tournon ? Y a un truc que je pige pas.

Vetter blêmit.

— Tu bossais avec Franck Di Florio, à l'époque, si je me souviens bien.

Il pense : Vetter, petit dealer, Di Florio, trafic de drogue, Marion, Marie, Patrick, Bastien, Michaël, Léa, consommation.

Dents serrées, poings serrés sur le battant de la porte.

— Il n'a pas eu autant de chance que toi, il purge une peine de vingt-cinq ans. On l'a pincé l'année dernière.

— Je sais pas pourquoi vous me parlez de tout ça, mais jouez pas au plus con avec moi. J'ai rien à cacher et vous ne m'intimiderez pas avec ces trucs du passé.

Le tremblement qui agite ses mains laisse penser le contraire. Korvine se racle la gorge.

— Fais chier.

Korvine fait un pas supplémentaire et tend le bras d'un coup sec, plaquant Vetter tête contre le mur du couloir. Revel fait un geste dans sa direction, mais Korvine lui intime l'ordre de rester à sa place.

— Qu'est-ce que tu sais ?

— Rien, putain ! Oui, je couche avec Farida, oui, je suis dingue de son cul, oui, j'ai filé une ou deux fois un billet à son gamin pour qu'il aille s'acheter une place de ciné ou un paquet de bonbons, mais merde, j'ai rien à voir avec son suicide.

Korvine ne relâche pas la pression sur son dos. Revel est tendu.

— Et si on fouillait chez toi, tu crois pas qu'on aurait des chances de trouver une ou deux de ces saloperies que tu prétends ne plus vendre ?

— Qu'est-ce que vous cherchez, putain !

— Des informations.

Il renforce sa prise et appuie de tout son poids sur son dos et sa nuque.

— Sur quoi ? Sur qui ? De quoi on parle, là ?

Korvine tire en arrière la tête de Vetter et use de toute la force de son bras droit pour la projeter sur le mur. Du sang gicle, le type hurle, Korvine lui dégage le visage pour qu'il puisse reprendre son souffle.

— Je vais essayer d'être plus clair.

Il le dégage et le retourne face à lui, sans lui lâcher le col.

— Qu'un paumé dans ton genre passe du statut de dealer à celui de personne respectable qui saute la femme du commercial du coin, passe encore. Après tout, ces choses-là s'achètent comme les autres. Mais y a des hasards qui me dérangent, je sais pas pourquoi. Dès que je vois ta sale tronche dans le coin, va comprendre, je sens qu'il y a un truc qui cloche.

Vetter porte une main à son nez, tentant d'endiguer le flux de sang.

— Puisque je vous dis que…

— T'as des oreilles partout, l'interrompt Korvine. Tu entends des trucs.

Il désigne du menton les cartons entassés devant eux.

— C'est quoi, tout ça ? Du matériel hi-fi, des lecteurs CD, des autoradios ?

Vetter gémit. Korvine relâche sa prise.

— OK, ça m'arrive de revendre des babioles tombées du camion, mais je touche plus à la drogue, je vous le jure.

— À qui ?

Les deux hommes se défient du regard.

— T'as déjà vendu tes *babioles* à l'un des gosses qui sont morts ?

Vetter secoue la tête.

— À Patrick ?

— Peut-être.

— Quoi ? hurle Korvine.

— Je sais pas.

Il tape du poing contre le mur au-dessus de l'épaule de Vetter.

— Essaie de te rappeler !

— Je…

— Une Gameboy, un ordinateur, une radio, un lecteur MP3, un appareil photo numérique ?

Vetter hoche la tête.

— Un appareil photo ?

— Un caméscope.

— Pour quoi faire ?

— J'en sais rien, moi !

— Combien ça lui a coûté ?

— Rien. Je le lui ai offert. C'était pour faire plaisir à sa mère, qu'est-ce que vous croyez !

— Qu'est-ce qu'un gamin de cet âge-là peut faire avec un caméscope ?

— Ce qu'ils font tous ! Les gosses d'aujourd'hui n'ont plus besoin de drogues illégales ! Tout leur est accessible sans problème. Internet, les sites porno, les jeux vidéo, YouTube, les mobiles. Toutes les addictions sont permises dès le plus jeune âge ! Peut-être qu'il avait un blog où il se filmait, peut-être que c'était pour filmer sa voisine en train de se doucher, j'en sais rien, moi ! Les gamins savent tous faire ça, de nos jours, dès qu'ils ont l'âge d'appuyer sur le bouton *on* d'un appareil électronique.

— Farida Gouy sait pour tes anciennes activités ?

— Bien sûr qu'elle sait. Tout le monde le sait. Vous connaissez un seul secret qui pourrait être gardé plus de vingt ans dans une ville aussi petite ?

— Et ça ne la dérangeait pas ?

— On couche ensemble, je suis pas le père de Patrick !

— Je me rappelle pas avoir vu un caméscope dans l'inventaire des affaires du petit, chez lui, ce matin.

— Peut-être qu'il l'a revendu ou que son abruti de père le lui a confisqué.

— Il aurait pu le prêter à quelqu'un. T'aurais une idée ?

Vetter fronce les sourcils. Korvine devine qu'il hésite à cause de Farida et des conséquences. Il ne le quitte pas des yeux. L'employé finit par lâcher :

— Peut-être ses copains de la Maison pour Tous ?

— C'est près de l'ancien moulin, ça ?

Vetter acquiesce.

— Qu'est-ce qu'il y faisait ?

— Jeux de rôle. Ça m'est arrivé de l'y accompagner ou d'aller le chercher quand Farida pouvait pas, une ou deux fois. Y a des salles là-bas. Certains y font des réunions, d'autres des activités macramé. Les gamins récupèrent les clefs à la mairie et ils s'y retrouvent chaque semaine, tous les vendredis soir. Certains y passent la nuit. Pas Patrick.

Korvine et Revel échangent un regard. Ce dernier sort son carnet et le feuillette.

Gisèle Buffat, la mère de Bastien et Michaël, qui leur dit qu'elle n'aimait pas trop que ses deux fils sortent le soir. Gisèle Buffat qui travaille tard le vendredi. Qui habite à deux cents mètres de la Maison pour Tous. Qui attend leur coup de fil à cinq heures du soir, puis avant d'aller se coucher. Qui fait confiance à ses fils.

Ses fils qui ont largement la possibilité de rejoindre Patrick Gouy faire des jeux de rôle et revenir se coucher avant que leur mère ne rentre du boulot et ne les embrasse en leur souhaitant de beaux rêves.

Revel lève le nez et hoche la tête.

Stéphane et Corinne Durand dont la fille suivait des cours de piano à la Maison pour Tous, chaque vendredi de 20 h à 21 h.

Et Marie Dufour.

Daniel Vetter se tait et les observe. Korvine décroche déjà son téléphone et descend les marches du perron en direction de la Laguna. Richard Revel remercie l'employé, le prie de rester à leur disposition dans les jours à venir et remonte l'allée.

Korvine consulte sa montre, pendant que la sonnerie retentit à l'autre bout du fil au standard du commissariat. Bientôt sept heures du soir. Les locaux de la mairie sont fermés.

— Allô, oui ? Ici Korvine, trouvez-moi le numéro de la personne du service culturel de la mairie qui est responsable de la gestion de la Maison pour Tous... Comment ? Oui, je sais que la mairie est vide à cette heure-ci, mais vous avez des jambes, non ! Il doit bien y avoir un élu ou une réunion ! Trouvez-moi quelqu'un et mettez-moi en relation... Je reste en attente, c'est ça...

Il plaque la paume de sa main sur le combiné et demande à Revel de rappeler les Gouy pour vérifier cette histoire de caméscope. Derrière eux, au bout de l'allée, Daniel Vetter se tient, immobile, dans l'encadrement de la porte, sans les quitter des yeux. Korvine le désigne du menton et fait signe à Revel de le rejoindre dans la voiture pour que l'homme ne les entende pas. Le grincement désagréable des poignées qui se déverrouillent, les portières qui claquent. Revel raccroche avant Korvine.

— Aucune trace du caméscope.

— Tu as eu qui ?

— Le père.

— Tu lui as parlé de la Maison pour Tous ?

— J'ai pensé qu'il valait mieux attendre d'être avec lui pour éviter les dérapages.

Ou que l'information ne s'ébruite trop vite.

— Il a vérifié dans la chambre du petit, il a fouillé dans le salon et les placards, il a demandé à sa femme, pas de caméscope. Selon lui, il n'y en a jamais eu dans leur appartement.

— Je ne vois pas pourquoi Vetter nous mentirait à ce sujet.

Korvine tourne la tête, Vetter les observe toujours. Il met la clef dans le démarreur et fait tourner le moteur sur une centaine de mètres avant de s'arrêter à nouveau.

— J'imagine qu'on aura des réponses à la Maison pour Tous.

Il lève la main pour faire comprendre à Revel qu'il a quelqu'un en ligne.

— Oui ?... Vous êtes qui ?... M. Bruyère, adjoint à la culture ? OK, dites-moi, j'ai besoin d'avoir accès à la liste des enfants inscrits aux activités de jeux de rôle de la Maison pour Tous... C'est ça, les noms de tous les gamins par activité, ça sera plus simple... Oui, c'est urgent. Quand ?... On se retrouve devant l'entrée, côté digue, c'est ça. À tout de suite.

Il raccroche sans plus de formalités, balance son portable sur les genoux de Revel et fait demi-tour.

— Sors le gyrophare de la boîte à gants !

Ils passent en trombe devant la maison aux volets verts, toutes sirènes hurlantes. Au fond de la cour,

Daniel Vetter est en train de pousser sa Yamaha Virago jaune dans le garage.

Quand ils parviennent au rendez-vous, dix minutes plus tard, la pluie a redoublé d'intensité et un vent violent balaie les bords du Rhône, faisant claquer les fils accrochés aux pylônes à moyenne tension. L'adjoint à la culture, un type rondouillard au crâne dégarni et à la cravate de représentant de commerce, les attend en se dandinant sous le préau de l'entrée, une mallette pendant au bout du bras. Sa nervosité augmente d'un cran quand il les aperçoit. Une main se tend que Korvine ignore.

— Marc Bruyère. J'ai la liste que vous m'avez demandée.

Il ouvre sa mallette et en sort une feuille imprimée. Korvine la saisit et la consulte rapidement. Dix noms y figurent. Patrick Gouy, Marie Dufour et Marion Chalembel.

— Seulement dix ?

L'adjoint se met à bégayer.

— Ce sont les inscrits à l'activité jeux de rôle. Voici les autres.

Une dizaine de feuillets supplémentaires. Pas de Bastien ni de Michaël Buffat. Pas de Léa Durand. Trois sur six et il y a fort à parier que les trois autres la fréquentaient aussi.

— Je dois cependant vous avertir du fait que notre structure est très souple.

— C'est-à-dire ? demande Korvine d'un air agacé.

— Ça va, ça vient. Nous autorisons les inscrits à venir avec des amis. C'est, disons, plus une tolérance que quelque chose de vraiment officiel.

— Vous êtes en train de me dire qu'ils sont peut-être quinze ou vingt à venir régulièrement ?

À présent, l'adjoint regarde ses pieds.

— C'est une structure municipale à vocation éducative. L'inscription n'est pas payante. Les enfants présents apportent eux-mêmes leurs jeux. Il y a une petite association qui finance…

— Qui est le responsable ? coupe Korvine, furieux de ne pas y avoir pensé plus tôt.

— Sébastien.

— Son nom.

— Priest… Oui, oui, lui pourra répondre à toutes vos questions.

— Où est-ce qu'on peut le trouver ?

— J'ai essayé de le joindre mais ça ne répond pas chez lui. Il est sans doute encore au collège.

— Lequel ?

— Le collège privé Notre-Dame. Il est surveillant là-bas. Un type très bien, un bon contact avec les jeunes. Déjà six ou sept ans qu'il supervise cette activité. Nous n'avons jamais eu à nous plaindre.

— Vous savez où il habite ?

L'homme secoue la tête d'un air désolé.

— Ses coordonnées téléphoniques.

L'adjoint plonge instantanément ses doigts graisseux dans la poche intérieure de sa veste et en ressort un carnet en cuir qu'il se met à feuilleter avec frénésie.

Korvine se tourne vers Revel qui trépigne d'impatience, son portable à la main.

— Léa Durand figure bien sur la liste des cours de piano du vendredi soir.

Il grimace.

— Putain de hasard, tu trouves pas ?

— Et Bastien et Michaël Buffat ?

Revel lit les listes à toute allure.

— Rien, rien. Ils n'y figurent pas.

— Mais rien ne nous prouve qu'ils n'y étaient pas pendant que leur mère était au travail, n'est-ce pas ?

Revel acquiesce et jette un œil à l'adjoint.

— On a une piste sérieuse.

— Prends le numéro, dit Korvine en ouvrant la portière. On file en centre-ville.

Une fois dans la voiture, lancée à toute allure sur les bords du Rhône :

— Ça ne répond pas chez lui.

— Ne laisse aucun message. Il me faut son adresse. Commence par joindre le proviseur du collège Notre-Dame.

Richard Revel décroche à nouveau son portable, appelle la Centrale, demande les coordonnées du proviseur, puis celles de Sébastien Priest.

Route étroite, une voiture qui arrive en face, appels de phares. D'un côté, le parapet et le Rhône en dessous, de l'autre, un fossé, nouveaux appels de phares. Revel enclenche le gyrophare sur le toit. Les aiguilles de l'horloge claquent en cadence. La voiture finit par se ranger et la Laguna manque de la percuter en passant. Korvine fixe les lumières de la ville, à quelques centaines de mètres devant eux.

Serait-il possible que Priest soit le lien qu'ils recherchent ?

Revel tend son portable.

— J'ai Francis Pellissier en ligne.

— Passe-le-moi.

Sans ralentir, Korvine tend la main.

— Lieutenant Korvine à l'appareil.

Un grognement à l'autre bout de la ligne.

— Nous enquêtons sur les six suicides.

— Marie Dufour était l'une de nos élèves. C'est une tragédie.

La main agrippée au volant.

— Est-ce que Sébastien Priest est encore dans vos locaux ?

— Il n'est pas venu au collège aujourd'hui. Nous nous inquiétons justement de…

Korvine l'interrompt sèchement.

— Je veux ses coordonnées.

Korvine tend à nouveau le téléphone à Revel au moment de passer un carrefour. Pas envie d'entendre ses lamentations.

— Lieutenant Richard Revel.

Un mouvement d'horloge s'enclenche dans un coin du cerveau de Korvine. Le bruit des aiguilles couvre les hurlements de la sirène sur le toit de la Laguna.

— Merci, je vous recontacte plus tard. Si Sébastien Priest venait à entrer en contact avec vous, contactez-nous immédiatement. Vous avez de quoi noter ?… Lieutenant Richard Revel… R.E.V.E.L. À plus tard, monsieur Pellissier.

Il raccroche.

— Où ?

— 7, rue de la Gare.

Un immeuble.

— Quel étage ?

— J'ai pas l'information.

— Y a-t-il des spécialistes des interventions en milieu urbain au commissariat ?

— Pas que je sache.

— Putain !…

Un tournant à négocier, feu rouge au bout de la rue, le centre-ville.

— Passe-moi Bongrand sur la fréquence interne.

Revel tourne les boutons du poste radio de la Laguna.

— Revel, appel prioritaire, Revel, appel prioritaire.

Un grésillement, puis une voix. Korvine hurle dans le micro.

— Passez-moi le commissaire Bongrand, priorité numéro un.

Moins d'un kilomètre.

Quelques secondes plus tard, la voix caverneuse de Bongrand, en partie couverte par des parasites.

— Qu'est-ce qui se passe ?

— Envoyez des hommes au 7, rue de la Gare. On a peut-être un suspect. Il me faut un mandat et des hommes au 7, rue de la Gare.

— Quand ?

— Maintenant !

Cinq cents mètres. Korvine fait signe à Revel d'éteindre le gyrophare.

Silence à l'autre bout, les grésillements et les parasites comme seule réponse.

Le hasard n'y est pour rien.

Il pense : vous avez des enfants, commissaire ?

Des enfants aux yeux dilatés, des enfants qui tiennent des couteaux de boucher, des enfants qui baignent dans une mare de sang.

La Laguna entre dans la rue de la Gare, la main du lieutenant fouille la boîte à gants à la recherche de son arme de service.

— Je vous envoie deux voitures.

DEUXIÈME PARTIE

SUICIDES ET VIDÉOS

5

Mardi 8 février – 19:26

Lorsque les renforts arrivent, deux minutes plus tard, Korvine est déjà dans le hall de l'immeuble.

Son portable vibre.

— Ils sont là.

Un chuchotement.

— Combien ?

— Quatre hommes.

— L'enfoiré !

Korvine serre les dents.

— Tu en laisses deux sur l'entrée principale, tu m'en envoies un et tu files avec le quatrième dans l'arrière-cour.

Il raccroche et gravit les marches en courant. La cage d'escalier est vide, le palier du premier étage est vide, ses poumons sont vides. Un bruit de bottes, deux étages derrière lui, un pervers deux étages plus haut.

L'un des policiers réquisitionnés le rejoint. Échange de regards entre les deux hommes. Korvine lui fait signe de se taire et de prendre son arme.

La porte de l'appartement est ouverte.

— Sécurise-moi ça et demande aux autres de monter.

Première pièce, salon, cuisine américaine : personne. Chambre à coucher : personne. Toilettes et salle de bains, personne.

Korvine jure, range son Beretta et appelle Revel.

— Tu as vu quelque chose de ton côté ?

— Rien.

Le ton de la voix de Revel trahit sa déception.

— Rien ici non plus…

Korvine sort son paquet de Camel.

— Merde, l'oiseau s'est envolé !

Ses poumons en feu se gonflent de fumée.

— Vous pouvez monter. Contacte Hardt pour les relevés d'empreintes et tout le bazar.

Priest était encore là, moins de dix minutes avant leur arrivée.

Désordre dans la chambre à coucher, désordre dans le salon, la porte du frigo entrouverte. La montre au poignet de Korvine indique sept heures trente-deux du soir. Au centre de la pièce principale, debout, Korvine compte les secondes.

Les secondes, les minutes, les heures.

Le lieutenant Revel retient les voisins trop curieux, Christophe Hardt procède aux premiers relevés. Korvine ne bouge pas, notant scrupuleusement tous les détails que sa mémoire peut contenir.

Malgré les secondes, les minutes, les heures. La gorge irritée, les poumons en feu et la douleur à la base du cou. Malgré Bongrand qui gueule comme un putois dans le combiné du téléphone depuis une heure.

Une collection importante de DVX, sept posters de groupe de Heavy Metal jaunis, un évier surchargé de vaisselle sale et une tapisserie vieille de trente ans sur laquelle coulent des traînées de moisissure verdâtres et brunes. L'odeur qui règne dans les deux pièces est pestilentielle. Deux étagères de deux mètres de long se dressent dans un angle de la pièce. Vêtements, romans de science-fiction, CD et DVD s'y entassent pêle-mêle. Un fouillis indescriptible dans lequel Korvine doit trouver un indice sur l'endroit où se cache Priest. Sur les raisons qui poussent ces gamins à se suicider. En face, une planche sur deux tréteaux sert de bureau sur lequel trône un ordinateur flambant neuf, seule concession à la vétusté des lieux. Des bougies, des bibelots, une poignée de photos sans importance, des monceaux de feuilles imprimées témoignant de l'intérêt pathologique du locataire pour le matériel vidéo de pointe.

La caméra !

— Est-ce que quelqu'un a trouvé une caméra ou un caméscope dans l'appartement ?

Réponses négatives et haussements d'épaules.

— Si c'est le cas, je veux être prévenu sur-le-champ !

La webcam.

— Tu crois que c'est lui qui a le caméscope du petit Gouy ?

Korvine ne répond pas.

La webcam, reliée à un poste informatique du cybercafé de la rue piétonne.

Il s'assoit devant l'ordinateur encore chaud et pose une main résignée sur le clavier. Il sort son paquet de cigarettes, en tire une qu'il allume.

Une vague idée.

— Appelle-moi Fournier, qu'il vienne jeter un œil au matériel informatique, qu'on ait une idée de ce que renferment cet appareil et ces disques.

Vingt minutes plus tard, à moitié réveillé, Fournier débarque et se met à fouiller l'ordinateur en silence.

— La première chose que je peux dire, c'est qu'un grand nombre de fichiers a été effacé juste avant votre arrivée sur les lieux.

— Perdus ?

— Pas forcément.

Puis :

— Je vais essayer de voir ce que je peux faire. J'ai combien de temps ?

— Le temps qu'il faudra. Tu tiens entre tes mains la seule piste que nous ayons.

Fournier secoue la tête.

— Je me mets au travail. Deux ou trois heures devraient me suffire, si le type n'est pas un petit malin de l'informatique.

— Alors je sors. Ça pue ici. Tu me préviens sur mon portable si tu trouves quelque chose.

Fournier, derrière lui :

— Y a du café, dans le coin ?

La voix de Revel.

— Quelqu'un ne voudrait pas laver ce bordel et nous préparer un café, si les relevés d'empreintes sont terminés dans l'espace cuisine ?

Sur le seuil, Korvine croise Christophe Hardt qui fait une pause, les yeux dans le vague. Il lui attrape l'avant-bras avec douceur.

— Qu'est-ce que tu as ?

— Beaucoup de passage dans cet appartement. Beaucoup, beaucoup de passage. Plus d'une quarantaine d'empreintes différentes, dont une grande majorité de jeunes gens à en juger par la netteté des traces. J'en ai pour la nuit à exploiter tout ça et certainement le triple pour trouver leurs propriétaires. Les gamins fichés sont rares. Surtout dans une ville comme Tournon.

— Autre chose.

Du sang ? se demande Korvine.

— Du sperme. Des traces de sperme dans la pièce centrale, très peu dans la chambre.

— Le sien ?

— Je n'en sais rien encore. Il va falloir analyser tout ça, ce qui risque de prendre du temps…

— … dans une ville comme Tournon, je sais.

Korvine soupire.

— On n'a pas le matériel nécessaire ici. Peut-être qu'à Valence…

— Appelle Aziz de ma part à la Centrale de Valence. Poste 31 44, il devrait te trouver ce dont tu as besoin.

Aziz, le spécialiste des overdoses, du sang séché et des piqûres de morphine.

— Je le ferai à la première heure.

Korvine regarde ses pieds, Hardt regarde ses pieds. Les deux hommes se posent les mêmes questions, les mêmes images dans chacune de leurs deux têtes, les mêmes bruits de corps disloqués, le même silence après la mort, la même injustice.

— Tu connais cette ville mieux que moi, Alexandre, tu y as passé ton enfance. Dis-moi… Dis-moi ce qui se passe ici, depuis hier soir !

Korvine regarde ses pieds, Hardt fixe Korvine, les signes visuels du passé peinent à se frayer un chemin dans le brouillard.

Un long silence s'installe entre eux.

— J'avais rayé cette foutue ville de ma mémoire jusqu'à ce matin. De manière définitive. Je n'ai pas envie d'être là, j'y suis forcé, alors ne me demande pas comment marche cette ville, parce que je n'en sais rien. Je ne suis là que pour le boulot. La seule chose dont je me souvienne, c'est quatre années d'internat merdique et je ne crois pas être sorti une seule fois du lycée pour aller voir comment Tournon allait et ce qui s'y passait. Cette ville m'est étrangère autant que ceux qui l'habitent et plus vite nous aurons trouvé le coupable de cette saloperie, plus vite je retournerai m'occuper de mes affaires dans mon secteur de Valence.

Christophe Hardt tente de poser une main sur son épaule, mais Korvine s'écarte avec maladresse.

— Excuse-moi, Christophe, j'ai du boulot. Merci de me faire passer tes résultats dès que tu as quelque chose d'intéressant. Regarde du côté des gamins décédés pour les empreintes, on sait jamais.

La bouche du légiste, entrouverte, comme s'il allait dire quelque chose.

— Te fatigue pas, va, te fatigue pas… Je vais prendre l'air… On se voit tout à l'heure.

Une violente quinte de toux terrasse Korvine dès qu'il se retrouve dans la cage d'escalier.

L'agent de faction se rapproche de lui.

— Ça va, lieutenant ?

Korvine l'envoie promener d'un geste agacé. Le sang lui monte à la tête et Korvine se retrouve quelques minutes plus tard assis sur un banc, dans le parc de la place Carnot. Au-dessus de lui, les cadavres blafards d'une vingtaine de platanes centenaires. Les mêmes que vingt-cinq ans auparavant. Toujours les mêmes. Face à la rue de la Gare, il reprend péniblement son souffle. Plantés au milieu d'un jardin public, les fantômes d'un tourniquet et de deux toboggans se dessinent dans l'obscurité.

Cigarette, briquet, geste mécanique mille fois répété, fumée inhalée, fumée recrachée, crasse, crasse, crasse.

Six visages d'ange dans une mare de sang mais un seul qui le fixe. Plus jeune que les autres, il est allongé au milieu du dortoir, les bras en croix, les poignets liés par des cordes. Coups de pied, coups de poing, coups de genou. Une goutte de sang perle le long de son arcade sourcilière. Filet de bave entre les lèvres, filet de sperme sur le ventre, filet de larmes au coin des yeux. Alexandre regarde sans rien faire, incapable de se détacher du spectacle. Six adolescents dans la chambre d'internat, mais un seul qui pleure, allongé, les bras en croix.

Fumée inhalée, fumée recrachée, les heures sont comptées.

Coups de pied, coups de poing, coups de genou. Sang, sperme, larmes. Odeur de sueur, odeur de pisse, odeur de merde. Des enfants rustres, aux mains calleuses et aux visages d'ange. Planté au milieu d'eux, Alexandre fait semblant d'être comme eux, de rire aux mêmes blagues qu'eux, de jouer aux mêmes jeux. De faire comme eux. Les mêmes conneries, les mêmes coups de pied, les mêmes coups de poing, les mêmes coups de genou sur le gamin à leurs pieds qui pisse le sang, qui pleure, qui chie dans son froc. Alexandre veut être des leurs, refuse d'être allongé par terre, les bras en croix, pieds et poignets liés.

Coupable, trois fois coupable.

Pris d'un soudain haut-le-cœur, Korvine se retourne et vomit derrière le banc.

Face au collège, au lycée et aux bâtiments de l'internat.

Une bile âcre et brune jaillit de son estomac. Korvine

ferme les yeux, lâche sa cigarette et essaie de faire le vide.

L'enquête.

Il sort son portable et compose le numéro du proviseur.

Respire un grand coup, inspire l'air humide de la nuit, remplit ses poumons en feu de l'air humide de la nuit.

— Lieutenant Korvine, excusez-moi de vous rappeler, mais j'ai besoin d'informations sur Sébastien Priest, sur ses habitudes.

— Vous ne l'avez pas trouvé chez lui ?

La voix de Francis Pellissier est claire.

— Non, quelqu'un a dû l'avertir de notre arrivée ou alors il aura compris tout seul. Avez-vous une petite idée de l'endroit où il aurait pu aller se réfugier ? De la famille ?

— Il n'a aucune famille dans le coin.

— Des collègues avec qui il se serait lié d'amitié ?

— Pas que je sache non plus. Sébastien est quelqu'un de plutôt renfermé avec qui je n'ai que des rapports très professionnels et sans intérêt. Les élèves l'apprécient beaucoup par contre… Dans la cour, pendant la récréation, il y en a toujours une flopée qui lui tourne autour…

Impatience.

— Soyez plus précis !

— Attendez que je réfléchisse… Ah oui, la petite Marion Chalembel, il me semble !

— Un autre nom vous vient à l'esprit ?

— Je ne passe pas mon temps à espionner les employés de la maison… peut-être… peut-être une autre gamine ! Son nom de famille est Trollat, je crois. Hélène.

Korvine griffonne sur son carnet.

— Vous en voyez d'autres ?

— Non… non, je suis désolé, c'est tout ce dont je me souviens pour l'instant.

Korvine le coupe.

— Très bien, je vous recontacte demain de toute façon, sauf si nous avons du nouveau entre-temps.

Le portable lui signale un double appel : Fournier. Korvine coupe la communication avec le proviseur.

— Du neuf ?

— Putain, Korvine ! Putain de merde !

Excitation et panique.

— Quoi que ce soit, tu ne montres ça à personne, c'est compris ? J'arrive tout de suite.

— Richard, rappelle le commissaire. Il faut lancer un mandat d'arrêt contre Sébastien Priest immédiatement !

Revel n'acquiesce pas, Revel ne dit rien, Revel a les yeux rivés sur l'écran de l'ordinateur.

Comme Korvine et Fournier.

Les preuves de la culpabilité de Priest.

— Putain !

Le seul mot qui sort de sa bouche.

Vidéo numéro 1. Le salon de Sébastien Priest, Led Zeppelin en musique de fond, les mêmes étagères bordéliques, la même tapisserie moisie.

Korvine décroche son portable sans parvenir à détacher ses yeux de l'écran. Première sonnerie. Incapable d'empêcher les images de défiler. Deuxième sonnerie.

Des images, des visages qui rient, des gorges qui crient de plaisir. Des images qui n'ont aucun sens.

Troisième sonnerie.

Une adolescente entièrement nue qui regarde la caméra en souriant.

Un déclic.

— Allô ?

Incapable de répondre.

— Alexandre, qu'est-ce que vous foutez ?

Korvine réussit à s'extraire du spectacle.

— On a trouvé des films des gamins dans l'ordinateur de Sébastien Priest.

— Quoi ? !

— Les gamins qui sont morts et d'autres.

— Quel genre de films ?

— Apparemment, ils jouent, ils s'amusent et ils discutent dans le salon de notre suspect.

— Qu'est-ce qu'ils foutent là, bon Dieu ?

— Il y a une adolescente à poil sur l'un des films.

— Putain de merde !

— On n'en a visionné que quelques-uns.

Bongrand l'interrompt.

— Ils datent de quand ?

Korvine se retourne vers Fournier et l'interroge du menton.

— Entre août et décembre, pour l'instant.

Korvine répète dans le combiné. Un soupçon d'excitation dans la voix de Bongrand.

— J'appelle le cabinet du commissaire divisionnaire et on lance immédiatement un mandat d'arrêt contre lui.

— Des tas de gamins, des tas de vidéos… Sur l'une d'entre elles, il y a Marion Chalembel, la petite qui s'est suicidée au couteau avant-hier soir. En train de rire. Écoutez, le mieux, c'est que vous veniez voir vous-même.

Des images d'enfants en train de sourire.

Avant de se suicider.

Des images d'une adolescente nue qui sourit à une caméra tenue par un homme qui pourrait être son père.

Le hasard n'y est pour rien.

— Le labo est à Lyon, dit Fournier d'un air désolé. Alors je crois que c'est moi qui vais m'occuper de tout ça pour le moment.

Le périmètre a été sécurisé. Aucun agent n'a le droit d'entrer dans la chambre où Korvine, Fournier et Revel se sont installés.

— Combien de vidéos ?

— Plus d'une centaine, pour l'instant, et ce n'est pas fini. Toutes ont moins de six mois. Priest s'est contenté de les effacer du disque dur, mais de toute évidence, ce n'est pas un pro de l'informatique, il n'a pas effacé toutes les traces.

Vidéo numéro 27, durée : une minute et trente-sept secondes. Quatre adolescents aux visages inconnus jouent aux cartes en souriant, sur le couvre-lit de la chambre de Priest.

Sur le lit où Revel est assis en ce moment même.

— Combien d'enfants ?

— Une vingtaine, peut-être plus. Je vais copier tout ça sur un disque dur externe et l'emmener au bureau pour être au calme.

— Il me faut la liste de tous les gamins, leurs noms, l'adresse de leurs parents. Il faut aussi voir lesquels comptent déjà au nombre des suicidés. Des adultes ?

— Aucun. Je suppose que c'est Priest qui tient la caméra. On entend sa voix de temps en temps.

— Qu'est-ce qu'il dit ?

— Il donne des consignes techniques la plupart du temps.

— Techniques ?

— Je veux dire : scéniques. Éclairage, contre-jour, « Allume la lampe de chevet ! » ou « Entrouvre le volet, qu'on ait un peu plus de lumière ». Ce genre de trucs… Il se marre avec eux, il fait des blagues. La plupart du temps, il se tait et les laisse parler.

Vidéo numéro 28, durée : treize minutes et quatre secondes. Deux adolescents préparent des crêpes, pendant qu'une adolescente roule un joint. Vidéo vingt-neuf, un adolescent embrasse une adolescente, tous les deux en culotte et caleçon sans rien d'autre sur le corps que leur puberté et leurs sourires concentrés.

Fournier, rougeurs dans le cou et sur les tempes, Revel, rougeurs dans le cou et sur les tempes, Korvine, rougeurs dans le cou et sur les tempes.

— Aucun adulte à part Priest, si je comprends bien ?

— Aucun pour l'instant. Mais je n'ai visionné qu'un quart des vidéos.

— Quel âge, les gamins ?

— Comme vous le voyez… je dirais entre neuf et seize, dix-sept ans maximum. Uniquement des mineurs.

— Et après ? lâche Richard Revel. Ça ne fait pas de lui un tueur d'enfants.

Korvine réfléchit à haute voix.

— Putain, je sais pas ce qu'il te faut ! Je te rappelle que filmer des mineurs à poil est formellement interdit par la loi. Il filme leurs visites, fume quelques pétards avec eux, les laisse se sentir chez lui comme chez eux et stocke ces vidéos sur son PC. Puis certains d'entre eux se suicident. Entre les deux, rien. Il y a forcément un lien. Ces vidéos, c'est…

Revel détourne les yeux.

— Pas très sain.

— Certains se suicident, Priest cherche à effacer les vidéos et se cache.

— Comment les parents de tous ces gamins ont fait pour ne pas être au courant ?

— Peut-être que certains d'entre eux l'étaient.

— Pourquoi est-ce que personne ne nous en a parlé, dans ce cas ?

— J'en sais foutrement rien.

— Éviter le scandale, se taire.

— Ça ne colle pas non plus. Aucun père ou aucune mère ne se moquerait de savoir son gosse sur les vidéos personnelles d'un parfait inconnu.

— Donc, si on part de l'hypothèse que certains parents sont au courant, c'est que…

Vidéo numéro 30, durée : sept minutes et douze secondes. Un adolescent allume une cigarette et fait un bref salut à la caméra.

— C'est que ces parents-là n'avaient pas intérêt à ce que ça se sache.

— Pourquoi ? Y a aucun adulte sur les vidéos et nous n'entendons aucune autre voix que celle de Priest.

— Ce qui est dingue, c'est de savoir que ce type les filme en train de se marrer, alors que certains sont morts aujourd'hui.

Korvine se tourne vers Revel.

— Il me faut les relevés de compte de Priest au cours des six derniers mois. Trouve-moi ça, tu as besoin de prendre l'air, tu es d'une pâleur à faire peur.

Revel le dévisage, mal à l'aise.

— On enchaîne. Je veux savoir ce qui se cache derrière tout ça.

Vidéo numéro 31, durée : trente-sept secondes. Une

adolescente quitte son manteau et se jette en riant sur deux de ses copines en train de danser sur un tube disco.

— Là…

Korvine se retourne vers l'écran. Léa Durand ouvre le frigo, en sort un yaourt et s'assoit à table pour le manger. Elle est rejointe par le jeune Michaël Buffat. Un sourire aux lèvres, elle passe une main dans les cheveux ébouriffés du gamin.

Korvine fait signe à son collègue de partir chercher les renseignements qu'il demande, puis il ordonne à Fournier de finir le téléchargement du disque dur.

— Va te reposer quelques heures, dit Fournier, moi j'attends que Revel rapporte les relevés de compte.

— Une grosse nuit nous attend.

— Si on arrive à mettre la main sur Priest.

Mouvement de bras agacé de Korvine, pendant que Fournier éteint l'ordinateur.

— Nous le trouverons, fais-moi confiance !

Korvine s'apprête à sortir de la pièce.

— C'est bizarre.

Sans se retourner :

— Quoi ?

— Ces gamins qui sourient.

— Aucune trace de violence.

— Si Priest est responsable de leur mort, ça fait vraiment un drôle de coupable.

Korvine fait volte-face.

— Pas de violence.

— La drogue…

— Tu connais les résultats des analyses de sang des gamins qui se sont suicidés comme moi. Pas un seul d'entre eux ne touchait à la drogue. Hardt n'a relevé aucune trace de produits euphorisants, d'hallucinogènes ou de trucs de type GHB. Juste un peu de shit dans les analyses de la fille Dufour. Ces gamins sourient, bon Dieu ! Ces gamins ne pleurent pas, ils n'ont pas l'air d'enfants martyrs ni de victimes, ils se contentent de sourire.

— Certains sont à poil, Alexandre.

— Mais ils sourient.

— Avant de se foutre en l'air.

— Je sais que ces vidéos ont un rapport avec les suicides. Marion Chalembel s'est enfoncé un couteau dans la gorge, elle est sur l'une de ces vidéos. Michaël Buffat s'est fait sauter au gaz, il est sur l'une de ces vidéos. Pareil pour Léa Durand ! Et je suis prêt à parier ma chemise que Bastien Buffat, Patrick Gouy et Marie Dufour sont aussi sur ces vidéos ! Et Dieu seul sait combien d'autres gamins de cette foutue ville ! Le hasard n'existe pas.

— Peut-être…

Korvine se plante en face de lui.

— Tu vois une autre explication plausible ?

Des visages souriants sur des photos de famille.

Pas un seul adulte. Rien que des jeux d'enfants entre enfants pas si innocents que ça. Vanessa, Juliette, Michaël, Lydie, les noms dansent dans la tête de Korvine. Les fichiers ont des noms, les visages ont des noms : tout cela n'a aucun sens.

Dix heures du soir, une nuit blanche se profile.

Korvine frappe à la porte d'un voisin. Les images s'ouvrent et se ferment. Des centaines de fichiers à explorer. Fournier en aura pour toute la nuit. La porte s'ouvre sur une vieille dame méfiante qui dit avoir toujours vu des adolescents monter et descendre les escaliers, uniquement en journée et non, elle n'a rien entendu d'inhabituel. Sébastien Priest est un jeune homme très bien, surveillant dans un collège et toujours prêt à aider les élèves pour faire leurs devoirs.

— Tous bien élevés aussi.

— Rien d'autre à signaler ?

Rien d'autre à signaler. Les noms, les visages, les fichiers défilent, un élément n'est pas à sa place, les pièces du puzzle ne s'emboîtent pas à la perfection.

— Je continue de faire défiler ?

— Continue, continue, jusqu'à ce que je trouve.

Une autre porte, un autre voisin. Même réponse, mêmes remarques. Les noms, les visages et les fichiers poursuivent leur danse folle, la musique ne s'arrête pas, la musique ne s'arrêtera jamais, elle est dans sa tête, personne d'autre ne l'entend. Toutes les portes du numéro sept, rue de la Gare, tous les voisins et les voisines, les mêmes réponses – Qui l'aurait cru ? Rien d'autre à signaler.

La musique ne s'arrête plus.

Une seule cigarette dans le paquet de Camel.

Personne ne sait rien ou tout le monde se tait.

Tout se mélange. Suicides, vidéos ; vidéos, suicides.

Premiers rapports, premiers interrogatoires, premiers résultats d'enquête.

Les fils et les filles de Tournon déjeunent, se lavent les dents, enfilent leurs vêtements à la mode, partent au collège, y prennent leurs cours et jouent ou parlent avec leurs amis. Le soir venu, ils rentrent chez eux, font leurs devoirs, sourient avec gentillesse aux questions maladroites de leurs parents sur leurs projets d'avenir, dînent, se lavent les dents puis vont se coucher. Des vies d'enfants, tout ce qu'il y a de plus normal. À deux détails près. Certains d'entre eux tournent des films avec Priest à leurs heures perdues, en journée, pendant que leurs parents sont au travail, profitant d'un creux entre deux cours. Certains jouent, d'autres se dénudent ou se caressent. Et quoi d'autre encore ?

Au quatrième étage du numéro sept, rue de la Gare, à deux cents mètres du collège et du lycée publics, à cinq cents à peine du collège Notre-Dame.

D'autres, ou les mêmes, se suicident, sans laisser de mot d'explication ou de trace susceptibles de mettre les enquêteurs sur une piste. Pas de lettres cachées, de journal intime criant leur rage adolescente et l'odeur de mort qui règne sur la ville.

Excitation, perplexité, colère.

Ces gosses ne sont pas normaux.

Au-dessus de Tournon, la tour de la Vierge embrasse la vallée du Rhône et veille sur ses ouailles, comme jadis. La source du Chaos.

Tournon compte ses morts. Sous l'œil torve des visages souriants sur les photos de famille amputées.

Tout le monde s'en fout. Ou tout le monde se tait.

Alexandre Korvine sort de l'immeuble et fait quelques pas dans la rue. Le manque de sommeil commence à perturber sa capacité de réflexion. Des noms et des mots dansent devant ses yeux.

Plus de cigarettes, le paquet de Camel, vide et inutile dans la poche de sa veste.

Quelques voitures circulent encore sur l'avenue de Beaucaire à la lueur des lampadaires. Le mistral est tombé, la pluie avec lui, temporairement. Korvine caresse l'idée d'aller demander une cigarette à l'un des policiers de faction devant l'immeuble, mais il s'aperçoit qu'il marche déjà depuis cinq minutes, que la rue de la Gare est loin derrière lui. Il consulte sa montre, vingt-deux heures trente-cinq.

Trouver un bar qui ait du tabac à vendre et dormir.

Au bout de la rue Thiers, un café aux néons bleus est ouvert. La sonnette de la porte, le sourire vaseux de l'homme derrière le comptoir.

— Trois Camel, s'il vous plaît.

Une fois dehors, son téléphone sonne. Revel, excité.

— T'es où ?

— Devant le ciné-théâtre.

— Il faut que tu voies ça !

— Quoi ?

— J'ai entre les mains le numéro du *Dauphiné libéré* de l'édition de demain.

— J'arrive.

Moins d'une minute plus tard, la silhouette de Richard Revel apparaît au niveau de la place Carnot. Un journal à la main.

— Tiens, regarde.

En une du quotidien : *Suicides ou assassinats ? Un suspect sur le point d'être arrêté*.

Korvine saisit le canard. Le nom et la photo de Sébastien Priest, sans qu'il en ait été averti.

— Bongrand…

L'article figure en page deux et résume tout ce qu'ils savent déjà. Le suspect est un homme âgé de trente-sept ans, appelé Sébastien Priest, apparemment surveillant au collège Notre-Dame, un bahut privé, et il bosse dans une association de jeux de rôle le week-end avec des passionnés du coin. Sur la photo, le type affiche un visage plutôt avenant, une calvitie avancée et un sourire de kermesse. Pas vraiment le genre à dessouder des adolescents ou à les pousser dans les bras de la mort.

— Comment ils ont eu l'info ?

Korvine ne répond pas. Il compose le numéro du commissariat.

— Alexandre ?… Du nouveau ?

— Comment ça du nouveau ? vous vous foutez de ma gueule ! Vous me balancez tous nos résultats dans la presse locale alors qu'on travaille sur une enquête de proximité modérée, sinon discrète !

Silence agacé à l'autre bout du fil.

— On n'avait pas…

— Les parents des suicidés vont devenir paranos, après ça ! Nos moindres faits et gestes vont être suivis par la presse. Ça pouvait pas attendre quelques jours, qu'on ait un peu plus d'éléments !

— … le choix.

— Ou qu'on ait retrouvé Priest ! Si ça se trouve, il n'est pas seul dans le coup !

— Arrête !

— S'il y a d'autres personnes inculpées, ils vont pouvoir se tirer en douce et…

— Arrête, Alexandre ! Je sais tout ça ! J'ai pesé le pour et le contre avant d'agir. On a lancé un appel à témoin, ce type est soupçonné d'être impliqué dans un réseau de pédophiles, tu voulais qu'on fasse quoi ?

— Quel putain de réseau pédophile ? On a juste des vidéos de gamins en train de jouer chez lui. Certains sont à poil, je sais, mais jusqu'à preuve du contraire, y a aucun réseau !

— Ça fera avancer l'enquête.

— Et la présomption d'innocence ?

— Il faut le retrouver le plus vite possible. J'ai des comptes à rendre ! Et pour l'instant, on n'a rien et il y a déjà six gamins qui sont morts et combien encore cette nuit ou demain ?

— Il me faut juste un peu de temps…

— On n'en a pas ! Six suicides, c'est déjà ingérable, mais si demain il y en a dix ou vingt, on fait quoi ? C'est pas la presse locale qu'on aura, mais la radio et la télé nationales. De toute façon, on n'a pas parlé des vidéos, j'ai fait passer le mot, ça ne transpirera pas de nos services… Et on n'a pas mentionné non plus ton nom ni celui de Revel. Officiellement, je suis le seul responsable dans cette affaire, tu vas pouvoir…

Dormez sur vos deux oreilles, les forces de police font leur travail.

La colère fait son chemin, son sang bouillonne, ses poings se serrent.

— Bon, je sais ce qu'il me reste à faire.

Filer chez lui, prendre une douche.

— Je suis de retour dans moins d'une heure.

Vingt minutes plus tard, il éteint le moteur de la Laguna, à Pont-d'Isère, en bas de son immeuble. Quelque part entre Valence et Tournon. Autant dire : nulle part.

Après avoir refermé la porte, Korvine se sent pris d'un soudain malaise. Il passe une main dans ses cheveux et constate qu'ils sont trempés de sueur. Un vertige le contraint à s'asseoir quelques instants, le temps que son cœur reprenne un rythme normal. Le cuir du canapé dissipe un instant son angoisse, ses paupières sont lourdes, puis il se lève et rentre dans la cuisine pour se préparer un café, mais les vertiges le reprennent et l'obligent à s'asseoir sur le sol. La paume de ses mains entre en contact avec le carrelage glacé. Dans la poche intérieure de sa veste, l'enveloppe qui contient ses résultats médicaux lui brûle la poitrine. Il lève les yeux sur le mur, situé en face de lui.

Une photo de famille.

Son père et sa mère qui sourient, trente ans auparavant, un petit garçon dans leurs bras.

Une simple photo. Une famille sans histoire et sans avenir.

Ses yeux se ferment. Korvine parvient à se redresser et à gagner la salle de bains.

Les vidéos, les suicides.

Il se déshabille. De la poussière sur ses vêtements, l'eau salvatrice de la baignoire, la tiédeur de la vapeur.

Il y a forcément quelqu'un qui sait où se cache Sébastien Priest.

Et qui peut expliquer ce merdier.

Korvine sort de la salle de bains, se traîne dans la cuisine où il trouve un bout de pain et un reste de gruyère. Puis il s'allonge sur le canapé et s'endort, sans avoir trouvé la force de regagner le lit.

La sonnerie du téléphone le réveille quelques minutes plus tard. Coup d'œil à l'horloge : minuit moins le quart. Il tend son bras jusqu'à sa veste et en sort son portable. Fournier. Il décroche.

— Dis-moi.

— T'es le premier que j'appelle.

Le ton inquiet de la voix de Fournier achève de le réveiller.

— Qu'est-ce que tu as trouvé ?

— Je suis tombé sur une vidéo de baise entre deux adolescents.

— Quel âge ?

— Seize, dix-sept ans.

— Explicite ?

— Putain que oui !

— Y en a d'autres ?

— C'est la seule.

— Tu as fini de visionner toutes les vidéos.

— Toutes et franchement, je sais pas si je serais capable de m'y recoller une seconde fois.

Un silence accueille sa remarque, interrompu par une quinte de toux qui secoue Korvine pendant qu'il attrape des vêtements sur une étagère.

— Qu'est-ce qu'on fait ?

— Parles-en à Richard et commencez à classer les vidéos.

Un raclement de gorge.

— Et Bongrand ?

— Je m'en occupe. Fais ton boulot, j'arrive.

6

Mercredi 9 février – 00:15

Les données s'accumulent, la mémoire du PC a livré une partie de ses secrets. Quand Korvine arrive rue de la Gare, Fournier et Revel travaillent d'arrache-pied. Assis sur les marches de l'escalier, il réprime son envie de fumer. Une heure de sommeil lui a suffi pour retrouver un semblant de lucidité. Et avec elle, une cohorte d'images et de sons, brassés et mélangés au cours du trajet qui sépare son appartement de celui de Sébastien Priest.

Personne n'a dénoncé le surveillant comme Bongrand l'espérait en lançant son appel à témoin. Dans quelques heures, les articles dans la presse locale ne feront qu'attiser le feu des médias et des langues trop pendues. Le standard téléphonique du commissariat croulera dans quelques heures sous les appels anonymes occasionnés par la sortie en kiosque du canard local.

Tournon protège les siens.

Richard Revel passe la main dans ses cheveux.

— Tout porte à croire que Sébastien Priest est impliqué dans les suicides, mais aucun des appels que nous avons pu recevoir pour l'instant n'indique quoi que ce soit allant dans ce sens.

Korvine se tait, il écoute. Les faits, uniquement les faits.

— C'est comme si Priest avait disparu de la circulation.

Le commissaire Bongrand intervient.

— Il a bien dû passer quelque part, un voisin l'a forcément vu s'en aller.

— Rien. Pas une indication, même infime, à nous fournir.

— Les allers-retours des gamins, les vidéos tournées depuis des mois, ça ne peut pas passer inaperçu !

— Rien ne remonte pour le moment.

Bongrand sort un mouchoir de sa poche et s'essuie la commissure des lèvres. Korvine détourne la tête. Revel est tendu comme s'il passait son examen d'entrée dans la police pour la deuxième fois.

— Ça viendra.

— Si je comprends bien, pour l'instant, nous n'avons rien.

— Nous ne savons même pas si les vidéos sont sorties du disque dur de Priest, précise Fournier.

— Comment ça ?

— Je n'ai relevé aucune trace récente de sauvegarde des fichiers vidéo. Tout porte à croire que le suspect s'est contenté de tenter de les effacer avant de prendre la fuite.

— Elles ont pu être transférées sur d'autres ordinateurs avant d'être installées sur celui de Priest.

Fournier hoche la tête.

— Elles ont également pu être gravées, mais là non plus, je n'ai pas de preuve.

Korvine continue de se taire et d'écouter. Les faits, toujours les faits. La saloperie humaine, encore et encore. Infinies variations et une seule règle : la question n'est pas pourquoi, mais comment.

— Mais il me reste encore pas mal de fichiers à analyser.

La mine contrariée, Bongrand lève les mains au ciel, pendant que Fournier sort de la pièce.

— OK ! Tiens-nous au courant s'il y a du nouveau… Point suivant.

Revel sort une liasse de feuilles agrafées de la pile de documents posés devant lui.

— Nous avons aussi établi une liste provisoire des gamins présents sur les films. Une vingtaine pour le moment, tous mineurs.

— Aucun adulte ?

— Non. Comme je vous l'ai dit au téléphone tout à l'heure, à part Priest, dont on a peut-être la voix sur les séquences vidéo, aucun autre adulte n'a participé.

— Des vidéos de gamins en train de jouer et de préparer des crêpes, des gosses qui sourient, aucune diffusion et un coupable étrangement discret, des séquences de nus et une vidéo à caractère pornographique, voilà ce qu'on a ?

— Pas seulement. Il se trouve que la liste des enfants filmés correspond parfaitement à celle des suicidés.

— Tu veux dire que…

— … que les six gamins retrouvés morts chez eux se trouvent à un moment ou à un autre sur les films.

— Ensemble ?

— Pas forcément.

— Merde.

— On sait maintenant qu'il y a un lien direct entre les suicides et les vidéos.

— Donc entre les victimes et Sébastien Priest.

— Tout nous ramène à lui.

— Mais quel est ce lien ? Si ces vidéos ne sont pas diffusées, je ne vois pas vraiment…

— On tourne en rond.

— L'un des gamins aurait pu menacer de le dénoncer.

— Possible.

— Mais ça ne nous dit pas pourquoi.

— Sauf si on considère qu'il faisait ces films pour un usage personnel.

— Il semble que les gamins venaient chez lui de leur plein gré. Mais pourquoi ces vidéos ? Qu'il en filme un ou deux, je dis pas, mais il y a plus d'une centaine de séquences dans son disque dur ! À quoi ça lui servait ?

— Il faudra le lui demander.

Bongrand éponge du dos de la main les gouttes de sueur qui ruissellent sur son visage obèse. Revel tire un tabouret et s'assoit dans l'angle de la pièce.

Nous ne nous posons pas les bonnes questions, pense Korvine. Pourquoi ces gamins sourient-ils sur les films ?

Quelqu'un les rejoint sur le pas de la porte, Bongrand et Revel lèvent la tête. Christophe Hardt, les yeux cernés et les doigts humides.

— J'ai une partie des résultats des analyses de l'appartement.

Korvine se lève pour attraper les feuilles que le légiste lui tend.

— Je vous préviens, ça ne va pas faire plaisir à tout le monde. Priest et les gamins présents sur les vidéos sont les seules personnes à avoir laissé des traces dans cet appartement. Enfin, quand je dis les gamins, je ne parle pour l'instant que des empreintes des six suicidés, puisque je ne dispose d'aucune base de données concernant les autres. Avec votre permission, j'aimerais d'ailleurs envoyer des hommes relever celles des autres mineurs identifiés, afin de voir si elles correspondent et si, comme nous le pensons, toutes les séquences ont bien été filmées dans cet appartement.

Bongrand grommelle.

Toujours aucune trace d'adulte, à l'exception du caméraman.

— J'ai interrogé les voisins et tous sont unanimes, dit Korvine : Sébastien Priest ne voyait personne en dehors des adolescents, ou alors on nage en plein complot.

— Je ne crois pas aux complots, assène Bongrand.

Korvine pose la question à laquelle tout le monde pense sans oser la formuler.

— Et pour le sexe ?

Hardt hausse les épaules.

— J'ai effectué des relevés dans toutes les pièces. Il n'y a rien dans la chambre, à part des cheveux, de la peau morte, de la salive. Dans le salon, par contre, j'ai trouvé du sperme et des sécrétions vaginales.

— Beaucoup ?

— Très peu. A priori, uniquement du fait des gamins.

— Ce qui confirme que les vidéos ont bien été tournées ici.

— Ça confirme surtout que les gamins qui sont morts sont bien passés dans cet appartement.

Aucune violence physique, chuchote une voix d'ange, quelque part dans son esprit.

Bongrand, excédé, se jette en arrière contre la porte d'entrée.

— Si je résume, ce type ne faisait que filmer.

— Selon toute probabilité, mais je dois vérifier tout ça.

— Quel est le lien avec les suicides, alors ?

Silence gêné.

— Sébastien Priest ne faisait que filmer, répète Richard Revel, toujours assis dans un coin de la pièce.

Filmer des jeux d'enfants dénués d'innocence.

— Pourquoi ? murmure Christophe Hardt.

Korvine, à voix basse, comme en écho :

— Comment ?

Les quatre hommes s'enfoncent dans un mutisme douloureux. Korvine ferme les yeux pour mieux réfléchir, Revel saisit les dossiers étalés sur les marches et les feuillette, à la recherche d'un élément qui leur aurait échappé. Au bout de dix longues minutes, le commissaire Bongrand se redresse en grimaçant et gagne la porte. Un bruit de pas dans l'escalier leur parvient. Bongrand pointe un doigt en direction de Korvine.

— On se tait pour le moment, c'est clair ? Il faut réfléchir sérieusement à la manière de prévenir les parents.

Korvine hoche la tête, jetant machinalement un œil vers les auréoles de sueur qui se dessinent sur la chemise du commissaire.

Des innocents qui jouent dans un monde d'adultes.

— Il faut retrouver ce type.

Sous-entendu : *priorité numéro un*.

— Il faut chercher des explications du côté des parents.

Pas de celui des enfants.

Korvine se lève à son tour et rejoint Bongrand.

— J'aimerais convoquer tous les agents disponibles.

— Quand ?

— Maintenant.

Bongrand le dévisage en silence.

— Tu veux éviter de prévenir les parents tant que c'est possible ? Le mieux c'est de commencer par les collègues du commissariat. Ils sont tenus au secret et il y en a forcément dans le tas qui sauront nous dire ce qu'il y a à voir sur ces vidéos.

Le commissaire hoche la tête.

— Ne serait-ce que pour identifier les gamins.

— Tournon est une petite ville.

Korvine se glisse entre le commissaire et le montant de la porte pour gagner l'escalier.

— Je m'occupe de réveiller tout le monde.

Bongrand lève une main sans se retourner.

Près de trois heures du matin, la petite salle de réunion du rez-de-chaussée du commissariat est pleine à craquer. Dix-sept agents ont été convoqués, auxquels s'ajoutent Fournier, aux commandes du matériel vidéo, Revel, Hardt et le commissaire Bongrand. Consignes du lieutenant Korvine qui observe les attitudes, écoute les messes basses et scrute les traits tirés, debout au fond de la pièce, adossé à la cloison près de la porte.

L'assistance s'est divisée d'elle-même en deux groupes. Ceux qui savent et qui étaient présents pour les premières perquisitions, et les autres, touchés par la rumeur. Korvine reconnaît ceux qui ont été affectés à la surveillance du domicile de Sébastien Priest. Il ignore jusqu'au nom de la plupart d'entre eux.

Dix-sept agents dont trois femmes, la majeure partie du personnel disponible. Korvine n'a même pas eu besoin d'insister pour les tirer du lit.

Le cancéreux a encore de la ressource, pense Korvine en souriant de sa blague de mauvais goût. La pression sur les épaules de Bongrand doit être énorme pour qu'on lui permette une telle débauche de ressources humaines.

La voix grave du commissaire s'élève au-dessus du brouhaha.

— Tout le monde est là, on peut commencer ?

Un coup d'œil à sa montre. Une minute file encore avant que le silence ne se fasse.

— Bien. Le lieutenant de Valence Alexandre Korvine, que certains d'entre vous connaissent déjà, est en charge de l'affaire des suicides.

Tous les regards se tournent vers Korvine, sauf deux. Un agent d'une cinquantaine d'années, les joues striées de couperose, et un deuxième, un peu plus jeune, assis à côté de lui. Korvine note mentalement leurs visages pour s'enquérir de leur identité auprès de Revel, après la réunion.

— À ma demande, le lieutenant va procéder au visionnage de quelques séquences vidéo trouvées sur l'ordinateur du principal suspect de l'affaire avec l'aide de Fournier, que vous connaissez tous.

Murmure dans l'assistance.

— Je lui passe la parole, il a quelques précisions à apporter avant de commencer.

Quittant à regret son poste d'observation, Korvine s'avance dans l'allée centrale et vient se poster aux côtés de Fournier, au centre de la pièce.

— Bonjour.

Un agent lance une boutade dans le fond, quelques rires épars.

— Dans quelques instants, on va vous passer des vidéos trouvées dans l'ordinateur d'un homme nommé

Sébastien Priest, surveillant au collège Notre-Dame. Casier vierge, aucun souci avec la justice, un type sans histoire jusqu'à aujourd'hui. Regardez bien attentivement. Il nous faut des noms et des adresses. Nous sommes preneurs du moindre élément qui vous semblera important dans les images que vous allez voir. Même anodin. Je compte sur vous.

Le silence, à nouveau.

— Priest est soupçonné d'incitation au suicide.

Il marque une pause, sondant les réactions de l'auditoire.

— Sur ces vidéos, vous allez voir des adolescents, tous mineurs. Certains de ces adolescents sont aujourd'hui morts.

Une main se lève.

— Quel est le rapport avec les suicides, lieutenant ?

— En réalité, il y en a deux pour le moment. Parmi les enfants présents sur ces vidéos, six se sont suicidés au cours des trois derniers jours, ce qui veut dire qu'il est possible que certains d'entre vous les connaissent. Je vous laisse seuls juges de ce que vous êtes capables de voir ou pas.

Aucune réaction, les traits sont tendus.

— Deuxio, ces gamins sont tous de Tournon.

Les deux hommes que Korvine a repérés quelques minutes plus tôt parlent à voix basse. Le vieux a l'air agité et son collègue lui tient le bras pour le calmer.

Ces agents sont des hommes et des femmes. Ils parleront à leur mari ou à leur compagne, ils parleront à leurs enfants ou à leurs voisins qui avertiront leur mari et compagne à leur tour, jusqu'à ce que ça revienne un jour à leurs oreilles, déformé, amplifié et nourri de mille anecdotes.

— Notre objectif, c'est de faire en sorte que ceux qui sont vivants le restent.

Personne ne bouge.

Anecdotes qui se recouperont tôt ou tard. Les faire parler.

— Bien, vous prenez vos responsabilités.

Les laisser ruminer. Parler et ruminer jusqu'à faire sortir la vérité des tréfonds de la ville. Les faire parler sans trop leur en dire pour que l'imagination puisse travailler, les faire ruminer sans trop leur mentir pour qu'ils doutent et qu'ils diffusent les bonnes questions dans la ville. Préférable aux conférences de presse et aux affiches sur les murs.

Il fait un geste en direction de Fournier.

— Tu lances dès que j'ai terminé… Tous les gamins n'ont pas été encore identifiés. Les deux seules questions que vous devez avoir à l'esprit en visionnant ce petit montage de dix minutes sont : est-ce que je connais l'un d'entre eux et est-ce que je vois un indice me permettant de savoir où peut se cacher Sébastien Priest ? C'est bien compris ? Est-ce que je connais l'un d'entre eux et est-ce que je vois un indice me permettant de savoir où se cache le suspect ? Je discuterai ensuite avec les personnes concernées. Le but est de gagner du temps.

La lumière s'éteint.

Une fois dans le noir, Korvine ajoute :

— Je vous préviens que certaines scènes sont choquantes.

Personne ne bouge.

Les premières images sont projetées sur le mur blanc.

Un hurlement couvre les rires des adolescents au bout de quelques minutes. Sur le mur, une jeune fille regarde la caméra, torse nu. Korvine demande à Fournier d'interrompre le visionnage et fouille l'assistance à la recherche de celui qui a crié. Autour d'eux les visages sont blêmes et la plupart des agents regardent leurs mains ou leurs pieds.

— C'est ma fille ! C'est ma fille !

L'agent d'une cinquantaine d'années que Korvine avait repéré est debout. Deux de ses collègues, dont celui qui discutait avec lui, tentent de le maîtriser.

Des réactions, enfin.

Un coup d'œil vers Bongrand qui hausse les épaules d'un air de dire qu'il n'avait pas prévu ça.

— Bande d'ordures !

Korvine se retourne vers Fournier.

— Tu le savais ?

— Bien sûr que non, sinon, je t'aurais demandé de rayer son nom de la liste de ceux qui étaient convoqués.

— Fais-moi sortir ce type de là, sinon, il va provoquer une émeute.

— Vous allez me le trouver, ce salaud !

Bongrand s'est rapproché de Korvine.

— Vous vouliez des noms, vous allez en avoir.

Leur faire mal, pense Korvine. Leur faire mal pour qu'ils parlent et que l'enquête avance.

— Qu'est-ce qu'on fait ? demande Fournier.

— Tu les rassures avant que ça dégénère, tu continues la projection, puis on les prend tous un par un dans mon bureau et on leur demande une liste des gamins qu'ils ont identifiés. Quel est le nom de l'agent qui a pété un plomb ?

— Claude Faure, cinquante et un ans… Je ne savais pas qu'il avait une fille.

Chaque habitant, relié aux autres par un fil invisible.

Qu'ils parlent, que l'enquête avance.

— Il faut le mettre en isolement jusqu'à ce qu'il se calme, dit Bongrand, je ne veux pas que ça dérape.

— Je veux voir le gars qui était assis à côté de lui, tout de suite. Un petit brun, la quarantaine…

— Je crois qu'il s'agit de Raphaël, dit Fournier. Claude et lui sont amis. Raphaël n'a pas de femme, pas d'enfants, mais ils sont toujours fourrés ensemble.

— Revel, tu me l'envoies dans mon bureau. Pendant ce temps, tu commences à prendre les dépositions, je te rejoins dès que j'ai terminé.

Bongrand saisit Korvine par le bras avant qu'il sorte de la salle. Sa figure est écarlate.

— Je ne suis pas certain d'aimer tes méthodes, Alexandre.

Les yeux de Korvine sont glacés.

— Vous voulez des résultats et vous les voulez vite ?

Il secoue la tête et sort. Traverse le hall où les agents le dévisagent, supporte la haine dans leurs regards, encaisse les insultes dans son dos pendant qu'il monte. Vers le premier étage, le couloir, son bureau, la chaise derrière son bureau.

Un coupable pour laver leurs fautes.

Korvine s'assoit et inspire un grand coup.

7

Mercredi 9 février – 3:25

— Quels sont tes liens avec Claude Faure ?

Raphaël Sorel serre les dents. Boule à zéro et barbe de trois jours pour un petit mètre soixante-cinq de muscles et de nerfs. Des yeux aussi noirs que sa colère, vissés dans ceux de Korvine.

— Sa fille, c'est la petite blonde, c'est ça ?

Pas de réponse.

— Je te jure que j'ignorais qu'elle était sur l'une des vidéos.

— Tu parles !

— Putain, tu me prends pour un con ou quoi ?

Pas de réponse, vision d'une adolescente blonde dans les bras d'un mort.

— On manque juste de temps ! Je sais que Claude est ton ami et que tu connais sa fille, mais moi, pour choper celui qui a fait ça, il me faut des indices, des pistes, des noms. Ça va faire vingt-quatre heures qu'on est sur cette affaire, on a un suspect et il s'est envolé. J'ai besoin d'une piste !

Pas de réponse, vision d'une adolescente blonde jouant aux cartes avec Patrick Gouy.

— Tu as l'air d'avoir la tête sur les épaules. Tu vas ramener Claude chez lui et je te charge de veiller à ce qu'il pose des questions à sa fille en douceur, OK ? Tu me feras un rapport, dès que possible. Tu peux faire ça pour moi ?

Il se corrige.

— Tu peux faire ça pour Claude et…

— Justine.

Patrick, Justine. Bastien et Michaël, Justine. Léa, Marion et Marie, Justine. N'oublier aucun d'entre eux, les avoir à l'esprit en permanence pour qu'aucun détail ne se perde.

— Pour Claude et Justine ?

Sorel acquiesce en continuant de fixer ses mains.

— Tu lui parleras avec douceur, tu ne l'engueuleras pas, tu veilleras à ce que Claude ne l'engueule pas. Elle doit être en confiance pour parler, elle doit te donner des noms, des dates, des lieux de rendez-vous. Elle doit te parler de Sébastien Priest sans que tu l'engueules, parce qu'elle peut nous dire où cette ordure se planque, tu comprends ? Je viendrais l'interroger de toute façon, c'est d'accord ?

Sorel se lève et franchit la porte.

— J'espère pour toi que tu sais ce que tu fais.

Korvine laisse passer une minute, puis il sort à son tour et regagne le bureau des fichiers, un étage plus haut. La pièce est vide. Personne dans le couloir. Il entre et referme la porte avant d'appuyer sur l'interrupteur. Une rangée d'étagères gavées de classeurs et de cartons, et une armoire en métal qui monte jusqu'au plafond lui font face. Au centre, sous la lumière blafarde d'un double néon, une table, faite de planches et de tréteaux dépareillés. Il tend l'oreille, aucun bruit en provenance du couloir. Un volet claque dans un bureau voisin.

Faire marcher son intuition.

Il s'avance vers l'armoire et hésite une fraction de seconde.

Estimant que Bongrand n'en saura rien, il ouvre un premier tiroir.

Lettre *F*.

Il extrait le dossier de Claude Faure et répète la même opération à la lettre *S* comme Sorel.

Il balance les deux dossiers sur la table et s'assoit. Vérifier les états de service des deux hommes, mesurer la part de hasard par rapport aux faits. Cette sensation, fugace, que la vérité est à portée de main mais qu'elle ne se laissera pas saisir facilement. Les vidéos, les suicides, la ville et les gens, et quelque part, au centre de ce merdier, un fil rouge, la clef explicative. Des vidéos dont Fournier lui a confirmé qu'elles avaient été tournées entre août et décembre derniers, soit une période de six mois.

Il sort son paquet et porte machinalement une cigarette à ses lèvres. L'odeur du tabac blond, son sang en manque, sa gorge irritée, ses poumons en feu. Il ne l'allume pas et commence à feuilleter le dossier de Raphaël Sorel. États de service irréprochables, pas une ombre au tableau. Sorel et Faure étaient coéquipiers. Juste la mention d'une procédure disciplinaire interne, six ans plus tôt, dont l'objet n'est pas mentionné, classée sans suite quelques semaines plus tard. Le dossier n'en dit pas plus. À partir de cette date-là, Sorel change d'équipier et bosse avec un dénommé Philippe Mazoyer.

Aucune justification n'est donnée. L'ordre de décision est signé de la main du responsable de l'époque, le commissaire Barel. Août dernier, nouvel ordre de décision. Faure et Sorel travaillent à nouveau ensemble. Aucune explication avancée non plus.

Août dernier.

Juste après la période où sont tournées les premières vidéos chez Priest.

Il referme le dossier et saisit celui de Claude Faure. Mêmes informations, mêmes dates, aussi peu d'explications. Le hasard n'existe pas.

Korvine médite quelques minutes, ne sachant trop quoi faire de ces informations. Sorel en sait bien plus long qu'il n'a bien voulu le lui dire après la réunion. Connaissait-il l'existence des vidéos ? Savait-il que Justine Faure était impliquée ? Si c'est le cas, ça peut expliquer qu'il retravaille avec Claude six mois plus tôt, mais pas une séparation il y a six ans.

Sa cigarette toujours fichée entre les lèvres, il décroche son téléphone et compose le numéro de Fournier. Une voix pâteuse lui répond.

— Qu'est-ce que tu veux ?

— La petite Faure, Justine, le film la concernant, il date de quand ?

— Deux secondes, je vérifie ça…

Un bruit de doigts sur un clavier, suivi d'un froissement de papier et d'un choc dans le combiné. Deux minutes de silence.

— Alexandre ?

— Je t'écoute.

— 16 août dernier, 15 h 37. Durée, trois minutes et dix secondes. Il y en a deux autres, juste après, le 19 août et le 27. À chaque fois, moins de cinq minutes de film et à chaque prise, elle est nue. Ça te suffit ?

Justine se fait filmer dans la deuxième quinzaine d'août, Sorel ou Faure tombent sur un film peu après, et décident de régler le problème à leur manière, après avoir négocié de bosser à nouveau ensemble.

Simple affaire personnelle.

— Merci.

Korvine raccroche et consulte sa montre. Presque quatre heures. Il doit voir Sorel.

Puis il se lève, range les dossiers à leur place et sort de la pièce.

Personne n'a rien vu, personne ne voit rien.

Sébastien Priest a disparu.

Mais il existe.

Quelque part dans la ville, caché dans une cave, crevant de trouille.

Un visage d'ange qui dit : « Continue, continue, continue, je t'en supplie. »

L'interrogatoire des agents présents deux heures plus tôt pour la diffusion du montage vidéo a porté ses fruits. Un par un, collègue après collègue, ils ont donné des noms, des adresses. Revel a dressé une liste, Fournier l'a entrée dans sa base de données. Porte-à-porte, demander aux parents les faits et gestes de leurs enfants, ne rien leur dire pour que la rumeur n'enfle pas trop vite.

Chercher, demander, recouper.

Korvine allume sa cigarette. Les langues parlent mais ne se délient pas. Il voit les lèvres remuer, entend les noms, les adresses et les indices qui sortent de leur gorge, mais il sait aussi que tout n'est pas dit, que l'abcès n'est pas crevé. Qu'ils lui donnent le minimum parce qu'il n'est pas d'ici, que leurs secrets ne doivent pas être éventés.

Laisser la mort aux autres, comme l'a dit Hector Varèse quelques heures plus tôt. Laisser la mort aux autres et sauver le plus de vies possible.

Korvine écrase sa cigarette à peine entamée sur le carrelage et gagne l'escalier. Une fois redescendu à l'étage inférieur, il tombe sur Richard Revel, un téléphone à la main.

— Qu'est-ce qu'il y a ?

— Une certaine Monique Fay vient d'appeler. Son fils de quatorze ans a disparu depuis hier soir. Il est sur les vidéos de Priest… J'ai promis de passer.

— On y va.

À présent, le ciel est clairsemé de nuages qui défilent en direction du sud. La lumière blanche diffusée par la pleine lune rend la scène fantomatique. La Laguna file à vive allure. Rond-point de l'Octroi, quartiers nord, puis la route de Lamastre et ses campings miteux. Quinze minutes plus tard, une maison en pierres sèches, située après le pont du Doux, en contrebas de la chaussée. Korvine engage la Laguna dans la pente bordée d'acacias et de ronces. Une nouvelle mère à qui il faudra mentir, de nouvelles photos de famille sur les murs, de nouveaux regards à éviter pour que leurs doutes ne deviennent vérités. Pendant que la rumeur les gagne, la rumeur qu'il a semée, lui, le lieutenant de Valence.

Richard Revel ouvre la portière avant que Korvine n'éteigne le moteur.

— Un de plus sur la liste.

Korvine lui fait signe d'avancer sans lui. Il sort son portable et allume une cigarette, la deuxième, la dixième, la centième. Chercher, demander, recouper.

Une voix lasse répond.

— Raphaël Sorel.

— Korvine. Je te réveille pas ?

— Non.

— Tu as pu parler à Justine ?

— Ouais.

— Alors ?

— Claude est d'avis que je n'ai pas à te raconter ce qu'elle a dit.

Claude aimerait bien régler ça tout seul. Comme tous les pères, comme toutes les mères qui savent.

— Écoute, Claude est ton ami et il a intérêt à ne pas faire de conneries, crois-moi ! Il est à côté de toi, c'est ça ?

— Non, il est avec sa fille. Chez eux.

— Je t'ai dit de ne pas les laisser seuls !

— Il a pris un sacré coup.

— Dis-moi ce qu'elle a dit.

— Sinon ?

— Merde, Sorel, j'ai pas à répondre à ça !

Pendant une demi-minute, Korvine n'entend plus que la respiration de l'agent. Il lui racontera tout parce que Justine n'est pas sa fille et qu'il n'est pas son père.

— Elle a tout avoué. J'ai une liste de noms des gamins qu'elle a croisés chez Priest, les horaires où elle passait là-bas, le nombre de fois où elle a été filmée. Elle… Elle n'a rien nié. Elle a dit qu'on en faisait toute une histoire pour rien, que c'était la même chose que les albums photos de famille de ses parents. Claude a même été obligé de la faire taire.

— Et Priest ?

— Elle dit qu'elle n'en sait rien.

— Même pas un endroit où elle aurait pu le rencontrer ?

— Elle dit qu'elle ne le voyait que chez lui.

— Comment est-ce qu'il la contactait ?

— Par le biais de Patrick, le petit de Farida Gouy, tu sais, le premier suicide.

— Elle t'a dit qui avait eu l'idée, pour les vidéos ?

— J'ai pas pensé à lui demander.

— Je passe te voir dans une heure ou deux, c'est sur ma route. Tu seras là ?

— Je promets rien.

Retenant son envie de cracher à la gueule de Sorel que les gamins des vidéos ont la fâcheuse tendance à se suicider quelques semaines après avoir été filmés, Korvine raccroche.

Chercher, demander, recouper.

Et prier le ciel pour que les suicides s'arrêtent.

— Lieutenant !

Revel fait un signe de la main.

— C'est par là. La porte principale est fermée.

Chercher, chercher, chercher.

— T'as pas de gosse, toi ?

Pour la première fois en vingt-quatre heures, Revel sourit. Sans répondre. Korvine sort son paquet de cigarettes, le plante devant le nez de son collègue, mais une voix de femme interrompt son geste. Une grosse femme au teint rubicond et aux mains maculées de terre se tient devant eux, en survêtement, les cheveux en désordre. Une Mobylette est appuyée contre la rambarde en bois, juste derrière elle. Korvine se rapproche de la Mobylette, une Peugeot trafiquée, et pose sa main sur le moteur. Encore tiède malgré le froid.

Moins d'un quart d'heure.

— Madame Fay ?

— Oui.

— Je suis le lieutenant Korvine et voici le lieutenant Revel. Vous nous avez signalé la disparition de votre fils, c'est bien ça ?

— Simon est rentré il y a dix minutes. Je me suis inquiétée pour rien, il était de sortie avec des copains. Désolée pour le dérangement.

— À cette heure-ci ? En pleine semaine ?

Elle leur répond par un haussement d'épaules. Échange de regard entre les deux hommes.

— Peut-être pourrions-nous quand même le voir pour discuter avec lui. Il est dans sa chambre, j'imagine ?

La femme leur jette un regard méfiant.

— Il doit dormir.

— Je me permets d'insister.

— On a en pour cinq minutes.

Après une seconde d'hésitation, elle finit par sortir une clef de sa maison qu'elle introduit dans la serrure.

— Bon, je vous l'appelle ?

Revel acquiesce, Monique Fay ouvre la porte d'entrée, passe la tête et vocifère :

— Simon ! Y a deux flics qui veulent te voir !

Pas de réponse.

— Fais chier… Simon !

Korvine ouvre la porte en grand et entre dans la maison, suivi par Revel.

— Sa chambre !

Un ordre, pas une question.

— Au fond du couloir, la première à droite.

Les deux hommes traversent le hall. Une forte odeur de moisissure les prend à la gorge. Relents de friture, système d'aération défaillant, poussière.

Pas étonnant que le gamin ne soit jamais là.

— Simon !

Pas de porte, un simple rideau tiré.

La chambre est plongée dans le noir. Korvine cherche l'interrupteur des doigts, finit par le trouver et presse le bouton. Devant eux, le corps d'un adolescent de quatorze ans se balance au bout d'une corde fixée à la poutre principale. Non, pas une corde…

Du fil de fer.

Revel se précipite sur le garçon et tente de le détacher.

— La température du corps est déjà basse. Peut-être qu'on peut encore…

Korvine tire un tabouret et entreprend de décrocher le fil de fer, sans tenir compte de Monique Fay qui reste pétrifiée, les yeux rivés sur la figure bleue de son fils.

Un instant après, Simon est allongé sur le dos, Revel s'efforce de faire entrer de l'air dans ses poumons tandis que Korvine pratique un massage cardiaque.

Mais le cœur de Simon refuse de repartir, ses poumons ne se gonflent pas, son visage reste bleu. Sa mère se laisse glisser sur le sol et se met à gémir.

— Il n'y a plus rien à faire.

Suicide numéro 7.

Korvine sort de la pièce pour ne plus respirer l'odeur du désespoir. Laissant Monique Fay dans les bras de Revel, laissant la mort derrière lui et pensant déjà à la vie, ailleurs, qui mérite encore d'être sauvée.

Pour ne pas craquer.

Chercher tant qu'il y a à chercher, demander à ceux qui peuvent répondre, recouper les informations.

Chercher, demander, recouper. Les vidéos donnent les noms et les dates, mais pas le motif.

Une fois ses nerfs calmés, Korvine sort son téléphone et prévient le commissariat qu'ils peuvent ajouter un nom sur la liste. Puis, il demande à Revel de rester s'occuper des formalités, monte dans la Laguna et démarre aussi vite qu'il peut en direction de la maison de Raphaël Sorel.

La maison du policier se situe route de Lamastre, derrière le lycée technique, sur les hauteurs de Tournon. Volets fermés et jardin en jachère. Les traces d'un flic à la dérive depuis plusieurs années. De la lumière filtre à travers les carreaux vitrés de la porte d'entrée. Korvine s'avance, l'éclairage automatique se met en marche, illuminant la terrasse, jonchée de planches et de piles de bois de chauffage. Il frappe à la porte. Pas de réponse. Il sonne et pousse le battant. Une forte odeur d'alcool et de renfermé lui saute à la gorge. Il franchit le seuil, son pied droit percute une pile de journaux qui s'effondre, entraînant avec elle des canettes de bière vides dans un vacarme épouvantable.

Quand Korvine relève la tête, Raphaël Sorel se tient au bout du hall d'entrée. Il fait un pas, titube et pose une main contre le mur pour se retenir. Un mélange d'étonnement et de soulagement se lit sur son visage. Un poste de télévision est allumé quelque part dans la maison. Une présentatrice vante les mérites du dernier album d'une star de seconde zone. Le son est monté à son maximum.

Korvine referme la porte et s'avance au niveau de Sorel.

— Tu es complètement bourré.

— Je fais ce que je veux de mon temps libre.

Une pause.

— Parle-moi de ton équipier.

Les deux hommes se défient un instant du regard, puis Sorel fait demi-tour, manquant de perdre l'équilibre. Il finit par regagner le salon où il s'affale sur le canapé. Korvine le suit et se fraie un chemin à travers les boîtes de pizzas béantes, les canettes vides, les assiettes recouvertes de moisissures et les monceaux de cartons et de journaux, pour atteindre le téléviseur qu'il éteint d'un mouvement sec. Sorel proteste un peu, l'enjoint à s'asseoir quelque part et à prendre une bière dans le frigo, avant de s'enfoncer plus profondément dans le canapé, paupières mi-closes et main crispée sur l'accoudoir.

— Korvine le fouineur.

Sorel répète comme pour se donner de la force :

— Le fouineur.

Korvine le toise.

— Change de ton.

— Je parle comme je veux ! Les types comme toi ont l'habitude, non ?

— Tu as bu.

— C'est le flic ou le dépressif qui parle ?

Pour le passé.

Sorel se relève d'un coup, fait deux pas en direction de Korvine. Poings fermés, articulations blanches, mâchoires serrées. Gueule lessivée et des mains larges comme des battoirs. Korvine se campe solidement sur ses jambes, Sorel s'arrête. Aucune main tendue, aucune trace d'animosité. Juste de la peur.

— On peut s'asseoir et discuter tranquillement ?

Après avoir hésité une poignée de secondes, Sorel passe en titubant devant lui, file dans la cuisine et en ressort avec deux verres et une bouteille de mauvais whisky.

— Je te sers.

Korvine lève une main en signe de refus et Sorel se verse une double dose avant de regagner le canapé. Sans quitter Korvine des yeux, il le vide d'une traite et s'en sert un deuxième qui subit le même sort. Le liquide amer lui administre un violent coup de fouet. Un voile épais devant les yeux, sa haine et sa rage plus présentes que jamais.

— Qu'est-ce que tu veux savoir ?

— À ton avis ?

Sorel hoche la tête et se sert un nouveau verre qu'il garde dans la main sans le boire.

— Le vieux Faure et sa foutue gamine.

Korvine sort une feuille de sa poche, la déplie lentement et la tend à Sorel.

— Pourquoi vous a-t-on éloignés l'un de l'autre il y a six ans ?

Sorel regarde son verre sans y toucher.

— J'ai rien à dire.

— Tu crois avoir le choix ?

— Espèce de…

Le policier se lève d'un bond et tend les mains vers Korvine qui se glisse sur la droite et parvient à l'empoigner par le col, avant de l'immobiliser, figure contre la table et bras droit dans le dos. Le flic grimace de colère et de douleur.

— Lâche-moi, putain !

— Pas de ça !!

Les muscles de Sorel se détendent d'un seul coup.

— Tu restes calme, OK ?… Je te lâche mais tu te rassois, on est bien d'accord ? Pas de conneries !

Korvine lâche sa prise et Sorel retourne se mettre en face de lui, comme s'il ne s'était rien passé. Il attrape la bouteille de Four Roses par le goulot et la balance à l'autre bout de la pièce. Un filet vermillon s'écoule sur l'arcade sourcilière de Sorel. Une sueur glacée dans le dos de Korvine.

Du feu dans la gorge.

— On a deux heures devant nous.

Raphaël Sorel pousse un soupir et toute la pression accumulée tombe d'un coup.

— J'aimais bien la petite, ma filleule… Quand Claude a appris que je vendais de la drogue, ça a été une fin de non-recevoir. Plus de droit de visite, plus de bougies aux anniversaires, pendant six longues années. Claude, c'est pas qu'un pote, c'est le père que j'ai jamais eu. Et Justine est comme ma propre sœur. J'étais mal, vraiment mal. Claude a pas supporté que je paie les cadeaux avec l'argent de la dope. C'est un sale connard, une putain d'ordure de flic, mais là-dessus, depuis que Justine est née et que Véro est morte, c'est niet, nada, que dalle ! Il veut pas en entendre parler… Comme si j'allais en refiler à la petite ! Je suis revenu à la charge, un soir, on s'est battus comme des chiffonniers, Justine nous a vus, Claude m'a foutu à la porte. C'est là que j'ai arrêté les conneries… Il y a deux ans, j'ai intégré les pompiers bénévoles, en plus du boulot. Accidents de voiture, crises cardiaques, malaises… overdoses…

Sorel se redresse et pose son verre sur la table basse, au sommet d'une pile de revues.

— Le nombre incroyable de mineurs qu'on retrouvait défoncés dans les rues de Tournon, tu peux pas imaginer. De plus en plus fracassés, des drogues de plus en plus dures, des gamins de plus en plus jeunes. Une espèce d'escalade… J'ai pris ça très à cœur. Je me suis dit que la ville avait besoin de mecs comme moi pour enrayer ce fléau, qu'on pouvait faire quelque chose, que c'était mon devoir. J'étais mal dans mes baskets et franchement, j'y ai cru.

— Quel était ton rôle là-dedans, t'es pas médecin ?

— Je suis flic comme toi, putain ! Et les flics courent après les dealers et envoient les gamins dans des camps de rééducation, de désintoxication ou, s'ils sont assez vieux, en taule. Et quand ils en reviennent, s'ils en reviennent, ils sont soit lobotomisés, soit encore plus accros qu'avant ! Les médocs ont remplacé la came, mais le résultat est encore pire, et ce sont les mêmes qu'on récupère des semaines plus tard, défoncés à nouveau ou en train de fourguer à leur tour. C'est pas une question de prévention ou de répression, c'est juste une question de fric. Plus les habitants de cette ville soignent leurs enfants, plus ils les bichonnent et les gâtent, plus leurs gosses déconnent. Ceux qui ont de l'argent de poche paient pour ceux qui n'en auront jamais, et vice versa. Je vis dans cette ville. Ses enfants sont mes enfants et mon devoir, c'est de les protéger contre eux-mêmes. Dès qu'on trouvait un nouveau gamin, on le ramenait chez ses parents et on leur faisait la morale sans passer par la case poulaga. De la main à la main, les yeux dans les yeux. Ça a donné des résultats, je te jure que c'est vrai.

— Qu'est-ce qui s'est passé ?

— Fin août, je suis tombé sur plusieurs vidéos dans un squat du sud de la ville.

— La petite Faure…

Sorel abat son poing sur la table, les yeux gonflés de larmes et d'alcool.

— Justine, putain ! Voilà ce qui était arrivé parce que j'avais fait le con et que je n'étais pas là pour la surveiller !!! J'étais comme un fou. J'ai foncé voir Claude pour le lui dire, il a enfermé sa fille pendant des semaines, elle a rien voulu dire… Muette comme une tombe. Même là, j'ai pas compris que tout avait dérapé. J'ai fait pression sur Claude pour qu'il me prenne avec lui sur ce coup-là. Je voulais réparer les conneries, je voulais que la machine s'arrête pour de bon, je voulais que Claude comprenne que j'étais avec lui et que les salauds qui avaient fait ça allaient payer. Sur ses conseils, on a étouffé l'affaire. On pensait que c'était à nous de régler ça. Entre nous.

— Et puis ça a recommencé quelques semaines plus tard.

D'autres vidéos, d'autres films avec Justine.

Et Sorel a paniqué pour de bon.

— C'est à nous de régler ça… à personne d'autre. Tu n'es pas d'ici, mais tu peux comprendre ça.

Nauséeux, Sorel se lève pour tester la réaction de son corps. Sa tête tourne, mais il peut marcher. Il avance jusqu'à la salle de bains et se passe la tête sous l'eau glacée, entre dans une chambre et en ressort avec un sac rempli de vidéos. D'autres films, d'autres preuves, d'autres indices.

Sorel qui ne cesse de répéter :

— T'es pas d'ici, mais tu peux peut-être comprendre.

Korvine tend le bras et saisit le sac sans le quitter des yeux.

— Tout est là ?

— J'en ai pas d'autres.

Sorel baisse le regard.

— Qu'est-ce que tu vas faire ?

— Pour Faure et toi ?

Hochement de tête.

— J'en sais rien.

Puis il ajoute en levant le sac devant lui :

— Ça dépendra de ce qu'il y a là-dedans.

8

Mercredi 9 février – 6:00

Il règne dans la salle de travail de Fournier un désordre indescriptible.

— Je suis dans le fond.

Une main s'agite au-dessus d'une pile de cartons et d'écrans d'ordinateur. Korvine se fraie un passage entre les câbles et les caisses en direction de la voix et parvient dans un coin de la pièce où l'informaticien s'est installé ce qui ressemble de loin à un bureau.

— Revel m'a prévenu pour le petit Fay.

— Tu le connaissais ?

— Sa mère. Il y a quelques années de ça, elle était serveuse au Distingo, un bar branchouille des quais. Simon n'était pas encore né. Puis, son futur mari a débarqué, l'a mise en cloque et s'est tiré avec l'argent de la caisse.

Korvine dégage un carton et s'assoit, une cigarette à la main.

— Ça te dérange ?

— Vas-y, de toute façon, je suis le seul à bosser dans ce trou. D'ici que l'hygiène vienne y mettre son nez…

Korvine inhale sa dose de nicotine. Sur l'écran, les mêmes images défilent. Il tourne la tête. Les appareils électroniques dégagent une chaleur à la limite du soutenable qui contraste avec le froid qui règne dehors. Korvine sent sa peau devenir moite. Une goutte de sueur descend lentement le long de son dos.

— Comment fais-tu pour travailler dans un four pareil ?

Accaparé par sa tâche, Fournier ne répond pas. Korvine tire une nouvelle bouffée sur sa cigarette. Le regard dans le vide, il contemple les volutes de fumée, puis les traces jaune orangé laissées par la nicotine sur son index et son majeur.

— Tu disais à propos de Monique Fay ?

— Oh, rien de plus. Elle s'est mise à piquer dans les recettes du bar et à carburer aux fonds de bouteilles. Elle a fini par être virée. Son gosse était un vrai sauvage. Disons qu'ils n'ont pas eu de chance. Ni l'un ni l'autre.

— Un suicide de plus, alors ?

— Quelque chose comme ça. En tout cas, avec celui-là, c'était ça ou la taule à sa majorité.

Korvine repère un gobelet en plastique à moitié rempli d'eau sur le bureau de Fournier et y éteint son mégot.

— Moche, le suicide ?

— On l'a raté de cinq minutes…

Il décide de changer de sujet.

— Et les vidéos ?

— J'ai terminé. Je dois revoir deux ou trois trucs, mais tous les visages scannés ont été envoyés dans le bureau de Bongrand qui se charge de les distribuer pour identification. Plus de cent trente-sept films, entre vingt-huit secondes et trente-deux minutes chacun, une trentaine de gamins impliqués, dont sept sont décédés, plus de vingt-quatre heures de bande au total : voilà pour les chiffres. On fait du travail artisanal. Vu l'équipement qu'on a, c'est déjà pas si mal. Pour les visages, même sans logiciel de reconnaissance, ça va. On fait avec la mémoire des collègues. Par contre pour les indices, c'est délicat. Certains films sont encore à l'état de rushes et parfois, on peut entendre des bouts de discussion entre les gosses et Priest. Je suis capable de décrypter, mais sur autant d'heures de bandes, comment savoir ce qui t'intéresse ou pas ? J'en ai mis de côté une trentaine sur lesquelles on a des fragments de dialogues et j'ai déjà isolé les passages intéressants. Reste à les écouter, à filtrer les parasites et à trouver ce que tu cherches.

Trente vidéos où ces gamins jouent et discutent sous le nez de leur présumé tortionnaire. Ça ne colle pas avec le portrait fait par le proviseur du collège et les voisins. Pour que les gamins se sentent aussi à l'aise, il faudrait que Priest soit un manipulateur de premier plan. Pourtant, tout indique qu'il était plutôt renfermé, pas sûr de lui.

— L'idéal serait que tu t'y plonges avec moi dès que tu as le temps.

— Tu ne veux pas aller te reposer ?

Fournier tapote du doigt le cadran de sa montre et hausse les sourcils.

— Le soleil se lève dans moins de deux heures.

Korvine hoche la tête et pose le sac contenant les vidéos de Sorel sur la table.

— Qu'est-ce que c'est ?

D'autres saloperies, d'autres visages écrasés dans des mares de sang, d'autre fils et filles, cousins et cousines, amis et amies.

— D'autres films de Priest.

Fournier lève des yeux étonnés.

— Comment tu les as eus ?

Korvine hésite un bref instant.

— Source anonyme.

Fournier ouvre le sac et en sort quatre CD-ROM…

— On commence par ceux-là ?

— C'est parti.

Les premières images défilent. Deux adolescentes et une fillette parlent de fringues à la mode. Justine Faure est l'une d'entre elles. Soit Priest est très fort et dans ce cas, il est déjà loin. Soit…

— Tu peux passer à la suivante.

Fournier fait défiler dix autres séquences avant que Korvine ne saute de son siège et pointe l'écran du doigt avec fébrilité.

— Là, repasse-moi le passage.

Plan large, un garçon d'une dizaine d'années et une adolescente sont accroupis en silence sur le futon.

— Ils ne disent rien…

— La voix, derrière, tu l'entends ?

Fournier revient en arrière et lance à nouveau le film.

— Ce n'est pas la voix de Sébastien Priest.

— Peut-être un gosse qui attend son frère ou son copain ?

Korvine tape du poing sur le bureau.

— Priest n'est pas seul !

— Je vais essayer de l'isoler du bruit ambiant.

Après quelques manipulations, Fournier et Korvine peuvent entendre la voix assurée d'un adolescent demander à Sébastien Priest s'il y a assez de lumière sur le plan qu'ils viennent de tourner.

— Putain, un assistant ! Priest avait un assistant pour tourner les films ! Pourquoi j'y ai pas pensé plus tôt ? L'un des adolescents est derrière la caméra avec lui. Ça explique tout ! Pourquoi les gamins acceptent de se faire filmer, pourquoi ils passent tout ce temps avec Priest qui a tout l'air d'un asocial.

Ça expliquerait la confiance, les sourires sur les visages, les sourires pendant qu'on les filme, les sourires à la caméra.

— Ils sont deux ! Priest et un gamin. Un gamin comme eux, tu comprends ?

Pas un coupable, mais deux.

— Fais-moi un fichier son avec la voix du gamin derrière la caméra et envoie-le à Bongrand et à tous ceux qui ont bossé sur les vidéos et en qui tu peux avoir confiance pour ne pas ébruiter l'info. Je veux un nom et une adresse avant ce soir.

Korvine ne termine pas sa phrase, tape sur l'épaule de Fournier avec un sourire et se retourne en composant le numéro du portable de Revel.

— On a quelque chose.

— Quoi ?

— Apparemment, Priest avait un assistant pour les films. Un gamin.

— Un gamin ?

— Tu vois ce que ça signifie ?

— Pas mal de choses, en effet, mais… et Priest ? Ça ne nous dit pas où il est ?

— Ça ne nous dit pas non plus pourquoi ils font ces films, mais ça veut surtout dire que Sébastien Priest n'est ni un *serial killer* ni un individu isolé. Il y a au moins deux responsables ! Une nouvelle piste ! Et si on trouve le gamin, il y a de fortes chances…

— Pour qu'il sache où se planque Priest.

— C'est ça ! Fournier fait circuler un fichier son avec la voix du suspect. Dès qu'il a un nom, il me prévient. Je te rappelle plus tard.

Une fois raccroché, il se tourne à nouveau vers Fournier qui lui tend un boîtier.

— L'enregistrement de la voix, une fois les parasites éliminés de la bande, si tu en as besoin.

— Merci.

— Tu m'aides pour la suite ?

Korvine jette un coup d'œil sur les icônes des dizaines de fichiers vidéo qui s'affichent sur l'écran de Fournier, pense à ce qu'ils contiennent et secoue la tête en signe de refus poli.

— Une dernière chose avant que je file. Tu as eu le temps de bosser sur les postes informatiques du cybercafé ?

Étouffant un bâillement, Fournier désigne de la main une pile d'ordinateurs sur une palette dans l'angle opposé de la pièce.

— Vite fait, hier.

— Et ?

— L'un des postes a été trafiqué. J'ai trouvé les traces d'un logiciel de cryptage, en partie effacé après coup. J'allais me mettre en rapport avec l'opérateur de télécoms du cybercafé, pour tenter de détourner le système de protection et obtenir une adresse IP réelle, mais Revel m'a appelé à ce moment-là pour l'appartement de Priest. Depuis, je n'ai bossé que sur les vidéos.

Épuisé, Korvine ferme les yeux une seconde ou deux en hochant la tête d'un mouvement machinal…

— Tu veux que je revienne dessus ?

— Non, non. La priorité, c'est la voix de l'assistant et les vidéos. Tu t'y mets tout de suite après. Tiens-moi au courant.

Korvine se passe la main dans le cou et grimace. Toujours cette maudite douleur. Son geste n'échappe pas à Fournier qui lui tape sur l'épaule et dit d'un ton amical :

— Tu as une sale mine. Tu devrais aller te reposer une heure ou deux dans ton bureau avant de réattaquer. Tu ne tiendras pas longtemps à ce rythme-là.

— Je sais ce que j'ai à faire, ne t'inquiète pas.

Fournier retire sa main avec maladresse.

— Excuse-moi. C'est pas ce que je voulais dire.

Korvine bredouille un remerciement, empoche le CD-ROM contenant la voix de l'assistant et quitte la pièce en marmonnant.

— Il faut que j'aille prendre l'air.

Au volant de sa voiture, Korvine rallie à nouveau les quartiers sud. Une journée d'enquête et Tournon est redevenu un paysage familier, comme s'il n'en était jamais parti.

La ville prend forme, comme un compagnon de voyage dont on apprend en quelques jours de promiscuité imposée la manière de voir et de penser le monde. Plongé avec violence dans son intimité. Vingt-quatre heures où chaque seconde compte, où chaque minute porte son lot de souffrances et de résultats, où chaque secret doit être extirpé à la pince de sa gangue de silence. Mille questions se bousculent, tandis qu'il emprunte *encore* l'avenue de Beaucaire, passe *encore* devant le centre commercial, traverse *encore* le quartier des Goules et ses barres de béton.

Combien de fois ? Combien de fois les larmes, les cris et le sang avant de trouver ?

La voix dans sa tête le lui répète sans arrêt : « Que cherches-tu, lieutenant ? »

Quel est le lien entre les suicides et les vidéos ? Que va-t-il apprendre de plus qu'il n'ait pas déjà sous les yeux ? Des versions pirates existent-elles ? Quels sont les noms de ceux qui savent et qui mentent ? Pourquoi se taisent-ils ?

Malgré l'horreur de la mort de sept enfants.

Et surtout, pourquoi ces films ont-ils été tournés ? Qui servent-ils ? Quel est leur but ?

Les images des vidéos découvertes dans l'ordinateur de Sébastien Priest repassent en boucle dans sa tête.

Pris d'un soudain haut-le-cœur, il arrête la voiture sur le bas-côté, ouvre la portière et vomit le croque-monsieur de la veille sans avoir eu le temps de défaire sa ceinture. Il s'essuie la bouche avec son mouchoir, y balance un chewing-gum au goût improbable, grimace et décroche son portable.

— Commissaire, Fournier vous a mis au courant pour l'assistant de Priest ?

— Oui, on s'en occupe. La moitié des gars du service sont en ce moment même dans mon bureau et écoutent l'enregistrement. Si ça ne donne rien, j'en enverrai deux faire le tour des proviseurs des trois collèges et du lycée.

Puis :

— On aura un nom avant la fin de la journée.

Il ne dit rien, attend la suite.

— Je te tiens au courant.

— On va le coincer.

Bongrand a déjà raccroché. Korvine n'a qu'à ronger son frein.

Les visages, les voix et les noms tournoient sans relâche dans sa tête. Sa boîte crânienne n'est plus que le réceptacle de bruits, de couleurs et d'odeurs primaires qui se mêlent pour ne former qu'un immense chaos. Les vivants parlent comme des morts, les morts s'adressent aux vivants. Debout dans une rue, n'importe quelle rue, la rue de tout le monde, Korvine voit : le ciel dans le fleuve, le bitume à la place du ciel, les visages qui sourient dans le miroir des flaques d'eau.

Il continue sans comprendre où se trouve la faille. Les coupables ne sont pas là où ils devraient être, les parents ne réagissent pas comme ils devraient. Pourquoi est-ce que les enfants sourient sur les vidéos ? Les vivants ont l'air plus morts que les morts. Comme Farida Gouy, comme Gisèle Buffat.

Korvine s'apprête à remonter dans sa voiture quand la sonnerie du téléphone retentit. Il ferme les yeux, puis répond.

— C'est Richard. Il faut que tu viennes voir ça.

— Tu es où ?

— Un immeuble, avenue du 8 mai 45, numéro 21, deuxième étage, porte de gauche. Jacques et Cécile Ballard.

Une légère défaillance dans le ton de la voix.

— Un nouveau suicide ?

— D'une certaine manière, c'est bien pire, répond Revel dans un souffle.

Korvine raccroche et tourne la clef dans le démarreur.

Sept heures vingt-deux, première perquisition de la journée. Korvine allume une Camel sans s'en rendre compte. Un silence de plomb est tombé dans la pièce qui sert de bureau à la famille Ballard. Cinq minutes plus tôt, Korvine a suivi un Richard Revel livide dans un appartement miteux où vivent Stéphanie Ballard et ses parents, Jacques, employé municipal, et Cécile, salariée à temps partiel dans une manufacture drômoise.

— Nous vous attendions, a simplement dit le père, petit homme replet à la calvitie précoce.

Sa femme, derrière lui, des poches noires sous les yeux, Stéphanie, l'ombre d'une adolescente. Korvine a lancé un regard rapide en direction de son collègue.

La porte d'entrée est rapidement refermée, un couloir étroit, une porte, deux portes, une pièce minuscule où sont entassés une table, deux chaises, un ordinateur imposant, une prise de téléphone et une lampe de chevet qui n'éclaire que les visages et laisse les angles dans l'ombre. Tous guettent sa réaction.

Sur l'écran, une vidéo tourne. Un garçon d'une dizaine d'années s'apprête à sauter du septième étage d'un immeuble. Il regarde un instant indéfini derrière lui.

Le cerveau de Korvine fonctionne au ralenti.

Patrick Gouy.

Des secondes qui paraissent durer une éternité.

Tic.

L'enfant sourit.

Tac.

Puis il saute dans le vide.

TROISIÈME PARTIE

MÉCANIQUE DE L'INSIGNIFIANCE

9

Mercredi 9 février – 8:00

— Où as-tu eu cette vidéo ? Réponds-moi, pour la troisième fois !

Cheveux courts à la garçonne, jeans et pull trop larges, pantoufles usées jusqu'à la corde. Stéphanie Ballard a le visage fermé d'une adolescente qui vient de se faire attraper en train de fumer son premier joint. Quelques traces de boutons d'acné grattés jusqu'au sang, un petit nez constellé de taches de rousseur et des lèvres humides et lippues. Plutôt jolie, sous ses épaisses boucles brunes.

— Stéphanie…

Un bruit de voix à côté. Alexandre Korvine tourne la tête et aperçoit Revel flanqué de Fournier à travers les carreaux. Il leur fait signe d'entrer.

— Qu'est-ce qui se passe ? demande Fournier.

— Revel t'expliquera. J'ai besoin que tu appelles Christophe Hardt et qu'il vienne me faire un relevé d'empreintes. Après, je veux qu'il…

Il jette un coup d'œil vers l'adolescente, recroquevillée sur son tabouret, hésite puis dit à voix basse :

— Qu'il s'occupe de la petite. Prise de sang, examen gynécologique et toxicologique, tout le bordel. D'ici là, personne d'autre que toi ne touche à quoi que ce soit. Toi, Revel, tu me tiens les parents dans la cuisine. Interdiction à quiconque de sortir ou d'aller aux chiottes sans m'en avertir.

À voix haute, cette fois.

— Tu as des résultats concernant la voix sur la vidéo ?

— Pas encore. Bongrand a pris le relais.

Korvine lève la main gauche et ferme les yeux. Une machine tératologique se dessine derrière ses paupières par flashes successifs. Un projecteur s'allume puis un deuxième. Deux ampoules puissantes éclairent une petite scène décorée d'un rideau de velours bleu océan, d'une table d'opération et d'une cuve remplie d'une solution aqueuse. Trois enfants entrent, l'un armé d'un caméscope et les deux autres d'une boîte de jeu de société. Leurs visages sont d'une pâleur extrême. Les deux enfants ouvrent la boîte, commencent à placer les pions sur un plateau aux couleurs criardes. Les sourires et le claquement des pions déplacés sont vite couverts par un son aigu et lancinant. Korvine constate avec horreur que du sang coule sur leurs membres. Rouge sur blanc. Des plaies béantes dans l'abdomen de l'un et à la base du cou de l'autre. Celui qui porte la caméra laisse tomber sur le carrelage un couteau de cuisine carmin. Les enfants se mettent à rire de façon sinistre, tandis que leurs bras et leurs jambes se tordent. Soudain, alors que la mutation des corps s'accélère, l'image se brouille. Les limites de la scène s'estompent, le rideau bleu tombe, les rires ne lui parviennent plus qu'étouffés. Seul l'objectif de la caméra, petit rectangle blanc tacheté de particules électriques, demeure.

Korvine chasse ces pensées morbides en rouvrant les yeux. Son rythme cardiaque décélère. Revel le dévisage, les sourcils froncés.

Manque de sommeil et excès de nicotine. Une migraine épouvantable s'annonce.

— On a un gros problème, Richard. Un très gros problème. À partir de maintenant, il va falloir mettre les bouchées doubles si on ne veut pas que ça tourne au carnage.

Revel le regarde sans comprendre.

— J'en ai plus pour longtemps avec elle, je te rejoins dès que j'ai terminé.

Revel hoche la tête et ressort en prenant soin de fermer la porte derrière lui.

Stéphanie Ballard a abandonné sa position fœtale et regarde le lieutenant avec curiosité. Elle a tiré ses longues mèches brunes en arrière, dévoilant des traits poupons et une marque rouge sur la tempe gauche. Korvine secoue la tête, se lève et vient s'asseoir à côté d'elle.

Il prend la main de l'adolescente qui esquisse un geste de recul avant de céder.

— Qui t'a fait ça ?

L'adolescente reste muette mais un coup d'œil en direction de la porte vitrée lui échappe.

Son père.

Korvine effleure l'hématome du bout des doigts.

— Ça fait mal ?

Stéphanie acquiesce sans le quitter des yeux.

— Je suis désolé.

Elle ne cille pas.

— Quel âge as-tu ?

— Douze ans.

— Tu es très mûre pour une jeune fille de douze ans.

— C'est pas ce que pense mon père.

Korvine réfléchit au meilleur moyen de la faire parler.

— Tu es très mûre mais tous ces secrets sont un peu lourds à porter, n'est-ce pas ?

Stéphanie ne répond pas.

— Écoute. Je ne suis pas ton père, je ne vis pas à Tournon. En fait, on peut dire que je suis un étranger dans cette ville et vos secrets ne m'intéressent pas, tant que je peux résoudre cette affaire. Je ne te demande pas de me faire confiance mais de comprendre ceci : je ne veux juger personne. Pour moi, ce que vous faites n'est ni mal ni bien. Ce n'est pas à moi d'en décider. Mon seul désir, c'est de comprendre ce qui se passe ici. Les faits sont la seule chose qui m'intéresse, tu me suis ?

L'adolescente acquiesce lentement.

— Ce que je sais, c'est que Sébastien Priest et un gamin dont j'ignore l'identité tournaient des vidéos avec toi et tes copains. Des films, point barre. Des films interdits par la loi parce que vous êtes mineurs, que Priest est majeur et qu'il n'a pas le droit de vous filmer sans l'accord de vos parents, tu comprends ? C'est le premier point.

Korvine marque une pause.

— D'un autre côté, il y a ces suicides. C'est là que j'interviens. Certains de tes amis ont mis fin à leurs jours après avoir tourné dans ces vidéos. Ce n'est peut-être qu'un hasard. Peut-être pas. J'ai besoin d'y voir clair. Ce n'est pas ton cas, mais ce que je redoute en tant que policier, c'est que ça finisse par arriver. Alors je vais te poser une question et j'aimerais que tu y répondes le plus sincèrement possible. As-tu l'intention de te suicider, Stéphanie ?

— Non.

— Sais-tu pourquoi certains de tes camarades l'ont fait ?

Pas de réponse.

— Bien. Je sais que tu n'es pas une menteuse, et dans ce cas, peux-tu m'expliquer la présence dans ton ordinateur d'une vidéo montrant Patrick Gouy en train de se jeter du septième étage de son immeuble ?

Stéphanie ouvre la bouche pour répondre mais Korvine l'interrompt de la main.

— Attends. Il faut que tu comprennes que ce qui se passe est très grave. On ne joue plus. Ton silence peut être interprété comme une forme de complicité. On parle pas de suicides, là, mais de meurtres. Je sais que tu as peur, je sais que quelque chose ou quelqu'un te fait peur.

— Vous vous plantez complètement.

Korvine se redresse, étonné par le ton assuré de sa voix.

— C'est-à-dire ?

— Comme mon père, vous croyez qu'il y a un réseau, qu'on se connaît tous et qu'on a tout prévu avec Séb, mais en fait, c'est pas vrai.

— Si je comprends bien, tu essaies de me dire que tu n'es au courant de rien ?

— Non.

Le ton de sa voix s'est durci, Korvine est en train de la perdre.

— Je dis qu'il y a rien à comprendre, qu'on a fait ces vidéos pour tuer le temps, parce qu'on s'ennuie à mourir dans cette ville, que Séb est un mec cool et qu'y a rien de mal à tout ça.

— Dur de te croire. Certaines vidéos tombent sous le coup de la loi.

— Vous êtes comme les autres.

— Si tu fais référence aux autres adultes, peut-être, à une différence près : je ne suis pas impliqué, moi. Je n'ai rien à gagner dans l'histoire et, que tu le veuilles ou non, oui, c'est dur de croire qu'un mec cool accepte de filmer des gamins en ignorant que ce qu'il fait est non seulement illégal mais aussi déstabilisant pour vous. On est dans la vraie vie, Stéphanie, pas dans un de vos jeux. Il y a déjà eu sept morts, c'est allé trop loin ! J'ai juste besoin que tu me donnes une piste pour retrouver Priest.

— C'est pas lui qui m'a donné la vidéo de Patrick.

— Qui alors ?

Hésitation.

— C'est Marion.

— Marion Chalembel ?

Hochement de tête.

— D'où la tenait-elle ?

— Je sais pas.

— Tu mens !

Stéphanie se borne à répéter :

— Je vous jure que je sais pas.

Korvine écrase un poing rageur sur la table basse devant eux, manquant de renverser une pile de disques et de magazines.

— Je perds mon temps avec toi !

Alerté par le bruit, Jacques Ballard s'est avancé derrière la porte et lance des regards inquiets à travers les carreaux. Korvine l'ignore.

— Tes parents sont au courant de quelque chose que je devrais savoir ?

— Vous n'avez qu'à le leur demander.

Korvine se lève et se dirige vers la porte. Au moment où sa main se pose sur la poignée, il se retourne.

— Donne-moi le nom de celui qui tenait la caméra avec Priest.

Stéphanie secoue et baisse la tête, puis se met à pleurer.

— Qui a voulu que ces suicides soient filmés ?

Les vivants ne parlent pas.

— Qui est-ce que tu veux protéger, bon sang ?

Seulement les morts.

— Dis-moi au moins ce qui t'empêche de parler.

Secouer et baisser la tête, puis pleurer.

Korvine tourne la poignée.

Les vivants se taisent, les morts parlent pour eux. Les vivants et les morts s'amusent ensemble devant l'objectif d'une caméra, mais à la fin de la danse, plus personne ne rit. Rien qu'une gamine qui chiale parce qu'elle a fait une grosse connerie.

— On reprendra cette discussion plus tard.

Il sort de la pièce.

La cuisine sent la friture. Au bord de la nausée, Korvine cherche son paquet de cigarettes et invite du regard Revel à le suivre à l'extérieur.

— Qu'est-ce que disent les parents ?

— En résumé, quand ils ont reçu notre appel, ils sont montés questionner leur fille et ils l'ont obligée à leur montrer ce qu'il y avait dans son ordinateur. Apparemment, ils ont des problèmes de communication avec elle depuis plusieurs mois.

— Surtout avec le père.

— Ouais, la mère, Cécile Ballard, a plutôt l'air du genre effacée.

Pour ne pas dire battue, comme sa fille.

— Je sais ce que vous pensez, mais je ne crois pas que le type soit violent. Il a eu un coup de sang, c'est tout.

— Tu parles !

Revel poursuit sans tenir compte de sa remarque.

— Il est perturbé par le mutisme de sa fille. Il paraît qu'elle passe son temps enfermée dans sa chambre quand elle n'est pas au collège.

— Il a cogné sa gamine, elle a un bleu gros comme ma main sur la tempe.

— C'est possible, mais tu sais comme moi que ça n'a aucun rapport avec les vidéos et les suicides. Apparemment, elle était très proche de son père jusqu'à il y a quelques mois.

Soudain intéressé, Korvine desserre les poings.

— Quelle en était la cause, selon lui ?

— C'est ce qui l'inquiète. Au début, il a cru que c'était lié au collège, mais d'après son professeur principal, Stéphanie est plutôt bonne élève et n'a aucun comportement suspect en classe.

— Ils se sont peut-être disputés. C'est fréquent, avec les ados.

— Il m'assure que non et j'ai deviné au regard de sa femme que c'était vrai.

— Ou alors qu'elle l'ignorait.

Korvine se passe la main dans les cheveux. Une bonne douche lui ferait du bien.

— Tu penses à la pédophilie ?

— À quoi d'autre ? Ces gamins doivent bien avoir un point commun, sinon…

— Sinon ils ne se retrouveraient pas tous sur ces vidéos, c'est ça ?

— Écoute Richard, on a sept cadavres sur les bras et tout ce qu'on sait, c'est qu'il y a un lien avec ces films.

— Le problème, c'est qu'on sait maintenant que le suicide de Patrick Gouy a aussi été filmé.

— Et certainement les autres. Souviens-toi, la webcam chez Marion Chalembel. Je comprends mieux pourquoi son ordinateur était connecté à ce moment-là. Elle filmait sa propre mort.

— Y a une grosse différence entre filmer des ados en train de jouer au Trivial Pursuit et le film d'un suicide en direct.

— De prime abord, je dirais que oui, mais cette affaire est tordue et je me demande si le pas à franchir entre les deux est si grand que ça.

— Tu veux dire que ces suicides étaient planifiés ?

— Non. Plutôt qu'ils sont la suite logique de leur petit jeu dont la règle principale est : tout peut être filmé.

— Qu'est-ce que tu fais de Priest, dans tout ça ?

— C'est bien ça le problème. Je veux bien que Priest soit une sorte de gourou manipulateur et qu'il ait persuadé ou forcé les gosses à se filmer chez lui, mais de là à faire accepter à une gamine comme Chalembel de se suicider chez elle, ça me paraît trop gros.

— Pareil pour les autres. Ils étaient tous chez eux à ce moment-là. Dans ce cas, Priest ne serait plus seulement un gourou mais aurait trouvé le moyen d'entrer directement dans leurs cerveaux.

— De toute façon, on sait même pas si les autres suicides ont été filmés.

— Forte probabilité, fait Korvine.

— Et puis Priest est en cavale depuis hier. Je ne le vois pas trop prendre le risque de sortir en plein jour pour filmer les suicides alors que sa tête est placardée dans les vitrines de tous les magasins de la ville.

L'assistant.

— J'appelle le commissariat pour une vérification.

Quand Korvine raccroche, cinq minutes plus tard, la déception se lit sur son visage. Revel lui renvoie un regard interrogateur.

— Pour les suicides, on part de l'hypothèse que Priest a bénéficié d'au moins un complice.

— Après sa fuite, oui, mais avant ?

— D'après son emploi du temps, il était de permanence au collège à l'heure du suicide de Patrick Gouy. Or, la prise de vue n'a pu se faire que de la rue, soit d'une voiture, soit par un piéton, ce qui exclut l'idée d'une caméra fixe, programmée ou programmable à distance. Pour les autres suicides, s'ils ont aussi été filmés, ça n'a pu se faire que de l'intérieur, donc Priest n'y est pour rien.

— Je vérifie quand même auprès du collège pour être sûr.

— Délègue ça à un mec de la brigade. Je vais interroger à nouveau les parents Ballard. Je veux que tu fasses de même avec tous les parents des gamins qui sont sur ces foutues vidéos. Pour l'instant, on n'a que ça. Y a bien quelqu'un qui sait ou qui a vu quelque chose sans s'en rendre compte. Insiste bien sur les vidéos. J'arrive pas à croire que personne ne s'en soit rendu compte. Ces gamins ne sont pas des génies, ils ont forcément laissé des traces derrière eux que leur entourage aura détectées. Sorel et Faure étaient au courant et ce ne sont pas des lumières. D'autres doivent être au courant.

— Pour l'instant, ils nient tous.

— On ne les a pas tous interrogés et il faut trouver leur point faible. Ils craignent quelque chose ou quelqu'un. Ils ont peur. Comme leurs gosses. Il reste à trouver le moyen de les pousser à briser le silence. Tu les connais mieux que moi, tu es du coin. Tôt ou tard, il y en aura un qui crachera le morceau. Cette vidéo du suicide de Patrick Gouy, c'est le signe qu'on a mis le pied dans une fourmilière et que les choses bougent enfin.

Revel hoche la tête d'un air dubitatif.

— Tu leur as fait écouter l'enregistrement de la voix de l'assistant de Priest ?

— Ça n'a rien donné.

— Même avec la fille ?

— Elle refuse de répondre.

— Bon, on se concentre sur Priest et sur les vidéos. Ce type ne réussira pas à rester caché longtemps.

— Tu crois qu'il est innocent ?

— Cette affaire est bien trop complexe et Sébastien Priest a tout l'air d'un coupable commis d'office. Et puis on a appris quelque chose ce soir.

— Quoi ?

— Les morts nous parlent à travers les vivants.

Korvine fait demi-tour et s'engage sur l'allée de gravier, laissant derrière lui le regard circonspect de Richard Revel et les gyrophares de la voiture de police apportant avec elle Christophe Hardt, sa trousse à outils et ses certitudes médico-légales.

Il ajoute pour lui-même, au moment de franchir le seuil de la maison :

— La ville et l'affaire sont étroitement imbriquées. Pour comprendre la deuxième, il faut connaître chaque élément de la première. Chaque rue, chacun recoin, chaque habitant.

Corpulence chétive, visage d'enfant, presque imberbe, le père est aussi volubile que son épouse est silencieuse. Face à eux, Korvine fait figure de colosse. Cécile Ballard lui propose un café, qu'il accepte. Les mains qui tiennent la tasse et le sucre sont calleuses et ridées. Elles lui rappellent celles de sa mère, les rares fois où elle le prenait dans ses bras. Il porte immédiatement la tasse à ses lèvres pour masquer son trouble. Le liquide amer lui brûle la gorge. Café bon marché. Il sourit pour lui-même et la remercie.

Il décide de passer outre les ordres de Bongrand et de jouer franc jeu avec eux.

— Nous avons trouvé des images de Stéphanie sur l'ordinateur d'un surveillant de collège dénommé Sébastien Priest. Vous étiez au courant ?

Cécile Ballard hoche la tête, son mari baisse les yeux.

— Deux vidéos pour être précis, datant du 15 septembre dernier.

Korvine ne les lâche pas des yeux.

— Dont une où elle est nue avec une autre jeune fille, Léa Durand.

Un léger tremblement agite les mains de Cécile Ballard, mais le père ne bronche pas.

— Vous le saviez, n'est-ce pas ?

Ils acquiescent, le regard fuyant.

— Bien.

Korvine pose sa tasse et se lève. Sa voix durcit d'un ton.

— Ce que je n'arrive pas à comprendre, c'est pourquoi vous n'avez rien dit.

Jacques Ballard balbutie :

— On ne voulait pas que ça s'ébruite, on voulait étouffer l'affaire et régler ça avec notre fille. On ignorait l'existence d'autres vidéos.

— Attendez ! N'importe qui découvrant sa fille à poil sur une vidéo filmée par un inconnu foncerait chez les flics ou chez un juge pour porter plainte ! On parle de pédophilie, là ! Quand on tombe sur un truc pareil, la première chose à laquelle on pense, c'est qu'elle est peut-être en circulation.

— Nous... nous ne savions pas qui l'avait tournée. Stéphanie nous a raconté que c'était son amie et elle qui avaient eu l'idée. On a pensé à un jeu d'adolescentes. On est allé voir les parents de Léa et on a convenu avec eux que, moyennant punition, l'affaire en resterait là. On ne voulait pas que ça se sache.

— Oui, Tournon est une petite ville !

— Vous imaginez au collège, si ça s'était su ?

— Et aujourd'hui, Léa est morte !

Silence.

Les Durand aussi lui ont menti.

— Quand avez-vous découvert le film de Léa et Stéphanie ?

— En septembre dernier, à la fin du mois.

— Comment ?

Jacques Ballard prend la parole.

— C'était un mercredi matin. J'avais oublié un truc à la maison et, à la pause de dix heures, je suis rentré à l'improviste. Stéphanie n'avait pas cours. J'ai appelé mais elle ne répondait pas. Je suis monté dans sa chambre et j'ai trouvé son ordinateur allumé, avec cette vidéo. Elle était dans le jardin au téléphone et ne m'avait pas entendu arriver. C'était horrible. J'ai appelé Cécile sur son lieu de travail et on a fini par me la passer. Quand elle est arrivée, Stéphanie était remontée et… je ne sais pas ce qui m'a pris.

Il enfouit son visage dans ses mains.

Korvine le regarde sans rien dire, attendant que ça passe. La piste pédophile se dessine peu à peu. Terrorisés, les enfants mentent à leurs parents, d'où le silence. La mécanique, toujours la même. Des semaines et des mois de silence. Pendant ce temps, les films continuent d'être tournés, les premiers gamins craquent et mettent fin à leurs jours, sans que personne ait pu réagir et gripper l'engrenage infernal de la culpabilité et de la peur. Qui sont les véritables responsables ? Ce surveillant qui abuse de la confiance des adolescents ou leurs parents, soucieux de se taire et de régler les problèmes en famille ? Une nouvelle carte de la ville prend forme dans l'esprit de Korvine. Combien de Stéphanie prises au piège ? Combien de Claude Faure, de Jacques et Cécile Ballard, parmi les habitants de Tournon, qui savent depuis le début et ignorent que la même chose se passe chez le voisin ? Quelqu'un a-t-il pris la mesure de l'ampleur du phénomène ? Et si oui, pourquoi se tait-il lui aussi ?

Ils savent tous.

Seulement une journée.

Mais ils se taisent.

Une seule journée et une quantité colossale de merde remonte déjà à la surface. Qu'en sera-t-il vingt-quatre heures plus tard ? Dans deux jours, trois jours ? Une semaine ?

Korvine passe ses doigts dans ses cheveux. Il s'aperçoit que sa main tremble, la retire d'un geste rapide et la plonge dans la poche de sa veste.

— Y a-t-il autre chose que je devrais savoir ?

Le couple Ballard secoue la tête dans un mouvement parfaitement symétrique.

— Aucun autre film, à votre connaissance ?

Même dénégation synchrone de la tête.

— Dans ce cas…

Korvine leur tourne le dos et ouvre la porte.

— Je vous remercie d'avoir répondu à nos questions.

Honte à vous, pense-t-il.

Pour eux et pour les autres.

Un sentiment nouveau le gagne pendant qu'il descend l'allée. Un sentiment qu'il réfrène autant que possible. La colère.

Au lieu de prendre la digue des bords du Rhône pour rejoindre le centre-ville, Korvine bifurque sur la droite et engage la Laguna sur une petite route bordée de chaque côté par des murets de un à deux mètres de hauteur.

Où te caches-tu, Sébastien Priest ?

Certain que la réponse se trouve là, quelque part, pour peu qu'il soit capable de déchiffrer les signes et de s'immerger totalement dans la ville.

Autour de lui, les vergers et les ceps de vigne de son adolescence ont cédé leur place à des lotissements standardisés. Les piscines et les portiques bon marché ont fleuri là où autrefois les terrains vagues tenaient lieu de cachettes pour les gosses en manque d'aventure et de repaires pour les amoureux.

Korvine s'arrête sur le bas-côté et sort faire quelques pas pour essayer de se rappeler l'époque où il était les deux à la fois.

Les souvenirs affluent avec l'odeur de cigarette et les sifflements rageurs du mistral contre les murs des maisons. Les friches ont disparu mais l'humeur générale n'a pas changé. Les mêmes ombres dans le ciel, les mêmes lueurs étranges sur les collines environnantes, le même froid qui s'insinue entre les mailles des pulls les plus épais. La plupart des gens qu'il connaissait il y a plus de vingt ans sont encore en vie, quelque part entre le fleuve et la déviation de Mauves. La majeure partie d'entre eux n'a jamais franchi les frontières de la commune. L'exode rural n'a pas eu lieu. Les arbres sont morts, leurs maîtres les ont vendus ou brûlés et sont restés à côté pour regarder les moellons s'entasser et recouvrir de ciment des décennies d'histoires familiales. Un ou deux mètres en dessous du niveau du Rhône, la digue et le contre-canal comme seuls remparts contre la fureur des eaux. L'eau et le béton sont les gardiens du temple. Les secrets ne jailliront qu'à la force des bras, des masses et des pioches.

Korvine revient vers la voiture et remet le moteur en marche. Il n'a pas fait cent mètres que son téléphone sonne. Le commissaire Bongrand.

— Korvine, j'écoute.

— Un nouveau mort, rue Lamartine.

— Merde, on n'avait pas besoin de ça ! Quand ?

— Vers sept heures ce matin. Un appel anonyme d'une cabine publique.

— Un gamin ?

— Non, un vieux. Jean-Marc Robert, un dossier long comme le bras, attentat à la pudeur, exhibitionnisme, soupçonné de pédophilie, dossier classé, jamais prouvé, apparemment sans activité depuis une douzaine d'années. Aucune plainte depuis 1995… Faut croire que le groupe qui lui a fait ça pensait différemment.

— Y a quelqu'un sur place ?

— L'agent Durand. Je ne sais pas si je redoute plus le suicide de gamins ou qu'un pédophile présumé se fasse battre à mort à coups de barre de fer, mais les évènements s'accélèrent, Alexandre, et c'est tout ce qui compte.

— Les vivants vont bientôt se mettre à parler.

— Sans doute, sans doute.

Et les morts, vivre en paix.

— Je veux que tu vérifies s'il y a un lien entre cette affaire et la nôtre.

Les pères et les mères savent et se vengent.

— Il faut calmer les esprits et retrouver les responsables de ce lynchage.

Ils vengent leurs enfants et les secrets enfouis. À leur façon.

— Des nouvelles de la voix de l'assistant sur le film ?

— J'ai envoyé deux hommes faire le tour des parents des gamins présents chez les victimes.

Korvine se gratte le cou.

— Jean-Marc Robert, tu dis ?

— Oui, au 37, rue Lamartine.

— Je m'en occupe.

10

Mercredi 9 février – 9:20

À l'adresse indiquée, Korvine repère la silhouette bonhomme de l'agent Durand, sautillant sur place pour se réchauffer et discutant avec une vieille femme engoncée dans un manteau épais aux couleurs vives. Il se gare sur le trottoir, face à lui, et traverse à grandes enjambées. À son arrivée, la vieillarde marmonne quelque chose et pose une main amicale sur le bras de l'agent avant de faire demi-tour et de remonter la rue.

Korvine pointe du menton le hall d'entrée derrière lui et interroge Durand du regard.

— Au fond du couloir, première porte à droite, vous descendez. Vous trouverez le cadavre au milieu des marches. Une boucherie, je vous préviens.

— Tu sais ce qui s'est passé ?

— D'après l'appel anonyme, entre six et sept heures, un groupe d'une demi-douzaine de personnes, cagoulées et armées de barres de fer, pénètre chez Robert et le tire dans la rue pour le battre à mort… Rapides, efficaces, pas de trace. Ecchymoses sur la totalité du corps, parties génitales comprises. Le type s'est débattu et il a réussi à rentrer dans le hall pour se cacher. C'est là qu'ils l'ont achevé.

— Des marques de sadisme ?

— Des coups, rien que des coups. Pour faire mal, bien sûr, mais surtout pour tuer.

— Tu dis que tout le corps a été touché, pourtant.

— Oui, mais à mon avis, c'est uniquement parce qu'ils étaient nombreux. Rien de méthodique ou de précis.

Un groupe isolé, dans ce cas.

— Tu as fouillé son appartement ?

— Ils n'ont fait qu'entrer pour le sortir de force. La porte était défoncée, mais l'intérieur impeccable. Aucune trace de lutte.

— Aucun lien avec Priest dans ses papiers ?

— J'ai pas regardé.

— Bon… Des témoins ?

— Pas directs. Certains voisins ont entendu des cris, d'après ce qu'on m'a dit depuis que je suis là, mais le corps n'a été découvert qu'après l'appel anonyme, et il était déjà mort depuis une heure. Le commissaire m'a dit que le légiste devrait venir s'en occuper dans la journée, s'il trouve le temps et si on lui donne le feu vert.

— Je rentre jeter un œil.

Durand pointe du doigt la maison qui leur fait face.

— Je serais vous, j'irais voir la vieille dame qui vit en face. Sa fenêtre donne directement sur le hall d'entrée. Ça ne m'étonnerait pas que ça soit elle qui ait appelé.

Korvine tourne la tête, juste à temps pour voir les rideaux se remettre en place.

— Je m'en occupe après le cadavre.

Il contourne l'agent Durand et entre dans le hall. Il trouve le corps recroquevillé sur la quatrième marche d'un escalier qui descend à la cave. Roué de coups. Il tâte rapidement ses membres. Fracture du crâne, côtes enfoncées, fractures multiples au visage et aux bras. Le type s'est protégé comme il a pu. Au-dessus de sa tête, la sirène des pompiers, un bruit de bottes. Il se redresse, les salue de la main et leur laisse le mort. Jean-Marc Robert ne lui apprendra rien de plus pour le moment. Il grimpe à l'étage et repousse du pied les vestiges de la porte qui encombrent le passage. Les types qui l'ont tabassé n'ont pas fait dans la dentelle, mais, à l'exception de la porte et du bahut de l'entrée, le reste de l'appartement ne semble pas avoir été touché. Odeur de naphtaline, crasse d'une vie de célibataire endurci et relents de vieillesse et de solitude. Aucun ordinateur, un téléviseur doté d'un magnétoscope antique, pas de photos, quelques papiers dans une commode, avis d'imposition, factures diverses, un vison d'Amérique et une belette empaillés à moitié bouffés par les mites, et des bois de cerfs vissés au plafond en guise de lustre. A priori, aucun rapport avec Sébastien Priest.

Persuadé de perdre son temps, il quitte l'appartement et regagne le rez-de-chaussée. L'agent Durand est en grande discussion avec un pompier. Le mort a été remonté et installé sur un brancard. Une bâche le recouvre. Korvine fait signe à l'agent qu'il traverse la rue.

Cette fois, la vieille femme ne prend pas la peine de se cacher. Il lève la main en guise de salut, et lui demande d'ouvrir sa fenêtre.

— Bonjour madame.

Il lève sa plaque de lieutenant devant lui.

— Bonjour monsieur.

— On a une bonne vue sur le numéro 37, de chez vous.

Elle le dévisage avec gravité.

— Ne vous fatiguez pas. C'est moi qui ai appelé ce matin. J'ai tout vu mais je préfère rien dire au téléphone. Enfin, ce que mes yeux fatigués me permettent de voir. Ils étaient six ou sept, ils se sont acharnés sur lui pendant cinq minutes après l'avoir tiré dehors, mais il était encore en vie quand ils sont partis.

Korvine tourne la tête, surpris.

— Comment le savez-vous ?

— Après leur départ, il s'est relevé, péniblement, et il s'est traîné à l'intérieur comme il a pu. C'est là qu'un autre homme est arrivé. Enfin, je crois que c'est un homme, je n'ai vu qu'une silhouette.

— Vous pouvez la décrire, cette silhouette ?

— Non. Dehors, avec les lampadaires, j'y voyais assez, mais dans le hall, il fait trop sombre. Le type a poussé le vieux Robert devant lui, j'ai entendu des cris.

— Il était donc encore en vie à ce moment-là.

— Quand l'agresseur est ressorti, il était seul, un bâton à la main. Vous connaissez la suite.

— Le meurtrier serait donc cette dernière personne.

— À moins que quelqu'un, caché, lui ait réglé son compte entre-temps. Il n'y a qu'un couple qui vit à côté. La maison est louée pour deux appartements par une amie, et le couple, des jeunes gens un peu bruyants, est en vacances.

Korvine acquiesce pensivement.

— Vous avez vu d'où venait cet homme ?

Elle secoue sa main pour lui signifier que non.

— Par contre, il est reparti vers l'avenue de Beaucaire, côté pharmacie. Les autres aussi, d'ailleurs. J'ai entendu des moteurs de voiture, après.

Korvine tourne la tête sur sa gauche. La pharmacie qui fait l'angle est à cent mètres à peine. De là où il se trouve, il distingue parfaitement la caméra de surveillance placée au-dessus de la porte d'entrée. L'enseigne est éteinte.

Il remercie la vieille femme d'un geste de la main et remonte la rue d'un pas rapide.

L'avenue de Beaucaire est quasi déserte, à l'exception d'un couple de retraités et de trois femmes qui devisent devant la boulangerie, située un peu plus bas. Korvine jette un œil à la caméra qui surplombe l'entrée, à l'angle de l'avenue et d'une petite rue perpendiculaire qui rejoint la gare de marchandises, au pied de la colline de Pierre. Emplacement idéal pour espionner les allers et retours des voisins.

Les volets métalliques de l'officine sont tirés, Korvine presse la sonnette. Un grésillement suivi d'un signal sonore. Trente secondes passent avant que le lieutenant ne se décide à appuyer une deuxième fois. Au troisième essai, une voix nasillarde finit par retentir dans l'appareil.

— La pharmacie est fermée !

— Lieutenant Alexandre Korvine, de la brigade criminelle de Valence. J'aurais besoin de visionner les enregistrements de votre caméra de surveillance.

— Qu'est-ce que c'est que ces conneries ? Ça peut pas attendre ?

— Nous opérons dans le cadre d'une affaire d'homicide, monsieur.

Des excuses dans l'interphone.

— Très bien, très bien, j'arrive.

Moins d'une minute plus tard, un cinquantenaire à l'allure débonnaire, vêtu d'un survêtement cradingue sur lequel un manteau a été jeté à la hâte, se présente derrière la grille de la pharmacie et le fait entrer.

— Cet homicide, c'est à propos de qui ?

— Jean-Marc Robert, vous le connaissez ?

— Comme ça. C'est un client de la pharmacie… On raconte beaucoup de choses sur lui.

Korvine lui coupe la parole.

— Vous avez les cassettes ?

— Va falloir aller les retirer de l'ordinateur, lui répond le pharmacien en esquissant un sourire. Suivez-moi, l'appareil est dans la pièce où nous stockons les commandes.

Un accès de toux particulièrement violent secoue à nouveau Korvine. Le pharmacien lui lance un regard plus méfiant qu'empathique.

— Vous n'avez pas l'air bien.

Les yeux remplis de larmes, Korvine fait un geste agacé de la main. Le type continue d'avancer.

— Nous y sommes.

Les deux hommes se retrouvent face à un ordinateur flambant neuf doté de trois écrans en veille.

— Une société m'a installé ça il y a un mois, suite à une tentative de braquage. Dernier cri, tout numérique. Un écran pour les deux caméras de la rue et deux autres pour les trois du magasin, deux dans la boutique et une à l'arrière.

— On peut voir ?

— Quelle heure vous intéresse ?

— Ce matin. On va tout visionner ici directement, c'est possible ?

— Oui, mais…

— Dans ce cas, c'est parfait. Je vous laisse prendre les commandes, mon expert en informatique est occupé ailleurs.

Fier de son dispositif de vidéosurveillance, le pharmacien aux trois écrans lui explique qu'il fait des copies régulières, mais que tous les enregistrements sont stockés sur le disque dur de son PC personnel. D'un simple clic, les données vidéo sont ensuite envoyées puis stockées chez lui, à l'étage au-dessus, selon un réseau intranet qui permet de remédier à un éventuel problème technique sur ce poste.

— OK, on commence par la caméra extérieure qui donne sur la rue de derrière.

— Quelle heure ?

— À partir de cinq heures.

Les véhicules des premiers travailleurs défilent à toute allure. Les voitures, les mobylettes, les poids lourds, les utilitaires, une caravane, deux scooters, devant ses yeux. Pause, avance rapide, pause, avance rapide, pause…

Dans la tête de Korvine, uniquement : les gamins qui se sont déjà suicidés, les corps sans vie retrouvés depuis bientôt deux jours, la ville qui tourne sur elle-même à toute allure comme si rien ne pouvait l'arrêter, même pas sa propre perte. Marie, Léa, Patrick, Michaël. Le corps des justes, les jeux pervers des corps des innocents, les films de Priest et les photos. Pause, avance rapide, pause, avance rapide. L'envie de tout envoyer promener remonte sans cesse à la surface, comme un voile sur ses pensées. Korvine doit oublier la souffrance et la folie de la ville pour se concentrer sur les faits. Ne pas penser que les gamins : se mutilent, se défenestrent, se pendent, se plantent des lames dans le bide. Croire : les preuves, les traces matérielles, les chiffres.

Gorge irritée, poumons en feu, douleur à la base du cou.

L'écran affiche 05:58, une vieille R5 beige entre dans la rue Verbeurgt, derrière la pharmacie, et se gare sous un platane. Le visage du conducteur est masqué par le toit de la voiture, mais la plaque est bien visible. Immatriculation en Ardèche. Korvine lit à haute voix et note sur son carnet.

— 7, 5, 7, 5, F, L, 0, 7.

Il décroche son portable et appelle le commissariat. Le même numéro :

— Vous avez de quoi noter ?… J'y vais : 75, 75, F comme Françoise, L comme Lazare, 0, 7… OK, attendez encore un peu.

Les images continuent de défiler. Quelques secondes plus tard, nouveau bruit de moteur. Aucune visibilité. Le moteur est coupé, hors champ de la caméra.

06:02, une Clio s'engage à son tour et vient se garer en double file à côté de la R5. Immatriculée en Ardèche également. Korvine, toujours à voix haute, directement dans le téléphone :

— 6, 4, 3, 7, GP, 0, 7… Restez en ligne, il va y en avoir d'autres.

Les vitres des véhicules se baissent, la caméra est trop éloignée, seul le bruit du moteur lui parvient. Aucun visage, aucune voix reconnaissable. Aussitôt, une silhouette sortie de l'immeuble d'en face. D'autres voitures les rejoignent, toutes immatriculées en Ardèche, une demi-douzaine au total. Les vitres descendent, les ombres sortent des véhicules, des mains se serrent, cagoules, gants, vêtements sombres. Korvine continue de dicter des numéros au téléphone, il se concentre sur les visages cagoulés et tâche de faire le vide pour guetter le moindre ronronnement de moteur du véhicule situé hors champ.

Une nouvelle voiture s'avance, de nouvelles silhouettes sortent des maisons. Une quinzaine, une vingtaine, les consignes passées au téléphone, les noms des propriétaires qui tombent.

06:27, une ombre se dresse au-dessus des autres.

— On est partis !

Une voix masculine, le propriétaire de la R5. Dos droit, muscles bandés, barre de fer dans les poings, bras levés. Sept hommes, en tout. Les portières claquent, les voitures se remplissent et s'avancent à l'autre bout de la rue. Le silence, une fraction de seconde, puis un moteur qui démarre. Ronronnement plus net à présent.

— Passe devant la caméra, passe devant la caméra…

Une 205 rouge passe en trombe devant eux à la poursuite des autres véhicules.

Une voiture qui n'a pas encore de visage.

Une 205 rouge immatriculée en Ardèche, numéro 512, BC, 07.

À l'autre bout du fil, l'ordinateur travaille : les preuves, les traces matérielles, les chiffres. Korvine, toujours à haute voix :

— 512 BC 07.

Des résultats tangibles.

512 BC 07.

— Propriétaire : Julien Chalembel, né le 7 janvier 1970 à Annonay, Ardèche.

Le père de la petite Marion, venu venger la mort de sa fille. À la recherche d'un coupable, comme les autres.

— Contacte le commissaire, le coupe-t-il, et lance un mandat d'arrêt pour toutes les personnes de la liste. Propriétaires des véhicules, mais aussi maris ou épouses et enfants en âge de conduire. Je m'occupe de la 205. Je veux qu'on mette le paquet sur Julien Chalembel. C'est lui qui m'intéresse en priorité.

Il raccroche sans écouter la réponse.

En proie à une excitation intense, il compose le numéro des Chalembel.

Claire Chalembel ne répond qu'à la douzième sonnerie. Pendant que la Laguna file en direction de chez elle, Korvine tente de lui demander où se trouve son mari, mais il se rend rapidement compte qu'elle est dans un état d'apathie tel qu'elle perçoit à peine le son de sa voix. Des larmes et des cris de désespoir à l'autre bout du fil. Ses collègues lui ont parlé de la découverte de la vidéo du suicide de Patrick Gouy trouvée chez les Ballard. Elle a fait le lien avec Marion, devant sa webcam, et a piqué une crise d'hystérie.

— Merde, quels cons ! hurle-t-il en frappant le tableau de bord du poing. Dites-moi où il est, madame Chalembel !

— Vous ne comprenez rien !

— Ne raccrochez pas !

Korvine hurle dans le combiné. Le souffle de Claire, sa respiration saccadée, un léger sifflement dans sa gorge.

— Ne raccrochez pas, c'est important. Votre mari est impliqué dans un meurtre.

Korvine devine la femme, la mère de famille et l'épouse, la gorge sèche et les yeux en larmes, qui secoue la tête et qui nie encore, qui nie tout, qui nie en bloc. Des sanglots dans la voix, une boule de haine nichée dans le ventre qui ne demande qu'à sortir et exploser. Puis la tonalité.

Korvine réessaie de la joindre, mais la ligne sonne occupée. Claire Chalembel n'a pas raccroché.

Il balance son mobile sur le siège passager, mais celui-ci se remet à sonner. Korvine se penche pour l'attraper, manquant de perdre le contrôle de sa voiture.

— Revel à l'appareil.

— Quoi ?

— On a repéré la 205 rouge. Elle est garée en double file au milieu du pont de Tournon. Vide.

— Et lui ?

— En train de grimper au sommet de l'une des piles du pont.

— Putain, mais c'est pas vrai !

Odeur de tabac froid dans l'habitacle pendant que la sirène hurle sur le toit, silence dans les rues noires. Les dernières heures, les derniers mois, les dernières années. Le manque de coopération de la police, le malaise qui plane sur la ville et les restrictions budgétaires. Un suicide, c'est vendeur. Deux suicides ou trois suicides méritent les informations régionales. Au quatrième suicide, les appels à la prudence des pontes politiques commencent à tomber sur le standard téléphonique.

Arrivés le cinquième et le sixième, les uns et les autres comprennent que leurs propres enfants sont potentiellement concernés. Le fils des voisins, le neveu, la nièce, la fille d'un ancien collègue de lycée. Au-delà, le stakhanovisme suicidaire ravive les vieilles blessures et la méfiance.

Quand Korvine arrive sur place, dix minutes plus tard, le pont a été fermé à la circulation et un embouteillage monstre paralyse la ville. Korvine gagne le milieu du pont en slalomant entre les voitures. Revel lui fait signe.

— Il est où ?

Le doigt de son collègue, pointé vers le haut de la pile. Deux agents sont en train de gravir l'échelle de secours pour essayer de le raisonner.

— Il dit quelque chose ?

Revel secoue la tête.

— Rien, à part le nom de sa fille.

— Je vais monter.

— C'est dangereux, l'échelle est glissante, les hommes doivent progresser doucement.

— Je monte quand même.

Dans leur dos, la foule amassée derrière le cordon de sécurité pousse un cri. Korvine lève la tête. Vingt mètres au-dessus d'eux, Julien Chalembel enjambe la rambarde rouillée en hurlant le nom de sa fille.

— Attention !

Une bourrasque de vent vient rompre le fragile équilibre. L'homme comprend que c'est terminé une fraction de seconde trop tard. Le métal de la minuscule barrière de sécurité, battue par la pluie et le mistral, est glissant. Son corps bascule lentement dans le vide.

Cinq. Quatre.

— Marion !

Trois.

— Putain, je peux pas voir ça.

Deux.

Le corps de Julien Chalembel passe à toute vitesse devant eux.

Un.

Avant de se fracasser sur les blocs de béton, cinq mètres plus bas.

Korvine détourne les yeux. La sonnerie de son téléphone. Le commissaire Bongrand.

— On sait où se planque Sébastien Priest.

11

Mercredi 9 février – 10:50

Le bureau du commissaire sent un mélange atroce de transpiration et de café froid. Korvine réprime la nausée qui lui comprime l'estomac et s'avance vers la table de travail.

— Un voisin l'a vu sortir, rue du Doux, derrière la Banque Populaire. Une cave.

Le visage de Bongrand est pourpre, de sa main libre il tape avec nervosité sur l'accoudoir du fauteuil. Il lève des yeux fatigués vers Korvine.

— De nombreux agents sont personnellement impliqués dans cette affaire, des familles de Tournon… Les choses prennent un tour politique, je dois prendre mes précautions. C'est devenu trop sérieux pour qu'on se plante. J'ai dû faire appel à la brigade anticriminalité de Valence pour te seconder. Ils seront là dans vingt minutes.

Il penche le buste, saisit un bout de papier, le lit et le repose.

— Il ne faut pas le rater, cette fois-ci.

Korvine encaisse la remarque sans broncher.

— Je m'occupe de mettre les hommes déjà disponibles en place.

Il encaisse, il acquiesce, il est le bras armé d'une machine qui décide pour lui. Un étranger dans une ville qui l'a vu grandir.

Il quitte le bureau, descend l'escalier en courant et débouche sur le perron où l'attendent une quinzaine d'hommes.

Cinq minutes plus tard, tout le monde est en place rue du Doux. Richard Revel ouvre la portière et sort se dégourdir les jambes. Il l'interroge du regard. Un courant d'air glacial pénètre dans l'habitacle.

Korvine ferme les yeux. Les images et les éléments de l'enquête des derniers jours défilent derrière ses paupières. Les visages, les noms, les dates, les vidéos, les vivants et les morts, les morts qui essaient de faire parler les vivants. La mécanique suicidaire de la ville, implacable, les murs qui savent mais se taisent, les vidéos qui en disent long mais ne fournissent pas les codes explicatifs, les réseaux relationnels qui s'opacifient et les langues qui persiflent sur son passage.

Korvine surveille Priest, mais les habitants le suivent aussi à la trace, comme pour le juger, l'évaluer, lui soupeser le cœur et l'esprit dans la balance de la justice terrestre. Alors il doit aussi surveiller les habitants.

Les juges et les avocats, les pères et les mères.

Le sommeil pèse de tout son poids, mais il n'est pas question de dormir. Il ouvre les yeux, s'appuie contre le dossier, sort une cigarette, l'allume, inspire un grand coup et crache.

Revel contourne le véhicule et frappe sur la vitre.

— Ça va ?

— Les types de Valence sont là.

Autour de la voiture, les premiers véhicules banalisés prennent place, deux fourgons se mettent en position, les hommes en tenue d'assaut se dispersent suivant un calcul précis. Chaque entrée, chaque ruelle, chaque issue de secours imaginable. Bongrand vient se garer juste à côté de lui. Un signe de tête derrière sa vitre.

Korvine sort son arme et vérifie le chargeur.

La pluie tombe en gouttes serrées pendant que les policiers de Tournon et les hommes de la brigade de Valence se déploient en silence autour de l'immeuble de deux étages où se cache Priest.

Korvine grimace.

Une odeur de friture froide et d'urine les enveloppe de son parfum âcre et oppressant. Les restaurateurs et les cafés préparent la pause de midi.

Le bruit des bottes et des casques.

La rue du Doux a été fermée à la circulation et des riverains scrutent de leurs fenêtres les déplacements des policiers et de leurs voitures.

Korvine se retourne vers un officier.

— Les hommes sont-ils en place ?

— Encore cinq minutes et le dispositif sera opérationnel. On va le cueillir comme un bébé, ce violeur d'enfants.

Quelque part derrière ces vieux murs, Priest est là, qui les attend.

Le coupable idéal.

Korvine a passé les vingt dernières minutes à peser tous les éléments de l'enquête.

Sébastien Priest profite de son poste de surveillant au collège pour sympathiser avec les gosses. Pas de preuve, que les vidéos. Il trouve le moyen de les persuader de se laisser filmer. Pas de preuve, que les vidéos. Un jeu, rien qu'un jeu. Tout le monde s'amuse, il abuse leur confiance, il les pousse au suicide, il les attire et s'enfuit.

Pas de preuve, que les vidéos.

Les gens, la ville, les pères et les mères, tout ramène aux vidéos. Korvine ne sait rien de Priest. Tout le monde le décrit comme un homme doux. Gentillesse, difficultés relationnelles, timidité, sentiment d'infériorité.

— Lieutenant ?

Pas perturbé, pas violent, pas cynique, pas pervers. Aucun casier, pas un seul soupçon de pédophilie en dix ans de service.

— Lieutenant ?

Pas le profil.

Mais qui, sinon lui ?

— Lieutenant !

Une main se pose sur son épaule. Korvine fait volte-face, agressif, les nerfs tendus à bloc.

— Quoi ?

— Les hommes sont en position. Quelles sont les dernières consignes ?

Korvine fixe l'officier sans répondre.

— Nous n'attendons plus que votre ordre pour lancer l'assaut, lieutenant. Quelles sont les consignes ?

Les hommes sont prêts, il faut y aller. Ceux de Tournon ont contaminé ceux de Valence. Ils ne peuvent plus reculer.

Korvine hausse les épaules, l'officier s'impatiente.

— Je veux voir les responsables de section sur-le-champ.

— Je le veux vivant !

Korvine est au centre d'un groupe d'une demi-douzaine d'officiers.

— Est-ce que c'est bien clair pour tout le monde ?

Hochements de tête, visages fermés, nerfs à vif.

Un violeur d'enfants, voilà ce qu'ils se disent tous. Un violeur d'enfants n'aura que ce qu'il mérite.

— Vous faites votre travail et vous me le ramenez pour que je puisse l'interroger, point à la ligne.

Hochements de tête, visages fermés et regards fuyants.

L'ordre qu'ils attendent tous.

— On y va.

Korvine se place en tête de la troupe et essaie de garder un œil sur tout le monde. Revel est à l'arrière, au cas où Priest tenterait de s'enfuir à flanc de colline. Moins de vingt secondes plus tard, la porte d'accès aux caves est enfoncée.

Se rendre au numéro sept.

La porte de la cave est grande ouverte mais le local est vide. Des paquets de gâteaux ouverts et un jerrican d'eau témoignent d'une présence récente. À en juger par la moiteur qui imprègne les lieux, Priest était là il y a quelques instants.

Soudain, des coups de feu claquent au-dessus de leurs têtes. Des cris retentissent en provenance de l'arrière-cour.

Dans le couloir, une fenêtre permettant le passage d'un homme adulte est ouverte. Korvine se précipite et se retrouve derrière un agent qui donne des ordres à ses hommes.

— Il a grimpé par là ! À travers les jardins. Je l'ai aperçu au-dessus d'un muret en partie effondré, à droite du grand pin. Vous le voyez ?

Korvine l'attrape sèchement par la manche.

— Il est armé ?

L'homme se retourne, le visage rouge d'excitation.

— Je ne sais pas.

— Pourquoi ces coups de feu, alors ? J'ai demandé une capture en douceur, merde !

— Il a déboulé au-dessus de nous, sur la colline, on a voulu lui faire peur et l'arrêter mais il a accéléré. On pense qu'il est armé.

— Vous pensez ou vous êtes sûrs ?

Pas de réponse.

— Qui a tiré ?

— Je…

— Qui a tiré, bordel ?

— Moi.

Korvine le fixe, menaçant.

— C'était juste pour lui faire peur.

Envie de lui rentrer dedans, de lui mettre son poing sur la gueule.

Il s'avance vers Revel, pointe les types de la BAC du doigt et lui fait signe de rester vigilant. Ce dernier cligne des yeux au ciel pour montrer qu'il a compris.

Les deux hommes se tournent face à la colline de Pierre. Trois cents mètres de dénivelé. Un escalier géant d'anciens accols envahi par des buissons d'aubépine, des ronces et des acacias. Aucune visibilité, des centaines de caches possibles, des trous, des sentiers de randonnée.

Korvine soupire.

— On fonce.

12

Mercredi 9 février – 11:15

La montée est aussi difficile qu'il l'avait imaginée. Priest semble bien connaître les lieux. Ce que Korvine a pris pour des jardins à flanc de colline est en réalité un amas de murs en partie écroulés, d'escaliers aux pierres descellées, d'anciens potagers abandonnés depuis des années et de pierriers impraticables.

— Impossible de passer par là.

À cran.

— Il doit bien y avoir un chemin ou un sentier quelque part.

Les bras griffés par les ronces, les pieds endoloris et personne en vue.

— Là-bas !

Un de ses hommes désigne un petit promontoire rocheux sur leur gauche.

Korvine tourne la tête et aperçoit un pull vert, à une vingtaine de mètres au-dessus d'eux. Mieux placé que les hommes qui le suivent, il fonce tête baissée dans les buissons et parvient sur place moins d'une minute plus tard, les mains en sang. Autour de lui, les ronces forment une barrière infranchissable. La seule issue est le chemin qu'il a suivi pour arriver jusque-là.

À bout de souffle, le lieutenant balaie à nouveau du regard le petit espace rocheux et découvre, au pied d'un muret, la trace d'un ancien sentier. Il s'agenouille et avance en rampant sous les ronces. Cinq mètres plus loin, il découvre l'entrée d'un puits ou de ce qui a dû être autrefois un conduit d'évacuation des eaux de pluie. Le passage est étroit mais il est possible de s'y glisser.

Revel est juste derrière lui.

— Je descends. Tu me suis et tu dis aux autres d'essayer de faire le tour de ce merdier. Envoie aussi une patrouille véhiculée en haut de la colline. Je crois qu'il existe des chemins de randonnée pédestre une centaine de mètres plus haut. S'il nous échappe par là-haut, c'est foutu. On en a pour des jours avant de remettre la main dessus. Compris ?

Revel acquiesce, son portable à la main, Korvine s'enfonce sous terre.

Une fois à l'intérieur, il constate que le tuyau est beaucoup plus large que prévu et il parvient à se redresser. Une voûte en pierres taillées. L'humidité dégouline en ruisselets opaques du plafond. Ses chaussures s'enfoncent dans une boue noirâtre qui grouille certainement de vipères et de sangsues. De gigantesques toiles d'araignée obstruent le passage. Pour couronner le tout, le tuyau, long d'une centaine de mètres, est en réalité un immense escalier souterrain dont les marches mesurent près d'un mètre. Fourrant son arme dans son étui, Korvine commence sa pénible ascension.

Un bruit d'éboulis devant lui l'avertit que Priest n'est pas loin et qu'il éprouve les mêmes difficultés que lui à progresser dans le boyau.

Ses yeux s'habituent à l'obscurité, il parvient à distinguer les obstacles. Il accélère tant que ses poumons au bord de l'asphyxie le lui permettent.

La rage au ventre.

Une nouvelle chute de pierres l'avertit qu'il gagne du terrain sur Priest. L'homme doit paniquer. Korvine a l'avantage de l'expérience. Plus que quelques mètres et il devrait être à sa hauteur. Quand Priest parvient à la sortie du tunnel, il n'est plus qu'à deux mètres, mais quand Korvine s'extrait à son tour du trou béant, il est à nouveau seul.

Priest n'est plus là.

Korvine étouffe un juron. Devant lui, une barrière de broussailles et des ronces. Impossible de se repérer.

Un terrain de jeu pour enfants.

Korvine est couvert de boue des pieds à la tête et son tee-shirt a une vague odeur de moisi.

Il ne peut pas être bien loin.

Le lieutenant avance péniblement de quelques mètres dans les buissons d'aubépine quand il a soudain la sensation d'être épié. Une silhouette à quatre heures. Il se retourne brusquement, braque son arme, enjambe quelques rochers en courant, manque de se tordre la cheville, et tombe nez à nez avec une statue en métal et ciment, à moitié rongée par la rouille et l'érosion.

— Qu'est-ce que ça fout là, ce truc ?

En plein milieu de nulle part.

Un craquement derrière lui. Cette fois-ci, il voit nettement Sébastien Priest sauter sur un talus et s'enfuir par un sentier de randonnée. Retenant une quinte de toux qui lui barre la gorge, le lieutenant s'élance dans la même direction sans perdre de vue sa cible.

Des crampes dans les jambes et une envie tenace de vomir. Je dois tenir, je dois tenir, je dois tenir, se répète Korvine pour lui-même.

— Arrête-toi !

Quand moins de dix mètres le séparent de Priest, Korvine dégaine son arme et tire sur un chêne à quelques centimètres de la tête du fuyard.

— Première sommation !

Priest ne s'arrête pas mais semble hésiter. Korvine parvient à faire quelques enjambées supplémentaires en gardant son Beretta pointé devant lui et tire une deuxième fois, à côté de ses pieds. Incapable de faire un mètre de plus sans vomir ses tripes, il hurle :

— Deuxième sommation !

Le pull vert bondit sur la droite.

— Ne m'oblige pas à te tirer dans les jambes, Sébastien. Arrête-toi et fais pas le con !

Plié en deux, le souffle court, Korvine se rapproche lentement, prêt à tirer. La silhouette s'est immobilisée et lui tourne le dos. La fine pluie du début de l'opération s'est transformée en trombes d'eau masquant une partie de la vallée du Rhône.

— Nous ne sommes que tous les deux. Les mains sur la tête. TOUT DE SUITE !

Priest s'exécute.

— Et maintenant, retourne-toi et à genoux !

Son visage est parsemé de griffures de ronce, ses mains tremblent et ses yeux reflètent la peur. Comme Korvine, ses vêtements sont trempés et maculés de boue. Une tache plus sombre sur son pantalon au niveau de l'entrejambe. Les coups de feu ont fait lâcher sa vessie.

— Je vais m'approcher et te passer les menottes, compris ?

Pétrifié, Priest ne dit rien.

— Tu ne vas rien tenter, je viens vers toi.

Korvine sort les menottes de sa poche et les lève devant lui.

— Tu vois, je vais seulement t'arrêter.

Reprenant son souffle, Priest continue de détailler chacun de ses gestes comme s'il doutait de ses paroles.

— Vos collègues…

— Ils ont tiré, je sais. Ils cherchaient à t'effrayer, c'est tout.

— Tu parles !

Korvine secoue la tête et continue d'avancer, les menottes bien en évidence.

— Ils veulent ma peau.

Le coupable idéal.

— Tends tes mains.

Il ouvre les menottes, les enfile autour des poignets de Priest et les referme d'un claquement sec.

— C'est bon, tu peux t'asseoir.

Trempé jusqu'aux os, les poumons en feu, Korvine s'appuie contre un chêne et crache une bile jaunâtre.

Il répète, comme pour se persuader lui-même :

— Je vais seulement t'arrêter.

Il serre les dents.

Puis il s'assoit à son tour sur le sol détrempé pour faire descendre son rythme cardiaque. À moins de deux mètres de Priest.

Des seaux de pluie se déversent à présent sur Korvine et son prisonnier, les rendant quasi invisibles aux yeux des policiers qui continuent de progresser autour d'eux.

Seul avec Priest.

Les coups de feu, les autres ne vont pas tarder.

— Il faut qu'on discute.

— Vous ne trouverez pas ce que vous êtes venus chercher.

— Tu n'es pas la première personne à me le dire.

Priest grimace.

— La situation est en train de changer.

— La ville et ses habitants… Trente-sept ans que je vis au milieu d'eux, que je les regarde grandir et se mentir, je les connais par cœur. Ils vont vous dire des choses mais ils raconteront l'inverse à leurs voisins dans la minute qui suit. C'est pour ça que les gamins ont fait appel à moi, mais faut pas vous tromper, je n'y suis pour rien. Je ne suis qu'un pion. L'un des rares à avoir bien voulu les écouter.

— Écouter qui ? Quelles causes ? Quelles réactions ? Je comprends rien.

Une nouvelle grimace.

— Vous êtes pas d'ici, hein ?

Priest jette des coups d'œil anxieux autour de lui.

— Vous ne les connaissez pas.

— De qui tu parles ?

— Pourquoi vous ne dites pas à vos collègues que vous m'avez attrapé ?

— Il y aura d'autres interrogatoires.

La sonnerie du portable les interrompt. Korvine jette un œil au cadran, Revel essaie de le joindre. Il remet l'appareil dans sa poche.

— Quand est-ce que ça a commencé ?

— Vous parlez de quoi ? Des vidéos ? Des suicides ? Ou des problèmes de cette ville ?

— Quels problèmes ?

— Vous êtes dans la position du chasseur aujourd'hui, mais ça va pas durer. Vous ne savez rien d'eux, vous êtes là depuis quelques jours et vous vous croyez assez malin pour comprendre, mais la réalité, c'est que vous êtes incapable de deviner ne serait-ce que le millième de la mécanique qui s'est mise en branle.

— Attends, attends, pas si vite ! De quoi tu parles ?

Du mépris dans sa voix.

— Je parle de la pourriture qui ronge cette ville par la racine. Je dis qu'on est tous responsables.

— Qui est responsable ?

— Vous ne voyez dans ces enfants que des gosses immatures. Vous n'arrivez pas à voir ce qu'ils sont réellement. Le poids énorme de la ville sur leurs épaules…

— Des gosses, psychologiquement faibles et influencés par des tarés de ton espèce, c'est tout ce qu'ils sont…

Priest secoue la tête.

— Non, non, c'est pas de ça qu'il s'agit.

— Tu étais derrière la caméra et tu les filmais, même si tu sais que ce n'est pas légal ! Des gamins de sept à seize ans ! Complètement nus !

— Oui, j'aime bien ces gosses, mais pas comme vous croyez ! C'est eux qui m'ont demandé de les filmer.

— J'y crois pas deux secondes !

Priest se recroqueville sur lui-même et se met à sangloter.

— C'était à leur demande. Uniquement à leur demande. J'ai rien fait de mal.

— Et les séquences porno, et les suicides, c'était une idée à eux aussi, c'est ça ?

— J'étais même pas au courant pour les suicides !

— Va falloir que tu sois plus persuasif, si tu veux que je te croie.

— Oui, j'éprouve un trop grand intérêt pour les enfants, mais jamais au point d'abuser d'eux ! Je… je leur ferais aucun mal.

— Continue. Pourquoi les vidéos ?

Priest redresse la tête, les yeux remplis de larmes.

— Pour se venger.

— De qui ?

— Encore une fois, ne cherchez pas un coupable, mais des responsables.

— Mets-moi au moins sur une piste !

— Remonter à l'origine de tout ce bordel… avant qu'il ne soit trop tard.

— Trop tard pour quoi ?

Le débit de Sébastien Priest s'accélère.

— Certaines personnes étaient au courant.

Du doigt, Priest désigne Tournon, en dessous d'eux.

— Les gens, cette ville… Ils savaient depuis le début. Ils savaient mais ils ont rien fait pour arrêter les gosses.

— Qui, ils ?

Un voile de peur passe sur la figure de Priest.

— Donne-moi des noms.

— Je suis désolé. Vraiment désolé.

Un bruit en provenance des buissons derrière lui les interrompt. Korvine tourne la tête et voit celle d'un policier émerger des fourrés.

— Lieutenant Korvine ?

— Je suis là !

Raphaël Sorel, le collègue et ami de Claude Faure, le père de la petite Justine.

La fille du flic sur les vidéos.

Le flic ivre de haine.

Tous les muscles de Korvine se tendent d'un coup, mais il est déjà trop tard. Profitant de son inattention, Priest s'est précipité sur lui et il est parvenu à saisir le Beretta.

Simple réflexe de survie.

Un coup de feu claque à quelques centimètres de la tête de Korvine.

— Vous n'êtes que des pantins !

Sébastien Priest pointe un doigt accusateur en direction de Korvine, le Beretta dans l'autre main.

— Vous ne pouvez rien pour moi !

Une tache couleur pourpre s'élargit lentement sur son pull. Les yeux hagards, Priest semble se tasser sur lui-même mais il parvient à rester debout. L'arme glisse à ses pieds sans un bruit.

— Vous comprenez, maintenant ?

Il tend sa main en direction de Korvine pour le prendre à témoin. Arme au poing, deux agents, alertés par le coup de feu, arrivent derrière lui. Korvine se précipite sur Priest et plaque sa main sur sa plaie pour tenter de juguler l'hémorragie.

— Ne tirez pas ! Putain, vous êtes malade, Sorel, je vous avais dit de ne rien faire qui pourrait menacer sa vie. Pourquoi avez-vous tiré ?

— J'ai cru qu'il vous menaçait… que… que vous étiez en danger. Il tenait votre arme et il la pointait vers vous. Je n'ai fait que mon boulot.

Un témoin-clef qu'on cherche à abattre.

— On discutera de ça, Sorel ! Et vous, baissez vos armes !

À regret, les deux agents s'exécutent sans toutefois les ranger dans leur étui. L'un d'eux sort un émetteur, Korvine l'entend cracher dans le micro.

— Cible localisée et neutralisée.

Raphaël Sorel tremble.

— Il vous menaçait. J'ai fait ce qu'il fallait.

Korvine hurle.

— Ta gueule !

Priest s'affaisse sur le sol, un rire nerveux s'échappe de sa gorge. Korvine s'agenouille devant lui et prend son pouls. Le cœur du blessé s'est emballé.

— Je te protégerai, tu es un témoin-clef.

Un gargouillis lui répond.

— Quelles que soient les raisons qui te poussent à avoir peur, je te promets que ta sécurité sera assurée.

Sébastien Priest peine à respirer. Le sang qui coule de sa plaie à la poitrine s'étale maintenant sur ses jambes et sur l'herbe. Un filet carmin perle à la commissure des lèvres. Korvine retire sa veste et la passe sur les épaules de Priest qui claque des dents.

— Demandez à Amir.

— Son nom ?

— Amir Grandier.

— C'est lui, ton assistant ?

— Je… je suis désolé.

Les muscles de Priest se relâchent subitement, il tombe dans ses bras. À la recherche de pulsations cardiaques, Korvine passe les doigts sur son cou, se penche sur sa poitrine et y pose son oreille, le regard rivé sur Sorel, livide, planté en face de lui. Il relève la tête et la secoue en serrant les dents.

Amir, les gens et la ville.

— Il est mort.

Amir, les vidéos et les suicides.

— Tu l'as tué.

13

Mercredi 9 février – 12:45

Deuxième jour d'enquête, tard dans la matinée, salle d'interrogatoire numéro quatre, réservée aux enquêtes internes.

Note interne du 9 février, Tournon-sur-Rhône
de : lieutenant Alexandre Korvine
à : commissaire Michel Bongrand
niveau de confidentialité : maximal
Demande l'ouverture d'une enquête officielle sur Raphaël Sorel, agent de police au commissariat de Tournon, pour le meurtre avec préméditation de Sébastien Priest, dans le cadre de l'affaire n° 81239-A, relative au suicide de sept adolescents. Liens probables à définir entre le suspect et un ou plusieurs des enfants identifiés sur les vidéos trouvées sur l'ordinateur de S. Priest ; hypothèse privilégiée : vengeance pour le compte d'un tiers, Claude Faure. Rapport indirect possible avec l'affaire n° 81239-A ; hypothèse privilégiée : tentative d'homicide volontaire sur un témoin en la personne de Sébastien Priest.

Sans quitter des yeux Raphaël Sorel, assis en face de lui, Korvine imprime la note de service sur la laser du bureau et l'efface aussitôt du disque dur. Il tend le bras, attrape la feuille, la plie en trois et l'insère dans une enveloppe sur laquelle il note le nom du commissaire, puis il décroche le téléphone.

— Revel ? Pour les PC du cybercafé et la liste de noms que le responsable nous a filée, vois si le nom d'Amir Grandier y figure ! Je t'attends ici.

Sorel joue nerveusement avec l'accoudoir de son siège.

— C'est urgent.

Satisfait de la réponse, Korvine repose le combiné, l'enveloppe toujours entre les doigts. Sorel la fixe d'un air sinistre.

Les vivants mentent et les morts allongent chaque jour la liste des questions laissées sans réponse. Sorel ment, les pères et les mères mentent, les juges et les avocats, Bongrand et les flics, tout le monde a quelque chose à cacher, et Korvine est là pour trouver leur secret commun.

Les morts posent des questions aux vivants, le syndrome Priest : des questions, jamais de réponse.

— Tu veux savoir ce qu'elle contient ?

La main crispée sur l'accoudoir, Sorel hoche la tête comme un enfant à qui l'on propose une sucette.

— Tu n'en as pas la moindre idée ?

— Tu n'as aucun droit sur moi.

Retenant son envie d'allumer une cigarette, Korvine se laisse aller sur le dossier.

— Tu connais la procédure, hein ?

Sorel détourne les yeux.

— Tu la connais mais tu abats notre suspect et témoin, malgré les consignes.

— Il était armé et il allait vous abattre.

— Tu enfreins sciemment les ordres alors que tu connais les risques. Mise à pied, destruction de preuves et homicide volontaire. Conseil disciplinaire et tout le toutim.

— Il était armé et il allait…

— Ta gueule ! Pas de ça avec moi !

— Il était armé et…

Korvine abat avec violence son poing sur le bureau.

— Je vois deux pistes possibles. Primo, tu crois faire ça pour ton pote Claude Faure, dont la fille est sur certaines vidéos. Amitié virile, vengeance, blablabla. Dans ce cas, tu es viré de la police. Mais tu prendrais pas le risque de te faire virer, je me trompe ? Pas pour ton pote, faut pas déconner quand même ?

Sorel blêmit.

— La deuxième, écoute bien, c'est ma préférée. Claude et Justine Faure sont les prétextes. La vengeance, l'amitié, c'est des prétextes. Le but, c'est de faire taire Priest. Il en sait trop, il se cache. Les vidéos, c'est la partie émergée de l'iceberg, le lieutenant Alexandre Korvine arrive, fouine un peu trop et menace de dévoiler ce qui se passe en dessous. Priest panique, il s'enfuit. Le risque, c'est qu'on le retrouve vivant, qu'il se décide à parler parce qu'il n'a plus rien à perdre. Entre la taule pour soupçon de pédophilie et les menaces de mort, qu'est-ce qu'on ferait à sa place ? Alors on le trouve, on le pourchasse dans les collines, je l'attrape avant vous et lui, il se décide à parler quand paf !, une balle perdue. Il était armé et il risquait de m'abattre, Raphaël Sorel sauve les apparences, Raphaël Sorel est un héros, Raphaël Sorel gagne sur tous les tableaux. Aucun risque d'être démasqué, un complot pareil, ça n'existe pas, surtout dans ce type d'enquête.

— Vous délirez !

— Tiens, tu me tutoies plus, maintenant ?

— Ça tient pas la route, votre truc !

— Le chargeur du Beretta était vide.

Sorel le dévisage sans comprendre.

— Mon arme était inoffensive et je le savais. Je l'avais vidée à côté de lui une minute plus tôt.

— Qu'est-ce que tu veux dire ?

— Je ne risquais rien, il ne se serait pas suicidé, il était menotté. Une heure plus tard, il était dans cette salle d'interrogatoire et il me disait tout ce qu'il savait, de gré ou de force.

— J'en savais rien !

— Arrête tes salades ! Tu t'en foutais que mon chargeur soit plein ou vide. Ce que tu voulais, même si je peux pas le prouver aujourd'hui, c'est faire taire Priest d'une manière ou d'une autre.

Sorel se mure dans le silence.

Le syndrome Priest, l'arbre qui cache la forêt. La forêt des morts, des anges baignant dans des mares de sang, des visages qui sourient et des photos de famille amputées.

— Ma déposition est prête.

— Ah oui ?

Korvine grimace.

— J'avoue avoir abusé de ma fonction de policier à des fins personnelles. J'ai profité de ce que Sébastien Priest était à ma merci pour l'abattre et venger la fille et l'honneur de mon meilleur ami. Ce n'était pas prémédité, l'agent Claude Faure n'y est pour rien, il ne m'a rien demandé, j'ai agi de mon propre chef, selon mon propre code de l'honneur. Je ne pouvais pas supporter l'idée que ce type s'en tire avec une ou deux années de prison pour détention de vidéos et qu'il soit remis en liberté après.

— Tu te fous dans une merde noire, si tu racontes ça devant le conseil disciplinaire !

— C'est la stricte vérité.

— Tu es conscient que je sais que c'est un mensonge et que si j'arrive à le prouver, c'est pas seulement ta démission que j'obtiendrai, mais de la prison ferme pour meurtre avec préméditation ?

Les membres agités de tremblements, Sorel acquiesce.

— C'est ma version des faits et je le jure.

Conneries.

— Si tu crains des représailles, je peux demander à ce que tu sois mis sous protection judiciaire ou que tu sois muté dans une autre région. Tu peux encore te rétracter. Tu n'as qu'à me dire qui te menace et ce que tu sais et on peut revenir en arrière.

Korvine secoue la tête avec pitié et se penche légèrement de côté, son regard ne lâchant pas Sorel une seconde. L'entêtement du policier le précipite tout droit dans le mur, mais il ne peut s'empêcher de ressentir une certaine admiration pour la hargne avec laquelle il s'accroche à ses chimères, comme si d'elles dépendaient non seulement l'avenir de Justine et le sien, d'une façon ou d'une autre, mais aussi celui de toute une ville. Soudé à Tournon et à ses vieilles pierres, y compris jusqu'à sa propre perte. Cette propension des hommes à continuer de scier la branche sur laquelle ils sont assis, quand le monde qui les entoure est en train de s'effondrer. Comme si rien d'autre ne comptait pour eux que de se tenir droit et regarder devant, à l'extrémité de la branche, avec fierté. Comme si la grande marche de l'univers pouvait en être affectée de quelque manière que ce soit. Dans une certaine mesure, Sorel prend ses responsabilités. Acculé au meurtre. Condamné à tenir ses engagements et à assumer jusqu'au bout. Quel que soit le prix à payer. Celles qui se taisent et ceux qui mentent ou qui calculent ne peuvent sans doute pas en dire autant.

Victoire temporaire de la ville et de ses habitants. Des vivants sur les morts.

Jouant de l'index avec le capuchon d'un stylo, Korvine soupire de lassitude. Désolé, à cet instant précis, du rôle qu'il doit continuer à jouer.

— Me fais pas croire que l'amitié a autant de valeur que ça pour toi ? Personne n'est prêt à faire de la taule pour venger la fille d'un ami ! Tu ne tiendras pas cinq minutes devant un jury et fais-moi confiance pour te charger ce jour-là et semer le doute dans tous les esprits.

Il est interrompu par deux coups secs frappés à la porte. Jetant un dernier coup d'œil à Sorel, il se redresse, saisit l'enveloppe et sort à regret.

Visage émacié et barbe de deux jours, Richard Revel accuse le manque de sommeil et la fatigue des dernières trente-six heures. Korvine n'ose même pas penser au reflet que lui rendrait un miroir s'il en croisait un. La façon dont le lieutenant évite son regard en dit long. La course-poursuite du matin sous la pluie n'a rien dû arranger. Un coup d'œil rapide à son pantalon et à ses chaussures suffit à le convaincre de la nécessité d'une bonne douche dans les plus brefs délais.

Revel l'arrache à ses pensées.

— Amir Grandier était bien au cybercafé à l'heure de la mort de la petite Chalembel.

— Fournier a pu trouver quelque chose dans les PC ?

— Il a trouvé les traces d'un logiciel de cryptage dans l'un d'entre eux, et a pu remonter jusqu'à la source de son téléchargement, quelques heures plus tôt, depuis un compte client correspondant au numéro IP d'un certain Stéphane Grandier, le père d'Amir.

— C'était bien lui.

— Mais j'ai mieux. J'ai aussi regardé dans les listes que nous a filées le type de la mairie, hier après-midi, et Amir Grandier est également inscrit à la Maison pour Tous à l'activité de jeux de rôle.

— Tu as contacté ses parents ?

— Impossible de les avoir au téléphone, mais j'ai envoyé deux hommes à leur adresse.

Korvine sonde un instant son second du regard pour évaluer sa fidélité au commissaire, sans parvenir à percer le fil de ses pensées. Des hurlements les interrompent soudain. Des bruits de pas à l'autre bout du couloir, une odeur de transpiration reconnaissable entre mille. Korvine referme la porte du bureau où se tient Sorel, se retourne vers Bongrand et lui tend l'enveloppe. Le commissaire l'attrape sans la décacheter et la fourre dans sa poche.

Korvine hausse les sourcils.

— Tu m'expliques ce bordel ?

Une voix qui ne souffre aucune résistance. Il s'exécute en serrant les dents.

— Et sois bref, la journée va être chargée.

— Sorel a avoué avoir profité de l'occasion pour venger Claude Faure et l'honneur de sa fille. Pas de préméditation, il affirme avoir agi seul.

— Ben voyons !

— Je crois pas à son explication.

Bongrand lui fait signe de poursuivre.

— Il ment.

— Qu'est-ce qui te fait penser ça ?

— Il me l'a dit. Enfin, tout comme.

— Tu as une explication ?

— Je pense qu'il l'a tué pour le faire taire.

Un sifflement lui répond.

— C'est grave comme accusation.

— Mais c'est plausible. Je ne vois pas d'autre raison. Il préfère perdre sa plaque plutôt que de tenter la légitime défense, si c'est pas un aveu déguisé !

— Mais alors pourquoi faire taire Priest ?

— Parce qu'il n'était pas qu'un coupable idéal.

— C'est-à-dire ?

— C'était aussi notre principal témoin. Avant de mourir, Priest m'a dit qu'il ne pouvait pas parler. Il avait une trouille bleue.

— Peur de quoi ? De qui ?

Korvine fait un geste en direction de la porte derrière laquelle se tient Raphaël Sorel.

— Faut croire qu'il avait raison. En tout cas, il est plus là pour témoigner.

— Et on se retrouve avec une enquête sans coupable.

— Je mettrais ma main à couper que la mort de Priest n'empêchera pas les emmerdes de pleuvoir sur cette ville.

— J'espère que tu te trompes.

La lassitude que Korvine lit dans ses yeux trahit avec exactitude l'opinion inverse.

— Je l'espère aussi. Sincèrement.

Bongrand sort l'enveloppe de sa poche et la lève entre eux.

— Elle contient ce que tu viens de me dire ?

— Oui.

— Alors je vais la garder quelques jours dans ce tiroir. Je préfère que ce genre de théories ne s'ébruite pas trop pour le moment. D'ici là, il va falloir que tu étaies tes hypothèses avec des arguments de poids.

Korvine sent le regard insistant de Revel sur lui. Après une brève hésitation il se décide à parler d'Amir.

— Richard a trouvé le nom de l'assistant de Sébastien Priest pour les vidéos. Ça, c'est pas dans mon rapport.

Bongrand se retourne vers Revel et l'interroge du regard. Celui-ci jette un œil à Korvine comme pour lui demander son feu vert. Ce dernier hoche la tête en signe d'assentiment.

— Amir Grandier, inconnu des services de police.

Il brandit une photo sur laquelle un adolescent maigre comme un clou sourit à l'objectif. Boucles brunes, teint mat, des yeux bleus d'une pâleur extraordinaire.

— C'était sur sa fiche d'inscription à la Maison pour Tous.

— Quel âge ?

— Treize ans.

Il ajoute :

— Fils unique.

— C'est lui qui était connecté à la webcam de Marion Chalembel quand elle s'est suicidée.

— On peut le prouver ?

— Oui.

Une légère inflexion dans le ton de sa voix.

— J'ai appelé le proviseur de son collège et lui ai fait écouter la voix sur l'enregistrement trouvé dans l'une des vidéos par Fournier. Il est formel, il s'agit bien d'Amir.

Les pièces du puzzle, une par une. Une lame à moitié enfoncée, des yeux bleus presque transparents, l'œil de la caméra sur Marion.

Bongrand consulte Korvine du regard.

— On a deux hommes qui se rendent sur place.

— Un gamin de treize ans ne peut pas être responsable de tout !

— J'en sais rien. Franchement, j'en sais plus rien. Cette enquête repousse toutes les limites de ce qui est normal et de ce qui ne l'est pas.

— Bordel de merde !

— J'aurais pas dit mieux.

Le commissaire lui lance un regard furieux.

— Il me faut ce gamin ici dans moins d'une heure. Quel que soit son degré de responsabilité dans cette affaire, il a l'air d'avoir beaucoup de choses à nous raconter. Je préviens le juge pour enfants. Tout doit être fait dans les règles. C'est un mineur, poursuit Bongrand. On a pas mal de précautions à prendre si on veut que son témoignage soit valide.

Korvine l'interrompt d'un geste de la main et fait face à Revel.

— Les deux hommes, tu les as envoyés y a combien de temps, chez les Grandier ?

Revel jette un œil à sa montre.

— Dix minutes, peut-être un quart d'heure.

Un frisson traverse le dos de Korvine. Surgi d'on ne sait où, un courant d'air glacial balaie le couloir.

— Bon sang, j'espère qu'ils n'arriveront pas trop tard.

Tout en parlant, il ouvre la porte du bureau et saisit sa veste humide, suspendue derrière la cloison. Une violente poussée d'adrénaline monte dans ses veines.

— Tu penses qu'il va se suicider à son tour ?

Korvine claque la porte et se met à courir vers la sortie.

— Souvenez-vous que Sorel n'a pas hésité à tuer Priest pour le faire taire. Si mon hypothèse est la bonne et si Amir en sait autant que Priest a bien voulu le dire, il risque de finir comme lui.

Derrière eux, Bongrand qui gueule :

— Quelle adresse ?

— 237, rue des Alpes, au sud de la ville, souffle Revel avant d'emboîter le pas à Korvine.

Le couloir, vide, l'escalier principal, vide, leurs talons qui claquent sur le carrelage, le hall d'entrée où deux agents discutent à voix basse en les regardant passer en courant. Priant le ciel ou ce qu'il en reste qu'Amir Grandier soit encore en vie.

La voiture traverse Tournon à plus de cent kilomètres-heure, rétrograde, tourne sur la rue de Chapotte, accélère, coupe le rond-point de la rue des Girondes, accélère encore. Korvine espère arriver avant les autres.

Korvine réalise que plus les informations tombent, moins ils en savent. À chaque fois qu'ils franchissent un pas de plus vers la vérité, ils débouchent sur un carrefour où deux pistes s'offrent à eux, multipliant ainsi les explications par deux, par quatre, par huit, indéfiniment. Le commissaire veut des coupables, les juges et les avocats veulent des victimes, les pères et les mères veulent des responsables alors qu'ils ne connaissent même pas la raison de ces suicides et leurs liens avec les vidéos.

— On y est presque.

Korvine pile devant une petite maison de plain-pied, bordée de haies de thuyas. À l'extérieur, une bétonneuse, des piles de moellons et un tas de sable. Les volets sont fermés et une voiture de patrouille est garée de biais dans l'allée centrale. Il descend de voiture et se précipite. Sur la boîte aux lettres, *Salima, Stéphane et Amir Grandier*. Il s'avance dans l'allée, bifurque sur la droite et fait le tour de la maison pour trouver l'entrée. Le jardin est cerné par des grillages hauts de trois mètres, excepté le côté qui donne sur la rue.

La porte est grande ouverte. La sonnerie du téléphone de Revel le fait sursauter. Il détourne la tête une seconde, et quand il jette un coup d'œil devant lui, son regard croise celui de l'un des policiers envoyés un quart d'heure plus tôt et il comprend que ses craintes sont confirmées.

Korvine le bouscule et pénètre dans le hall.

— Où se trouve Amir ?

Le deuxième agent se tient dans l'encadrement d'une porte. À côté de lui, les cheveux en bataille et le corps engoncé dans un peignoir trop large pour elle, Salima Grandier est en larmes, dans les bras de son mari, un type massif à la carrure de bûcheron. Au-dessus de leurs têtes, une photo encadrée où le couple sourit en serrant contre lui un petit garçon de trois ou quatre ans aux yeux bleus. Plus transparents que jamais.

Dehors, une sirène de police.

— Il est où, merde ?

Le policier qui est dans l'entrée lui saisit le bras, le tire dehors et murmure, d'une voix presque inaudible.

— Il a disparu.

— Quand ça ? s'exclame Korvine avec force.

— D'après la mère, il est parti au collège ce matin comme d'habitude, en vélo, mais de toute évidence, il n'est jamais arrivé. Normalement, il rentre manger à midi, une fois les cours finis. Au bout de trois quarts d'heure, ne le voyant pas venir, elle a appelé le collège où on lui a dit qu'Amir ne s'était pas présenté en cours ce matin. Son père est allé à sa rencontre en voiture, mais il ne l'a pas trouvé. Ni lui, ni son vélo.

Korvine donne un grand coup de pied dans la porte.

— Trop tard, toujours trop tard ! C'est comme ça depuis le début de l'enquête.

Sans un mot ni un regard pour les parents d'Amir, il interpelle Revel, resté en retrait.

— Bon, on ratisse le coin. Demande des renforts à Bongrand. Un gamin sur un vélo peut pas aller bien loin.

Il fait à nouveau face au policier.

— À quoi il ressemble ce vélo ?

— Un VTT, de couleur rouge. Neuf.

— OK, on accélère le mouvement. Je veux tout le monde là-dessus. Toi, tu restes ici, et tu m'appelles si le gamin refait surface.

Il consulte sa montre.

— Une heure dix. À quelle heure il est parti, ce matin ?

— Sept heures et demie.

— Ça nous fait presque six heures de retard sur le gosse.

Revel le dévisage en silence.

— Ou sur ses ravisseurs.

— Et pour les parents, on fait quoi ?

Korvine lui répond par un haussement d'épaules. Les deux hommes regagnent la voiture sans un mot.

Quand Korvine s'installe au volant, le rétroviseur lui renvoie le reflet de son visage ravagé par le manque de sommeil. Dents jaunies, lèvres gercées, des valises brunâtres sous les yeux. Mare de sang dans la tête, sur les mains et les rétines. Marre du mensonge et de la loi du silence. Les gens, la ville, Bongrand, les flics et les juges, les pères et les mères, tous enfoncés dans le même bourbier dont personne ne veut réellement sortir.

Et maintenant ce gosse qui disparaît comme par enchantement.

Korvine s'arrête quelques minutes plus tard au pied d'une impasse qui mène au commissariat, il se penche et ouvre la portière de Revel d'un geste souple de la main avant de reprendre sa position initiale. Le jeune lieutenant le regarde sans comprendre.

— Je veux que tu contactes toutes les familles des gosses présents sur les vidéos, sauf celles de ceux qui se sont suicidés. Tu leur dis qu'à partir de maintenant, et sauf contrordre de ma part, leur progéniture doit être enfermée à double tour et surveillée jour et nuit. Personne ne sort, personne ne téléphone, personne ne surfe sur Internet. Est-ce que c'est bien clair ? Et tant que tu y es, demande à Fournier de venir récupérer les postes informatiques des Grandier. À défaut du gamin, son ordinateur nous livrera peut-être ses secrets.

Revel acquiesce et sort du véhicule.

— Si Amir s'est fait enlever, si et seulement si cette hypothèse s'avère être la bonne, d'autres gosses sont probablement au courant et risquent la même chose.

— Et toi ?

Réprimant une violente envie de tousser, Korvine crache :

— Claque-moi cette portière et fais ce que je te dis.

Puis il démarre sans plus attendre, une main sur le poste de radio interne, laissant à peine le temps à Revel de s'exécuter. Imaginant Bongrand, quelque part derrière une fenêtre de la façade du commissariat, suant et hurlant à son intention.

— Qu'il aille se faire foutre ! jure-t-il en cherchant de la main la fréquence interne sur son poste radio.

Quinze minutes plus tard, ils sont une douzaine d'hommes à sillonner le trajet emprunté par Amir Grandier pour se rendre de la rue des Alpes au collège Notre-Dame.

Cheveux bruns, pull bleu, veste noire à rayures grises, bonnet noir, jeans délavé, sac à dos marron de taille moyenne et vélo rouge.

Deux équipes pataugent sur les berges du Rhône, enfoncées jusqu'aux genoux dans la vase du contre-canal, battant les roseaux, inspectant les piles des ponts et faisant fuir les rats à grands coups de bâton. Une autre fouille derrière chaque buisson et chaque muret de granite dans les ruelles adjacentes, avec des chiens dopés aux cris de leurs maîtres. Korvine interroge avec deux agents les habitants des maisons qui jouxtent le tracé principal, la photo d'identité d'Amir à la main, sous le regard curieux de voisins, alertés par les gyrophares et l'agitation, descendus sur le pas de leur porte observer et commenter à voix basse, enchaînant les affirmations contradictoires.

Cheveux bruns, veste noire à rayures grises et vélo rouge.

Au bout d'une heure, les avis semblent concorder : le vélo d'Amir a quitté les bords du Rhône à hauteur d'un grand pylône à haute tension, et s'est enfilé dans une rue étroite bordée de laurières et d'un grillage longeant une friche. A priori, personne ne l'en a vu ressortir. Sur ordre de Korvine, la plupart des équipes convergent vers la zone, un fouillis hétéroclite d'anciens vergers à l'abandon, de parcelles de vigne et de lotissements en construction.

Pull bleu, jeans délavé, bonnet noir.

— Envoyez vos chiens dans ce coin, là, sous cette vieille treille à moitié bouffée par le lierre.

Korvine peste, souffle, fume cigarette sur cigarette, tirant des bouffées de plus en plus courtes. Sa gorge asséchée, son estomac vide et ses jambes lourdes.

— Par là, par là !

Les cris des hommes qui cherchent, courbés en deux, les manches prises dans les ronces. Les aboiements joyeux des chiens qui courent dans tous les sens. La sonnerie de son portable retentit en vain à chaque appel de Bongrand, coincé au commissariat par son obésité et ulcéré par la direction chaotique que prend l'enquête. Quelque part au beau milieu de Tournon, au cœur d'un cauchemar qui s'étend un peu plus chaque heure, chaque minute. Sept suicides, sans compter celui du père de la petite Marion, deux homicides, un policier sous les verrous, et maintenant un adolescent disparu. Disparu, dans le meilleur des cas. Enlevé, séquestré ou pire.

Korvine prie le ciel que les autres gamins des vidéos soient bien au chaud dans les jupes de leurs mères, implorant un dieu qui ne les entend pas que tous soient sains et saufs. Korvine maudit la pourriture qui gangrène cette ville, crache sur les lotissements en construction et les vergers abandonnés, sur les pelouses verdoyantes et les vignes en friche, sur les antennes paraboliques et les buissons de ronces envahissant les terrains d'en face. Priant, maudissant et crachant ses poumons, sa colère et sa peur que les choses empirent encore au cours des prochaines heures. Que l'escalade se poursuive et qu'ils ne soient qu'à mi-parcours.

Un policier crie quelque part sur sa droite, le jappement d'un chien.

— Le vélo, le vélo !

Korvine tourne la tête et hâte le pas.

— On a trouvé le vélo.

Quand il arrive devant le portail d'une petite maison, sur lequel est appuyé un vélo rouge correspondant au signalement, trois agents ont une discussion animée avec un homme d'une cinquantaine d'années aux mains calleuses et au visage apeuré. Pressé de questions, poussé contre le mur, le type, un maçon, explique qu'il a trouvé ce vélo en rentrant du boulot pour la pause déjeuner, qu'il l'a laissé tel quel, qu'il a pensé qu'un gamin l'avait laissé là pour aller jouer dans le terrain vague, un peu plus haut. Il jure que ce vélo ne lui appartient pas, que son patron peut leur certifier qu'il était bien sur un chantier de sept heures et demie à midi. Impressionné par le nombre de policiers qui convergent sur lui, jetant des regards sur le chien qui lui renifle les bottes, l'homme finit par se taire et chercher désespérément autour de lui quelqu'un pour lui expliquer ce qui lui arrive.

Korvine s'approche, se fraie un passage et lui demande le numéro de son patron.

Une fois l'alibi vérifié, il décide de concentrer les efforts sur les habitations les plus proches, et renvoie les maîtres-chiens fouiller les fourrés et le terrain vague dont le maçon a parlé. L'homme est emmené au commissariat pour y faire une déposition, les recherches continuent une demi-heure, une fois la zone entièrement couverte et passée au peigne fin.

Une voisine dit avoir entendu des crissements de pneus aux alentours de sept heures trente-cinq, sept heures quarante. Quand elle est sortie une minute plus tard pour voir de quoi il s'agissait, le vélo rouge était au milieu de la chaussée, mais il n'y avait ni voiture, ni adolescent. Elle a cru bien faire en relevant le vélo et en l'appuyant sur le portail de son voisin, pensant que c'était le sien et soucieuse de dégager le passage pour éviter les accidents.

— Les voitures roulent si vite, dans ce passage étroit, j'ai failli me faire renverser des dizaines de fois, mais le maire s'en moque, les vieilles comme moi, elles comptent pas. Il paraît que le terrain d'en face a été vendu et qu'un immeuble poussera dessus dans quelques mois. Un projet de haut standing ou quelque chose comme ça.

Korvine insiste, demande plus de détails sur les crissements de pneus, mais la dame est âgée. Trop excitée, elle s'embrouille dans ses explications et finit par mélanger ce qu'elle a réellement entendu et le fruit de son imagination.

— Je suis désolée.

— Nous le sommes tous, marmonne Korvine, qui fait signe à un policier de prendre sa déposition sur place et s'éloigne.

Un dernier regard au vélo que deux agents tentent de faire entrer dans le coffre de leur 206, et il sort son portable et compose le numéro de Revel.

Pas de hasard.

Première sonnerie. Occupé. Il raccroche et essaie à nouveau. Même chose.

Raccroche, merde !

Il fait une troisième tentative. La sonnerie, cette fois-ci, puis la voix de Revel dans le combiné.

— On l'a dans le cul, éructe Korvine, sentant toute

la pression accumulée depuis la veille lui remonter dans la gorge.

Silence.

— On n'a que le vélo, mais aucune trace du gamin. Une bagnole passait par là, l'engin est resté sur place et Amir s'est volatilisé, je te fais pas un dessin.

Un raclement de gorge.

— Qu'est-ce qui se passe ?

— Je crois que t'as raison. On est vraiment dedans. J'ai convoqué les familles, comme tu me l'as demandé, mais deux gosses supplémentaires manquent à l'appel. Dalila Martinez, quinze ans, et Jo Lalaune, onze ans. Ils ont disparu depuis ce matin. Leurs parents ne savent pas où ils sont, leurs professeurs ne les ont jamais vus en cours et personne ne sait rien. On nage en plein brouillard.

Korvine laisse éclater sa colère.

— Bordel, mais pourquoi ne l'ont-ils pas signalé plus tôt ?

— Ils étaient supposés être en cours, soupire Revel. Si on n'avait pas appelé, ils seraient gentiment au boulot à imaginer le fruit de leurs entrailles bien sagement assis devant son pupitre.

La suite, les deux hommes la devinent sans peine. Sept suicides, deux homicides — un lynchage et une erreur d'appréciation, ou un meurtre —, trois disparus, et des dizaines de vidéos en suspens, sans explication et surtout sans coupable.

Korvine ouvre la portière de sa voiture et se laisse choir sur le siège avant, le portable collé à l'oreille. La radio est toujours allumée, la nouvelle de la découverte du vélo et des trois disparitions se répand sur la fréquence de la police. Et après elle, la ville et tout ce qu'elle compte de curieux, de pervers et d'irresponsables.

On peut toujours espérer que la crainte de l'épidémie délie les langues, pense Korvine sans trouver l'énergie pour l'exprimer à voix haute dans le combiné.

— Je crois qu'on a vraiment sous-estimé l'ampleur de cette affaire.

— Tout le monde… ajoute Korvine sans prendre la peine de terminer sa phrase.

Face à lui, la cicatrice béante du Rhône en forme de sourire morbide.

— À mon avis… commence Revel.

Korvine raccroche sans attendre la suite, balance le portable sur le siège arrière et pose le plat de la main sur le volant, hésitant entre l'arracher ou frapper dessus de toutes ses forces.

— Tournon, murmure-t-il pour lui-même. Quel est ce crime que tu nous fais payer ?

Caïn venge son frère. Abel, Amir, Marion, Patrick et leurs frères et sœurs. Le crime originel. Celui dont découlent tous les autres.

Personne ne tue au hasard.

14

Mercredi 9 février – 15:27

Les couloirs du commissariat sont déserts pour quelques minutes encore, la plupart des hommes disponibles ont été mobilisés pour retrouver les trois enfants disparus. Revel est à la tête des troupes sur le terrain. Sommé par sa hiérarchie d'apporter des résultats, Bongrand est parti à Privas, persuader le préfet de lui donner tous les renforts nécessaires. Retour prévu dans moins d'une demi-heure, pour la conférence de presse lançant officiellement la grande battue. Avis de disparition. Amir Grandier, treize ans, Dalila Martinez, quinze ans, et Jo Lalaune, onze ans. Les rotatives et les fax tournent à plein régime. Ces enfants doivent être retrouvés sains et saufs, coûte que coûte.

Korvine étire ses muscles endoloris, remet le poste informatique en marche et sort de sa poche une clef USB sur laquelle Fournier a fait une copie des fichiers présents sur l'ordinateur d'Amir. Il fait tourner l'objet entre ses doigts, le temps que le système se mette en route, puis il l'insère dans la tour. Une nouvelle icône s'affiche sur son bureau.

Il ouvre le dossier.

Des fichiers sons, des groupes à la mode, anglo-saxons pour la plupart. Korvine reconnaît quelques titres. *Hey Ya !*, d'OutKast, *Can't Take Me Home*, de Pink, Dretox, Wu-Tang Clan, Snoop Dogg, 50 Cent. Rien de morbide. L'industrie culturelle dans toute sa splendeur. La vidéo d'un clip de Keziah Jones, *Beautiful Emilie*. Quelques épisodes de la série américaine *Prison break*. Un gamin comme les autres, avec de la musique de son âge.

Korvine ferme les yeux et l'imagine dans sa chambre, devant le téléviseur, en train de regarder une série pour adolescents, de s'emmerder, de saisir la télécommande, de redresser le coussin dans son dos, de zapper, d'étirer ses jambes et de zapper encore. Penser à sa petite amie ou à une gamine de son âge qui lui plaît, peut-être même se voir l'embrasser ou la peloter. Des trucs de son âge, un gamin comme les autres. Un prénom comme il en existe des centaines, probablement tiré d'une série, d'un chanteur à la mode de l'année où ses parents se sont rencontrés, d'un poète arabe du dix-neuvième siècle ou de l'un des mille noms du Prophète. Aucune importance. Les quelques dates qui jalonnent sa jeune existence n'auront guère d'incidence sur la marche du monde. Zapper, zapper.

Comme tous les gamins de son âge, il s'est probablement cassé le bras à huit ans en tombant d'une échelle sur laquelle il était monté sans permission. Il a sans doute surpris sa mère en train de pratiquer une fellation sur son père dans la salle de bains la veille de ses dix ans. A priori, cet évènement n'a eu aucune influence sur sa vie sexuelle, sa pratique quotidienne de la masturbation n'en a pas été affectée. Il continue sans doute à fantasmer sur les femmes à forte poitrine.

Comme tous les gamins de son âge.

Comme lui, Alexandre Korvine, comme les autres.

Les petits cris de plaisir filtrant de la porte de la chambre de ses parents certaines nuits de week-end, ses insomnies, un bruit de fond, rien de plus.

Tous ceux nés dans les années quatre-vingt-dix.

Zapper, une fois, deux fois, trois fois, cent fois. Espérer tomber sur un film érotique sur le câble. Les parents ne savent jamais comment faire marcher la sécurité.

Amir, Jo, Dalila. Alexandre.

Le reste tient en quelques numéros à treize chiffres dans des fichiers administratifs, des notes sur des bulletins scolaires, un ensemble de critères marketing quantifiés par une poignée de multinationales spécialisées dans les produits pour les adolescents, six paires de baskets Nike, autant de cigarettes dissimulées sous son matelas, une bonne vingtaine de codes d'accès à différents services Internet et un chiffre à trois zéros sur un compte en banque auquel il n'aura accès qu'à sa majorité, si toutefois ses parents ne cassent pas sa tirelire avant pour s'acheter une nouvelle voiture.

Et des heures passées à zapper ou à surfer sur Internet de lien hypertexte en lien hypertexte, de page en page, jardinage, musique, mode, collections de timbres. Clic, clic. Ne rien chercher de particulier, passer le temps, tuer le temps. L'armée israélienne mène une série de raids dans la Bande de Gaza… Clic, clic. Passation de pouvoir entre… Clic, clic. Comment faire le tri de vos déchets… Clic, clic. Heeeey ya ! Hey ya !, clic, clic. Vidéos, clic, clic. YouTube, clic, clic. MySpace, Dailymotion, Facebook, clic, clic. La génération de Korvine a disjoncté, elle a cadenassé la vie de gamins comme Amir. Où qu'ils aillent, ils finiront le cul posé devant un téléviseur à regarder *Desperate Housewives* ou à jouer à Tetris.

Amir Grandier, un gamin de sa génération.

Aucune identité. Rien. Personne ne s'en est rendu compte et il y a de quoi trouver ça curieux.

L'innocence est le propre de l'enfance, quoi de plus stupide !

Le marketing sauvage des vingt dernières années a radicalement changé la donne. Il faut sans doute avoir entre dix et vingt ans aujourd'hui pour le comprendre. Les adultes accrochés au vieux modèle de l'enfance protégée des vices et des vertus du monde contemporain sont les mêmes qui ont inventé l'adolescence et l'enfance pour en faire des niches commerciales. Ses copines de classe sont habillées comme des putes parce que l'industrie de la mode bon marché a décidé que le fossé mère/fille était inacceptable. Ses camarades de quatrième parlent tranquillement de fellation à la récréation, comme s'il s'agissait du dernier épisode de « L'Île aux enfants », et ça fait belle lurette que les capotes ne servent plus à faire des ballons à eau. Ses héros ne sont pas Robin des Bois, Superman ou Alain Delon, mais Ben Laden, Monica Lewinsky et Ulla. La liberté d'information, de consommation et de circulation à sens unique lui donne la gerbe parce que à part devenir une star sur YouTube ou être élu Mademoiselle Pipe de l'année, il ne peut rien lui arriver de pire que de rester assis chez lui à végéter devant son mobile, sa Free-Box, sa PS2 et sa collection de jeans Diesel. Le web, une fenêtre sur le monde ? Sa dernière masturbation était plus démocratique que tous les réseaux sans fil réunis.

Amir.

Pourquoi Marion Chalembel et Bastien Buffat se sont-ils suicidés et pas lui ? Qu'est-ce qui les a poussés à filmer leurs ébats ? Quel lien entre les vidéos et les suicides ?

Pourquoi les suicides ont-ils été ensuite filmés ?

Korvine s'apprête à fermer le dossier et à retirer la clef USB quand un fichier intitulé « divers » attire son attention. Il l'ouvre. Des captures d'écran, des articles en format PDF ou JPEG.

20 avril 1999, fusillade au lycée Columbine. Deux adolescents en furie tirent sur leurs camarades. Lycée du comté de Jefferson aux États-Unis. Korvine continue d'ouvrir les fichiers. Eric Harris et Dylan Klebold, des adolescents, comme Amir. Korvine lit : « À chaque civilisation, sa responsabilité envers les siens. » Plus loin, il lit encore : « À chaque peuple, sa solution. » Clic, clic. 16 avril 2007, Cho Seung-Hui tue trente-deux personnes à l'université Virginia Tech, aux États-Unis. Clic, clic. Des instables, des détraqués potentiels. Des gamins.

Comme Amir, Marion, Patrick, Bastien ou Michaël.

Quand un adolescent prend un flingue pour descendre d'autres adolescents dans un lycée américain, il ne cherche pas à imiter Al Pacino. Il faudrait arrêter de prendre les gamins pour des imbéciles. Al Pacino est un ringard et un foutu acteur avec un compte dans une banque des Bahamas, mais un lycéen de Littleton, Colorado, États-Unis d'Amérique, qui tire à bout portant sur ses congénères existe vraiment. C'est un fait indéniable qu'Hollywood aurait rêvé de mettre en bobine avant lui. Est-ce que ça fait d'Amir un criminel en puissance ? Tous les gamins fantasment devant ce type d'évènements.

Korvine attrape son carnet et prend quelques notes, puis il arrache la clef USB de l'ordinateur et la fourre dans sa poche en cherchant un rapport entre Columbine, Blacksburg et Tournon.

Luttant contre le sommeil, il se lève et fait quelques pas vers la fenêtre, les yeux dans le vague. Il l'ouvre en grand, l'air glacial lui donne un coup de fouet salutaire. Il attend quelques minutes, jusqu'à ce que ses membres fatigués se mettent à trembler, puis il referme et retourne s'asseoir à son bureau. Il tire à lui le dossier d'Amir Grandier et le feuillette une nouvelle fois. Son regard tombe sur son carnet de santé. Il le saisit et l'ouvre à la première page. Amir Grandier, né le 12 janvier 1996. Mère, Salima Sdiri, épouse Grandier, née le 4 juin 1972, à Alger. Profession : néant. Père, Stéphane, Baptiste, Hector Grandier, né le 17 mars 1970, à Tournon-sur-Rhône, Ardèche. Profession : comptable. Quelques pages plus loin, la liste des maladies qu'attrapent tous les gosses. Varicelle, oreillons, rubéole, angines à répétition, hospitalisation à la clinique Ambroise Valé le 7 septembre 2001 pour une opération de l'appendicite, le 14 décembre de l'année suivante pour se faire retirer les végétations. Chirurgien référent, Hector Varèse. Korvine sourit malgré lui. Le directeur de la clinique est vraiment partout, jusque dans les dossiers des disparus. Il poursuit sa lecture mécanique. Des analyses de sang, toujours à la clinique, le 20 octobre dernier, et le dernier jour de janvier, peu de temps avant le premier suicide. Les courbes de croissance et de poids et des mots de médecins griffonnés à la hâte.

Un gamin tout ce qu'il y a de plus normal.

Il referme le carnet, sans savoir quoi penser de ses investigations, et consulte le cadran de l'horloge, au mur, dans le couloir. Bongrand ne va pas tarder. Il ouvre un tiroir et en tire une cartouche neuve, en extirpe un paquet dont il déchire consciencieusement l'emballage. Le claquement sec du briquet, puis le filet de fumée salvatrice qui s'échappe de ses lèvres. Ses poumons se dilatent, sa vue se brouille, son cœur marque un bref temps d'arrêt avant de repartir comme s'il n'était fait que pour ça, encaisser sans broncher, et pomper, pomper son sang de bête malade.

Conférence de presse, sourires en coin, indifférence et flashes qui crépitent. Le hall d'entrée du commissariat grouille de journalistes locaux, communiqué de presse officiel à la main et appareils photo numériques en bandoulière. Les mains se tendent. Bongrand les saisit et les serre. Mécanique bien huilée.

Merci d'être venus, au revoir, portez-vous bien.

Communiquer pour gagner du temps, le coupable idéal est mort, les vivants peuvent dormir tranquilles.

Korvine devine les prières derrière les sourires de façade, il fait les mêmes depuis la veille, au volant de sa voiture ou au téléphone, dans les salons des pères et des mères, entre les juges et les flics, dans les chambres, les cuisines, les couloirs, les allées et sur les perrons.

Posant et reposant les mêmes questions, inlassablement, une liste de noms et d'adresses à la main.

— Quand avez-vous vu votre fille pour la dernière fois ?

— Quels vêtements portait-elle ?

— Avez-vous vu quelqu'un de suspect rôder autour de votre maison ?

— Quelqu'un ou quelque chose d'inhabituel ?

— Votre fils avait-il l'habitude de sécher les cours ?

— Auriez-vous connaissance de quelqu'un qui pourrait vous en vouloir, à vous, votre famille ou votre fille en particulier ?

Korvine se tient dans un coin et observe, en quête d'indices et de suspects potentiels. Quelques visages connus, des journalistes locaux qui traînent du côté de Valence quand un règlement de comptes dégénère ou qu'un crâne fait trop de bruit en tombant sur le sol.

Bongrand répond aux questions.

Exit les suicides.

Personne n'est dupe, mais tous font semblant en leur âme et conscience. Korvine a refusé d'être mêlé médiatiquement à l'arrestation de Priest. Rester discret.

De l'ombre, un œil sur tout.

Dans l'ombre, un œil sur chacun d'entre eux.

Priest assassiné, trois enfants enlevés, des photos et des fichiers détaillés. Qui sont les prochains sur la liste ?

Dans le hall du commissariat, une fois la meute partie, Korvine sort une Camel et la porte à ses lèvres. Le divisionnaire s'avance vers lui, sourcils froncés et mains dans le dos.

— Où en êtes-vous ?

— Point mort. Tous les services concernés sont sur le pied de guerre. On surveille les autoroutes, les aires d'autoroutes, les gares, les nationales. Les caméras de vidéosurveillance de Tournon, Valence, Privas, Saint-Vallier et Romans tournent pour nous, une photo de chaque enfant disparu au-dessus de chaque écran. Avec Richard Revel et tous les hommes disponibles, nous sommes en train d'interroger chaque famille, chaque père et mère, chaque professeur, chaque chauffeur de bus de ramassage scolaire, chaque voisin et ami, en contact de près ou de loin avec les gosses au cours des dernières vingt-quatre heures. On ne tiendra pas longtemps à ce rythme-là, on manque de moyens et de temps, mais si par chance, trois enfants accompagnés passent devant l'un d'entre eux au cours des prochaines quarante-huit heures, on ne les ratera pas. Passé ce délai…

Le divisionnaire hoche la tête d'un air grave.

— Je connais les statistiques… Une piste ?

— Vous seriez au courant.

Crevant d'envie de lui dire : tout le monde fait comme s'il s'en foutait ! On a des barrages routiers un peu partout dans le département, des avis de recherche dans chaque péage et chaque aire d'autoroute dans un périmètre de deux cent cinquante kilomètres, des appels à témoins diffusés par tous les canaux d'information locaux, et quoi ? Rien, encore rien et toujours rien ! Mais où sont ces gosses, bordel ? Qui les a enlevés ? Et pour quelle raison ? Y a-t-il eu une demande de rançon ? Non ! D'ailleurs, si c'était le cas, ça ferait un bail qu'on serait au parfum ! Vous avez vu passer un communiqué ou des revendications ? Que dalle ! Un groupe extrémiste local ou un groupuscule néonazi pédophile ? Rien, on n'a rien dans nos fichiers, aucun indice, aucune plainte, comme si ces gosses et cette affaire n'étaient qu'un foutu mirage tout droit sorti de notre imagination de flics pervers en mal de saloperies. Et nous, pendant ce temps-là, on fait quoi ? On lit dans les viscères des morts après les avoir comptés et recomptés jusqu'à en vomir !

Le divisionnaire hoche la tête. Une tape d'encouragement dans le dos de Korvine.

Des prières plus que des encouragements.

— Michel Bongrand me tiendra au courant.

Il grimace un mot d'excuse au divisionnaire, résistant à l'envie de lui mettre son poing dans la figure, avant de prendre congé.

Sur le perron, une quinte de toux, l'appel de la nicotine. Korvine allume sa cigarette. Le mauvais temps des derniers jours a brusquement cédé sous les coups de boutoir du vent du nord. Des rayons de soleil percent les nuages épais qui remontent le Rhône. Un journaliste s'attarde, reniflant la confidence de dernière minute. Korvine sort son portable et s'éloigne à grands pas, prétextant une conversation téléphonique pour se débarrasser de l'intrus. Le type n'insiste pas et le regarde s'éloigner.

La disparition des enfants conforte l'hypothèse du meurtre de Sébastien Priest. Les témoins qui en savent trop sont éliminés ou éloignés. Mais si Priest et certains gosses comme Amir sont mis sur la touche, ça signifie que quelqu'un d'autre tire les ficelles. Quelqu'un qui ne veut pas être impliqué. Un coupable potentiel.

Ou un autre maillon de la chaîne.

Le problème est simple. Des gosses, des vidéos de suicide, une ou plusieurs personnes prêtes à tuer pour ne pas être démasquées : la piste pédophile en sort renforcée, ce qui gêne Korvine depuis le début de son enquête. Tout converge vers un circuit clandestin de vidéos d'enfants, mais l'attitude des enfants eux-mêmes contredit cette thèse. Les rapports d'autopsie comme les analyses médicales faites sur les gamins ne trahissent aucune forme de maltraitance physique. Hardt, qui a pratiqué les analyses, écarte cette hypothèse de manière catégorique.

Korvine compose le numéro de Revel qui décroche à la quatrième sonnerie.

— T'es où ?

— Rue du Doux.

— J'arrive.

Priest n'est qu'une marionnette. Comme Korvine, Bongrand, et tous ceux qui courent après un coupable unique depuis le début.

Une marionnette entre les mains de qui ?

Korvine prend le temps d'allumer une nouvelle cigarette en sortant de la voiture et se tourne vers Revel. Devant eux, deux agents discutent avec un homme d'une quarantaine d'années au visage grêlé et aux mains graisseuses. Sans le quitter des yeux, Korvine tire une bouffée sur sa cigarette. Revel le regarde faire et attend qu'il prenne la parole. Korvine pointe le type du doigt.

— Ça donne quelque chose, de ton côté ?

Revel hausse les épaules en faisant non de la tête.

— Des témoins ont vu les gamins se rendre à l'école, d'autres sortir de chez eux, aucun d'entre eux n'est arrivé en cours, mais entre les deux, rien. Aucun geste suspect, pas de vieux pervers au volant d'un van qui attire les enfants avec des sachets de bonbons. À sept heures et demie du matin, les rues sont quasiment vides et en cette période, les volets sont encore fermés. Si on pouvait faire parler les chiens errants…

Korvine médite sa réponse, termine sa cigarette et jette le mégot dans le caniveau.

— Qu'est-ce que tu penses des vidéos de suicide ?

— La même chose que toi, je suppose. Soit on a affaire à des tordus et je ne vois pas trop pourquoi les gamins se filmeraient eux-mêmes pour alimenter le fonds vidéo du réseau. Soit les gamins faisaient ça d'eux-mêmes et il n'y avait aucune raison pour que Priest soit buté.

— Dans les deux cas, c'est l'impasse, confirme Korvine.

— Sauf s'il existe une troisième voie.

— J'ai beau me creuser, je vois rien.

— Peut-être que les vidéos existent pour nous dire que ces gosses avaient un gros problème, poursuit Revel.

Korvine opine.

— On n'est même pas sûrs que filmer les suicides soit leur initiative.

— Troisième impasse.

— Non, tu as raison. Les films des suicides fonctionnent en miroir inversé. Comme une sorte d'indice que le meurtre de Priest vient renforcer.

— Indice de quoi ?

Haussement d'épaules.

— Et les disparitions ? insiste Revel.

— Même chose. Tout est lié. Ce qu'il nous faut, c'est une grille de lecture des évènements. Il nous manque encore beaucoup de pièces du puzzle, mais si on a la ligne directrice, chaque nouvelle pièce s'emboîtera. On ne retrouvera les gosses qu'à cette condition. Essaie de penser différemment… Quelque chose ou quelqu'un pousse les gosses à tourner des vidéos. Un évènement, Priest ou quelqu'un d'autre. Au début, j'ai pensé que tout partait du premier suicide, celui de Patrick Gouy. Le reste n'aurait été qu'une sorte de réaction en chaîne, mais vu la concentration dans le temps des premiers suicides, ça ne peut pas être ça. Ils étaient comme programmés, prévus de longue date, mûrement réfléchis. Sept suicides aussi rapprochés, ça ne ressemble pas à une réaction virale. Non, tu vois, je finis par me demander si les vidéos n'ont pas finalement été découvertes par une tierce personne qui n'a pas apprécié, que ça a dérangée.

— Comme Claude Faure ou Raphaël Sorel.

— Sorel n'a pas pu enlever les gosses et Faure est sous surveillance. Je pense plutôt à quelqu'un qui a un rapport que nous ignorons avec Priest ou Amir.

— Ou qui veut tirer profit des vidéos.

— Peut-être… en tout cas, un truc suffisamment grave pour que les gosses soient poussés au suicide.

— Et si prévisible qu'ils prennent le temps de mettre en scène les suicides en se filmant avec les moyens du bord.

Korvine saisit le poignet de son collègue.

— La question que je me pose, c'est, s'ils ont peur, pourquoi ne préviennent-ils pas leurs parents ?

— Peut-être l'ont-ils fait et leurs parents n'en ont pas tenu compte.

— Ou peut-être que c'est si grave que leurs parents n'ont pas osé en parler à leur tour. Dans ce cas, qu'est-ce qui pourrait justifier une telle attitude vis-à-vis de leurs propres enfants ?

— Je sais pas… la peur… le chantage.

— Ou le fait qu'ils soient eux-mêmes impliqués.

Korvine lâche Revel et tourne la tête vers les deux agents. Le type leur sourit à présent. Il leur serre la main et disparaît dans le hall d'un immeuble.

— On manque d'éléments, ce ne sont que des suppositions. C'est une belle théorie mais on n'a rien pour prouver quoi que ce soit.

Les deux hommes se taisent quelques instants, balayant la rue du regard, les poubelles débordant sur le trottoir, les voitures mal garées faute de place, l'odeur écœurante de friture.

Revel est le premier à briser le silence.

— On fait quoi ?

On attend qu'un miracle nous ramène les gosses sains et saufs, se retient *in extremis* de répondre Korvine.

— On continue. Je retourne au bureau relire les dépositions des parents jusqu'à ce que quelque chose fasse tilt. Toi, tu retournes chez les Grandier fouiller en règle la chambre de leur gamin. Amir Grandier est au centre de cette affaire.

Korvine regarde son collègue s'éloigner et rejoindre les deux agents. Il jette un coup d'œil à son mégot tombé à côté du caniveau, le pousse du pied dans la bouche d'égout et regagne sa voiture. Il démarre et fait deux cents mètres jusqu'à l'avenue Marius-Juveneton quand un détail insolite entre dans son champ de vision. Yeux hagards, escarpins légers et robe de printemps sur le dos, une jeune femme vient de déboucher en bas de l'avenue et remonte en courant en direction du commissariat.

Korvine s'arrête au milieu de la chaussée, sort de la voiture et interpelle la jeune femme. Une vingtaine d'années, le corps agité de tremblements et de grands yeux noyés de larmes.

— Ma sœur…

Incapable d'aller plus loin.

— Quel est votre nom ?

— Sylvie Vicel.

Une main sur son épaule, pour la rassurer.

— Vous me parliez de votre sœur.

— Ma sœur…

Korvine attend que les mots sortent enfin.

— Ma petite sœur a disparu.

Priest n'a pas menti : « Vous ne trouverez pas ce que vous êtes venus chercher. Les gens, la ville. »

Il déglutit. Un goût amer dans la bouche.

— Elle s'est jetée dans le Rhône sous nos yeux, à ma mère et moi.

Un nouveau suicide.

— Quand ?

— Il y a dix minutes… Le temps qu'il m'a fallu pour venir ici en courant.

— Où ?

— Un peu plus bas, au niveau de l'ancien moulin.

— Où est votre mère ?

— Ma mère a sauté… pour essayer de la sauver. Elle n'est pas remontée à la surface non plus.

Ça continue.

— On y va, lui dit Korvine de la façon la plus douce et rassurante possible. Montez avec moi.

La voix rocailleuse de Bongrand résonne dans le haut-parleur du portable.

— On a un nouveau cas de suicide, crache Korvine. J'ai besoin d'une équipe pour repêcher deux corps dans le Rhône. Tout de suite, avant que la nuit n'arrive.

— Deux ?

— La mère a sauté pour sauver sa fille.

— Où ?

— Bords du Rhône, au sud de Tournon. Je suis avec la fille aînée. Elle a été témoin de la scène. On se rend à l'endroit où elles sont supposées avoir sauté, au nord du quai Gambetta. Envoyez-moi une équipe de plongeurs et voyez avec les responsables du barrage de Glun. Avec le courant qu'il y a à cette période de l'année, le corps est peut-être déjà là-bas.

Souffle court, raclement de gorge, trois secondes de silence.

— Bordel, ça va continuer comme ça combien de temps ?

— Comme vous dites.

— Tu avais raison. Priest est mort, Amir a été enlevé avec deux autres adolescents mais ça ne change rien.

— J'attends les renforts. Faites venir Revel aussi.

Il raccroche et se tourne vers Sylvie Vicel.

— Montrez-moi où ça s'est passé.

Les bords du Rhône sont balayés par le vent du nord. Des bourrasques aussi soudaines que violentes strient la surface de l'eau et rendent difficile la marche de Korvine et Sylvie Vicel. Un petit attroupement de voisins et de badauds s'est formé pendant l'absence de la jeune femme. Tous guettent les berges. Deux hommes fouillent les roseaux, les pieds dans la vase, au moyen de perches en bois, habituellement utilisées pour harponner les troncs d'arbre à la dérive. Comme si, par miracle, le fleuve pouvait vomir les corps en vie après les avoir gardés plus de trente minutes. Ce que le Rhône prend, il ne le rend pas. Pas vivant en tout cas. Ou à moitié bouffé par les silures, ces énormes poissons-chats à l'appétit carnivore. Et toujours plus au sud, au barrage de Glun, cimetière de carcasses noyées et de corps en décomposition, ventres gonflés d'une eau acide, chargée des produits déversés dans le fleuve par les grosses usines qui pullulent en amont.

Korvine grimace, évitant le regard vide de Sylvie Vicel qui semble lui dire : et maintenant ? Vous faites quoi pour moi ? Vous faites quoi pour ma sœur et ma mère ?

Dans moins d'une heure et demie, le soleil sera couché, suspendant les recherches jusqu'au lendemain. Au mieux, le corps de l'enfant ne sera pas retrouvé avant la fin de matinée.

— Aline ne ressortira plus, dit la jeune femme.

Un silence.

— Ma mère non plus.

Korvine aimerait lui dire qu'il tient un coupable ou une raison.

— J'ai froid.

Il se retourne vers elle.

— J'ai un plaid dans la voiture.

Elle hoche la tête, Korvine ouvre le coffre et lui tend la couverture.

Elle le remercie d'un geste las de la main.

— Avez-vous une idée des raisons qui ont poussé Aline à essayer de se suicider ?

Ne pas parler de sa sœur au passé, faire comme si un espoir subsistait. Sylvie Vicel le dévisage comme si elle découvrait sa présence pour la première fois.

— Aline avait tout pour être heureuse.

Comme les autres, note Korvine mentalement.

— Je veux dire, elle était heureuse.

— Quel âge ?

— Onze ans.

— Qu'est-ce qu'elle portait quand ça s'est passé ?

— Jeans Diesel, pull à col roulé.

— Quelle couleur ?

— Bleu turquoise… Belle comme un cœur. Cheveux châtains, mi-longs, coiffés en arrière. Tout ça à cause de cette maudite vidéo.

— De quelle vidéo, vous parlez ?

— Je suis tombée dessus par hasard, avec ma mère, il y a deux jours, en rangeant sa chambre.

— Quel genre de vidéo ?

— Le suicide d'un gamin. Ma mère est devenue folle, elle voulait une explication, elle voulait savoir qui l'avait filmée, où elle l'avait eue, mais Aline n'a rien voulu dire. Elle arrêtait pas de pleurer, de rire. On aurait dit… on aurait dit qu'elle était folle. « Ça va, ça va », elle arrêtait pas de répéter. Maman s'est mise à la gifler. J'ai voulu la retenir, mais elle était hystérique et m'a giflée à mon tour. Je suis partie en claquant la porte et je l'ai entendue hurler dans la chambre d'Aline toute la nuit. Le matin, je l'ai retrouvée groggy dans le salon, un verre à la main, une bouteille de je-sais-pas-trop-quoi à côté d'elle. Je suis montée voir Aline qui dormait comme un bébé… Je lui ai touché l'épaule pour la réveiller, elle a ouvert les yeux et m'a regardée en souriant. « Salut », c'est tout ce qu'elle a trouvé à me dire. Je me suis énervée, je lui ai demandé pourquoi elle n'avait rien dit, pourquoi elle ne m'en avait pas parlé, à moi, sa grande sœur, qu'il fallait aller voir la police, tout ça.

— Qu'est-ce qu'elle a répondu ?

— Que ça ne regardait pas les flics, ni personne. Elle m'a promis qu'elle ne voulait pas nous faire du mal, à maman et à moi, qu'on ne pouvait pas comprendre, que c'était bien ça le problème.

— Pourquoi ne nous avez-vous pas prévenus, dans ce cas ?

— J'ai failli, et puis il y a eu ces articles de presse sur Sébastien Priest, le gars de la Maison pour Tous que ma sœur voyait avec ses amis tous les vendredis soir, quand elle allait aux jeux de rôle. À partir de là, maman m'a interdit d'en parler à quiconque.

— Pourquoi ?

— Elle voulait pas que tout Tournon sache que sa fille était folle… Elle avait peur pour elle ou pour Aline. Peur qu'Aline ne soit comme elle.

— Comme elle ?

— Papa est parti parce qu'elle le trompait.

— Je comprends.

Elle secoue la tête comme s'il en était bien incapable.

— Cette ordure la battait et la mettait plus bas que terre. Son départ pour Paris avec sa nouvelle femme a été le début d'une nouvelle vie pour nous. Une nouvelle chance. Ma mère était enfin heureuse et nous avec. On s'était fait un cocon, on était bien toutes les trois, on se cachait rien et… et… et merde ! Y a rien à ajouter. Ce connard a gagné, une fois de plus ! Cette ville est maudite, lieutenant ! Maudite, comme tous ses habitants !

Korvine effleure son bras du bout des doigts.

— Vous n'allez pas faire une connerie, Sylvie ?

— Si seulement ça pouvait ressusciter Aline et maman…

Une bourrasque plus violente que les autres vient les interrompre. De longues secondes s'écoulent avant qu'elle n'ajoute :

— Qu'est-ce que je vais devenir sans elles ?

Korvine se rapproche pour la prendre dans ses bras, essayer de la consoler, mais elle recule d'un pas, le visage agité de tics nerveux. Il sort une cigarette et l'allume pour masquer sa gêne et le désir sournois qui est né dans son ventre quand il a senti son odeur de trop près.

— Vous ne devriez pas rester là. Les recherches risquent de durer plusieurs heures et…

— Et ça ne changera pas grand-chose au résultat, je sais.

— Montrez-moi la chambre d'Aline, s'il vous plaît.

— Vous voulez voir la vidéo ?

Il acquiesce lentement en pinçant les lèvres.

— Suivez-moi. C'est la maison derrière vous.

La même maison, les mêmes murs épais, la cuisine fonctionnelle et moche, le salon fonctionnel et moche, les tableaux sur les murs, moches, les meubles bon marché, moches, le carrelage, toujours aussi laid. Les mêmes visages qui sourient, sur les photos de famille. Histoire similaire pour des gens similaires dans une ville où tout le monde se ment. Noyés, empoisonnés, défenestrés, lames tranchantes et webcams allumées.

Devant Sylvie Vicel et Korvine, la porte grande ouverte d'une chambre d'adolescente, faite de rose et de posters découpés dans des magazines.

— Je vous laisse fouiller, moi je peux pas rentrer là-dedans.

Il opine en silence.

— La vidéo est sur le bureau… Si vous avez besoin de moi, je suis dans le salon.

Des larmes plein les yeux, les talons qui claquent sur le parquet, la porte du salon qui grince. Puis plus rien. Seulement une chaleur insoutenable, les poutres du plafond qui gémissent, les jointures des fenêtres qui sifflent et la chambre d'Aline, porte ouverte sur un ventre rempli de souvenirs et de visages qui sourient, prêt à vomir sa colère sur les pieds de Korvine.

Photos, posters, cartes postales sur les murs.

Il se dirige vers l'ordinateur, l'allume et passe la main dans les tiroirs du meuble.

Sur les murs, les visages souriants des morts, Marion, Marie, Léa, Patrick…

Un caveau.

Un monument funéraire, un autel à la gloire des morts.

En sueur, Korvine tire un tabouret, s'assoit et pense à l'enveloppe des résultats médicaux dans sa poche. Il hésite à la sortir et à y mettre le feu, pour conjurer le mal. Le mal est déjà fait, pourquoi se battre ? Laisser faire… Il se frotte le visage, chasse cette idée et insère un CD-ROM au hasard. Premières images, Patrick Gouy, sur le rebord de sa fenêtre. Gorge irritée, acidité, bile noire et épaisse. Les secondes s'égrènent avec une lenteur asphyxiante. Ça n'en finit pas, mais rien, toujours rien de plus que le corps de Patrick qui vole. Sous l'œil impudique de la caméra et derrière elle, Dieu sait qui !

Korvine détourne les yeux et réalise que son portable sonne depuis un bon moment.

— Oui.

— Richard. Je suis sur les berges, au sud de Tournon. On a repêché un cadavre.

— Déjà ?

— La gamine… Du nouveau de ton côté ?

— La vidéo du suicide du petit Gouy est sur l'ordinateur d'Aline Vicel.

— Journée de merde, commente Revel d'un ton laconique.

— J'arrive.

Alertée par la sonnerie, Sylvie Vicel l'observe par l'entrebâillement de la porte.

— Je suis désolé…

La prendre dans ses bras, lui dire qu'il n'est rien

arrivé ou que tout ira mieux demain, mais les choses ne fonctionnent pas de cette manière.

Tu vas en chier pendant des semaines, tu vas pleurer, tu vas croire que le monde est foutu et que c'est le brouillard permanent, l'hiver nucléaire personnalisé. C'est normal, je connais ça, et puis tu oublieras, tu apprendras à vivre avec des séquelles et des cicatrices béantes grosses comme le bras dans la tête, mais tu oublieras. Comme tout le monde. Depuis toujours. Parce que sinon, tu te serais jetée dans les eaux boueuses du Rhône à la suite de ta sœur et de ta mère. Tu vas te trouver un petit jules, si c'est pas déjà fait, tu le laisseras te tripoter le deuxième soir, peut-être même que tu baisseras toi-même sa braguette, tu lui feras deux ou trois gosses après de vagues promesses d'un avenir meilleur et vous recommencerez ensemble la même histoire, faite de reproduction d'une ville pourrie jusqu'aux fondations de ses maisons que le fleuve aurait dû balayer depuis longtemps. Je suis désolé. Voilà ce que je pense de toi, Sylvie Vicel, fille, sœur et mère de toutes les filles, les sœurs et les mères de cette ville. Parce que tu es là, devant cette porte, et que tu aurais dû sauter dans le fleuve avec les autres. Parce que c'était la seule solution pour toi, pour moi, pour nous tous. Parce que j'aurais dû le faire depuis longtemps aussi et que je suis là à m'accrocher aux roseaux des berges, foutus roseaux qui plient mais ne rompent pas. Parce que tu es belle et que les deux seules choses que je vois maintenant c'est ta sœur, les poumons remplis d'eau, et les putains de visages de gosses dans des mares de sang ! Voilà pourquoi…

— Vous pouvez m'accompagner ?

Puis Korvine ajoute plus bas :

— Il est possible qu'on ait retrouvé votre sœur.

Sans oser prononcer les mots : identification du corps.

— Putains de silures ! Pouvaient pas la laisser tranquille !

L'agent dénommé Durand qui aide Revel à sortir le corps de l'eau est livide.

— Lui ont bouffé la moitié du ventre. Merde, j'ai pas été formé pour ça, moi !

Pour le faire taire, Korvine s'approche à grands pas et l'écarte, désignant Sylvie Vicel du menton.

— Trouve-moi une bâche ou un sac plastique, amène-le-moi et va t'occuper de la sœur de la victime.

Au bord de la nausée, Durand bredouille un vague mot d'excuse et remonte sur la digue. La sirène d'une voiture de pompiers, le mistral qui hurle et Durand qui vomit contre un arbre avant d'exécuter les ordres.

— Connard, marmonne Korvine.

Revel le regarde sans proférer un son, le cadavre à leurs pieds.

— Moche…

La petite est telle que sa sœur la lui a décrite quelques minutes plus tôt, trempée et couverte d'une boue brune et visqueuse. Une partie de l'abdomen est dénudée et présente de profondes morsures sanguinolentes en forme de demi-lune. Korvine sort une paire de gants en plastique de sa poche, s'accroupit au-dessus du corps et palpe les plaies du bout des doigts.

— Probablement un gros poisson. Silure ou brochet. Faudra vérifier tout ça. Les bestioles doivent avoir sacrément la dalle dans ce gourbi pour s'attaquer à un corps qui y a passé aussi peu de temps.

— Ce sont pas les poissons qui l'ont jetée à l'eau, en tout cas.

Korvine relève la tête et opine du chef.

— Cadavre numéro huit.

— Putain, comment tu fais pour compter les morts et rester de marbre devant un truc pareil ?

Identifier les morts, compter les vivants : un, deux, trois, quatre, cinq…

— Bon, elle vient cette bâche ?

Il se redresse, quitte sa veste, en sort ses Camel et la passe à Revel qui en recouvre le corps. Il fait signe à Sylvie Vicel de s'avancer.

— Tu lui montres juste le visage, dit-il à son collègue. La laisse pas s'agiter et reste bien à côté d'elle. Je préviens Bongrand… Et dis à Durand de se bouger le cul que je puisse récupérer mon manteau.

Derrière eux, la masse compacte du barrage que le brouillard commence déjà à masquer. Petites silhouettes humaines grises et bleues qui se découpent à son sommet. Les turbines qui tournent à plein régime, les gyrophares. Cris de corbeaux, cris de pies, rapaces obstinés et patients, invisibles, au-dessus de leurs têtes. Une bâche blanche sur un corps allongé à même le sol. Et les cris de Sylvie Vicel qui a reconnu sa sœur.

— Un problème ?

Revel lui tend sa veste, Korvine ne bouge pas.

— Je raccompagne Sylvie Vicel chez elle ?

— Elle a reconnu le corps ?

— Comme tu as pu l'entendre.

— Ouais… Trouve-lui des tranquillisants et qu'elle dorme vingt-quatre heures. Y a rien d'autre à faire. Je fais un tour chez les Grandier, puis je retourne finir à la taule.

Il récupère sa veste, l'enfile et quitte le périmètre de sécurité. Les pompiers sortent un brancard de leur fourgonnette, l'agent Durand chiale au volant d'une voiture de fonction et Aline Vicel gît, les tripes à l'air, sur un lit de roseaux, sous le regard vigilant des rats.

Sylvie Vicel, de longs cheveux blonds, balayés par le vent du nord. Assise dans la voiture conduite par Revel qui s'engage sur la route.

Sous la bâche, sa sœur.

Le commissariat en début de soirée, une ruche en pleine panique comme si quelqu'un y avait lâché une grenade lacrymogène. Comme si Alexandre Korvine était seul au milieu d'un champ de bataille, une arme sans munition dans les mains. La course des agents de service, les sonneries stridentes de téléphone et par-dessus tout, les odeurs de peur et d'excitation. Une fois officialisée l'annonce du suicide de la petite Vicel, le grand cirque recommence. Les vautours se repaissent de son sang.

Mal au crâne, le battement sourd du sang sur ses tempes.

Journal télévisé, France 3 édition locale, 19/20, presse et radio ont mis le feu aux poudres. La ville bourdonne, gémit sous les coups de boutoir de la malédiction. Les rumeurs, le bouche-à-oreille, les confidences à peine voilées, les mensonges. Le virus contamine les esprits, la fièvre fait bouillir le sang des ignorants ou des coupables. Tout le monde se tait, tout le monde parle. À la boulangerie, au bureau de tabac, sur le perron, sous les porches, au téléphone, rue du Doux ou avenue de Beaucaire, les langues pendues.

Un incident technique a provoqué une coupure des lignes téléphoniques dans le secteur sud pendant cinq minutes, alimentant les peurs et les suppositions les plus délirantes. Quand tout a été rétabli, la vie a continué de cracher son venin de plus belle. Les prétextes ne manquent jamais. Certains jouent aux pompiers pyromanes. Korvine redoutait que le suicide d'Aline Vicel marque les esprits, c'est réussi au-delà de ses craintes. Il aura fallu huit suicides pour que la ville perde le contrôle.

Pendant ce temps, trois gosses sont toujours portés disparus.

Quelque part, dans une chambre, dans une cave, un grenier, à deux pas de la rumeur et des boules de haine, un gosse prépare son suicide avec sérénité. Bongrand ne veut rien entendre, le divisionnaire et le préfet non plus. Pas de fermeture d'école, pas de surveillance généralisée, aucune nouvelle des disparus. Rien, rien, une nuit d'insomnie pour rien en perspective. Le premier suicide a eu lieu il y a plus de quarante-huit heures. Korvine ne sait même plus s'il doit s'en réjouir ou s'en inquiéter. Quelle est sa marge de manœuvre ?

Assis sur un coin du bureau en face de lui, les traits tirés, Richard Revel l'observe en silence.

— Tu vas au barrage pour la mère ?

En guise de réponse, le jeune lieutenant se contente de hausser un sourcil.

— Putain, j'ai l'impression qu'un régiment de légionnaires se bat dans mon crâne, enchaîne Korvine.

— Quoi ?

— Non rien, je pensais à voix haute. T'as de l'aspirine ?

— Il doit y avoir un tube quelque part dans le tiroir du haut.

Korvine se lève et tire trois tiroirs avant de trouver ce qu'il cherche.

— Ça chauffe en ville.

Revel redresse la tête.

— Oui… Durand m'a dit que Bongrand avait reçu des renforts de Saint-Vallier et d'Annonay. Il paraît qu'une délégation de parents s'est présentée à la mairie pour demander que des mesures draconiennes soient mises en place. Ils demandent la démission de Bongrand. Tout le monde a peur.

— Tu sais s'il a réagi ?

— Pas que je sache.

— Il ne dira rien.

— Tout ça c'est des conneries.

— La situation nous échappe, de toute façon. À nous comme à lui.

Il se passe la main dans les cheveux.

— On fait le point sur les disparitions ?

— Franchement, t'as quelque chose de plus à dire ?

— Je suis sérieux.

— C'est le désastre… Depuis que Patrick Gouy s'est jeté par une fenêtre du septième étage.

— Y a-t-il encore quelqu'un pour compter les morts ?

— Oui, nous.

Sur ces mots, Revel se lève, saisit son manteau et se dirige vers la porte. Korvine est pris d'une violente quinte de toux. Une colère noire naît dans son ventre et à la base du cerveau, irradiant le moindre muscle. Une colère primale, faite de sécrétions d'hormones par les glandes endocrines, de pulsions sexuelles, de peur et de faim.

Quand il relève la tête, les yeux gonflés de larmes, Revel est sorti et a déjà refermé la porte derrière lui. Le téléphone sonne. Les équipes sont rentrées, il fait nuit noire et la mère n'a toujours pas été retrouvée.

Crissements de pneus, traces de gomme sur le goudron, les bords du Rhône, à nouveau. À la première heure, les recherches reprendront pour trouver le corps de la mère d'Aline et Sylvie Vicel. En aval, toujours en aval, là où le fleuve pose les cadavres qui troublent ses eaux usées, Glun, le barrage, cimetière des corps délaissés, sépulture liquide d'une ville en détresse. Des protéines pour les acides et les poissons. Des restes pour les rats.

Korvine écrase l'accélérateur. Les arbres défilent, les poteaux se précipitent sous le capot de la voiture, les lumières, les lignes droites, à nouveau les lumières puis les grandes étendues du sud de la ville, acacias, peupliers, galets, acacias, peupliers, galets, acacias… Les secondes, les minutes, les heures, le pied à fond sur la pédale mais le Rhône plus rapide encore, inépuisable, large, grondant comme un forcené que des enfants chercheraient à dompter. Et la ville, derrière, comme un couteau planté dans le dos.

Priest, Amir, Bongrand, Faure et Sorel.

Et encore : Marion, Léa, Patrick, Michaël, Aline…

Korvine allume une cigarette, manque de sortir de la route et parvient à rétablir la direction. Traces de gomme sur le bitume et pédale d'accélérateur pressée à bloc.

Douze morts au total, trois enfants enlevés, des causes rationnelles, des conséquences regrettables mais rationnelles.

Le syndrome Priest alimente les peurs, la Mesnie Hellequin au grand complet, la cohorte des rois morts et déchus soufflant dans leurs trompes, battant les chiens pour qu'ils hurlent sur son passage, jetant des seaux de bacilles, de bactéries et de virus expansionnistes. Les rats, les bateaux, l'étranger. Lui, Korvine.

Ne pas hurler avec les loups.

La ville, les lumières, l'avenue de Nîmes, cinq minutes plus tard. La rue de la Gare, enfin, quand il reprend conscience. Coup d'œil à sa montre. Huit heures du soir.

Ne pas devenir comme eux.

QUATRIÈME PARTIE

SCIENTIA MORTIS

15

Mercredi 9 février – 20:02

La rue de la Gare baigne dans un silence parfait. Les trains de marchandises ne passent plus à cette heure. Dans l'habitacle d'une Peugeot flambant neuve, Korvine distingue le point rouge du mégot de cigarette d'un flic de garde. Il le salue de la main. Le gars le reconnaît et lui répond en haussant les épaules qu'il n'a rien à signaler et qu'il crève de froid.

Plus personne n'ose traîner dans le coin.

Korvine sort un appareil photo de sa boîte à gants, referme la portière et traverse. Il pousse la lourde porte et entre dans la cage d'escalier, résistant à l'envie d'appuyer sur l'interrupteur. Ses yeux s'habituent peu à peu à l'obscurité et il constate que les fenêtres diffusent une partie de la lumière des réverbères de la rue. Suffisant pour avancer sans rater une marche.

Arrivé sur le palier du quatrième, il cherche la poignée de la porte à tâtons, ses doigts rencontrent le ruban en plastique tendu pour barrer l'entrée qu'il arrache d'un coup sec sans hésiter.

Rue de la Gare, immeuble numéro 7, vaisselle sale dans l'évier. Une odeur de pourriture. Sur les traces de Priest. De Patrick, Marion, Michaël, Bastien, Simon, Léa, Marie, Aline. Et maintenant Amir, Jo et Dalila.

Korvine prend quelques photos, focale 63 mm, capture, pression du doigt, déclic, clic-clac, clic-clac, clic-clac, et fouille les pièces du regard.

L'univers de Sébastien Priest, 7, rue de la Gare, quatrième étage, le cœur de la ville. Celui des gosses qui préfèrent mettre fin à leurs jours, celui de Patrick, celui de ceux qui ont suivi, le sien, Alexandre Korvine, flic pour le meilleur et pour le pire. Pour sauver des vies et faire cesser les morts. Pour les chiens écrasés, les vieux au regard éteint, les élus, les maires, les adjoints, les stars d'un jour, les rats crevés la nuit, les noyés, les magouilleurs à la petite semaine, les centenaires, les commerçants, et encore les vieux, les élus et les commerçants. Politique d'une police de proximité, politique des petits trafics, politique des bus qui doivent emprunter une avenue et pas une autre, politique des rues à sens unique et des squares sacrifiés aux parkings publics et à la berline du maire sortant. Politique d'une ville où vivaient Patrick et les sept autres enfants, chronique d'un dégoût permanent et du désir de faire son boulot.

Clic-clac.

Tout revoir, repasser le moindre détail en revue. Trouver ce qu'il n'a pas su voir la première fois. Une chaise en mauvais état, la peinture craquelée des murs, la poussière. La chambre, quelques photos supplémentaires, focale 16 mm, capture, pression du doigt, déclic, clic-clac, clic-clac. Rien à se mettre sous la dent.

Le bureau est vide. Fournier a tout embarqué. Ordinateur, CD, mémoire, caméra, appareil photo numérique, écran. Des emballages vides dans un coin, entassés. Traces de pas dans les moindres recoins, semelles de flics, odeur de flics, empreintes de flics.

Il jette un nouveau coup d'œil sur la pièce. Il voit mieux à présent. Une photo sur l'étagère. Le portrait d'un gamin d'une dizaine d'années qui sourit. Korvine saisit le cadre, tire la photo et la tourne : il n'y a rien d'écrit. Il sort la photo, la glisse dans sa poche, et repose le cadre à sa place, clic-clac. À côté, un Rubik's Cube, des disques à la mode. Au pied, cinq poufs posés en vrac.

Un endroit pour se détendre.

Une table basse, des bougies parfumées, des livres, des bandes dessinées pour adolescents.

Un sentiment d'oppression, tenace.

Il allume le poste radio : Skyrock. Il éteint.

Korvine voit Sébastien Priest, des collégiens ou des lycéens, assis dans la pièce, prenant des photos, riant et jouant. Pas une salle de torture, pas de cris, personne n'est forcé de faire ce qu'il ne veut pas faire.

Sur le carrelage crasseux, sous un fauteuil, un foulard en soie synthétique, bleue, marbrée de lignes noir et or. Sans poussière.

Il pense : pas un foulard d'adulte.

Un nouveau cliché, clic-clac, il sort le bout de tissu de sa cachette. Les couleurs lui rappellent vaguement quelque chose. Il décroche son téléphone et appelle Fournier pour qu'il lance une recherche sur les vidéos, tombe sur une boîte vocale, laisse un message.

Une gamine est passée dans l'appartement après leur perquisition.

Korvine jette un dernier coup d'œil circulaire sur la pièce principale, puis il fourre le foulard dans la poche de son blouson et quitte les lieux avec un soupir de soulagement.

Le silence mortuaire de la cage d'escalier, le claquement de ses semelles sur le béton grossier des marches et le froid glacial de la rue qui l'accueille comme un coup de fouet. Korvine réprime son envie de fumer. Il descend la rue de la Gare sans un regard pour l'agent de faction.

Son téléphone sonne.

Richard.

— Des nouvelles des adolescents disparus ?

Raclement de gorge à l'autre bout du fil.

— Te fatigue pas, j'ai compris. Tu en es où ?

— Leur signalement est dans tous les postes de police de la région, priorité numéro un. On a fait imprimer et diffuser des affiches pour les commerces du département, ainsi que pour les autoroutes, les stations-service et les gares. Mais à cette heure-ci...

Korvine continue de marcher, gagnant la place Carnot et son chapelet de platanes et de voitures mal garées.

— Quarante-huit heures.

— Je connais les statistiques comme toi.

— Je pense qu'il faut se concentrer sur les environs. Sur les gros axes, dans une gare ou à un péage d'autoroute, trois gamins enlevés ne passent pas inaperçus. Il n'y a aucune raison pour qu'on les ait emmenés à l'autre bout du pays. Il faut rien lâcher. L'explication se trouve dans le lien entre les vidéos de Priest, les suicides et les suicides filmés. Ceux qui ont enlevé ces gamins réagissent aux découvertes de ces dernières vingt-quatre heures.

Les habitants de Tournon se réveillent d'un long coma léthargique. Un coma d'où les suicides et les vidéos les ont tirés de force.

— Qu'est-ce que tu préconises ?

— On concentre les recherches sur la commune et ses environs. Tu me tiens au courant.

Un double appel. Fournier.

— Je te laisse.

Korvine raccroche.

— Le foulard appartient à une gamine du nom de Frédérique Pabion. J'ai contacté ses parents, mais la petite est de sortie. En ville, chez des copains. Ils en savent pas plus. Je te donne l'adresse ?

Il sort carnet et crayon, note les coordonnées et remercie Fournier.

Des cris lui parviennent au moment où il coupe la communication. Il presse le pas, quitte la place Carnot, longe le muret d'enceinte de l'étude notariale et débouche devant le ciné-théâtre. Un café est ouvert. Une bande de cinq adolescents de treize à quinze ans se bousculent en riant devant l'entrée. Il consulte sa montre. Bientôt huit heures trente. En face, la façade du cinéma est éclairée. Une queue d'une quarantaine de personnes s'entasse devant le guichet. Essentiellement des jeunes. La séance du mercredi soir. Un film d'action américain.

Il jette un œil à l'affiche, mais réalise que ça fait une éternité qu'il n'est pas allé au cinéma. Le titre, le nom des acteurs et du réalisateur ne lui disent rien.

Ses doigts rencontrent son paquet de cigarettes dans la poche de son blouson. Et le foulard roulé en boule. Il l'en extrait et le déplie, puis contourne l'arrêt de bus qui trône au milieu de la place, traverse la rue et remonte la file d'attente.

Le poids des regards sur lui au fur et à mesure qu'il progresse.

Leur poids quand il sort son insigne et le dépose sur le comptoir, à côté du foulard bleu. Et des photos des trois gosses disparus. Un murmure derrière lui, des cris de protestation.

La guichetière, une vieille fille au visage recouvert de fond de teint, secoue la tête d'un air faussement désolé. Korvine insiste et lui met les photos juste sous le nez.

— Pas vus.

— Vous êtes certaine ?

— J'ai la mémoire des visages. Si l'un de ces gamins était passé sous mes yeux, avec l'avis de recherche et tout ça, je m'en souviendrais.

La guichetière roule des yeux, vaine tentative de séduction. Korvine minimise.

— Simple routine.

Korvine fait glisser le foulard devant elle.

— Même le foulard bleu ne vous dit rien ? Je cherche sa propriétaire, une collégienne de treize ans. Une certaine Frédérique Pabion.

La guichetière pince les lèvres.

— Désolée.

Korvine secoue la tête et rempoche le tout.

— Merci quand même.

Il pousse un soupir et s'avance vers la sortie.

Le groupe d'adolescents qui s'agitait devant le café barre à présent la sortie, il s'avance vers eux. Un silence soudain accueille la photo des trois disparus.

— Est-ce que l'un d'entre vous connaît une fille qui s'appelle Frédérique Pabion ?

Quelques têtes se penchent par-dessus son épaule, visages fermés, cris et sourires ravalés. Un hochement de tête timide sur sa gauche. Un adolescent au menton et aux joues criblés de boutons d'acné, les cheveux tirés sur le sommet du crâne en une crête improbable. Un gamin en interpelle un autre.

— Toi, Clozel, tu la connais, non ?

Nouveau hochement de tête. Le gamin baisse les yeux.

— C'est quoi ton prénom ?

— Fabrice, m'sieur.

— Écoute Fabrice, j'ai besoin de savoir où je peux trouver cette fille, tu peux me renseigner ?

Tous les regards sont maintenant tournés vers l'adolescent, rouge écarlate.

— Elle doit être chez elle, parvient-il à dire.

— Elle n'y est pas et c'est pour ça que je la cherche.

— Qu'est-ce que vous lui voulez ? demande un autre gamin, moins timide.

— Cela ne te regarde pas.

Korvine les dévisage à tour de rôle.

— Alors ?

Aucune réponse. Il se retourne vers le dénommé Clozel.

— Tu veux pas me dire où elle est, c'est ça ? C'est ta petite amie ?

Les autres éclatent de rire.

— Hé, Fab, t'entends ça ?

— OK, c'est pas ta petite amie… elle est jolie pourtant.

Le gamin acquiesce d'un air gêné. Autour d'eux, les rires redoublent.

— Maintenant, si tu me disais où je peux trouver Frédérique ?

Korvine lui saisit le bras.

— Il faut que je la trouve très vite.

Coup d'œil en direction de ses camarades, coup d'œil sur ses pieds.

— Une des filles avec qui elle traîne s'appelle Mélissa. Elle est dans sa classe, en quatrième B.

— Tu connais son nom de famille ?

— Vaune.

— Tu peux me la décrire ?

— Blonde, cheveux longs, un piercing dans le nez, pas très grande, un peu baba-cool, à la mode. En général, elle sort avec elle.

— Et tu sais où elle est en ce moment ?

— Sur les quais, aux Négociants, le bar tout au bout. Mélissa devait y passer. Pour Fred, je sais pas.

Korvine le lâche et croise le regard de l'adolescent fixé sur le foulard qui dépasse de sa poche.

— C'est bien son foulard, n'est-ce pas ?

— Qu'est-ce qu'il fout dans votre poche ?

Il glisse sa main dans sa poche sans répondre.

— Merci pour les renseignements.

Ces gosses, ces maudits gosses !

Il regagne sa voiture en courant.

Situé à l'extrême nord de la rue piétonne, à deux pas du Café des Sports, le bar dont lui a parlé le jeune Clozel est constitué d'une grande salle à la décoration prétentieuse aux accents vaguement irlandais. À l'intérieur, un groupe de rock massacre un morceau des Beatles. Cigarette au bec et gobelet en plastique rempli de bière à la main, des clients de tout âge entrent et sortent sous les yeux d'un videur. Contrôle des entrées, contrôle des sorties, régulation des flux.

Individu par individu, Korvine scrute les visages à la recherche de Mélissa Vaune. Figure pouponne, chevelure longue et dorée, rose sur les joues et vêtements à la mode.

Quand elle apparaît sur le perron, un paquet de cigarettes à la main, Korvine reconnaît instantanément l'une des gamines des vidéos trouvées sur le disque dur de Sébastien Priest. Il attend qu'elle se soit avancée sur la terrasse pour l'interpeller.

— Mélissa !

L'adolescente se retourne et blêmit en le voyant. Elle fait mine de rentrer dans le bar, mais Korvine est déjà sur elle et l'attrape par le bras. Le videur, une vingtaine d'années et la physionomie d'un skinhead, s'avance.

— Un problème ?

Sans lâcher Mélissa, Korvine lui plante son insigne sous le nez. Le type lève les bras en l'air et retourne à son poste sans les quitter des yeux.

— Parle-moi de ta copine Frédérique.

— Connais pas.

— Je sais que c'est faux et je la cherche. Des copains à toi m'ont dit qu'elle était avec toi.

Mélissa lève les yeux au ciel, comme s'il ne l'impressionnait pas.

— Elle est pas avec moi.

— Dis-moi où elle est, poursuit Korvine sans tenir compte de ses simagrées.

— Je veux pas d'emmerdes.

Il renforce sa prise sur son bras, la tire une dizaine de mètres à l'écart, derrière une voiture, et plonge son regard dans le sien. Juste assez pour voir que ses pupilles sont dilatées. Et qu'elle a peur.

— Moi non plus. Je veux juste la voir pour lui rendre ça.

Korvine sort le foulard bleu et or de sa poche. Mélissa le reconnaît.

— Je l'ai trouvé dans l'appartement de Sébastien Priest.

L'adolescente roule des yeux paniqués.

— J'y suis pour rien si elle sème ses affaires partout.

— Je suis pas là pour ça.

Mélissa fronce les sourcils.

— C'est quoi, cette embrouille ?

— Tu la connais, oui ou non ?

Elle hoche la tête.

— Comme ça… Je peux pas dire qu'on est inséparables mais on s'entend bien. Qu'est-ce que vous lui voulez ?

— Je veux la retrouver.

— Pourquoi ?

La tension monte d'un cran.

— Réponds, c'est tout ce que je te demande. Tu sais où elle est ?

— Vous me faites mal !

— Je serre à peine.

— Lâchez-moi ou je crie !

Korvine lit de la peur dans les yeux de Mélissa.

— Emmène-moi auprès d'elle.

Les doigts de Korvine se resserrent autour du poignet de l'adolescente. Elle grimace, au bord des larmes, mais ne dit rien.

Korvine répète :

— Dis-moi simplement où elle est.

Mélissa lève les yeux vers lui. Pupilles dilatées, léger tremblement dans le bras droit, premiers symptômes.

— Et tu n'entendras plus parler de moi, y compris pour ces merdes que tu prends, comment tu te les procures et tout le reste.

Elle baisse les yeux.

— Vous jurez que vous ne lui direz pas que c'est moi qui l'ai balancée.

— Dis-moi où elle est et je ferai ce qui sera le mieux.

Mélissa hésite encore une fraction de seconde, puis elle finit par lâcher :

— On doit se retrouver au squat NOFX dans une heure.

Des larmes coulent, la fureur et la peur s'emmêlent.

— File-moi l'adresse.

Quelques minutes plus tard, Korvine débouche rue des Carrières, derrière la voie ferrée, et pénètre dans un squat de punks qu'il croyait désaffecté depuis l'incendie qui l'avait en partie ravagé, quinze ans plus tôt. Trois matelas moisis et quelques vêtements traînent à même le sol. Un plan de cuisine sommaire a été aménagé autour d'un robinet mal fermé, seule trace d'hygiène visible. Il avance vers une pièce située dans le fond et tourne un interrupteur. Pas d'électricité, pas de fenêtre. À la faible lueur de l'écran de son portable, il voit qu'un lit a été installé, ainsi qu'une commode et une petite étagère recouverte d'un drap propre. Des couvertures aux couleurs criardes ont été tendues sur les murs.

Korvine tire un à un les tiroirs de la commode. Sous-vêtements, cassettes, cahiers… Tube d'aspirine, coton, seringues… Drogue, drogue, le même schéma, toujours le même schéma et les mêmes saloperies.

C'est là qu'elles viennent pour être tranquilles.

Korvine soulève le matelas et y trouve un CD-ROM qu'il fourre dans sa poche, quand un bruit suspect interrompt son geste. Il sort son arme de service, revient sur ses pas et tend l'oreille. Un bruit de pas dans l'une des pièces opposées. Un volet fermé, un rai de lumière, la pénombre. Sa lampe torche dans la boîte à gants de la Laguna.

Un frottement sur sa droite, il se retourne brusquement, assez vite pour distinguer une silhouette dans l'entrebâillement de la porte d'entrée.

— Ne bouge plus, les mains contre le mur !

Comme piquée par un insecte, l'ombre s'immobilise. Korvine s'avance à pas rapides et trouve la minuterie de la cage d'escalier. L'individu est de petite taille, sa tête est mangée par une capuche.

— Tourne-toi ! Surtout ne tente rien ! Voilà… doucement !

Une odeur de bougie lui parvient au moment où l'intrus lui fait enfin face.

— Qui es-tu ?

La capuche tombe, dévoilant le visage juvénile d'une gamine de treize ans. Le bras qui pointe le Beretta se baisse sous l'effet de la surprise. Menue, vêtue d'un jeans, d'un pull à capuche et de baskets blanches, l'adolescente a les traits tirés. À en croire le rythme saccadé de sa respiration, elle a eu encore plus peur que Korvine.

Le silence pour toute réponse.

— Tu es Frédérique ?

Korvine range son arme pour la rassurer.

— Pourquoi n'es-tu pas chez tes parents ?

— Ça me regarde.

— Tu connais Amir Grandier ?

— Vous avez trouvé mon foulard, non ? Vous le savez bien. Mélissa m'a appelée.

— Tu es là depuis quand ?

— Ce matin.

— Tes parents n'ont pas l'air au courant.

Il désigne la pièce du regard.

— Oh, je leur ai monté un bobard avant de partir, comme quoi je travaillais chez une copine. De toute façon, ils s'en foutent. Y a que leur boulot qui compte.

— Vide tes poches.

Frédérique secoue la tête puis s'exécute en serrant les dents. Elle sort de sa veste diverses bricoles.

— OK, c'est bon, tu peux tout ranger. Il faut qu'on ait une petite discussion tous les deux. Qu'est-ce que tu foutais chez Sébastien Priest ?

La réponse fuse, trop vite pour être sincère.

— J'y suis jamais allée.

— Tu sais que c'est faux.

Il lui lance le foulard.

— J'ai retrouvé ça là-bas.

— Je m'en fous de ce que vous croyez !

— Écoute-moi bien, petite conne ! Tes mensonges, tu les gardes pour tes parents ou tes profs. Que Sébastien Priest soit ton ami ou pas, à vrai dire, je m'en contrefous ! Ce qui est sûr par contre, c'est que tu le connaissais très bien et que tu as plein de trucs à me raconter pour éviter qu'il y ait d'autres suicides, ou pire. Moi, j'ai huit cadavres de gamins comme toi et trois disparus sur les bras et ça, tu le sais très bien. Je vais te ramener au commissariat, tes parents vont nous y rejoindre dare-dare ainsi que le juge pour enfants et, crois-moi, tu vas finir par me dire tout ce que tu sais.

Joignant le geste à la parole, il saisit Frédérique par le bras et la presse devant lui dans l'escalier. En descendant, il sort son portable.

— Fournier ?

Un grognement.

— J'ai trouvé la fille.

— Celle au foulard ?

— C'est ça. Bon, tu me rejoins au commissariat, j'ai besoin de toi. Je suis au nord de Tournon avec elle.

— T'as vu l'heure qu'il est ?

— J'ai aussi une vidéo.

Korvine raccroche et pousse Frédérique dans la voiture.

Qui se méfierait d'une gamine de treize ans ?

Fournier insère le disque dans l'appareil et lance la lecture. Premier fichier, des gamins qui jouent. Deuxième, Frédérique et une autre qu'il ne connaît pas. Troisième, une seule prise, Mélissa en train de tirer une latte sur un joint et de le passer à Frédérique.

Korvine se tourne vers Frédérique sans rien dire. Elle se mord les lèvres, baisse la tête et s'enfonce dans son siège.

Quatrième et dernier fichier, changement de décors, un immeuble, la caméra zoome sur une fenêtre du septième étage.

Un gamin apparaît dans le cadre.

Patrick, le sourire aux lèvres.

Et qui saute.

— Non !

Korvine s'est levé. Poings serrés, mâchoire serrée, estomac noué. Il balbutie :

— Qui… qui t'a donné ça ?

Frédérique ne dit rien, il lève un poing menaçant.

— Qui ?

— Personne.

— Tu mens.

— Personne.

— Quand ?

— Avant-hier.

— Explique-moi !

La même vidéo que chez les Ballard et chez les Vicel. Frédérique se tait. Korvine tape du poing sur le bureau.

— Mais qui, bordel ?

— Marion.

— Chalembel ?

Elle opine de la tête.

— Qu'est-ce qu'elle t'a dit ? Elle a bien dû t'expliquer pourquoi elle te les donnait ?

— Non… juste : « Cache-les jusqu'à ce qu'il soit nécessaire de les montrer. »

— Elle savait qu'elle allait disparaître ? Elle te l'a dit ?

— Non, je jure que non !

— Elle avait peur ? Quelqu'un la menaçait ? Qui ? Parle !

— Elle ne m'a rien dit de plus, elle ne m'a rien dit de plus, elle ne m'a rien dit de plus, elle ne m'a…

— Menteuse !

— Non !

Sa voix, plus douce.

— Tu sais qui l'a tournée.

— Non.

Toujours plus douce.

— Tu sais qui l'a tournée et tu dois me le dire.

— Non, je vous jure que c'est vrai !

— C'est ton copain Amir ?

Son poing s'abat une nouvelle fois sur la table, à quelques centimètres de la main de l'adolescente. Frédérique s'effondre en larmes.

— Vous êtes tous cinglés !

On frappe à la porte.

— Ils sont là.

— OK, fais-les entrer.

Le dos de sa main sur la joue adolescente, comme une caresse pour demander pardon. La traiter pour ce qu'elle est. Une gosse qui cache de la drogue et des vidéos de gamins en train de se défenestrer.

Mais une gosse de treize ans quand même.

Une enfant.

Le juge pour enfants franchit la porte du bureau où les parents de Frédérique Pabion sont interrogés. Fournier et Korvine lui tournent le dos. Un téléviseur est allumé dans l'angle de la pièce. La mire pour seul divertissement.

— Ça pouvait pas attendre demain ?

Korvine lui fait discrètement signe de se taire et lui indique un siège sur la droite. Il jette un œil à la mère, petite femme aux épaules voûtées, au visage constellé de taches de rousseur et aux cheveux longs. Ensuite, il plante ses yeux dans ceux de Jacques Pabion. Le point faible de Frédérique, il l'a senti dès que le couple est entré dans le bureau. Manque de reconnaissance, envie que son père fasse attention à elle, besoin de se sentir aimée par lui. Prête à céder pour lui plaire, malgré les coups, le mépris et la honte. Elle parlera pour lui.

— Quel est l'objet de cette convocation, lieutenant ?

Le père s'impatiente déjà, remue sur sa chaise et jette des coups d'œil de biais à la mire du téléviseur.

Pas à sa femme.

Répéter d'abord les phrases qui rassurent, placer le cadre.

— Je suis le lieutenant Alexandre Korvine et voici Jean Delemarre, juge pour enfants…

Jacques Pabion, son regard alternant entre Fournier, une télécommande dans la main, et la mire du téléviseur, ses doigts tordus sous la table, sa fille qui pleure sur son siège, dans le fond de la pièce.

— Écoutez, j'ignore ce que signifie cette convocation, mais si c'est à propos de ces histoires de suicides, je…

Korvine l'interrompt d'un geste sec.

— Calmez-vous, monsieur Pabion ! Je vous ai fait venir pour que vous identifiiez votre fille sur des vidéos que nous avons retrouvées dans le cadre de notre enquête.

Le père acquiesce, la mère acquiesce, leur fille qui pleure dans le fond. Korvine poursuit.

— Envoie le film !

La mire disparaît pour laisser la place à l'appartement de Sébastien Priest, deux adolescentes sur un canapé. Korvine demande à Fournier de faire une pause.

— Vous les reconnaissez ?

Le père fait non des yeux, oui de la tête. La mère fait non des yeux, oui de la tête, Fournier poursuit.

Un déplacement sur la gauche de l'écran, boucles brunes, cigarettes, herbe.

Le père fait non de la tête, la mère fait non de la tête, Korvine fait signe à Fournier d'arrêter la vidéo.

— Reviens en arrière.

Le père qui serre les poings, la mère qui pleure.

— Vous entendez cette voix, en fond sonore ?

Le père qui n'entend plus rien, la haine qui monte, les poings serrés prêts à s'abattre sur la table, sur le téléviseur, sur Fournier et sur Korvine. La mère qui pense à sa fille dans le fond de la pièce, enfoncée dans son siège.

— Est-ce qu'elle vous dit quelque chose ?

Delemarre est mal à l'aise, il tend la main et la pose sur l'avant-bras de Korvine pour qu'il s'arrête.

— Amir Grandier est un camarade de collège de votre fille. Il a disparu depuis ce matin, ainsi que deux autres enfants, Dalila Martinez et Jo Lalaune.

La pression sur son avant-bras augmente d'un cran.

— Tu vas trop loin, lui murmure Delemarre à l'oreille.

Le père, incapable de se décrocher de l'écran, la mère qui gémit, leur fille au fond qui pleure. Korvine serre les dents et arrache la main de Delemarre. Quelqu'un sait, forcément. Il fait signe à Fournier de repasser la séquence où l'on entend la voix qui donne des consignes à Frédérique. Le père s'est levé, ivre de colère. Korvine l'ignore et se tourne à présent vers la mère. Si ce n'est pas eux qui le donnent, ça sera leur fille.

— Votre fille refuse de me parler ou elle en est incapable et j'ai besoin d'un nom, un simple nom, pour trouver les coupables.

Le père frappe du poing sur la table.

— Ma fille est une victime, pourquoi vous vous en prenez à nous ?

Si ce n'est pas leur fille qui le donne, ça sera d'autres parents, d'autres filles et d'autres fils.

— Un nom, rien qu'un nom ! Une piste ! Vous devez bien avoir votre idée sur ce qui a provoqué ces suicides et ces vidéos, non ?

Jacques Pabion se tait, se retourne vers sa femme, puis regarde ses mains, agitées de convulsions nerveuses. Le silence s'abat sur la pièce comme une chape de plomb. La mère ferme les yeux et secoue la tête. Le père se met à sangloter. Il tend le bras et saisit la main de sa femme, la serre à lui faire mal, comme s'il s'accrochait à elle pour ne pas tomber.

— Ma petite Frédérique.

Korvine recule doucement pour ne pas l'interrompre.

— Amir Grandier est le petit ami de Frédérique. Enfin, petit ami, c'est un grand mot, disons son « amoureux » d'adolescente. Son premier vrai flirt. Un garçon gentil, attentionné. Il passe la prendre presque tous les matins pour l'accompagner à l'école. Ils font leurs devoirs ensemble, sont partis dans la même colonie de vacances cet été. Je ne suis pas naïf, je sais bien à quoi pensent les jeunes à cet âge-là, de nos jours, mais ce petit a une bonne influence sur Frédérique. Depuis qu'elle le fréquente, elle sourit plus. Ça nous arrive de passer des bons moments avec elle. Fred est fille unique, vous savez ce que c'est, quand on est parents, on s'inquiète, on a peur qu'elle ne tombe entre de mauvaises mains. Ils sont si influençables à cet âge-là. Ma femme n'a…

Il hésite une fraction de seconde.

— Ma femme a toujours eu peur pour notre fille. C'est maladif chez elle. Et depuis le suicide du fils de sa meilleure amie, ça n'a fait qu'empirer. Plus elle protège Fred, plus Fred veut s'éloigner, comme deux aimants qui se repoussent.

Korvine se raidit.

— De quel suicide vous parlez ?

— Celui du petit Cahard.

Il lève sur lui un regard étonné et douloureux à la fois.

— Je ne comprends pas. Nous n'avons aucun suicide répertorié à ce nom… Vous confondez peut-être avec Patrick Gouy.

— Non, fait Jacques Pabion en secouant la tête avec tristesse. Ma femme ne connaît pas cette Farida Gouy. Je vous parle de Blanche et de Gabriel Cahard, et de leur fils cadet, Sylvain.

Korvine le dévisage, interdit.

— C'était quand ?

L'élément déclencheur.

— En août dernier.

Bernadette Pabion, les yeux exorbités, des larmes sur les joues, ajoute dans un souffle :

— Le 7 août, au milieu de la nuit.

La voix de Sylvain Cahard.

Le premier suicide.

— J'appelle mon collègue, souffle Korvine avant de sortir de la pièce.

16

Mercredi 9 février – 22:12

Un brouillard épais s'est levé et enveloppe la plaine sud de Tournon. Richard Revel attend déjà devant le pavillon de Blanche et Gabriel Cahard, quand la Laguna tourne au coin de la rue. Le col de sa veste est remonté jusqu'aux oreilles, son visage est traversé de tics nerveux. Deux voitures de police bloquent l'accès à la maison. Le halo bleuté de leurs gyrophares renvoie des reflets spectraux sur le mur d'enceinte. Des silhouettes se dessinent en ombres chinoises derrière les fenêtres des deux maisons mitoyennes, semblables à des mouches butant sur les carreaux à la recherche d'une sortie et attirées par la merde.

Korvine baisse la vitre.

— Tu as fait vite.

— Je commence à connaître le quartier comme ma poche.

Sourire complice entre les deux hommes.

Une ombre passe.

— Un nouveau suicide, si j'ai bien compris.

Korvine hoche la tête, sort du véhicule et pose

une main sur la portière sans se décider à la fermer, comme si ce simple geste était au-dessus de ses forces.

— Nous en sommes à neuf.

— Peut-être, marmonne Korvine. Peut-être. C'était il y a six mois.

— Ça ressemble à une épidémie.

— C'est ce que les gens du coin pensent.

Il désigne les maisons voisines du menton. Revel tourne la tête, une silhouette s'efface de derrière la fenêtre la plus proche, comme honteuse.

Revel se redresse et remonte d'un cran supplémentaire le col de sa veste.

— Bon.

Une quinte de toux secoue Korvine.

— Excuse-moi.

Revel le fixe, immobile. Korvine sort son mouchoir et crache une bile jaunâtre.

— Qu'est-ce qu'on sait sur la famille Cahard ?

— Ils ne sont pas dans nos fichiers, mais d'après ce que m'a dit la mère de Frédérique Pabion, qui est une amie de Blanche Cahard, c'est un couple sans histoire. Gabriel Cahard est chef d'équipe dans une société qui vend des services informatiques. Sa femme est comptable à la sous-préfecture. Ils gagnent bien leur vie, assez pour payer à leurs enfants des vacances au ski l'hiver et deux semaines de motel sur la côte méditerranéenne l'été. Quelques sous sur un compte épargne et un projet immobilier dans le Gard pour éviter les mauvaises surprises. Trois enfants, la famille-type, quoi. Le suicide de leur fils de treize ans est la seule ombre au tableau.

— N'oublie pas la présence de leurs deux autres enfants sur les vidéos.

Korvine s'interrompt et tourne la tête.

Gabriel Cahard s'avance dans l'allée à leur rencontre. Mais ce n'est pas lui qui attire son attention.

Sa femme est sortie derrière lui, elle se tient en retrait dans l'embrasure de la porte. Ses traits sont d'une finesse saisissante. Sous sa peau translucide, de minuscules ridules veineuses glissent le long de ses tempes et de ses avant-bras. Korvine peut presque les sentir palpiter. Ses yeux s'attardent une fraction de seconde sur l'échancrure de sa robe. Puis sur la commissure de ses lèvres.

Pas longtemps.

Dans moins d'une minute, il sera trop tard. L'enquête aura repris ses droits. Les vidéos. Ses enfants sur les vidéos, des morts potentiels, des vies à sauver. Le suicide de Sylvain.

Les jointures de ses mains sont d'une pâleur extrême. Korvine ne les quitte pas des yeux, quand la voix anxieuse et grave de son mari vient s'interposer.

— Qu'est-ce qui se passe ?

Korvine se ressaisit et lui fait face. Un léger tremblement colore le timbre de sa voix.

— Pouvons-nous entrer, s'il vous plaît ? Nous serons au calme pour parler.

Gabriel s'efface du perron pour les laisser passer. Une barbe de quatre jours lui brunit les joues. Sa femme ne bouge pas d'un pouce.

— Pourquoi êtes-vous là à cette heure-ci ?

Une prière, pas une question.

Korvine répète :

— Nous serons au calme.

En passant la porte d'entrée, la main de Blanche Cahard frôle la sienne qui tressaille au contact de sa peau. Un éclair troublant illumine le bleu de ses iris. Korvine se dégage avec douceur sans répondre, sort un mandat de perquisition de sa poche intérieure et le brandit sous les yeux du couple, puis il fait signe à Revel.

— On y va. Tu t'occupes de la maison.

La première chose que Korvine constate en entrant est l'absence de photos de famille sur les murs du hall puis du salon où les conduit Gabriel. Aucune photo n'est punaisée sur la hotte de la cheminée, pas de portrait sur le buffet, ni sur le meuble de la télévision ou sur la table basse.

Des tableaux, des reprographies sous verre, des bibelots, mais aucune trace de Sylvain Cahard, ni de ses frères et sœurs, comme si la mort de l'un effaçait définitivement la vie des autres.

Korvine lève un regard circonspect sur le couple Cahard. Blanche est allée s'asseoir sur un fauteuil en osier, dans un angle, sous un abat-jour. Plus fine, plus translucide encore qu'un instant plus tôt. Presque transparente.

Son mari se tient debout, les mains à plat sur le dossier du canapé. Korvine attend que Revel soit sorti de la pièce pour prendre la parole.

— Vous savez pourquoi je suis là.

Blanche reste muette. Gabriel oscille de la tête d'un mouvement léger.

— Nos services vous ont contactés hier ou ce matin au sujet des vidéos retrouvées chez Sébastien Priest, décédé depuis, sur lesquelles nous avons retrouvé deux de vos enfants, Raphaëlle, quinze ans, et Vincent, onze ans, c'est exact ?

Gabriel cligne des paupières, ses doigts se crispent sur le cuir du canapé.

— Des vidéos tournées entre août et décembre. Entre-temps, j'ai appris que vous aviez perdu un fils qui se serait suicidé le 7 août dernier, il y a tout juste six mois. Juste avant le tournage de la première vidéo.

Blanche reste impassible, son mari se tasse sur lui-même. Un filet de voix se glisse entre ses lèvres.

— Sylvain.

— Je suis désolé de revenir sur ce moment douloureux, mais étant donné les circonstances, j'imagine que vous comprenez que j'ai besoin d'en savoir un peu plus sur le contexte du décès de votre fils. Huit enfants se sont suicidés au cours des trois derniers jours, trois ont disparu et il y a ces vidéos que nous avons retrouvées sur lesquelles sont Raphaëlle et Vincent. Il est probable qu'il y ait un lien entre tous ces évènements. Peut-être que votre fils s'est suicidé pour les mêmes raisons que les huit autres.

Des bruits de pas et des cris viennent l'interrompre. Korvine tourne la tête. Une adolescente en jogging ressemblant trait pour trait à son père et un garçon menu au bord des larmes font irruption dans la pièce. Korvine fait signe à un policier de s'en occuper, mais Blanche est déjà auprès d'eux. Il n'entend pas ce qu'elle leur dit, mais leurs visages inquiets semblent se détendre un peu et ils finissent par remonter dans leur chambre. En retournant s'asseoir, elle lève la main comme pour caresser l'épaule de son mari, puis elle se ravise et gagne le fauteuil.

— Faites ce que vous avez à faire, que mes enfants puissent retrouver le calme dont ils ont besoin.

Korvine comprend que c'est elle qui mène la danse. Il la dévisage pendant dix longues secondes avant de se lancer.

— Dites-moi tout ce que je dois savoir sur Sylvain.

Il se retient de lui demander pourquoi il n'y a aucune photo de lui sur les murs de sa maison. Mais il devine au regard douloureux qu'elle pose sur lui qu'elle lit dans ses pensées.

— Suivez-moi.

La voix de Blanche est douce mais ferme. Elle se dirige vers l'escalier. Un signe de tête, le policier la laisse passer. Korvine s'engage derrière elle. Dans le salon, Gabriel ne bouge pas.

En haut de l'escalier, un couloir, deux portes sur la droite, des murs blancs, une odeur de peinture fraîche. Blanche gagne la porte du fond, sort une clef de sa poche, l'introduit dans la serrure et tourne. Puis elle recule pour le laisser passer. Korvine s'avance et actionne la poignée.

Une chambre d'enfant.

Meubles poussiéreux, odeur de renfermé, photos sur les murs. Un mausolée. Au centre de la pièce, le lit. Korvine imagine Blanche à plat ventre sur les draps, les épaules secouées de sanglots, le matelas étouffant ses cris de colère et de désespoir. Interdit, Korvine s'arrête dans l'encadrement, comme si l'endroit était sacré. Incapable de faire un pas de plus. Blanche le bouscule, les yeux brillants, elle relève la tête comme pour le défier et passe devant lui.

— C'est ce que vous êtes venus chercher, non ?

L'odeur, la poussière, les photos sur les murs. L'histoire d'une famille et de chacun de ses membres. Celle de leurs erreurs et de leur lâcheté. De leurs fautes et de la punition divine. Le pourquoi, pas le comment.

L'escalier grince, un bruit de pas derrière lui, Gabriel les rejoint en silence. Sur une photo, au-dessus du lit, Korvine reconnaît quatre visages. Le dernier doit être celui de Sylvain. Rayé de leur mémoire dans tout le reste de la maison. Un simple fait divers, rayé de la mémoire de toute une ville. Six mois plus tôt.

Cinq visages qui sourient. Gabriel, Blanche et leurs enfants. Cinq visages qui sourient sur une photo de famille amputée. Un de trop.

Dehors, derrière les volets tirés, puits sans fond, les ombres déploient leurs ailes.

Le visage de Sylvain leur sourit.

Rayé de toutes les mémoires sauf de celles de Patrick, de Léa, d'Amir et des autres.

Le timbre de voix de Blanche Cahard s'élève dans l'air comme dans la nef d'une chapelle.

— Je faisais des insomnies depuis quelques semaines, mais ce soir du 6 août, je me suis endormie comme une masse. Gabriel et moi avions fait l'amour, il faisait bon, j'étais bien. Avant de m'endormir, vers onze heures, j'avais ouvert les volets et les rideaux en grand, et un courant d'air apportait un peu de fraîcheur. Je me suis réveillée en plein milieu de la nuit avec une soif extraordinaire. Le vent était tombé, il faisait lourd, et ma gorge était sèche comme si j'avais couru en plein désert. Je suis descendue, j'ai bu deux grands verres d'eau, j'ai fumé une cigarette, bu un nouveau verre. En passant devant la gazinière, j'ai regardé l'heure, il n'était pas loin de trois heures. Je gravissais les premières marches de l'escalier, en faisant tout mon possible pour ne pas les faire grincer et réveiller les enfants, quand j'ai entendu un bruit dans la salle de bains. J'ai tourné la tête, la lumière était éteinte. J'ai cru à un craquement de bois ou au mouvement d'un insecte. J'allais reprendre la montée quand le bruit s'est répété. Comme un gargouillis, ô mon Dieu ! Comme si le temps s'était arrêté d'un coup. Je suis revenue sur mes pas, j'ai ouvert la porte, mes pieds ont buté sur quelque chose, j'ai tendu le bras pour atteindre l'interrupteur, et quand la lumière s'est faite, Sylvain était là, à mes pieds, baignant dans son sang. Les veines tranchées… Une lame du rasoir de Gabriel gisait dans le lavabo… Je me suis penchée, je l'ai pris dans mes bras, il était froid, mon Dieu ce qu'il était froid… Je le serrais, serrais, je l'embrassais, je le tenais si fort pour le réchauffer, mais il était de plus en plus froid… Gabriel m'a raconté qu'il m'avait trouvée là, à moitié folle, recouverte du sang de mon fils, qu'il avait même cru un instant que c'était moi qui avais fait ça, les pompiers sont arrivés, ou les flics, je ne sais plus. On m'a dit après que l'heure de la mort de Sylvain était estimée à deux heures du matin, presque une heure avant que je le trouve. On m'a filé des calmants. Je me suis réveillée deux semaines plus tard. Gabriel était là. Raphaëlle et Vincent aussi… Quand je suis rentrée à la maison, toutes les photos avaient disparu.

Sans que Korvine s'en rende compte, Blanche Cahard s'est affalée au pied du lit pendant son récit. Gabriel a quitté la pièce. Korvine est seul avec elle.

Les seuls mots qui lui viennent aux lèvres quand le flot de paroles de Blanche s'arrête enfin :

— Pourquoi ne nous avoir rien dit ?

Regrettant aussitôt d'avoir parlé.

— Je suis désolé, réussit-il à articuler.

La tête relevée vers lui, comme pour implorer son pardon ou sa protection, Blanche le fixe avec intensité. Sans ciller. Une minute passe avant qu'il ne trouve le courage de lui tendre la main pour l'aider à se remettre debout.

— Pas autant que moi, lieutenant Korvine. Pas autant que je le serai chaque jour qu'il me reste à vivre.

Une lueur de défi dans ses yeux, comme pour lui dire : et maintenant, qu'est-ce qu'on fait ?

Comme si elle n'avait jamais cessé de se battre.

Contre quoi, contre qui ?

Korvine secoue la tête pendant qu'elle referme la porte de la chambre derrière eux. La clef dans la serrure, la clef dans sa poche, et à nouveau cet air absent, poli, comme s'il ne s'était rien passé.

Il s'immobilise et lui fait face.

— Maintenant, je veux que le carnage cesse. C'est mon boulot, c'est pour ça que je suis là. Maintenant, je veux savoir pourquoi votre fils a mis fin à ses jours, et quel est le lien entre sa mort et celle des huit autres enfants. Et vous êtes la seule à pouvoir m'aider.

— Je ne comprends pas.

— Pour être plus clair, madame Cahard, j'aimerais savoir si le fait que Vincent et Raphaëlle figurent sur les vidéos tournées par Sébastien Priest n'est pas directement en rapport avec la mort de leur frère. Tous les enfants morts depuis lundi étaient présents sur les vidéos. Le premier d'entre eux, Patrick Gouy, a même été filmé en train de sauter du septième étage de son immeuble.

La réaction de Blanche, des éclairs dans les yeux, surprend Korvine par sa violence.

— Comment osez-vous me demander un truc pareil ? Vous savez ce que j'endure ?

— Non, madame. Justement, je l'ignore.

Blanche, qui le défie du regard.

— Qu'est-ce que voulez ?

— Ce que vous savez !

— J'ignorais que Raphaëlle et Vincent avaient tourné ces… ces films, avant que vos collègues ne prennent contact avec moi hier.

Je sais que tu mens, Blanche, pense Korvine en hochant la tête sans la quitter des yeux. Je le lis en toi comme dans un livre, et tu sais que je ne suis pas dupe.

— Raphaëlle et Vincent ont été perturbés par la mort de leur frère. Vous n'imaginez pas comme ils ont été forts, comme ils m'ont soutenue.

— Je sais tout cela, madame Cahard. Je veux juste avancer.

— Vous venez chez moi pour m'insulter ou pour mener une enquête ?

Korvine secoue à nouveau la tête.

— Écoutez, je ne sais rien de toute cette histoire. Tous ces suicides, et la disparition d'Amir, c'est horrible, mais…

— Vous connaissez Amir Grandier ?

— C'était l'un des amis de mon fils. Ils étaient dans la même classe depuis l'école primaire. À mon retour de l'hôpital psy de Privas, il est souvent venu prendre de mes nouvelles. Je sais que Sylvain comptait beaucoup pour lui. D'ailleurs, Sylvain était très apprécié en général des autres enfants. Raphaëlle était souvent jalouse.

Et toujours cette même lueur de défi dans les yeux de Blanche. Korvine sent le sang lui monter à la tête.

— Qu'est-ce que vous savez d'autre ?

— Rien, je ne…

Korvine lui saisit le bras d'un mouvement brusque. Le ton de sa voix monte d'un cran.

— Je sais que vous ne me dites pas tout ! Me prenez pas pour un con, bon sang ! Qu'est-ce qu'Amir a à voir avec tout ça ? Quelle est votre implication ? Qui cherchez-vous à protéger ? Vous ? Amir ? Vos enfants ? Tout le monde ? Il faut m'aider, Blanche, il faut vraiment m'aider et c'est maintenant que j'ai besoin de vous !

Ses doigts, serrés sur l'avant-bras de Blanche à empêcher le sang de circuler.

— Vous me faites mal.

— Parlez !

Il la secoue à présent. Elle crie.

— Vous me faites mal, lieutenant !

Une main se pose sur l'épaule de Korvine. Alerté par leurs cris, Richard Revel les a rejoints. Korvine les regarde à tour de rôle, une fois, deux fois, puis il finit par lâcher prise.

— Et merde !

Il fait demi-tour et descend l'escalier.

Presque en courant.

— On peut savoir à quoi tu joues ?

— Laisse tomber.

Korvine ouvre la portière de la Laguna et s'affale sur le siège avant.

— Tu rigoles ou quoi ?

— Assieds-toi et ferme ta gueule !

Il désigne la maison des Cahard du menton.

— Je veux pas qu'elle nous entende parler d'elle.

Revel explose.

— Putain, si t'es persuadé qu'elle nous cache quelque chose, pourquoi on l'embarque pas pour obstruction à enquête ?

— Blanche Cahard sait beaucoup de choses que nous ignorons.

— Qu'est-ce qu'on fout là, alors ?

— Mais elle ne dira rien, poursuit Korvine sans tenir compte de la remarque de son coéquipier.

— Je te promets que je peux la faire parler.

Korvine le coupe d'un claquement sec de la paume sur le tableau de bord.

— Elle ne dira rien !

— C'est quoi, ce délire ? Tu en pinces pour elle ou…

— On ne la forcera pas à parler contre son gré.

— Mais merde, on n'a rien !

— Cette femme nous mène en bateau, ça crève les yeux !

Revel le dévisage sans comprendre. Korvine sort une Camel et la glisse entre ses lèvres. La flamme du briquet éclaire brièvement l'habitacle.

— Elle sait beaucoup de choses, mais pour une raison que j'ignore encore, elle préfère se taire ou nous mentir. Ce qui ne veut pas dire qu'elle cherche à nous empêcher de trouver ce qu'elle sait.

Il inspire profondément.

— Première chose, certains agents du commissariat étaient forcément au courant pour le suicide de Sylvain Cahard et personne n'a rien dit. Ou plutôt, ceux qui savaient n'ont pas *voulu* faire le rapprochement avec notre enquête, pour une raison que j'ignore encore. Mais surtout, quand j'ai fait allusion à Amir et que je lui ai demandé s'il était le lien entre son fils, les suicides et les vidéos, elle n'a pas répondu. J'ai insisté, elle s'est contentée de dire qu'ils se connaissaient, et ça s'est arrêté là.

— Je vois pas où tu veux en venir.

— Elle nous a mis sur la voie, tu comprends ? En ignorant ma question, la seule chose qu'elle voulait me dire, c'est qu'elle n'ignore pas vraiment que ses enfants sont passés chez Priest, que c'est probablement en rapport avec le suicide de Sylvain, et qu'elle a son idée sur le ou les responsables. Blanche Cahard agit comme si elle avait peur de quelque chose ou de quelqu'un. Elle refuse encore de dire ce qui l'effraie mais elle le fera bientôt, j'en suis certain.

— Pourquoi ne pas le lui demander maintenant ? On fait demi-tour et on lui balance ta théorie.

— C'est ce que je veux faire, mais il me faut une longueur d'avance pour la faire parler.

— Pourquoi ?

— Elle nous teste. Elle teste notre capacité de résistance. Comme tout le monde dans cette ville.

Revel lève les bras au ciel, ce qui provoque un sourire chez Korvine.

— Qu'est-ce qu'on fait, dans ce cas ?

— On réfléchit et on la laisse mariner un moment chez elle pour que la pression monte doucement. Blanche a commencé par nier l'implication de ses enfants, puis elle a laissé entendre qu'elle n'en savait rien. Avant de se mettre à pleurer. Son mari n'a pas décroché un mot, le regard dans le vide. Aucune photo dans la cuisine. Aucune sur le mur de l'escalier, sur les cloisons du couloir, dans la chambre des parents.

— Idem dans les chambres de Raphaëlle et de Vincent. Des posters, des cartes postales, des clichés avec des copains ou des copines.

Pas de photos de famille.

— Et les gamins, ils t'ont dit quelque chose ?

— Quand je leur ai parlé de leur frère, Vincent est resté muet et Raphaëlle a simplement baissé la tête en marmonnant qu'ils évitaient le sujet pour ne pas faire souffrir leur mère.

Raphaëlle et Vincent, nus sur les photos. Korvine, incapable d'évacuer les vidéos de son esprit.

— Et les vidéos qu'ils ont tournées, c'est aussi pour faire plaisir à leur mère !

— Même type de réponse.

— Ils ont fait ça comme ça, sans penser à mal ?

— C'est à peu près ça.

— Bordel de merde !

— On a saisi leurs ordinateurs et leurs mobiles. Pas de connexion Internet, pas d'exemplaire des vidéos sur leurs disques durs, mais Fournier vérifiera quand même.

Une seule réponse, toujours la même : « Nous n'avons rien fait de mal. »

Jusqu'à la nausée.

— Gabriel Cahard est en état de choc.

— Je pense qu'il savait aussi, pour les vidéos.

— Qu'est-ce qui te fait dire ça ?

— Son silence.

Korvine secoue la tête.

— Rien, toujours rien. C'est ce qui me tue, dans cette affaire ! Des gamins qui ont été filmés se suicident à tour de rôle, mais c'est comme si…

— Comme si quoi ?

— Je ne sais pas comment dire. C'est juste une impression bizarre. Il y a une sorte de fatalisme dans ces réactions, même chez Blanche Cahard. Ces vidéos sont dérangeantes parce qu'elles ne révèlent rien d'autre que des gosses filmés par un membre extérieur à leur famille. C'est une question d'éthique, de morale. Comme un tabou, tu comprends ? Je ne sais pas comment expliquer ça. J'ai senti une colère profonde chez Blanche, mais plus pour les vidéos elles-mêmes que pour leur contenu.

Revel acquiesce.

— En soi, ça n'a rien de choquant. Ces gosses sont filmés quotidiennement par des caméras de surveillance, mais là, assez bizarrement, on entre dans le domaine de l'intime parce que la caméra qui les filme n'a a priori aucun objectif. C'est comme un viol. Leur intimité est volée.

— Parce qu'il y a un enjeu de taille. Le droit des parents à contrôler l'image de leurs enfants pour les protéger.

— Si c'est le cas, pourquoi accepter les caméras de surveillance dans les lieux publics et même privés ?

— Parce que la société a un droit de regard sur ces caméras.

Il rallume une cigarette.

— C'est comme pour les suicides. C'est choquant, mais ces gens, ces gamins, c'est comme s'ils sous-estimaient l'impact que ça peut avoir.

— Je te rappelle que Blanche a hurlé dans tes bras il y a même pas dix minutes. J'ai l'impression que sa réaction n'était pas feinte. Et je parle pas de Farida Gouy qui était soit prostrée, soit hystérique.

— C'est justement à ça que je fais allusion. Les parents crient et pleurent, mais j'ai le sentiment que leur réaction n'est pas la bonne. Que je ne réagirais pas comme ça si j'étais à leur place.

— Explique-toi.

— D'abord, on dirait qu'ils ne cherchent pas à ce qu'on trouve et arrête un coupable. Je ne lis aucune haine dans leurs yeux. D'habitude, les parents à qui je viens annoncer que leur gosse est mort d'une overdose ou a été arrêté pour trafic de stupéfiants posent des questions. Ils veulent savoir, me demandent qu'on arrête les coupables. Certains me tombent dans les bras, d'autres m'insultent, mais ils *réagissent* ! Tu comprends ce que je veux dire ?

— Je crois.

— On dirait que ça les intéresse, mais que ce n'est pas la priorité.

— Parce qu'ils cachent quelque chose.

— Oui.

— Parce qu'ils veulent se venger.

Korvine se raidit sur son siège.

— La vengeance.

— Quand on cherche à se venger, on ne le crie pas sur les toits, ça explique leur silence.

— La vengeance, répète Korvine. Voilà ce qui anime Blanche. Pendant que je lui parlais, c'est comme si elle me défiait. J'ai lu ça dans ses yeux. Elle me mettait au défi de la comprendre et de choisir mon camp en conséquence. C'est pour ça qu'ils se taisent tous. Et c'est pour ça aussi que ces vidéos ressemblent tellement à des jeux d'enfants. C'est ce qu'elles sont en réalité. Le monde des adultes n'a rien à voir là-dedans. D'un côté, les gamins se suicident et se filment, de l'autre, les parents cherchent à se venger. Deux univers parallèles, celui des adultes et celui des enfants, et aucun n'arrive à percer l'autre.

— Ce qui nous manque, c'est une passerelle entre les deux.

Sans répondre, Korvine sort une nouvelle cigarette de sa poche. Il l'allume et inspire un grand coup.

— Parce que des enfants ne se suicident pas massivement pour de simples jeux d'enfants.

Parce qu'il y a des photos sur tous les murs de toutes les maisons, sauf ceux des Cahard.

— Parce que tous ces parents que nous interrogeons pleurent comme si leurs enfants étaient morts ou atteints d'une maladie incurable, au lieu de foncer les consoler, les prendre dans leurs bras ou leur filer une dérouillée. Tous ! Pas un seul ne fait exception à la règle jusqu'à maintenant.

Korvine tire une nouvelle bouffée sur sa cigarette.

— Et parce que je n'ai toujours pas interrogé un seul adulte de cette affaire ayant eu une réaction normale à part Sébastien Priest.

— Priest ?

— Qui a eu peur, qui a pris la fuite et qui a été abattu.

Korvine hausse les épaules.

Si Amir était aussi proche de Sylvain que Blanche le dit, il est probable que lui aussi cherchait à venger sa mort. Ce qui pourrait aussi expliquer sa disparition.

Ses pensées l'emmènent jusqu'à Blanche, à la pâleur de sa figure et à la transparence de sa peau. Persuadé qu'elle doute, comme lui. Réalisant que ça fait longtemps qu'il n'a pas éprouvé du désir pour une femme.

À côté de lui, Revel ne dit rien.

— On y retourne.

Il s'extrait d'un mouvement sec de la voiture, jette sa cigarette à moitié consumée sur le trottoir et claque la portière.

Quand ils pénètrent dans le salon, un instant plus tard, Blanche Cahard semble avoir recouvré son calme. Elle est à nouveau assise dans l'angle de la pièce, dans son fauteuil en osier, et ses joues ont retrouvé cette pâleur quasi translucide qui a frappé Korvine en entrant plus d'une heure auparavant. Les yeux de son mari, par contre, sont rouges, comme son front et sa nuque, donnant l'impression d'avoir pleuré et hurlé. D'un geste de la main, l'un des deux policiers qui se tiennent dans l'embrasure de la porte confirme cette version. Il semble que le couple se soit disputé pendant leur absence.

Korvine traverse la pièce et s'avance devant Gabriel Cahard.

— Vous allez devoir nous accompagner au poste ce soir. J'ai besoin d'approfondir certains points et de prendre votre déposition. Il est nécessaire que nous ayons toutes les informations disponibles sur la mort de Sylvain et sur son réseau d'amis. Je suis désolé de vous imposer cette épreuve de plus. Votre femme nous rejoindra une fois qu'elle aura trouvé une solution pour vos enfants. À moins que vous ne préfériez faire l'inverse.

Sans un regard pour Blanche dont il imagine les pommettes s'empourprer.

— Il est souhaitable de ne pas les laisser seuls.

Gabriel lui jette des coups d'œil affolés.

— Il n'est au courant de rien, je viendrai seule.

Tous les regards convergent vers Blanche qui s'est levée et dont la peau du visage s'est colorée de taches vermillon.

— Si vous le permettez, c'est à moi d'en juger, madame Cahard.

— Oh, ne me servez pas du Madame, lieutenant ! Je sais très bien ce que vous cherchez et vous savez aussi bien que moi que Gabriel n'a rien à voir avec tout ça.

Korvine se campe devant elle, légèrement de biais, le buste toujours tourné vers son mari.

— Qu'est-ce que vous croyez ? Qu'il suffit que vous débarquiez de Valence pour que tout le monde se mette à genoux ? Qu'est-ce que vous connaissez à notre vie et à ce que nous avons enduré depuis six mois, après la mort de Sylvain ? Que savez-vous de nous que vous pourriez nous apprendre ?

Korvine ne peut retenir un sourire.

— Au lieu de faire cette scène, donnez-moi simplement un nom et une adresse. Qui mène cette guerre avec vous ?

Comme elle le dévisage, interdite, il ajoute :

— Dites-moi qui vous aide à porter votre vengeance.

En parlant, il sort le carnet de sa poche, en arrache une page d'un geste calme et tranquille, et la lui tend avec un stylo. Blanche regarde Korvine et le bout de papier, à tour de rôle, comme s'il s'agissait d'une énigme. Après un bref mouvement d'hésitation, elle serre les dents, ferme ses yeux remplis de colère et saisit la feuille et le stylo. Sur un signe de tête de Korvine, Revel s'avance vers la porte d'entrée.

Si fine, si fragile.

Blanche plonge son regard dans celui de Korvine, puis de son mari, avant de griffonner sur un pan de la table, de plier le papier et de le rendre à son propriétaire d'un geste digne.

— Ne m'en demandez pas plus, lance-t-elle dans un souffle.

Mais aussi dure, invulnérable.

— Tout ce temps perdu.

Korvine ouvre la main, Blanche y glisse le papier.

Comme les deux policiers le regardent sans comprendre, il ajoute :

— La famille Cahard ne doit quitter son domicile sous aucun prétexte. Vous restez là pour y veiller.

Il leur tourne le dos, sort sur le perron et déplie la feuille. À l'intérieur, écrit en lettres de colère :

Clinique Ambroise Valé.

Souligné trois fois d'un geste rageur.

17

Jeudi 10 février – 00:02

— Monte avec moi, lance Korvine à son coéquipier.

Revel n'a pas le temps de fermer la portière qu'il démarre déjà, remonte la rue à vive allure, et tourne pour prendre les bords du Rhône. Korvine lui balance le bout de papier. Sifflement de Revel.

— En quoi ça nous avance ?

— Pourquoi tu crois que je la mets en garde à vue ? crache Korvine sans quitter la route des yeux.

— On fait quoi, on va faire un tour à la clinique en plein milieu de la nuit ?

— Pour y chercher quoi ?

— C'est la question que j'allais te poser. On a toujours huit suicides et trois gosses disparus.

— Tu oublies Sylvain Cahard.

— C'était il y a six mois !

— Mais on a le point de départ de toute l'histoire.

— Rien de sûr.

— À partir de maintenant, on se fie à mon intuition.

Revel pousse un soupir et tourne la tête vers la vitre, son visage éclairé par intermittence par les lampadaires qui défilent à plus de cent kilomètres-heure.

— Et elle te dit quoi ?

— Que si on a le point de départ et le point d'arrivée…

— Le suicide de Sylvain Cahard, d'un côté, et huit morts et trois disparitions de l'autre.

— … on n'a qu'à tracer un trait entre les deux et remplir les espaces manquants.

Korvine freine brusquement et braque à gauche en arrivant en haut de la rue de Chapotte. Le pont sur leur droite, le halo rosâtre des lueurs de Valence face à eux.

— On n'a plus qu'à passer les dossiers des gosses en revue et à trouver le lien entre toutes les variables.

— Et Hector Varèse.

— Chaque chose en son temps, fait Korvine en ralentissant à l'approche du commissariat.

Korvine étale sur le bureau tous les dossiers.

— Tout reprendre depuis le début.

Revel tire une chaise et s'assoit à califourchon à côté de lui.

— Huit suicides, si l'on met de côté ceux de Julien Chalembel et de la mère d'Aline Vicel, trois disparitions, onze gamins au cœur de la tourmente. Auxquels s'ajoute Sylvain Cahard.

Douze pistes à explorer.

— Patrick Gouy, dix ans, défenestré, le cœur s'est arrêté de battre avant d'atteindre le sol, pas de souffrance.

— Michaël Buffat, sept ans, intoxication au gaz. Bastien Buffat, treize ans, intoxication au gaz. Dans les deux cas, présence de barbituriques en quantité importante dans l'organisme. Ils dormaient quand la gazinière a explosé, pas de souffrance. Aucun lien apparent avec le premier suicide. La liste continue : Léa Durand, quatorze ans, décédée par ingestion de mort-aux-rats.

— Mort lente.

Korvine retire le dossier et le place sur une nouvelle pile. Chaque différence est peut-être un indice.

— Marion Chalembel, onze ans, poignardée de sa propre main par un couteau de cuisine, incision à la base du cou, carotide sectionnée. Mort rapide mais douloureuse. Grande force psychologique. Les chiffres : 90 à 95 % des personnes qui mettent fin à leurs jours souffrent de problèmes psychiatriques. Les parents, les familles, les amis et les voisins interrogés sont unanimes : ces enfants étaient équilibrés, souriants, heureux.

Korvine place le dossier de Marion au-dessus de celui de Léa et attrape le suivant.

— Marie Dufour, seize ans, veines taillées au couteau de boucher. Mort lente et douloureuse, même pile. Adolescents d'un côté, adolescentes de l'autre. Septième suicide, Simon Fay, quatorze ans, pendu. Souffrance, agonie, les poumons cherchent désespérément de l'oxygène pendant que le fil de fer lacère un peu plus la peau du cou, les muscles, les jugulaires, les tendons, la pomme d'Adam. Huitième suicide, Aline Vicel, onze ans, noyée. Mort douloureuse, panique, poumons qui se remplissent d'eau saumâtre, sang saturé en dioxyde de carbone. Selon le rapport d'autopsie, la mort est antérieure à l'attaque d'un poisson de type silure.

Korvine allume une cigarette.

— Trois suicides à mort rapide, cinq à mort lente ou douloureuse.

— Tous présents sur les vidéos de Sébastien Priest.

— Apparemment de leur plein gré.

— Sept, dix, onze, treize, quatorze et seize ans. Les parents ne se connaissent pas forcément, mais tous les enfants connaissent Priest. Tous filmés, tous souriants, tous morts.

— Bon maintenant, quel lien avec les disparitions ?

— Amir Grandier, treize ans. Dalila Martinez, quinze ans, Jo Lalaune, onze ans.

— Trois disparus, trois candidats au suicide. Tous connaissent Priest, tous présents sur les vidéos, derrière ou devant la caméra.

Mêmes points communs, mêmes sourires.

— D'après Blanche Cahard, Amir et Sylvain étaient les meilleurs amis du monde.

— Il est écrit dans le dossier de Jo, Dalila et Amir que leurs parents se fréquentaient.

— Donc il est probable que Jo et Dalila connaissent aussi très bien Sylvain. Et il y a fort à parier que c'est le cas de la plupart des gosses de nos listes. On part donc du principe que Sylvain Cahard était le point de jonction entre tous ces gosses.

Korvine reprend chaque dossier un par un. Les connaître par cœur pour les oublier et les voir d'un œil nouveau. Son doigt s'arrête sur la ligne *Dossier médical* de Jo Lalaune. Varicelle, rougeole, angines blanches, résultats d'analyses, clinique Ambroise Valé, 17 décembre dernier.

— Je crois que j'ai quelque chose.

Il repasse les dossiers.

— Dalila Martinez, 14 janvier, Amir Grandier, 20 octobre, Frédérique Pabion, 14 août, Michaël et Bastien Buffat, 14 décembre, Patrick Gouy, 7 septembre, Marion Chalembel, 30 octobre, Léa Durand, 1er novembre, et la liste continue encore.

— Marie Dufour, 28 décembre, complète Revel.

— Chacun des onze enfants morts ou disparus a fait des analyses médicales entre le 13 août et le 31 janvier.

— À quelle date Sylvain Cahard s'est-il suicidé ?

— Le 7 août.

— Ce qui veut dire que toutes ces analyses ont eu lieu après son suicide.

— Et même après son enterrement, puisqu'il a été inhumé le 11.

— Soit deux jours avant les premières analyses.

— Combien d'autres encore ? demande Korvine.

Un courant d'air. Un grincement suivi d'un claquement, quelque part dans le commissariat. Revel le regarde sans comprendre.

— Et s'il y avait d'autres analyses ?

— Tu veux dire, antérieures au 11 août ?

— Non, je veux dire : des analyses faites sur la totalité des gamins impliqués dans les suicides, dans les vidéos et dans les disparitions.

— Ce qui nous renvoie à une question.

— Laquelle ?

— Pourquoi personne ne nous a parlé de ces analyses ?

— Tu te trompes.

— Qui alors ?

Korvine relève la tête.

— Blanche Cahard, en nous parlant de la clinique.

— Dans ce cas, on n'a qu'à aller l'interroger.

Malgré l'excitation qui l'anime, Korvine s'étire les bras et réprime un bâillement.

— Plus tard. L'urgence, c'est d'abord de retrouver ces gamins. Les explications peuvent attendre.

— Alors, on file à la clinique ! lâche Revel qui a du mal à dissimuler son impatience.

— On marche sur des œufs. Varèse n'est encore accusé de rien du tout.

— Si tous les gamins sont passés par le laboratoire d'analyses de ce brave docteur entre août et janvier, ça nous suffit, merde !

Sans prendre la peine de lui répondre, Korvine attrape un carton derrière son bureau et le balance sur la table.

— Voilà les dossiers de tous les gamins impliqués dans les vidéos. Tu les compares avec ceux des suicidés et des disparus. Pendant ce temps, je vais convaincre Bongrand de nous laisser carte blanche pour rendre une visite nocturne à son ami Hector Varèse.

Il compose le numéro de poste du commissaire sur le fixe du bureau. Dix sonneries dans le vide. La tête lui tourne et le sang martèle ses tempes comme si son crâne allait exploser.

— À l'heure qu'il est, il doit être chez lui.

D'un geste, il attrape sa veste, salue et se précipite dans le couloir. Une fois la porte refermée, pris d'un soudain vertige, il s'appuie contre le mur et s'efforce de maîtriser son souffle et ses pulsations cardiaques. Une seconde, vingt secondes, trente, une minute. Avec la fatigue et le manque de sommeil, son état empire d'heure en heure. Incapable de réprimer plus longtemps son envie de fermer les yeux, il se laisse aller sur le carrelage, réveillé un instant plus tard par un point de chaleur sur son épaule. Il ouvre les yeux.

Une main.

— Ça va ?

Korvine relève la tête, du sang sur les lèvres, et aperçoit Revel, penché sur lui, les sourcils froncés.

— Ça va, ça va… C'est seulement la fatigue. Apporte-moi un verre d'eau et ça ira mieux.

— Quand as-tu mangé pour la dernière fois ?

Korvine secoue la tête, se met sur ses pieds et suit Revel aux toilettes. Il tend les mains sous le filet d'eau, évitant de regarder son reflet dans le miroir.

— Tu ne veux pas en parler ? OK, c'est toi qui décides après tout. J'ai appelé le commissaire, il sera là d'une minute à l'autre.

Les deux hommes se dévisagent.

— Tu ne lui as rien dit pour…

— Ton petit coup de barre ? Non, rassure-toi.

Son coéquipier lui tend son carnet et l'enveloppe des analyses qui étaient dans sa veste.

— Tu as fait tomber ça, c'est pour ça que je suis sorti et que je t'ai trouvé dans les vapes.

Korvine attrape ses affaires et les fourre dans ses poches, ses yeux plantés dans ceux de Revel.

— J'ai aucune leçon de morale à recevoir de toi !

— Ça n'a jamais été mon intention, fait Revel en levant les mains au plafond.

— Que les choses soient bien claires, Richard. T'es un mec sympa et t'as l'air d'un bon flic. Si Bongrand ou le divisionnaire ou quelqu'un de plus haut gradé encore t'a mis sur le coup avec moi, c'est uniquement pour veiller à ce que je fasse pas de conneries. Je suppose que t'es au parfum… bon, tu ne dis rien, je vois que t'as été briefé. Tu fais tes rapports tous les soirs, moi je m'en fous et la mécanique panoptique tourne encore et toujours pour ceux qui trouvent qu'il n'y a pas assez de criminels ou de fous derrière les barreaux.

— Écoute, je…

— Je t'en veux pas, cherche pas à te justifier ! Le truc, c'est que moi, leurs combines politiques, je m'assois dessus. Ce que je veux, c'est résoudre cette affaire et me coucher à la fin de l'histoire en croyant dix secondes que le monde ira mieux après ça. Et si le prix à payer c'est que je reste sur le carreau ou que je foute en taule la moitié des cols blancs de la ville, c'est pas un problème. Du moment qu'ils ont la paix et que l'ascenseur continue de fonctionner. Ils l'avoueront jamais, mais ils me paient pour ça.

— T'es pas plus blanc que les autres !

— Tu sais quoi ? T'as raison ! Je fais des concessions à longueur de journée, je serre les mains, je dis amen aux directives de Bongrand, je ferme ma gueule neuf fois sur dix pour pas qu'on m'emmerde et que mon insigne reste bien au chaud dans la poche de ma veste. Eux, ils croient me tenir grâce à ça, mais c'est juste un accord tacite entre nous. Je soigne ma culpabilité et mes angoisses en coinçant une ordure de temps à autre, et les types comme Bongrand ont l'impression de me faire une fleur en m'envoyant un jeune loup pour assurer la surveillance au lieu de me foutre l'IGPN au cul. Quand y aura plus de résultats, on me trouvera un joli placard et ce jour-là, tu pourras dire que je l'ai bien cherché, que ma vie est synonyme de néant, que j'ai bien mérité mon cancer des poumons, que c'est pas comme ça que ça marche et que j'aurais mieux fait de me marier et d'avoir des gosses pour laisser une trace, aussi infime soit-elle. Pour l'heure, tu fais tes beaux rapports, je rêve de coincer à ma manière ceux qui poussent les gamins de cette ville à se filmer à poil et à se foutre en l'air, on est bien contents de ne pas s'être reproduits, et c'est mieux comme ça…

— Je te trouve bien cynique.

— Je m'étonne que tu sois déjà lieutenant sans avoir conscience de la façon dont ça marche.

Revel s'immobilise.

— C'est pas aussi simple !

— Tu l'as dit. Faudrait aussi rajouter les politiques et le lobby des rues piétonnes. Ça fait des années que j'enquête sur les milieux de la drogue autour de Valence et crois-moi, les crédits qu'on m'alloue dépendent plus du chiffre de vente des commerçants du centre-ville que des directives ministérielles. Quand on chasse un clodo héroïnomane de son banc avec vue sur la mairie, c'est pour soutenir le petit commerce ou nettoyer avant de construire, pas pour faire de l'assistance sociale ou médicale. T'y peux rien, j'y peux rien, c'est l'époque qu'est comme ça.

— Tu mélanges tout.

Si tu savais à quel point, pense Korvine, tu foncerais sur-le-champ dans les jupes de Bongrand pour essayer de sauver ta carrière et demander une putain de prime de risque.

Korvine pose sa main sur la porte. Un bruit de pas résonne dans la cage d'escalier.

— Bongrand arrive. Tu te remets sur ces foutus dossiers ou tu restes là à chialer ?

— Je t'emmerde.

— Parfait, maintenant que c'est dit, on va pouvoir continuer à travailler.

Puis il s'avance dans le couloir à la rencontre du commissaire.

Sans un mot, le commissaire Bongrand lui fait signe de le suivre dans son bureau. Là, il se prépare un café serré.

— Tu en veux un ?

Korvine fait non de la tête.

— J'espère que vous ne m'avez pas sorti du lit pour rien. Qu'est-ce que tu veux ?

— Je suis avec Richard Revel, on va filer à la clinique. Nous avons de fortes chances d'y trouver une partie des réponses que nous cherchons.

— Chez Varèse ?

— Hector Varèse n'est pas mis en cause pour le moment.

Puis Korvine lui résume les dernières avancées de l'enquête depuis leur dernière entrevue. Bongrand écoute son récit et ne l'interrompt qu'une seule fois.

— Tu dis que Blanche Cahard est en garde à vue ?

— Chez elle. Sous surveillance.

— Comme les ministres.

— Ou les traîtres, corrige Korvine.

Sourire du commissaire.

— J'irai l'interroger moi-même.

— Comme vous voulez.

Il lui fait signe de poursuivre.

— Les suicides et les disparus ont un nouveau point commun. Tous sont passés au cours des six derniers mois par le laboratoire d'analyses médicales. Tous après le suicide de Sylvain Cahard.

— Tu as besoin d'un mandat de perquisition ?

— Et aussi de Fournier, de Christophe Hardt et de quelques hommes.

— Ne me fous pas le bordel. J'en ai déjà plein les bras, je ne veux pas me retrouver avec Varèse sur le dos. Il faut le ménager.

Varèse comme les autres.

— Sinon ?

— Hector Varèse court-circuitera l'enquête d'une manière ou d'une autre. Le divisionnaire est un ami à lui, le frère du préfet, la moitié des notables de l'agglomération, je dois te faire un dessin ?

— Je fais mon boulot.

— Je ne demande rien d'autre.

Korvine insiste une deuxième fois.

— Mon boulot, merde !

— Tu fais chier.

— Le temps joue contre nous, vous connaissez les statistiques comme moi. Plus les heures passent, plus les chances de survie des disparus s'amenuisent.

Une brève hésitation.

— Je t'envoie Fournier avec la paperasse.

Il lui montre la porte.

— Une dernière question.

— Vas-y, répond-il d'un air agacé.

— Vous saviez pour Sylvain Cahard ?

Michel Bongrand s'immobilise sans se départir de son calme. Un rictus nerveux se dessine à la commissure des lèvres. Korvine retient son souffle, conscient de dépasser les limites imparties.

— Tu devrais déjà être en route, répond simplement le commissaire au bout d'une minute qui paraît durer une éternité. Richard va s'impatienter.

18

Jeudi 10 février – 01:34

À leur arrivée, l'avenue est déserte et le portail métallique de la clinique est tiré. Korvine appuie sur la sonnette des urgences. Les renforts promis par Michel Bongrand arrivent moins d'une minute après. Trois voitures, une dizaine d'agents, sirènes et excitation des hommes venus traquer et trouver un coupable.

Son intuition était la bonne. D'après Revel, tous les enfants identifiés sur les vidéos sont également passés par le laboratoire d'analyses au cours des six derniers mois, et pas un seul avant le 11 août. Blanche Cahard les a mis sur la bonne piste.

Au bout de cinq longues minutes, un vigile au regard alcoolisé, si menu qu'il peine à remplir son bombers noir, pointe son nez derrière la grille. Korvine décline son identité, le type l'observe en détail et jette des coups d'œil effarés aux policiers en uniforme rangés derrière lui.

— C'est pour quoi ?

— On a un mandat de perquisition.

— C'est une clinique privée. J'ai reçu aucun ordre.

— On s'en fout de tes ordres, l'interrompt brutalement Korvine. On a un mandat, je te dis, alors tu nous laisses entrer et tu fais pas d'histoires.

Le vigile le dévisage d'un air méfiant.

— Je vais prévenir l'interne de garde, finit-il par dire en reculant.

Dix minutes après, il revient en poussant devant lui un jeune homme paniqué en blouse blanche et à la calvitie prononcée qui leur ouvre en balbutiant qu'il n'a pas été prévenu et que le directeur va en faire toute une histoire s'il apprend ça. L'interne trouve tout de même le courage de demander à jeter un œil sur le mandat en question. Korvine l'ignore parfaitement et commence à distribuer les ordres.

— Bon. Tous les postes informatiques, accueil, comptabilité, bureaux personnels, doivent être saisis. Revel, tu te charges des archives et de la pharmacie. Je veux trois hommes pour un état des lieux des installations, clinique et laboratoire compris. Tout ce qui n'a rien à faire dans une clinique généraliste doit m'être signalé. Tenez-vous-en aux règles de perquisition. Ne sont concernés que les murs et le matériel. Aucun interrogatoire, aucune interpellation sans mon consentement explicite. Je ne veux pas de vice de procédure. Je ne veux pas que les patients soient perturbés ou réveillés. Les infirmières et les sages-femmes doivent pouvoir faire leur travail, comme cet interne.

Il se tourne vers le jeune homme.

— Votre nom ?

— Docteur Pierre Déaux.

— Parfait. Le docteur Déaux sera là pour veiller au moindre manquement à ces règles simples, est-ce que je suis clair ?

Hochements de tête, bruits de bottes qui résonnent sur le carrelage javellisé, portes qui claquent.

Quand Fournier débarque enfin avec le mandat signé de la main du juge du tribunal de Tournon, quelques minutes plus tard, l'interne est écarlate.

Korvine le lui tend.

— C'est ce que vous vouliez ?

Le jeune homme attrape le papier d'une main tremblante sans rien trouver à répondre.

— Prévenez le directeur de l'établissement que sa présence est vivement souhaitée.

Korvine consulte rapidement les panneaux du regard et se tourne vers Fournier.

— Toi, avec moi, dans le bureau du professeur Varèse.

— Tu as quelque chose ?

Les yeux cernés, Fournier est penché sur les comptes personnels du directeur.

Table de trois mètres en chêne massif, décoration luxueuse, plantes d'intérieur, armoires en métal satiné. Le bureau d'Hector Varèse donne une idée assez précise de la personnalité de son propriétaire.

— J'en ai pour un moment et il est deux heures du matin ! Il y a ses fiches patients, ses fichiers propres, ainsi que ceux de la comptabilité, des parties administratives, les dossiers de la pharmacie. Ça risque de prendre un bout de temps.

— OK, soyons efficaces. On a tout le monde sous la main et je veux profiter de l'absence temporaire de Varèse pour débroussailler le plus d'éléments possible. Pour l'instant, ne rentre pas dans le détail. Fais-moi simplement un comparatif des différents fichiers, essaie de voir s'il y a des différences majeures ou des trucs qui reviennent, s'il y a des fichiers qui ont été effacés récemment. Tu me compulses aussi ses fiches patients, que je voie un peu la manière dont il gère ses dossiers, ce qu'il note, etc.

— Qu'est-ce qu'on cherche ? soupire Fournier.

— On explore toutes les pistes tant qu'on a carte blanche, point. Varèse est un type qui a le bras long, je ne serais pas étonné de recevoir un coup de fil dans une heure me demandant de tout arrêter.

— Compris.

— Il faut faire vite, les fichiers administratifs peuvent passer après, mais le personnel soignant a besoin d'une partie du matériel informatique et des fiches patients pour travailler et on ne peut pas les monopoliser toute la nuit. Fais-moi aussi une copie du disque dur.

Après un bref coup d'œil, Korvine constate que l'armoire et les tiroirs du bureau ne contiennent aucun dossier papier, aucune trace des activités de Varèse. Il doit exister un deuxième bureau ou des archives dont il n'a pas parlé.

Il laisse Fournier et sort dans le couloir à la recherche du bureau des infirmières. L'odeur de Javel et d'urine lui saute à la gorge, accentuée par le manque de nicotine. Korvine réalise qu'il n'a pas fumé depuis plus de deux heures quand son téléphone sonne. Il décroche sous le regard courroucé d'une aide-soignante à qui il fait un geste d'excuses avant de s'éloigner au fond du couloir.

— Oui !

— Christophe Hardt, je suis en route pour la clinique, pourquoi est-ce que tu me fais venir ?

— Écoute, on est sur une piste intéressante mais on marche sur des œufs. Pour faire bref, des analyses sanguines ont été réalisées au cours des six derniers mois sur les gosses.

— Quels gosses ?

— Tous ! Les disparus, les suicidés, ceux qui ont été filmés, et peut-être d'autres. J'ai un mandat pour fouiller cette clinique mais il me faut l'œil d'un expert pour me dire ce que ces analyses signifient.

— Tu as des échantillons ?

— Non, rien pour le moment, c'est pour ça que j'ai besoin de toi. Tu connais les codes, les couleurs, les étiquettes et si ces échantillons existent encore ou ont existé, tu sauras me le dire assez vite. Dès que tu arrives, tu vas voir Revel à la pharmacie, il te dira qui est au laboratoire, où sont les stocks, etc. Et s'il n'en sait rien, tu chercheras.

— C'est sérieux, cette fois-ci, hein ?

— Ça l'a toujours été…

— Ce n'est pas ce que je voulais dire.

La porte de l'ascenseur s'ouvre, deux aides-soignantes en sortent et passent à côté de lui. Korvine attend qu'elles aient tourné à l'angle du couloir avant de reprendre.

— Allô ? Tu es encore là ?

— Autre chose, quand tu seras à la pharmacie, profites-en pour me dresser une liste des médicaments et des quantités et voir si cela t'évoque quelque chose.

— Je suis censé chercher quoi ?

— Un rapport entre les recherches de Varèse, les analyses et les suicides.

Korvine se prend la tête entre les mains et s'appuie contre le mur, refoulant son envie de quitter ces relents de Javel et d'urine. Ses yeux tombent sur une porte entrouverte à quelques mètres sur sa gauche : Bureau des infirmières.

Il s'avance et frappe à la vitre. Une femme d'une quarantaine d'années, aux yeux aussi cernés que les siens et aux doigts jaunes, lui apprend que le directeur n'a qu'un seul bureau, mais qu'il trouvera peut-être ce qu'il cherche dans le local où sont entreposés les documents administratifs et les dossiers médicaux clos, local dont peu de personnes ont la clef.

— Savez-vous à qui je dois m'adresser ?

— À part l'interne, non. Je suis de nuit, je ne connais absolument pas les équipes de jour et je n'ai vu le directeur qu'à mon embauche. Je suis désolée.

Korvine la remercie et redescend au rez-de-chaussée. Après deux essais infructueux, il parvient devant une porte sans numéro ni poignée. Serrure standard, modèle ancien.

Il regarde à droite et à gauche et entreprend de la forcer quand une main se pose avec délicatesse sur son épaule et une voix aussi douce que rassurante le fait sursauter.

— Le directeur m'a prévenue de votre visite, lieutenant.

— Merde, vous m'avez fichu une de ces trouilles !

Korvine jette un coup d'œil par-dessus son épaule, range son couteau suisse et se tourne vers son interlocutrice.

Une trentaine d'années, séduisante, boucles brunes et rictus en coin.

— Qui êtes-vous ?

— Marie Miller.

— Êtes-vous infirmière ici ?

— Pas exactement. J'assiste le professeur dans certaines de ses expériences. En fait, le qualificatif exact serait plutôt interne, spécialité biologie moléculaire.

Ses lèvres dessinent un large sourire.

— Le professeur Varèse n'a pas perdu de temps.

— Il ne tardera pas à venir vous dire lui-même ce qu'il pense de votre visite nocturne.

Le décolleté de Marie Miller laisse entrevoir une peau laiteuse piquetée de taches de rousseur.

Pupilles dilatées. Droguée. Les réflexes professionnels reprennent le dessus. La dernière prise date de moins d'une heure. Pourquoi une jolie jeune femme comme elle se drogue-t-elle ?

— Vous aviez des questions à poser ?

— Pas pour l'instant.

Elle sort un trousseau de clefs de sa poche.

— Vous souhaitiez entrer dans le placard à dossiers, je suppose.

Son sourire s'élargit.

— Vous aurez besoin d'un guide et le directeur est un maniaque qui déteste qu'on fouille dans ses affaires.

Korvine baisse les paupières en signe d'assentiment.

— Depuis quand est-ce que vous vous droguez ?

Le sourire devient pincement de lèvres.

— Je ne me drogue pas.

Korvine plante ses yeux dans les siens.

— Vous savez très bien que c'est faux.

— Ça ne vous regarde pas !

Marie Miller l'observe maintenant avec défiance.

— Vous avez pris une dose il y a moins d'une heure.

— Merde ! Pourquoi vous faites ça ?

— Parce que je suis flic, que j'enquête sur huit suicides d'enfants et que votre directeur m'envoie une jolie interne pour me faire oublier pourquoi je suis là.

— Qu'est-ce que c'est que ces conneries ?

— En fait, je me fous que vous preniez des saloperies, je me fous de votre superbe décolleté et je me contrefous que vous me croyiez ou pas. Ça fait dix ans que je chasse les types qui vous revendent ces merdes, mais peu importe, si ça servait à quelque chose, ça se saurait. Ce que je veux, c'est que vous m'ouvriez cette porte, qu'on rentre tous les deux là-dedans, et que vous me parliez un peu de cette clinique, de son directeur et que je comprenne enfin pourquoi tant d'éléments dans cette enquête me mènent ici.

— Pourquoi vous ne demandez pas directement au directeur ?

— Ouvrez-moi la porte, s'il vous plaît.

— Je ne suis là que depuis quelques semaines, je…

— Ouvrez-moi cette porte.

— Oh et puis merde, tenez, voilà, c'est ouvert ! Faites ce que vous voulez, moi je ne suis plus responsable de rien. De toute façon, y a rien que de la paperasse dans ce placard.

— Vous y avez accès, non ?

— Comment ça ?

Elle baisse les yeux sur son trousseau.

— Ce sont vos clefs ?

— Oui, mais…

— Parfait. Je cherche les dossiers de tous les enfants entre six et dix-huit ans qui ont subi des analyses médicales au cours des six derniers mois et qui ont été pris en charge par le professeur Varèse.

Korvine ne quitte pas Marie Miller des yeux, mais elle ne trahit pas d'autre émotion que la colère. Peut-être un soupçon de soulagement.

— Les analyses…

— Vous voyez de quoi je parle ?

— Le directeur ne veut pas que j'en parle.

— Pourtant ça m'intéresse.

L'interne ne peut réprimer un sourire.

— Je vous vois venir, mais il n'y a rien d'illégal là-dedans.

— Pourquoi tant de mystères dans ce cas ?

— Le directeur mène un certain nombre de recherches en rapport avec les mécanismes dépressifs dans le cerveau humain. C'est un sujet sensible et j'imagine qu'il ne veut pas qu'il y ait trop de publicité autour de lui, surtout en ce moment, avec les suicides, tout ça. Ses recherches risqueraient de nourrir tous les fantasmes.

— Vous voulez dire qu'il n'y a aucun lien entre les deux ?

— Mais non !

— Comment se fait-il que le directeur ne me l'ait pas signalé quand nous nous sommes rencontrés il y a deux jours ? Pourquoi les analyses ne concernent-elles que des mineurs ? Les parents sont-ils au courant ?

— Bien sûr que oui ! D'ailleurs... laissez-moi passer !

Marie Miller se faufile entre Korvine et la porte et se dirige vers le fond de la pièce où sont empilées, triées et rangées des montagnes de classeurs. Elle en ressort quelques secondes plus tard avec un carton de petite taille.

— Les procurations pour les analyses. Signées de la main d'un ou des deux parents de chacun des enfants. Pour les prélèvements sanguins, les ponctions lombaires et les biopsies. La dernière analyse a eu lieu il y a deux semaines.

Korvine fixe sans bouger les documents que l'interne lui tend.

Le mensonge et le silence : voilà ce que Blanche cherchait à me faire découvrir. En partie.

En partie seulement.

Il prend le carton des mains de Marie Miller.

— J'ai besoin d'une table et d'un endroit tranquille.

Stéphanie Ballard, 22 septembre, Samia Miloud, 25 septembre, Amir Grandier, 20 octobre, Marion Chalembel, 30 octobre, Léa Durand, 1er novembre, Jo Lalaune, 7 novembre, Marie-Line Eyssautier, 11 novembre, Frédérique Pabion, 14 août, Michaël et Bastien Buffat, 14 décembre, Patrick Gouy, 7 septembre, Marie Dufour, 28 décembre…

Monument aux morts.

Une liste de plus de soixante-sept noms, plus complète que la précédente. Des enfants qu'ils n'avaient pas comptabilisés jusqu'à présent. Photos, adresse des parents, bilan médical, taux de globules blancs ainsi qu'une multitude de chiffres dont Korvine ignore la signification.

Appuyée contre le chambranle de la porte, les bras croisés et les sourcils froncés, Marie Miller scrute ses moindres faits et gestes en silence. Après un échange de regards appuyé, il plonge la main une nouvelle fois dans le carton et en ressort une deuxième série de documents, moins fournie. Une vingtaine de noms.

Michaël et Bastien Buffat, 1er février.

Tous connus.

Patrick Gouy, 1er février.

Tous passés une deuxième fois entre les mains d'Hector Varèse.

Marion Chalembel, 1er février.

À la même date.

Léa Durand, 1er février.

Peu de temps avant leur mort.

Marie Dufour, 1er février.

Pour la même série de tests.

Vanessa Dufour, 1er février.

Ou quelques jours avant leur disparition.

Frédérique Pabion, 1er février.

Une première série d'analyses a de toute évidence servi à sélectionner une partie des enfants. Pourquoi ? Sur quels critères ? Puis une deuxième série d'analyses pour ceux dont les tests ont été concluants. Et ceux-là, qu'avaient-ils de particulier ?

Korvine se retourne vers Marie Miller.

— Vous connaissiez l'existence de ces deux listes, l'une d'analyses faites entre août et décembre derniers, et l'autre tout récemment ?

— Mon travail est précisément de comparer les résultats de ces deux listes.

— Dans quel but ?

— Observer l'évolution sanguine des patients.

— C'est tout ?

— Eh bien, c'est assez long et fastidieux. Soixante-sept échantillons à comparer, ça prend du temps.

— Et quelles conclusions avez-vous tirées de vos analyses ?

— Je n'ai pas eu le temps de terminer.

— À cause des suicides, c'est ça ?

Elle acquiesce d'un mouvement lent de la tête. Korvine détourne le regard et reprend sa lecture.

Amir Grandier, 1er février.

Des noms qu'il connaît déjà tous, mais dont le sens lui échappe encore.

Jo Lalaune et Dalila Martinez, 1er février.

Que doit-il découvrir dans cette nouvelle liste ?

Dans l'esprit de Korvine, Blanche ne parlera pas, elle est muette de peur, elle bat des cils mais n'a pas le droit de désigner ce qui l'effraie. Pourquoi ? Par crainte de représailles sur sa famille ? Par crainte des photos de famille amputées ? Par peur de représailles sur ses enfants ?

Vincent et Raphaëlle Cahard figurent sur les deux listes. Deux séries d'analyses, deux résultats, deux exceptions.

Ni disparus, ni morts.

Les enfants de la deuxième liste se sont suicidés ou ont été enlevés, sauf ces deux-là.

Korvine repose le paquet de feuilles, se retourne vers Marie Miller et la dévisage un instant sans rien dire. Puis il se relève et lui fait face. L'assistante de Varèse décroise les bras, leurs visages à quelques centimètres l'un de l'autre, une lueur de défi dans les yeux. La même que celle de Blanche quelques heures plus tôt. Il hésite à lui parler directement de Raphaëlle et Vincent. Pourquoi sont-ils sur les deux listes, et pourquoi ne font-ils pas partie des victimes ou des disparus ?

— Connaissez-vous Blanche Cahard ? finit-il par lâcher en se maudissant.

La question prend la jeune femme par surprise.

— Je n'ai pas à vous parler des patients du professeur sans leur accord, balbutie-t-elle en guise de défense.

— Ce n'est pas ce que je vous demande.

Rouge de confusion, Marie Miller ne répond pas.

— Vous l'avez déjà croisée plusieurs fois ici, n'est-ce pas ? Elle venait voir Varèse.

— Je suppose que je l'ai rencontrée quand elle est venue amener ses enfants pour faire des analyses, comme tous les autres parents.

— Mais c'est elle que vous avez vue, pas son mari.

Une affirmation, pas une question.

— Je ne m'en souviens plus. Je ne suis pas payée pour faire l'accueil des patients.

— Comme vous n'êtes pas payée pour vous lever à deux heures du matin et venir surveiller un vieux lieutenant de police qui fouine dans les affaires de votre patron, répond Korvine d'un ton laconique.

— Qu'est-ce que vous insinuez ?

Korvine se rapproche d'elle de quelques centimètres supplémentaires. Il peut sentir l'haleine de la jeune femme, percevoir le souffle rapide de sa respiration sur sa figure. Une odeur de peur mêlée d'une certaine excitation. Une odeur presque érotique.

— Vous ne devriez pas chercher à me mentir.

— C'est une menace ?

— Un conseil, dit-il en reculant. Simplement un conseil.

Il fait demi-tour, remet tous les dossiers qui l'intéressent en place, attrape le carton à pleines mains, et s'avance vers la porte, obligeant Marie Miller à s'écarter pour le laisser passer.

— Refermez cette porte et suivez-moi.

Le nez dans les comptes de la clinique, Fournier secoue la tête. Excédé, Korvine insiste encore une fois en jetant des coups d'œil de biais à Marie Miller pour mesurer ses réactions.

— Vincent et Raphaëlle Cahard sont sur la première liste qu'on nous a donnée et ils sont également dans les dossiers personnels du professeur Varèse. Tu dois fatalement trouver leur trace dans les registres comptables. Cherche encore une fois !

Écoutant à contrecœur ses consignes, Fournier lance une nouvelle recherche sur le disque dur du service comptable, puis sur le réseau de la clinique. Moins d'une minute plus tard, il relève la tête d'un air contrit.

— Désolé, Alexandre, mais je n'ai rien. Revel a mis deux hommes sur les copies papier des comptes. S'il y a quelque chose, je te tiens au courant.

— C'est pas possible ! Pourquoi aurait-on effacé une partie des dossiers de ces deux gamins ?

— Peut-être que quelqu'un a commencé à effacer leurs dossiers mais qu'il n'a pas eu le temps de terminer.

— Mais pourquoi précisément ces deux-là ? Les seuls de la deuxième liste à ne pas avoir disparu ! Qu'ont-ils de spécial ?

Korvine s'adresse à Marie Miller.

— Savez-vous qui a accès à ces dossiers ?

— Tous ceux qui possèdent le mot de passe, c'est-à-dire le service comptable…

— Et le directeur de la clinique, probablement.

— On n'est pas dans un hôpital militaire ou à la CIA, répond-elle d'un ton sec. Tout le monde a potentiellement accès à ce type de fichiers. Dans une clinique, l'activité est permanente, ce qui fait que les ordinateurs sont allumés et connectés vingt-quatre heures sur vingt-quatre.

Fournier hoche la tête.

— Elle a raison. Le mot de passe a pu être tapé il y a deux heures comme il y a dix jours ou six mois.

— Tu veux dire que même un patient un peu curieux peut y mettre son nez ?

— C'est à peu près ça, du moment qu'il a accès au bon PC.

— Celui qui est connecté.

— Exactement.

— On suppose que ça a été fait récemment. Est-il possible d'avoir la liste des personnes extérieures qui sont passées à la clinique au cours des dernières quarante-huit heures ?

— Si elles ont laissé une trace, oui. Carte Vitale, paiement par carte bancaire, consultation…

Fournier s'adosse au dossier de la chaise et fait craquer ses articulations.

— Cela dit, c'est peut-être juste une erreur informatique.

Korvine recule de quelques pas et frappe d'un geste rageur le montant de la porte d'entrée du plat de la main.

Le hasard n'a jamais existé dans cette affaire.

Deux listes, des dizaines de gamins. Une première série d'analyses faites au cours des six derniers mois. Puis une sélection qui aboutit à une deuxième, plus restreinte, correspondant aux suicides et aux disparitions.

Sauf Vincent et Raphaëlle.

Le lien entre les morts et les disparus est établi, mais cela n'explique toujours pas les vidéos. Or, Vincent et Raphaëlle sont sur les vidéos et sur les deux listes. À défaut d'être morts, ils devraient avoir disparu.

Korvine sort de la pièce, invite Marie Miller à le suivre et tire la porte derrière eux. Il s'avance jusqu'à la terrasse des pères, au bout du service obstétrique, et allume une cigarette pour couvrir l'odeur de pisse et de Javel qui perturbe ses sens. Il décroche son portable et compose le numéro du légiste.

— Où es-tu ?

— À la pharmacie.

— Alors ?

— Je ne sais pas dans quelle direction chercher, il y a des tonnes de produits. Les médicaments des patients de la clinique et du laboratoire privé d'Hector Varèse sont stockés au même endroit, il n'y a qu'un seul listing et l'inventaire n'a pas dû être fait depuis des mois. En un mot, c'est le bordel. Quant aux échantillons sanguins que tu voulais que je compare avec les résultats des autopsies, comme je m'en doutais, ils sont détruits après utilisation. C'est tout simplement impossible de les stocker, il faudrait des frigos immenses.

— Et si tu avais les résultats complets de ces analyses sous la main, tu pourrais faire quelque chose ?

— Oui, à condition que des tests similaires à ceux que j'ai pratiqués sur le sang des victimes aient été réalisés. Tout dépend de leur nature… Mais s'ils sont assez complets, je peux même gagner un temps précieux dans mes recherches sur les produits du laboratoire de Varèse… Pourquoi, tu penses qu'il en existe ?

— Mieux que ça, je te les amène tout de suite, avec celle qui les a pratiqués.

L'horloge qui fait face à la porte de la pharmacie de la clinique indique trois heures dix. Plus de quarante-huit heures sans dormir. Korvine se demande combien de temps il peut tenir à ce rythme-là. Il saisit la poignée de la porte et la tourne quand des éclats de voix lui parviennent de l'autre bout du couloir. Au regard que lui lance l'assistante, il comprend que le directeur des lieux arrive. Il a juste le temps de se retourner pour voir Hector Varèse fondre sur lui, les traits tirés. Costume impeccable, blouse blanche et odeur d'antiseptique, mais cette fois-ci, son visage anguleux d'ordinaire si froid laisse transparaître la rage glacée qui l'anime.

— Mon interne m'a prévenu de votre venue.

Korvine désigne Marie Miller du regard comme pour montrer qu'il avait compris. Il décide d'attaquer Varèse de front, devant son assistante, pour l'humilier.

— Si nous parlions des analyses de sang de Raphaëlle et Vincent Cahard ? dit-il en poussant la porte et en adressant un salut de la tête à Richard Revel.

Hector Varèse laisse éclater sa colère.

— Je ne sais pas ce que vous cherchez, mais je peux vous certifier une chose, c'est que vous faites fausse route !

Derrière la baie vitrée qui sépare le bureau du directeur du couloir, une aide-soignante passe en poussant un chariot encombré de médicaments. Coups d'œil inquisiteurs, inquiétude, soupçons.

— Vous n'avez pas le droit de consulter les dossiers de mes patients, fait-il en désignant le carton que Korvine est en train de tendre à Hardt.

Korvine tapote du bout des doigts le mandat, posé en évidence à côté de l'ordinateur.

— Quant à vous !... hurle Varèse, hors de lui, en s'adressant à Marie Miller.

Korvine s'interpose.

— Laissez-la en dehors de ça. Elle n'a fait qu'obéir à mes ordres.

La voix de Varèse se fait plus conciliante.

— Écoutez, je n'ai rien à me reprocher. De nombreuses vies sont passées entre mes mains. Des vies que j'ai dorlotées, pansées, nettoyées, soignées et guéries. J'aime les gens, lieutenant, et tout particulièrement ceux de cette ville. C'est pour cela que je suis médecin.

Une ombre passe sur son visage.

— Je connaissais la plupart des enfants qui ont disparu de manière tragique au cours des derniers jours. Croyez-moi, la peine de leurs parents est aussi la mienne.

Varèse connaît tout le monde mais il refuse de parler. Comme les pères et les mères, les flics et les notables, les avocats et les juges.

— Vous n'êtes pas mis en cause, professeur. Ne compliquez pas les choses et laissez-nous faire notre travail.

— J'ai tout de même le droit de savoir ce que vous cherchez.

— Non.

Varèse ouvre la bouche pour ajouter quelque chose mais il se ravise, après avoir lancé un regard lourd de sous-entendus à la jeune femme.

— Vous pouvez nous laisser, conclut Korvine en lui indiquant la porte et en faisant signe à Revel de les accompagner.

— Vous, vous… balbutie Hector Varèse, qui le pointe d'un doigt menaçant.

Korvine ignore son geste, s'adosse au mur du couloir et le regarde s'éloigner à grands pas, l'assistante et Richard Revel sur ses traces. Face à lui, une affiche de propagande gouvernementale sur le recours modéré aux antibiotiques. Cinq minutes plus tôt, il creusait la piste Blanche Cahard et à présent, l'enquête le propulsait au cœur d'un complot mettant en scène la clinique, son laboratoire de recherche, le professeur et son assistante travaillant sur le cerveau et des enfants manipulés.

Le hasard n'existe pas. Les complots existent dans les hautes sphères, en milieu urbain, dans les mégapoles où ce qui se fait à l'est est inconnu à l'ouest. Pas dans une ville comme Tournon. Où les voisins épient les voisins, où les mères jalousent les mères, où les pères boivent avec les pères, où les juges bouffent avec les avocats et jouent aux cartes avec les flics, où les flics enculent les femmes de juges et dansent avec les filles des avocats.

Où les gosses se filment et se suicident entre eux.

Tournon se bat pour un bout de terrain, un droit de propriété sur une ferme en ruine, une rayure sur la carrosserie d'une voiture, un amant ou une maîtresse, pour passer dans le journal local ou être devant sur la photo. Des histoires de famille.

Pas pour le futur.

Pas pour un centre de recherches sur le cerveau.

La mémoire est une affaire de famille, pas de tubes et d'éprouvettes.

Revel débouche au bout du couloir peu de temps après.

— Tu l'as mis dans une sacrée rogne, fait Revel en clignant des yeux.

— On a surtout intérêt à trouver quelque chose avant qu'il ne réussisse à passer les bons coups de fil aux bonnes personnes.

Korvine plisse les lèvres.

— Tout est là sous nos yeux ! On a même trop d'éléments mais on ne sait pas par quel bout les prendre.

— On n'a qu'à embarquer Varèse au commissariat.

— Bongrand ne nous laissera jamais faire.

Revel soupire et lève les yeux au plafond. Korvine décide de changer de sujet.

— Je vais te faire une confidence : j'ai l'impression désagréable d'être manipulé. Un peu comme si on cherchait à nous mettre sur une piste toute faite.

— Faut bien que l'enquête finisse par porter ses fruits, non ?

— Je ne crois pas… Depuis le début, on bosse sur une équation à deux inconnues : suicides et vidéos. Puis ces disparitions ont lieu, sans raison apparente. Et maintenant cette histoire de recherches sur le cerveau…

— On a des éléments de réponse, c'est pas comme si on avançait dans le brouillard.

— Je vois les liens existant entre les gamins, je vois éventuellement pourquoi les gamins auraient pu disparaître, mais on n'a toujours aucune réponse à notre problème principal : le lien entre les vidéos et les suicides. Putain, on ne sait toujours pas pourquoi ces gosses se sont suicidés ! Il n'y a aucun coupable, Richard. Aucun taré qui sème la terreur dans la ville. C'est un scénario bidon que nous vendent Varèse et les habitants de Tournon. Regarde-les ces cons, qui épient, qui murmurent, qui organisent des réunions de voisinage, qui constituent des milices vengeresses ! Après les pédophiles, ça sera qui ? Les étrangers, ceux qui ne sont pas nés à Tournon ? Les clochards de la rue piétonne, les touristes hollandais ? Les Arabes ? Les Juifs ?

Korvine sort son paquet de Camel et glisse une cigarette entre ses lèvres.

— Si on me cherche, je suis sur la terrasse des pères pour réfléchir.

— La terrasse des pères ?

— Un carré goudronné de vingt mètres carrés où les futurs papas attendent sagement que leur femme accouche, fument clope sur clope et se demandent si leur futur gosse finira au bout d'une corde ou sept étages plus bas.

Une fois à l'air libre, Korvine ferme les yeux et laisse le flot d'angoisse et de fatigue nerveuse le submerger.

Ces gosses ne se suicident pas à cause d'une secte ou d'un truc dans le genre. Ils tournent des pornos soft, ils filment leurs suicides.

La bouche sèche, les mots qui déferlent contre les parois de son crâne, les morts qui sourient et les vivants qui ricanent.

Ces gamins sont des bombes à retardement.

Korvine jette son mégot sur le gravier et tousse, tousse, jusqu'à ce que la sonnerie de son portable le sauve des sifflements de ses bronches. Il ouvre les yeux, reprend la main et décroche.

— Ouais ?

— Hardt à l'appareil. T'es où ?

— Je suis là, je suis là. Qu'est-ce qu'il y a ?

— Ce que j'ai va te plaire.

— Abrège.

— J'ai trouvé quelque chose d'inhabituel dans le sang des gamins.

— Tous les gamins ?

— Tous.

— Et merde.

19

Jeudi 10 février – 03:41

Fébriles, Alexandre Korvine et Richard Revel entrent en même temps dans la pharmacie où travaille le légiste.

— Qu'est-ce que ça donne ?

Sourcils froncés et cernes sous les yeux, Hardt est concentré sur les feuilles noircies de chiffres que l'imprimante est en train de cracher. Il répond sans relever la tête.

— J'ai trouvé la trace de doses massives d'un produit dans les résultats d'analyses que tu m'as apportés tout à l'heure. Pour ce que j'en sais, ce produit agit sur le système nerveux, et les résultats de la seconde série d'analyses montrent que son action est concentrée sur la sérotonine.

— Tu me parles en chinois, là !

— Ça veut dire que le produit a été injecté au cours de la première série et que la deuxième visait à en mesurer les effets.

— Qu'est-ce qui te fait penser ça ?

— La sérotonine.

Korvine secoue la tête d'un geste agacé.

— Pour faire simple, il s'agit d'une substance naturelle qui assure la liaison entre les neurones. Ce produit dont je t'ai parlé intervient directement sur ce processus.

— Quel rapport avec notre affaire ?

— La sérotonine régule la chaleur du corps, le cycle veille-sommeil, la douleur, l'anxiété... et les comportements sexuels.

— Ce produit pourrait être lié aux jeux sexuels filmés et aux suicides ?

— Peut-être. Je n'ai pas encore comparé aux prises de sang réalisées pour les autopsies. Et puis, les produits miracles, je n'y crois pas trop. Comme la sérotonine joue un rôle important dans les changements d'état émotionnel, certains chercheurs pensent que des molécules analogues à la sérotonine peuvent avoir le même effet. Il existe des tas de spéculations là-dessus, d'autant que les débouchés économiques sont énormes. Dans notre cas, je sais que des inhibiteurs comme la fluoxétine réduisent partiellement les symptômes liés à la dépression ou aux troubles obsessionnels compulsifs. Un excès de sérotonine au niveau cérébral, consécutif à la prise d'une dose massive d'antidépresseurs, peut entraîner une hyperthermie, des convulsions, un coma, et j'en passe. Le produit qui nous concerne est différent des antidépresseurs classiques, mais il leur ressemble sur bien des points. Il faut que je procède à des vérifications avant de me prononcer. Je suis légiste, pas spécialiste en affections cérébrales, ça va me prendre un peu de temps.

Korvine saisit le bras de Revel.

— L'assistante, là, Marie Miller, elle va nous aider.

— Tu penses qu'elle est impliquée ?

— Va me la chercher ! Quel que soit l'objet de ses recherches, elle bosse avec Varèse. Elle en sait forcément plus que nous.

Une fois son coéquipier sorti de la pièce, Korvine se tourne à nouveau vers le légiste.

— Tu as besoin de combien de temps pour comparer avec les prélèvements sur les cadavres ?

— Deux heures, peut-être plus.

— Quand ?

— Ça peut attendre demain ? Il est tard et j'ai le crâne qui va exploser.

— Non.

Hardt hoche la tête d'un air grave.

— Autre chose : maintenant que Revel est parti, j'aimerais avoir ton impression sur ta découverte.

— Je t'ai déjà répondu.

— On s'est mal compris. Je me fous de ton avis de flic, ce que je veux, c'est ton opinion de médecin.

— Pour faire simple, le coup de la pilule magique qui pousse des dizaines de gamins à se filmer et à se foutre en l'air, je n'y crois pas des masses.

— C'est tout ce que je voulais entendre, merci.

Korvine se dirige vers la porte, après un bref coup d'œil à l'horloge.

03 h 52.

— Où tu vas ?

— À la pêche aux preuves tangibles.

Un scénario différent germe dans l'esprit d'Alexandre Korvine, pendant qu'il farfouille à nouveau dans les papiers d'Hector Varèse. Trop de paradoxes, trop de coïncidences troublantes.

Les allégations de Blanche Cahard mènent à cette

clinique ou plutôt laissent penser que Varèse et elle se connaissaient. Liens possibles avec les vidéos.

Mais Blanche nie être au courant des vidéos de suicides. Dans ce cas, quel est l'intérêt de Varèse dans l'affaire des vidéos ? Qu'est-ce que ça lui rapporte ?

Analyser par des chemins détournés.

Certains policiers de Tournon ont tout fait pour empêcher Priest de parler, le rôle d'Hector Varèse a été minimisé depuis le début, mais l'étau se resserre et la perquisition de la clinique a été acceptée. Une première étape est franchie. Ils sont en train de le lâcher. Pourquoi ? Il leur faut un coupable. Pourquoi seulement maintenant ? Priest est mort et il ne reste que Varèse.

Korvine secoue la tête et glisse machinalement une cigarette entre ses lèvres.

Son travail n'est pas d'extrapoler mais d'adopter le point de vue de tout le monde, d'opérer les croisements nécessaires, de recouper les informations et de trier le bon grain de l'ivraie.

Je ne suis pas d'ici, se dit Korvine. Voilà pourquoi Bongrand m'a chargé de cette enquête.

Né à Tournon, mais sorti du trou à rats depuis longtemps. Chacun des habitants de cette ville connaît une part du problème, mais aucun d'entre eux n'a de vue d'ensemble.

Je suis cette vue d'ensemble.

Il doit donc considérer chaque point de l'enquête comme un élément nouveau. Chaque petite conclusion peut lui révéler, non pas une solution *logique*, mais un lien supplémentaire. Vers un deuxième niveau explicatif. Jusqu'à présent, Korvine se contentait de décrire les symptômes sans connaître le nom de la maladie. Ça doit changer.

Il décroche son portable.

— Commissaire ?

— Ça donne quoi, la clinique ?

— J'ai besoin d'un mandat pour perquisitionner chez Varèse.

— À son domicile ?

— Oui.

— Des preuves de sa culpabilité ou de son implication dans notre affaire ?

— Mon intuition, uniquement.

— Alors, c'est non, et c'est sans appel.

Korvine range son téléphone et allume sa cigarette.

— Il est interdit de fumer dans les bâtiments.

Derrière la baie vitrée séparant le bureau de Varèse du couloir, une aide-soignante le toise du haut de son mètre cinquante. Son doigt pointe un écriteau fixé au mur au-dessus de sa tête.

— Vous ne savez pas lire ? Ici on soigne les cancers, on ne les fabrique pas.

Sans prendre la peine de répondre, il retire la cigarette de sa bouche, l'éteint entre ses doigts et se replonge dans la paperasse.

— Je ne vous dérange pas, au moins ?

Les traits tirés, Hector Varèse se tient dans l'encadrement de la porte.

— Vous interrogez mon personnel, vous fouillez dans mes tiroirs, vous videz la mémoire de mes ordinateurs, je pourrais savoir de quoi vous me soupçonnez exactement ?

— Nous en avons déjà discuté tout à l'heure.

— Écoutez, dans quelques heures, je passerai ma matinée à retirer des tumeurs cancéreuses du cerveau de la fille de l'un de mes meilleurs amis et voilà que je vous retrouve tranquillement assis dans mon fauteuil, derrière mon bureau, fouinant dans mes affaires. Je soigne des malades, je sauve des vies, et vous me reprochez quoi ? D'avoir fait passer des analyses à la moitié des habitants de cette ville ? C'est mon boulot, bon sang ! Qu'est-ce que vous cherchez ?

— J'ai justement des questions à vous poser concernant les résultats de certaines analyses sanguines réalisées entre août et février.

La main de Varèse s'abat soudain sur le rebord du bureau.

— Erreur !

— Pardon ?

— Vous faites erreur, lieutenant !

— Je ne comprends pas.

— Vous n'avez jamais rien compris. Ici, c'est moi qui fais la loi. C'est moi qui décide quand on opère, quand on pose un cathéter, une perfusion, quand on pratique une biopsie ou une vasectomie. Je tranche pour le nombre de lits, je signe les entrées, je signe les sorties. C'est aussi moi qui choisis la couleur des murs, le nom de mes secrétaires et même la couleur des thermomètres. Moi et personne d'autre. Et ce n'est pas un lieutenant minable de Valence qui fume dans mon bureau et qui se permet de poser ses sales doigts sur mon sous-main qui me dicte ce que je dois dire ou pas.

De légers tremblements agitent son bras, à quelques centimètres seulement des yeux de Korvine.

— Il faut vous calmer.

— Fouillez ma clinique à votre aise, sortez les araignées des placards, comme bon vous semble, mais en ce qui me concerne, à partir de maintenant, il faudra passer par mon avocat.

— Je…

— Vous avez quelque chose contre moi ? Vous avez trouvé de la drogue dans mon casier, des tracts nazis dans mes papiers ou une bonbonne d'anthrax au milieu de mes éprouvettes ? Suis-je un terroriste ou un genre de trafiquant d'organes international ?

— Vous ne devriez pas…

— Je fais ce que je veux ! Mon avocat se mettra en contact avec vous dans les plus brefs délais. Maintenant, si vous le permettez, j'aimerais prendre ma veste et ma sacoche et rentrer me reposer chez moi.

— Vous n'irez nulle part sans mon accord !

— Essayez donc de m'en empêcher.

À bout d'arguments, Korvine baisse les bras et s'écarte pour le laisser passer.

Une fois Varèse sorti de la pièce, Korvine, tremblant de colère, s'aperçoit que Revel l'observe du pas de la porte.

— Tu as tout entendu ?

— Assez pour me faire une idée, oui.

Le regard de Korvine se pose sur les papiers étalés devant lui. Factures de téléphone en quantité industrielle, frais de déplacements à quatre chiffres, travail de fourmi. Hardt est toujours plongé sur ses tubes à essais et Fournier a déjà imprimé l'équivalent en papier de la totalité des rapports que Korvine a rendus à sa hiérarchie au cours des cinq dernières années.

Hector Varèse a un train de vie de ministre.

— Tu as quelque chose ?

— Je viens de laisser Marie Miller avec Hardt, elle allait rentrer chez elle… C'est une fille honnête. Une chercheuse persuadée que la science, c'est le salut. A priori, elle ignore tout du produit que Hardt a trouvé.

La chronologie des évènements plaide en sa faveur, elle n'est arrivée à la clinique qu'au milieu de la première série d'analyses.

— Tu les lui as montrées ? Quelle a été sa réaction ?

— Dubitative.

— Ce qui confirme l'intuition de Hardt. Tu crois qu'on peut lui faire confiance ?

— Je pense qu'elle vénère Hector Varèse mais qu'elle n'est pas prête à foutre en l'air sa vie pour le soutenir si on trouve quelque chose contre lui.

Korvine prend une longue inspiration et porte une cigarette à ses lèvres sans l'allumer.

— Autre chose ?

— Fournier a fait quelques trouvailles sur le PC de Varèse. Sa messagerie électronique garde la trace de nombreux échanges avec Sébastien Priest, depuis un mois environ, jusqu'au décès de ce dernier, mais on n'a que les traces. Les messages ne peuvent pas être récupérés. Par contre, j'ai des dates exactes, la taille des échanges et d'autres détails de ce genre. Des fichiers lourds. Probablement de l'image ou de la vidéo.

— Ce qui pourrait laisser supposer que Varèse était au courant pour les films de Priest…

— Ou que Priest n'était pas le seul adulte à avoir accès aux vidéos.

— Un chantage ?

— Priest était une cible facile. Varèse tombe sur une vidéo, croit que le surveillant en est le réalisateur et producteur exclusif, il décide de pousser son avantage.

— Pourquoi ?

— Tout indique que Varèse faisait des expériences sur des gamins, dans le cadre officiel de son travail. Peut-être qu'il avait besoin de plus de temps, peut-être qu'il lui fallait plus de gamins. Il espérait peut-être que Priest servirait de rabatteur. Les gamins mis en scène dans les films auraient certainement choisi de fermer leur gueule plutôt que de laisser leurs parents apprendre leurs visites chez Priest.

Les gosses disparus.

Korvine pousse un juron et se lève d'un mouvement brusque.

— On se bouge le cul, on a vingt minutes de retard sur lui !

20

Jeudi 10 février – 04:30

Deux minutes plus tard, la Laguna d'Alexandre Korvine est lancée à cent quatre-vingts kilomètres-heure sur la route de Valence. La villa de Varèse, 3, rue des Jaumes, La Roche-de-Glun. Derrière le barrage, entre le Rhône et la nationale 86.

Si je creuse autour d'Amir Grandier, se dit Korvine, je finis par trouver un truc sur Sébastien Priest. Si après ça, je fouille dans la vie de Priest, fatalement, je déterre autre chose, j'arrive à un nouveau croisement.

Chaque histoire de vie, chaque mot, chaque morceau du puzzle. Tournon est une petite ville. Le moindre écart, la moindre anecdote individuelle, le moindre drame familial. Les vies se croisent et se recroisent. Chaque geste qu'on fait dans le sud de la ville a des conséquences au nord.

Le syndrome Priest : tout le monde était impliqué de près ou de loin.

Déviation de Mauves, la ligne droite, pousser le moteur. Cent quarante, cent soixante, cent quatre-vingts. La Laguna roule à tombeau ouvert, cinq cents mètres plus loin. Flash, un radar automatique se déclenche.

Pas le temps de trouver les réponses à ses questions. Deux points lumineux bleus, dans le rétroviseur, juste avant le premier tournant. Un coup de volant à gauche, la voix ferrée, il rétrograde et évite le parapet de justesse. Une 205 devant la Laguna, Korvine klaxonne et déboîte devant un camion de livraison qui arrive en sens inverse.

— Merde !

La Laguna passe. Des cris et des bras d'honneur sur son passage.

Korvine connecte la radio sur la fréquence interne et décroche son portable.

— Je quitte la nationale 86, j'entre dans La Roche-de-Glun.

La voix nasillarde de Revel dans l'appareil.

— On est à moins de trente secondes derrière toi.

La Roche-de-Glun, loin de Tournon, loin des suicides et des vidéos, des victimes qui se déguisent en responsables, des vivants qui imitent les morts. Rue des Jaumes. Platanes, feuilles mortes, une voiture stationne devant un portail blanc. Une BMW gris métallisé, porte ouverte, moteur qui tourne, gaz d'échappement condensés dans le froid glacial.

Cinq cents mètres.

Le portail s'ouvre, la silhouette d'Hector Varèse, un sac à la main.

— L'enfoiré ! gueule Korvine en appuyant sur l'accélérateur.

Varèse lâche le sac et disparaît à l'intérieur du véhicule qui démarre en trombe et tourne à droite, cinquante mètres plus loin.

Quand Korvine parvient au niveau de l'intersection, la BMW, plus puissante, a repris son avance et n'est plus qu'un point au bout d'une route de campagne.

Korvine rétrograde et pousse le moteur au maximum pour ne pas perdre de terrain. Tant qu'ils restent sur des petites routes, il a une chance de le conserver dans sa ligne de mire. Si Varèse parvient à regagner les grands axes, d'un côté ou de l'autre du Rhône, les cinq cent soixante chevaux de la berline auront vite fait de le semer. Sans parler du facteur sommeil qui n'est pas à son avantage.

Korvine passe la quatrième et coupe un virage, manquant de peu de heurter un plot. Il perd de vue les feux arrière de la BMW pendant quelques secondes, puis les retrouve deux cents mètres plus loin, en train de bifurquer à droite, en direction du sud-ouest, donc de la nationale 86.

Il retourne en Ardèche, pense-t-il.

— Appel à toutes les voitures. Le suspect a pris la fuite à bord d'une BMW gris métallisé de grosse cylindrée. Il vient de sortir de La Roche-de-Glun et se dirige actuellement vers la N86, en direction de Cornas ou de Saint-Péray.

Un grésillement.

— Bien reçu. On file directement à Cornas.

Une série de virages serrés permet à Korvine de gagner du terrain sur Varèse, réduisant leur écart à moins de deux cents mètres.

— Allez, allez !

Les contreforts des montagnes ardéchoises se rapprochent dangereusement. Korvine devine à présent les contours de la silhouette du château de Crussol, éclairée par de puissantes ampoules. Avec un peu de chance, Revel et les autres seront à l'embranchement avant lui. Une ligne droite, une chicane, suivie d'un tournant serré sur la gauche. Korvine grignote son retard, quand soudain, la voiture de Varèse braque à droite et s'enfile dans un chemin de terre.

La voix ferrée !

— Il vient de couper en direction de la N86 au niveau de Châteaubourg. Un chemin de terre. Je pense qu'il va essayer d'emprunter l'un des tunnels qui passent sous la voie ferrée et qui sont réservés aux riverains ou à l'entretien ! Vous êtes où ?

Pas de réponse.

Tenant le volant d'une main, Korvine tourne le bouton de la radio pour basculer vers une autre fréquence, mais il doit lâcher prise pour effectuer la même manœuvre que Varèse. Les feux arrière de la BMW disparaissent derrière une grange. Quand il arrive sur place, c'est pour constater qu'il avait vu juste. Varèse vient de pénétrer dans l'un des tunnels de service, à peine assez large pour le laisser passer, projetant sur son passage des gerbes d'étincelles dorées. Derrière, les lueurs du village de Châteaubourg, à côté duquel passe la nationale.

Et la possibilité pour Varèse de prendre définitivement la fuite si les voitures de police menées par Revel n'ont pas eu le temps de monter un barrage.

Le poste radio se met à grésiller.

— Revel, ici Revel. Vous en êtes où ?

— Il arrive sur Châteaubourg !

— On y est dans moins d'une minute.

— Il sera trop tard !

— Avec un peu de chance.

Ce n'est pas la chance ni le hasard qui coinceront Hector Varèse, pense Korvine en appuyant de tout son poids sur la pédale de frein.

Sans plus se préoccuper de la radio, il s'engage à son tour dans le tunnel, rayant copieusement le flanc droit de la Laguna et perdant un rétroviseur. Quand il émerge de l'autre côté, la BMW a presque atteint son but. Le temps de rejoindre la nationale et elle n'est déjà plus en vue. Il accélère, quitte le village et prend en direction du sud. Des vagues de sang déferlent dans ses tempes et labourent son crâne. La colère le gagne peu à peu. Il monte jusqu'à cent cinquante kilomètres-heure, manque de perdre le contrôle dans le long tournant en côte qui précède l'entrée dans Cornas pour constater que le miracle n'a pas eu lieu et que la BMW a disparu.

Coup d'œil à gauche, coup d'œil à droite.

Varèse peut avoir tourné n'importe où.

— Merde !

Korvine ralentit et balance un poing rageur sur le tableau de bord.

Coup d'œil à gauche, coup d'œil à droite.

Aucune trace de la BMW dans les rues adjacentes. La ville est endormie. Il ouvre ses fenêtres avec le maigre espoir qu'un bruit de moteur lui parvienne, mais le mistral est trop violent et couvre jusqu'au ronronnement de sa propre voiture.

— Merde, merde et merde !

Il pile au milieu de la chaussée et saisit le micro de la radio.

— L'oiseau s'est envolé. Je suis à Cornas. Je veux deux voitures ici. Richard, tu retournes à la clinique et tu interroges le personnel pour savoir si Varèse a une résidence secondaire ou de la famille dans le coin. Je retourne chez lui.

Sans attendre la réponse de son coéquipier, il coupe la radio d'un geste sec et fait demi-tour.

3, rue des Jaumes, La Roche-de-Glun.

Portail verrouillé.

Un coup de pied, deux coups, la serrure cède.

Vingt minutes de retard.

Une allée de graviers, des bosquets de flamboyants pelés et sinistres, une porte en chêne massif. Verrouillée elle aussi.

Un coup, deux coups, la porte résiste. Korvine recule de trois pas et tire sur la serrure à bout portant.

— Bordel de merde !

Un coup, deux coups, le bois vole en éclats. Il achève de l'enfoncer à l'épaule. Un chien aboie dans la nuit, repris par un autre que le bruit a réveillé.

Il entre.

Le hall d'entrée, dans la pénombre, un escalier sur la droite, le couloir du premier étage : déserts. Une lumière dans le fond filtre sous une porte. Il s'avance, arme au poing et pousse le battant du pied.

Personne.

Dans sa précipitation, Hector Varèse a simplement oublié d'éteindre la veilleuse de son bureau.

Korvine pousse un soupir pour évacuer la pression et sort une cigarette de sa poche qu'il allume en passant en revue la pièce dans laquelle il se trouve. Son cœur reprend peu à peu son rythme normal, la nicotine produit son effet anesthésiant. Il fait le tour de la table et s'installe dans le fauteuil en cuir qui trône derrière. Il tire une bouffée sur sa cigarette et entreprend de fouiller le contenu des tiroirs un par un. Factures, articles de presse, impôts, papiers relatifs à la clinique.

Rien qui indique où Varèse pourrait s'être réfugié.

Il pousse le dernier tiroir, se lève et décide de passer au peigne fin l'ensemble des meubles de la pièce.

Rien.

Même chose dans le reste de la maison.

Quinze minutes plus tard, il s'apprête à jeter l'éponge et à appeler Revel pour savoir s'il y a du nouveau de son côté quand il se souvient du sac abandonné par Varèse devant chez lui. Il se précipite dans l'allée et finit par le dénicher dans le fossé, à droite du portail. Luttant contre un mal de crâne de plus en plus violent, il le ramène à l'intérieur de sa voiture et en inspecte le contenu à la lueur du plafonnier.

Vêtements, jeu de clefs, trousse de toilette, chaussures de sport, micro-ordinateur et un calepin.

Il ouvre ce dernier.

Son carnet d'adresses.

Korvine le feuillette au hasard quand son regard tombe sur le nom de Marie Miller.

L'assistante. 142, lotissement des Prés, Pont-d'Isère.

Il sort son portable et compose le numéro de fixe indiqué dans le répertoire. Une voix ensommeillée lui répond au bout de la quatrième sonnerie.

— Votre patron s'est enfui.

— Lieutenant Korvine ! Mais quelle heure est-il ?

— Près de cinq heures du matin. Est-ce que je peux passer maintenant ?

Silence à l'autre bout du fil.

— Il faut que vous m'aidiez à retrouver Hector Varèse. Je pense que c'est lui qui séquestre les trois enfants enlevés hier matin.

— C'est du délire !

La voix de Marie Miller est à nouveau pleine d'assurance.

— C'est ma seule piste.

— Ça ne lui ressemble pas du tout. C'est un mégalo, pas un trafiquant d'organes ou un violeur d'enfants !

— Tout porte à croire qu'il cherche en réalité à les sauver.

— De quoi ? De qui ?

— D'eux-mêmes.

Nouveau silence. Le souffle léger de l'assistante dans le haut-parleur du combiné.

— Je prépare du café. Mon appartement est situé dans le premier immeuble à droite après le restaurant trois étoiles. Vous n'aurez qu'à pousser la porte du bas. Deuxième étage, porte de gauche.

— Merci.

Après les relents de Javel et de transpiration de la clinique puis de l'habitacle de sa voiture, les odeurs de café à la cardamome et de gel douche qui embaument l'appartement de Marie Miller ont la saveur du paradis. La jeune femme a enfilé un jeans et un pull marin.

Elle lui tend un café qu'il accepte avec plaisir.

— Je peux fumer ?

Elle acquiesce et tend la main pour saisir un cendrier en fonte qu'elle pose devant lui. Korvine la remercie du regard et craque une allumette.

— J'ai réfléchi à un endroit où Varèse pourrait se planquer, mais à part sa sœur qui vit dans l'Aveyron et dont il m'a parlé une fois ou deux, je ne vois pas. Il passe son temps à la clinique et ne rentre en général chez lui que pour dormir. À ma connaissance, il ne prend jamais de congés. Quand on le cherche, il est soit dans son bureau, soit au bloc, soit dans le labo d'analyses.

— Essayez de vous rappeler. Une maison secondaire, des amis ?

— C'est pas un type très sociable. Il a beaucoup de relations, mais il communique surtout pour et autour de sa clinique. Il n'y a rien d'autre qui compte pour lui.

— Un neveu, un filleul, un patient à qui il aurait sauvé la vie ?

— Dans ce cas, il va vous falloir perquisitionner chez la moitié des gens de Tournon parce que dès qu'il y a un coup de bistouri à donner, c'est lui qui s'en charge.

— Un endroit bien à lui ? Un coin où il aime aller se promener pour se reposer ou se détendre ? La région regorge de petits coins de nature, chacun a le sien, souvenirs d'enfance, ancienne maison de famille. Une nounou qui se serait occupée de lui quand il était gamin, un oncle aujourd'hui décédé…

Marie Miller se raidit sur sa chaise.

— Ça vous évoque quelque chose ?

— C'est ce que vous avez dit, à propos de ces petits coins du pays propres à chacun. Ça me rappelle une discussion que nous avons eue, une fois, peu après mon embauche, quand j'ai commencé à travailler sur les analyses sanguines de ses patients.

— À propos de quoi ? dit Korvine avec une impatience qui la fait sourire.

— Il m'a parlé d'une vieille coopérative agricole, abandonnée depuis des lustres, qui avait abrité autrefois les espoirs d'un grand nombre d'agriculteurs.

— Où ça ?

— Sur le plateau, vers Plats ou Saint-Sylvestre.

— Qu'est-ce qui vous fait penser que ça pourrait m'intéresser ?

— C'est juste qu'il a eu un air bizarre après m'avoir parlé de ça. Il a ajouté que ça serait l'endroit rêvé pour terminer ses recherches le jour où il devrait lâcher la clinique. Puis il a changé de sujet.

L'endroit rêvé pour terminer ses recherches, pense Korvine en se levant d'un bond.

— Quelle heure est-il ?

Marie Miller jette un œil à sa montre.

— Presque six heures moins le quart, dit-elle, avant d'ajouter en soupirant : je dois filer à la clinique dans moins d'une heure.

Korvine sort son portable et compose le numéro de Revel.

— Richard ? Rien de ton côté ? J'ai besoin que tu me trouves l'adresse d'une coopérative agricole abandonnée sur le plateau, quelque part entre Plats et Saint-Sylvestre. Je m'avance pour gagner du temps. Dès que tu l'as, tu me rappelles et tu t'y rends avec Fournier, Hardt, et autant d'hommes que tu pourras. Préviens Bongrand.

— Comment t'as eu l'info ?

— Pas le temps ! Contacte aussi un médecin ou les pompiers. Je crois qu'on va avoir besoin de renforts.

— T'es sûr de ce que tu fais ?

— On n'a pas le choix, Richard. Plus maintenant. Si Varèse a enlevé ces gosses, après ce qui s'est passé cette nuit à la clinique, il a dû perdre complètement les pédales. Je veux qu'on les retrouve vivants et si ça doit me coûter ma plaque, tant pis.

Une légère hésitation dans la réponse de Revel.

— J'espère que tes sources sont bonnes.

— Je l'espère aussi. À tout de suite.

Quinze minutes plus tard, la Laguna slalome déjà sur les routes pentues qui mènent au plateau ardéchois, laissant derrière elle la vallée du Rhône, balayée par des rafales de vent et encore plongée dans le noir.

Et Marie Miller qu'il a juste eu le temps de remercier pour son café.

— Si j'étais vous, je profiterais du reste de la nuit pour rédiger une belle lettre de démission. À votre âge et avec votre CV, les postes ne doivent pas manquer.

La jeune femme l'a regardé comme s'il débarquait de la lune, puis a dit en souriant d'un air énigmatique :

— Une clinique sans directeur, ça ferait mauvais genre, vous ne croyez pas ?

Korvine a secoué la tête en grimaçant, puis il a dévalé l'escalier pour rejoindre sa voiture.

Il n'avait pas atteint le barrage de Glun, passage obligé pour traverser le Rhône, que Revel le rappelait déjà pour lui donner une adresse, avec ce commentaire :

— Achetée il y a vingt-deux ans.

— Par Varèse ?

— Son père.

Son coéquipier lui avait déjà raccroché au nez. Malgré le manque de sommeil et la colère, son geste a réussi à faire sourire Korvine.

Revel apprend vite.

La coopérative dont lui a parlé Marie Miller dresse sa carcasse sinistre à la sortie de la ville de Plats, aux premières lueurs de l'aube. Surgie de nulle part au détour d'un tournant, elle émerge d'un bois d'acacias et de massifs de ronces qui ont envahi ce qui a dû être autrefois un quai de déchargement et un immense parking pour camions réfrigérants et tracteurs. Murs en moellons délabrés, crépi fissuré et recouvert en partie d'un lierre épais aux couleurs sombres. Le toit est constitué de vieilles plaques en fibrociment gavées d'amiante sur lesquelles s'étale un tapis de mousse et de lichens. Le bâtiment est séparé de la route par un étroit chemin de terre et de gravier long de deux cents mètres, avec pour seuls voisins une grange et une maison à la façade grise et aux volets verts, d'où s'échappe la fumée d'un feu de cheminée. Autour, ce ne sont que des champs de maïs en jachère et des vergers d'abricotiers à perte de vue.

Korvine gare sa voiture un peu plus loin et s'avance à pied jusqu'à l'entrée de la propriété.

Devant le portail, le sol garde encore les traces fraîches du passage de plusieurs véhicules. Le propriétaire des lieux n'a même pas pris la peine de faucher la mauvaise herbe qui envahit l'allée et atteint, par endroits, presque la hauteur d'un homme.

Un instant plus tard, trois voitures de police débouchent à leur tour derrière Korvine. Il leur fait signe de bloquer le passage et de couper leur moteur, puis de le suivre en silence.

— Il y a probablement trois gosses vivants quelque part dans ce hangar. Je ne veux aucune bavure.

Il dévisage les hommes un par un.

— Je passe devant.

La BMW d'Hector Varèse est garée deux cents mètres plus loin, à l'abri des regards, au pied d'un saule pleureur à moitié bouffé par la pourriture et le chèvrefeuille. Les traces de pas s'arrêtent dix mètres sur sa droite, devant une porte fraîchement repeinte.

Korvine se retourne vers Revel.

— Tu prends trois hommes avec toi et tu fais le tour du bâtiment, au cas où il y aurait une autre issue. J'en veux deux avec moi, et deux devant cette porte. Vous me neutralisez la bagnole.

Puis il s'avance vers la porte qu'il tire avec prudence. Pas le moindre grincement, parfaitement huilée.

Un moteur ronronne.

Il entre, suivi de deux agents.

À l'intérieur, le ronronnement s'amplifie et couvre en partie le bruit de leurs pas. Korvine sort son arme de service.

Ils pénètrent dans ce qui ressemble à un immense hangar désaffecté, couvert de toiles d'araignées et d'une épaisse couche de poussière, à l'exception d'une bande de trois mètres de large sur sa gauche. À part une trieuse bouffée par l'humidité, le reste de la salle est vide.

Au fond, le bloc de béton des frigos.

Un escalier, une coursive en métal, et les baies vitrées des bureaux.

Une ampoule brille.

Une silhouette sombre se détache derrière les carreaux d'une porte-fenêtre, à l'extrême gauche.

Immobile.

Korvine fait signe aux deux agents de rester en retrait et pointe son arme devant lui, évaluant du regard les maigres abris qu'offrent les étroits piliers qui soutiennent la charpente sur sa gauche et sur sa droite.

Il fait un pas supplémentaire.

Un claquement sec retentit dans le hangar, résonnant comme dans une église.

Puis le silence.

Coup d'œil rapide à la porte-fenêtre. La silhouette a disparu.

Soudain, un coup de feu déchire le silence.

— Non !

Une balle siffle à quelques centimètres de sa tête. Korvine plonge sur le sol et réplique par deux décharges successives avant de s'avancer jusqu'au pilier suivant et de tendre l'oreille. Derrière lui, les deux policiers ont disparu. Alertés par le bruit, Revel et les trois autres ne devraient pas tarder à arriver en renfort.

Un bruit de pas précipités, suivi d'un deuxième coup de feu.

Il laisse passer cinq secondes, puis bascule légèrement la tête et jette un œil à la coursive.

La silhouette s'est déplacée et se tient maintenant à moins d'une quinzaine de mètres au-dessus de lui. Accroupie au sommet des marches, elle n'est éclairée que par un maigre halo de lumière.

Korvine reconnaît les traits anguleux d'Hector Varèse.

Déformés par la peur et la colère.

— Professeur, je sais que c'est vous ! On peut encore tout arrêter !

Le silence comme seule réponse.

Korvine tente une nouvelle fois de le raisonner.

— Posez votre arme et descendez de là !

Un cri.

— Je voulais les aider.

— Je sais, je vous crois, hurle Korvine à pleins poumons en réfléchissant à toute vitesse sur la bonne stratégie à adopter pour persuader Varèse de se rendre.

— Je voulais les aider mais vous m'en avez empêché !

— Il n'est pas trop tard !

Un nouveau cri, suivi d'un bruit de course sur la tôle de la coursive.

— Vous pouvez encore faire en sorte que toute cette horreur cesse !

Il passe la tête derrière son abri. Deux tirs quasi simultanés font éclater le béton à ses pieds, il recule d'un mouvement brusque.

— Vous ne m'aurez pas ! Ni vous ni les autres ! Ils veulent ma peau, comme celle de Priest, mais je ne suis pas comme lui. Je ne me ferai pas avoir !

— Je vous protégerai !

— Vous n'en avez pas le pouvoir !

Une nouvelle série de coups de feu pleut sur l'abri de Korvine. Il inspire lentement, s'efforçant de calmer les battements de son cœur, compte jusqu'à dix et s'écarte du pilier en vidant son chargeur en direction de Varèse.

Un hurlement de douleur.

Prise de panique, sa cible part en courant dans la direction opposée et remonte la coursive jusqu'à la porte où elle est apparue un instant plus tôt. Korvine voit Revel et deux hommes remonter le hangar le long du mur de gauche.

— Je l'ai touché. On va monter là-haut et le cueillir en douceur avant que ça ne tourne au drame.

Amir, Jo et Dalila.

— On part de l'hypothèse que les gosses sont là-haut avec lui. Varèse est devenu complètement parano, il est dangereux, et Amir, Jo et Dalila sont les cibles prioritaires.

Korvine attend que les policiers soient en place.

— On y va !

Il court en direction de l'escalier qu'il grimpe aussi vite que ses poumons le lui permettent, arme en avant, Revel dans ses pas. Ils remontent la coursive, pliés en deux pour ne pas être des cibles faciles derrière les baies vitrées. Coup d'œil derrière les carreaux, aucune trace des enfants. La porte-fenêtre est grande ouverte. Du sang sur le linoléum, sur la poignée et sur la cloison qui mène à un couloir. Korvine fait signe à Revel de faire le moins de bruit possible et s'engage dans le passage. La trace d'une main sur le papier peint, Varèse est sérieusement touché, il perd beaucoup de sang.

Au fond du couloir, deux portes. Toutes deux entrebâillées. Des rais de lumière blanche filtrent sous la première.

Korvine la désigne du doigt à son coéquipier et aux trois hommes qui se pressent derrière lui, puis il vient se poster dans l'embrasure.

Un autre coup de feu, puis plus rien.

— Non !

Coup de pied dans la porte, Korvine s'agenouille et glisse en avant, son arme de service le précède. Une silhouette immobile, à contre-jour, une lampe de bureau tournée vers la porte. Hector Varèse est assis dans un fauteuil. Sa main droite pend.

Korvine s'approche.

Les yeux rivés sur le sang qui coule de la main.

Il se redresse, effectue quelques pas supplémentaires dans la pièce. Une arme, aux pieds de Varèse. Du sang coule de la main sur le sol. Tapis maculé, plancher souillé, rideaux tachés.

Des bruits de pas lui parviennent du couloir et du hangar, les cris des flics qui appellent.

— Par ici !

Varèse, un masque de peur, un trou au milieu du front, l'arrière du crâne explosé, son cadavre encore chaud.

Revel déboule dans la pièce, essoufflé.

— Il est… mort ?

Korvine baisse son arme et secoue la tête. Ses yeux tombent sur cinq écrans de surveillance, à droite du bureau. Une porte, un cabinet médical, un dortoir.

Trois lits.

— On fouille le bâtiment de fond en comble et tu m'appelles les Urgences de Valence. On va avoir besoin de renforts médicaux !

Et un enfant dans chaque lit.

Il range son arme, se laisse aller contre le mur et lâche dans un souffle :

— Pour lui, c'est terminé.

CINQUIÈME PARTIE

LE DÔME AUX RATS

21

Jeudi 10 février – 08:15

Les voix résonnent à nouveau dans le bâtiment. Les policiers sortent un à un de leur abri. Une sirène de pompier retentit à l'entrée de la propriété. Le souffle rauque de Korvine, les yeux hagards de Revel, le cadavre d'Hector Varèse. Quelques secondes de paix.

Un cri vient rompre le fragile équilibre.

— Les gosses sont en bas, dans la chambre froide !

Les deux lieutenants parviennent au rez-de-chaussée au moment précis où le verrou de la porte saute dans un claquement sec. Pince-monseigneur à la main, un agent au visage ravagé par la fatigue leur fait signe que la voie est libre.

Le vacarme d'un moteur, à l'intérieur.

Richard Revel s'avance le premier. Il saisit la poignée, s'arc-boute et tire de toutes ses forces pour ouvrir le lourd battant en métal, libérant un flot de chaleur et une odeur violente de désinfectant.

Le jardin secret de Varèse.

L'ancienne chambre froide a été entièrement réaménagée. Les murs ont été repeints en blanc, la dalle de béton, d'un carrelage immaculé. Légèrement incurvé sur les côtés, le plafond évoque la forme d'une coupole. D'une superficie d'environ une centaine de mètres carrés, le caisson étanche d'origine est divisé en plusieurs salles séparées au sol par de simples cloisons. Un bureau, un bloc opératoire équipé en matériel dernier cri, un laboratoire, une chambre et un dortoir.

Amir, Jo et Dalila sont étendus sur des lits d'hôpital.

Les deux garçons, l'un au visage poupon et à la peau translucide, et l'autre, plus âgé, aux cheveux bruns et aux jambes découvertes, sont installés sur la droite. Leurs traits sont d'une pâleur extrême. Dalila Martinez repose dans le lit de gauche. Visage enfantin et cheveux coupés à la garçonne, taches de rousseur sur les joues et les épaules. Comme Jo et Amir, un cathéter est fiché dans son bras droit, d'où s'écoule un liquide transparent semblable à de l'eau.

Korvine se précipite sur eux, et tâte le pouls de l'adolescente. Sa respiration est irrégulière et son rythme cardiaque anormalement élevé. Il répète son geste auprès des deux autres. Même résultat.

Probablement empoisonnés, pense-t-il en arrachant d'un geste malhabile les tuyaux qui relient les gamins aux moniteurs.

— Deux hommes avec moi pour sortir ces gamins, ordonne Revel en saisissant les montants du lit de Jo Lalaune.

Korvine le retient par le bras et le tire en arrière.

— Personne ne touche à ces gamins tant qu'un médecin ne les a pas auscultés.

Une lueur de reproche dans les yeux, Revel se dégage d'un mouvement brusque. Un courant d'air chaud vient caresser le crâne des deux hommes. Korvine lève les yeux au plafond et y découvre les pales d'un climatiseur.

— En attendant, trouve-moi l'interrupteur de ce fichu moteur. Il fait une chaleur à crever là-dedans !

Deux pompiers pénètrent dans la chambre froide lorsque le système de ventilation s'arrête de tourner, plongeant la salle dans un silence ouaté.

Korvine les guide jusqu'au dortoir.

— Les gamins sont par là.

— Pas d'autres ?

— Si vous en voulez plus, il y a aussi un cadavre à l'étage, lance Korvine d'un ton agacé avant de les presser de faire leur travail et de réanimer les adolescents.

Il se tourne vers son coéquipier.

— Je sors prendre l'air.

Dehors, les gyrophares des voitures de police et des pompiers projettent par saccades des éclairs bleutés sur la façade du bâtiment. Korvine fouille ses poches à la recherche d'une cigarette en regardant les hommes s'agiter. Le périmètre est bouclé.

Ce sentiment étrange que les évènements des dernières semaines ne sont qu'un jeu qui a mal tourné et qui se termine avec la mort d'Hector Varèse. Les tests, le poison, les disparitions. Il n'ose même pas prononcer le nombre exact de suicides. Peur que ça ne l'atteigne. Et de s'avouer que cette affaire l'affecte plus qu'il ne le croit.

Je suis en train de devenir comme ces gamins, se dit-il. Comme leurs pères et leurs mères, comme tous les habitants de cette ville.

La mécanique moléculaire de Tournon agit selon ses propres règles : rien ne se perd, rien ne se crée, rien ne se transforme et Korvine s'adapte. Comme les autres.

Tactique.

Hector Varèse est mort et tout le monde sera là à son enterrement.

Le syndrome Priest, le syndrome Amir Grandier, le syndrome Patrick, Marion, Léa, Bastien… Quantifier les dommages collatéraux, formaliser les pertes et les avancées, le nombre de morts, le pourcentage de suicides et la part faite aux contribuables. Le montant du tribut à payer demain, la somme des vivants moins les probabilités qu'ils le restent.

Stratégie.

Existe-t-il d'autres Hector Varèse ?

Question subsidiaire.

Combien sont-ils derrière lui ?

Korvine sait que son travail est de fournir des éléments de preuve. Pas des réponses. Le respect et le maintien de l'ordre ne sont pas nécessairement synonymes de recherche de la vérité.

Ménager tout le monde.

Combien de mensonges encore ?

Le cadre se rétrécit.

Ils se protègent entre eux, mais leur petit monde se délite d'heure en heure. Leur histoire touche à sa fin.

Un bruit de moteur, Korvine lève les yeux. Une voiture de police s'avance dans l'allée. La mine défaite, Hardt et Fournier en descendent.

Le légiste se rapproche de lui.

— Bongrand arrive avec un médecin de Tournon, le docteur Plantier.

Les yeux dans le vague, Korvine enregistre l'information tout en continuant de tâter ses poches.

— Tu n'aurais pas une cigarette ?

Hardt le dévisage avec lassitude.

— Je crois que notre chauffeur fume.

Korvine fait signe au policier encore au volant de baisser sa vitre.

— Vous pourriez me dépanner d'une ou deux clopes ?

L'homme acquiesce et sort un paquet froissé de Winston rouges de la boîte à gants.

— Servez-vous.

D'une main fébrile, Korvine saisit trois cigarettes et en enfourne deux dans la poche intérieure de sa veste. Il sort son briquet, en allume une et inspire deux longues bouffées en soupirant bruyamment.

— Putain, ça fait du bien.

Il tire trois bouffées supplémentaires. Un léger vertige. Agréable comme un fixe après dix heures d'abstinence. Il cligne des yeux, remercie le policier une nouvelle fois et s'éloigne du véhicule. Hardt est déjà entré. Emmitouflé dans une épaisse doudoune grise, Fournier le regarde fumer.

— Comment ça se présente ?

— Varèse est mort, un suicide, les trois gosses sont dans les vapes.

— Grave ?

— J'attends l'avis des pompiers.

— Quelqu'un a prévenu les parents ?

Korvine réprime un bâillement.

— Revel s'en est occupé, je crois. De toute façon, il est hors de question qu'ils rappliquent ici.

Fournier sort un mouchoir, le défroisse, le plie et le fourre à nouveau dans sa poche, puis il lève les yeux sur la vieille bâtisse gagnée par le lierre.

— Et là-dedans, c'est quoi ?

— Une clinique privée.

— Laboratoire clandestin ?

— Quelque chose dans le genre. Apparemment, la clinique Ambroise Valé ne suffisait pas à ce bon vieux professeur.

— Alors, l'histoire se termine ici, dans cette vieille coopérative ?

Korvine tire une dernière bouffée sur sa cigarette, balance le mégot à ses pieds, l'écrase du talon et en rallume une autre.

— Il reste encore pas mal de trucs à éclaircir.

Il se racle la gorge, avant d'ajouter :

— Varèse n'a sûrement pas agi tout seul.

— Des complices ?

D'un geste machinal, Korvine porte la cigarette à ses lèvres, tourne lentement la tête et balaie les environs du regard sans prendre la peine de répondre. Fournier le dévisage avec scepticisme.

— Tu as déjà une idée sur la question ?

— J'ai mal à la gorge.

— Commence par arrêter de fumer ces merdes.

Korvine se contente de hausser les épaules. Deux cents mètres plus loin, de l'autre côté de la route, quelqu'un est en train d'ouvrir les volets de la seule maison à un kilomètre à la ronde.

Revel vient les interrompre.

— Hardt a commencé les relevés d'empreintes.

— Combien de temps ?

— Moins d'une heure.

— Et les gosses ?

— Les pompiers n'ont pas encore réussi à les ranimer.

— Merde !

— D'après eux, on leur a injecté un produit.

— Lequel ?

— Ils l'ignorent.

— OK, dis à Hardt de laisser tomber les empreintes et de s'en occuper, en attendant l'arrivée du médecin.

— D'accord. Et toi ?

Pour toute réponse, Korvine pointe la maison du doigt.

— Je vais interroger les voisins.

Il jette son mégot et s'éloigne en marmonnant :

— Je ne désespère pas de faire parler les vivants.

Quelqu'un a forcément aidé Varèse à enlever ces enfants puis à s'en occuper pendant tout ce temps.

La porte de la maison voisine s'ouvre au bout de cinq longues minutes. Chêne massif et fer forgé. Le nom de Jocelyne Pierre est griffonné d'une main malhabile sur un papier collé au-dessus de la boîte aux lettres. Une vieille dame aux traits étonnamment lisses pour son âge apparaît dans l'entrebâillement.

— Excusez-moi de vous déranger à cette heure-ci, madame. Lieutenant Alexandre Korvine, brigade criminelle de Valence. Vous permettez que j'entre quelques minutes ?

La femme acquiesce et ouvre la porte en grand.

— Je vous en prie.

Elle referme derrière lui.

— Voulez-vous quelque chose à boire ?

— Non merci, je n'en aurai pas pour longtemps.

— À mon âge, la position debout n'est plus très confortable. Vous me suivez dans le salon ?

Un feu crépite dans la cheminée. À côté de l'âtre, un fauteuil usé jusqu'à la corde dans lequel Jocelyne Pierre s'installe, indiquant le canapé de la main.

— Asseyez-vous.

Korvine décline son invitation.

— Vous connaissez les propriétaires du bâtiment en face de chez vous ?

Elle hoche la tête.

— Vous voulez parler de la coopérative des Varèse ?

— Ça fait longtemps qu'elle est occupée ?

— Depuis les travaux, le professeur y vient assez régulièrement. Il passe boire le thé, de temps en temps.

— C'était quand, ces travaux ?

— Un peu moins de six mois. Des camions sont venus, des ouvriers ont déchargé du matériel. Le professeur m'a dit qu'il y stockait les surplus de la clinique.

— Vous aurait-il dit autre chose ?

— C'est un homme plutôt discret.

— Avez-vous remarqué quelque chose d'anormal, au cours des derniers jours ?

— Eh bien, ces gyrophares et ces voitures de pompiers ne sont pas à proprement parler des évènements naturels dans le coin.

Korvine ne peut retenir un sourire.

— Vous ne répondez pas tout à fait à ma question.

La vieille dame fronce les sourcils.

— Je ne vois pas, non. Je suis désolée.

— Je vais reformuler ma question autrement. Le docteur Varèse recevait-il des visites ?

— Non. D'après ce que j'en sais, il passait son temps à la clinique et ne venait ici que ses jours de repos et les week-ends.

Korvine opine en silence.

— Attendez ! Si ! Ça me revient. Une grosse voiture grise, une berline, est venue souvent chez lui il y a de ça plusieurs mois, cet été.

Une voiture qui n'avait pas sa place ici.

— Pourriez-vous être plus précise ?

— Elle venait tous les jours, ou presque.

— Pourquoi dites-vous « elle » ? S'agissait-il d'une femme ?

— Oui, très belle, la quarantaine. J'ai cru qu'il s'agissait de sa maîtresse, elle ne venait qu'en fin d'après-midi. Robe légère, vêtements de bon goût. Et puis elle est repartie comme elle est venue.

— Connaissez-vous son nom ?

— Je suis désolée, non. Tout ce que je peux vous dire, c'est qu'elle n'est pas d'ici.

Une femme qui n'aurait pas dû y être.

— Vous dites qu'elle venait souvent. Qu'entendez-vous par là ?

— J'ai dû la voir une bonne vingtaine de fois. Peut-être plus. C'était il y a longtemps, vous savez.

Korvine fouille dans la poche de sa veste et en sort son carnet dont il extrait une photo de la famille Cahard.

— Pourriez-vous me dire si la femme qui est sur cette photo ressemble à celle que vous avez vue chez le docteur Varèse ?

Jocelyne Pierre saisit le cliché, met ses lunettes sur son nez et se penche avec attention.

— L'homme, à côté d'elle, c'est son mari ?

Korvine acquiesce.

— Ça vous dit quelque chose ?

— C'est une femme mariée, je vois qu'ils ont deux beaux enfants.

— Madame, ce n'est pas ce que je vous demande.

— Je suis curieuse, excusez-moi.

Elle lui tend le cliché, plie ses lunettes et les pose sur ses genoux.

— C'est possible, mais je n'en suis pas certaine.

— Le nom de Blanche Cahard ne vous dit rien ?

La vieille dame le sonde avec curiosité, une lueur de malice dans les yeux.

— C'est le nom de cette femme, sur la photo ?

Korvine pousse un soupir agacé avant de poursuivre.

— Autre chose, cette voiture, se pourrait-il qu'il s'agisse d'une Audi grise, immatriculée en Ardèche ?

— Peut-être, je ne sais pas. Je ne connais pas les marques. Une grosse berline, voilà ce dont je me souviens.

Tu parles, pense-t-il en se grattant machinalement la nuque.

— Bien. Je ne vais pas vous déranger plus longtemps.

Parvenue au seuil de la porte, la vieille dame se retourne vers Korvine et saisit son bras d'une main tremblante. Son visage arbore une expression grave qui contraste avec le ton enjoué et enfantin de leur discussion.

— Hector est un brave type. Pas un assassin. Je ne suis pas stupide et je lis la presse locale. Je sais qu'il a fait une bêtise. Malgré ses grands airs, c'est un gars d'ici. Ni plus ni moins. Il a ses torts, comme tout le monde. Il a tout donné pour sa carrière et ses recherches. Pour ses patients. Une femme n'avait pas de place dans cette vie-là. Pas de femme, pas d'enfants… Mais ce n'est pas un de ces pervers qui enlèvent les gosses pour leur faire des trucs… Quoi qu'il se soit passé, il l'a fait pour le bien de sa clinique, de ses patients et des gens du coin, j'en suis persuadée.

Pour sa clinique et les gens du coin, se répète Korvine pour lui-même. La ville et ses habitants. Ce qui ne veut pas dire que Varèse n'a pas commis les pires erreurs. En croyant bien faire.

Korvine sourit, saisit sa main aux articulations noueuses et la serre avec délicatesse.

— Vous me rendez ma main, lieutenant ?

Ses yeux pétillent à nouveau. Sa voix tremblante et son corps fatigué.

Korvine s'excuse et lui lâche la main en riant.

— On ne juge pas les gens à leurs intentions, madame Pierre.

Il descend le perron, recouvre son sérieux et ajoute d'une voix monocorde :

— Les actes. Seulement les actes.

Et leurs conséquences fâcheuses, précise-t-il pour lui-même en traversant la route.

Korvine trouve Richard Revel les mains dans les tiroirs du bureau de Varèse. Une fenêtre diffuse une lumière douce. Derrière, la vue est irréelle. Le mistral a fini par chasser les nuages. Le ciel est dégagé pour la première fois en trois jours. En dessous, un brouillard épais voile la vallée du Rhône, d'où émergent quelques îlots, vignobles et lignes à haute tension, jusqu'aux contreforts du Vercors et des Alpes en ombres chinoises.

Son coéquipier relève la tête.

— On en est où ?

Retour à la mort.

— Hardt doit avoir terminé.

— Il est en bas ?

Revel opine et reprend ses recherches.

Las, Korvine fouille dans sa poche à la recherche de cigarettes mais se souvient qu'il a fumé la dernière en regagnant le bâtiment.

— Merde.

Il ne trouve qu'un paquet vide qu'il froisse et s'avance vers une poubelle pour l'y jeter. Il ne peut retenir un sourire face à l'hypocrisie de son geste en pensant aux dizaines de mégots qu'il a balancés depuis trois jours sur les trottoirs de Tournon.

— Je suis crevé.

Revel secoue la tête en silence.

— Tu devrais aller te reposer.

— Je sais, je sais. Plus tard. Bongrand est encore là ?

— Il est resté cinq minutes. Le substitut du procureur avait des trucs à régler avec lui.

— Il t'a dit où il serait ?

— Commissariat. À partir de dix heures.

Korvine jette un œil au cadran de sa montre. Neuf heures trente.

— Et les gosses ?

— Transférés à Tournon, à la clinique. Le corps d'Hector Varèse aussi. Pour autopsie.

— Je voulais parler de leur état de santé.

— Ils s'en tireront.

Dernières vérifications, derniers relevés, mise sous scellés.

— J'imagine qu'on en a terminé ici. Je vais retourner dans la vallée.

— Je vais traîner encore un peu, dit Revel. Je dois vérifier certains détails.

— Comme tu veux.

— À tout à l'heure.

Korvine hésite à parler des soupçons pesant sur Blanche Cahard. Il s'immobilise dans l'encadrement de la porte, sentant le regard de Revel se poser sur lui.

— Quoi ?

Il feint de chercher une nouvelle fois ses cigarettes.

— Non, non, rien. Il me faut des clopes et un bon café.

Puis il quitte la pièce, longe la coursive et descend rejoindre le légiste.

— Alors, ces empreintes ?

Le visage écarlate, Christophe Hardt termine de ranger ses instruments de travail, puis se relève et s'essuie le front d'un revers de manche.

— Putain, il fait une chaleur dans cette chambre froide.

Perdu dans ses réflexions, Korvine ne sourit pas à la plaisanterie. Le manque de sommeil et la fatigue nerveuse produisent lentement leurs effets, mélange de stimuli et de narcolepsie. Rêves éveillés, sursauts d'énergie chaotiques, lucidité exacerbée et cerveau pressé comme un citron livrant ses dernières gouttes d'un liquide amer. Encore quelques heures à ce rythme-là et la nuit et le jour ne seront plus qu'une seule et même brume macabre.

Un policier passe la tête par la porte pour demander un renseignement. Korvine lui tape une cigarette. La nicotine agit comme la piqûre permanente d'un insecte anthropophage, les poumons sont l'épicentre d'un séisme nerveux qui menace d'exploser à chaque instant. Gorge irritée, système respiratoire au bord de l'asphyxie, douleur à la base du cou.

Des images de Blanche devant les yeux.

La sonnerie du téléphone de Hardt les interrompt. Le légiste s'éloigne de quelques pas pour répondre. Korvine surprend des sourires sur les visages. La chaleur et les conversations des policiers affairés à la perquisition des lieux calment sensiblement sa mauvaise humeur. Les gamins ont été retrouvés. Première bonne nouvelle depuis trois jours de traque.

Hardt revient vers lui.

— Comment vont les gamins ? demande Korvine.

— Comme des gosses qui ont failli crever empoisonnés.

— Empoisonnés ?

Le légiste hoche la tête.

— Un dérivé d'Inkepak… Inhalation… Un gaz mortel qui fait effet au bout de quatre heures et qui provoque à coup sûr une embolie pulmonaire par rétrécissement du diamètre des artères.

— Ils s'en tireront ?

— À cet âge-là, ils sont costauds. Encore heureux qu'aucun d'entre eux n'était asthmatique.

— Faut croire que le destin a jugé qu'on avait assez de morts sur les bras, grimace Korvine.

— Costauds, mais contrairement à ce que j'ai cru dans un premier temps, les effets du poison mettront quelque temps à se dissiper.

— C'est-à-dire ?

— Les artères reprennent déjà leur taille initiale, mais pour les toxines, il faudra deux ou trois semaines. C'est pour ça que je les ai envoyés à la clinique de Tournon avec le médecin que Bongrand nous a ramené. On va leur faire un check-up complet.

— Je pourrai les interroger quand ?

— T'inquiète, ils auront recouvré leurs capacités motrices dans moins d'une heure.

— Comme si Varèse espérait qu'on les trouve avant que le produit ne fasse effet.

— Possible.

Hardt reste planté devant lui.

— Autre chose ?

— Varèse n'était pas le seul adulte ici, répond le légiste. J'ai trouvé un jeu d'empreintes adultes en plus des siennes.

Blanche Cahard, pense Korvine.

— Une femme ?

— Ça, je n'en sais rien, je ne suis pas équipé pour faire des tests ADN comme dans les séries télé américaines. Pour l'équipement de pointe, faudra voir avec le nain qui prend les décisions.

Il ouvre sa mallette et en sort une enveloppe brune qu'il tend à Korvine.

— Tes relevés ?

Le légiste acquiesce.

— Si ces empreintes sont dans nos fichiers, on sera vite fixés. Avec les nouvelles pièces d'identité biométriques, si notre deuxième individu a fait refaire son passeport au cours de l'année écoulée, il ne nous échappera pas.

— Récentes ?

— Il y en avait un peu partout sur le matériel médical et les perfusions des gamins.

— Récentes, donc.

— Ils étaient deux.

La vieille dame a menti quand elle a affirmé ne pas avoir revu la femme à la berline grise depuis des mois, se dit Korvine. Pourquoi ? Pour la protéger ? Pour Varèse ? Improvisation, précipitation. Si Blanche Cahard est venue de nuit, peut-être n'a-t-elle rien vu ?

Tout le monde sait, tout le monde se tait.

S'il s'agit bien de Blanche.

Korvine donne une tape amicale dans le dos voûté de Hardt et saisit l'enveloppe que le légiste tient toujours dans la main.

— Je m'en occupe.

Il sort de la pièce et traverse le bâtiment jusqu'à la porte d'entrée. Sa main sur la poignée, sans parvenir à la baisser.

Qu'est-ce que Blanche vient faire là-dedans ? Tic-tac, tic-tac. Refaire le fil des évènements, creuser, creuser, ne pas laisser les aiguilles de l'horloge filer plus vite que la course effrénée des preuves et des indices. Tic-tac, tic-tac. Acculé, Varèse revient tuer les enfants, avant de tenter de s'enfuir. Korvine le surprend, il choisit de mettre fin à ses jours. Pourquoi les tuer ? De quoi sont-ils témoins ? Qui cherche-t-il à couvrir puisqu'il comptait s'enfuir d'une manière ou d'une autre ? Blanche Cahard était le dernier rempart entre cette ville et la saloperie qui la ronge.

Soudain, la porte s'ouvre, le tirant de sa rêverie. Un policier trapu vêtu d'une parka noire apparaît dans l'encadrement, s'excuse et se faufile derrière lui. Korvine rejoint sa voiture et gagne le centre-ville de Plats, à la recherche d'un bar-tabac, puis Tournon.

Évitant avec soin de croiser son reflet dans le rétroviseur central sur les dix kilomètres du trajet.

22

Jeudi 10 février – 10:30

Le bureau du commissaire ressemble à un QG après la bataille. Mines fatiguées, teints cireux, odeur de tabac froid, cafetière à moitié vide, croissants. Toute la clique au grand complet. Bongrand, le substitut Dupont-Castres, le divisionnaire, le lieutenant-colonel Chignard de la gendarmerie de Saint-Jean-de-Muzols, et deux, trois officiers de Valence. Deux cafés tièdes dans l'estomac, Korvine serre les mains qui se tendent, accepte en silence les tapes amicales dans le dos et les félicitations. Pour eux, l'affaire est close, le reste n'est que paperasse et grain à moudre pour les journalistes.

Pressé de quitter l'atmosphère nauséabonde, Korvine se dirige vers la porte.

Pensant : Blanche, Blanche.

Amir, Jo, Dalila.

Bongrand le rattrape dans le couloir.

— Toujours aussi peu amoureux du protocole.

Korvine lève les yeux au plafond.

— Vous avez terminé, là-haut ?

— Revel pose les scellés et descend.

Il consulte sa montre.

— À l'heure qu'il est, il doit être parti. Mais vous le savez sans doute déjà, il a dû vous appeler.

Bongrand sourit tristement. Korvine détourne la tête, agacé par ses simagrées.

— Je vous laisse, j'ai encore du boulot.

Moins d'une minute plus tard, Korvine est dans la salle des fichiers. Il allume le poste informatique, décachète l'enveloppe remise par Hardt, scanne le jeu d'empreintes et le rentre dans la base de données. Nerveux, il écoute ronronner le moteur de recherche pendant un laps de temps qui lui paraît durer une éternité. Espérant se tromper, une fois de plus.

Le verdict tombe. Sans appel.

Les empreintes correspondent à celles relevées un an plus tôt par le service des cartes d'identité de la sous-préfecture.

Nom : Cahard. Prénom : Blanche.

— Merde !

Korvine se laisse choir sur une chaise et réfléchit un instant à ce qu'il va faire. L'heure des explications et des décisions.

Quand il passe en trombe devant la longue façade grise du lycée Gabriel Faure, croisant le véhicule qui ramène Revel et Hardt à leurs rapports et à leur promotion, son choix est déjà fait. Bien avant d'avoir entendu la version de Blanche. Bien avant les cris et les larmes. Trop tard pour y changer quoi que ce soit de toute façon.

Un policier vient l'accueillir devant le garage des Cahard. Il est onze heures passées et le brouillard ne s'est toujours pas levé, conférant à la villa un air sinistre.

— Personne n'a bougé.

— Parfait. Vous pouvez rentrer chez vous, maintenant. Je prends la relève.

L'homme se gratte la tête, hésitant.

— Mais…

— Allez chercher votre collègue et prenez votre matinée pour vous reposer. Vous avez fait du bon travail.

Il parvient à grimacer un sourire, mais le ton de sa voix est ferme. Le policier finit par s'exécuter. Un rideau s'écarte sur sa gauche, une main et un visage spectral apparaissent brièvement avant de disparaître.

Korvine attend que la voiture de police ait tourné au coin de la rue, puis il ouvre la porte d'entrée d'un geste sec. Blanche Cahard apparaît au bout du couloir. Ses yeux sont rouges d'avoir trop pleuré.

Elle tient un cadre photo dans les mains.

Regard vide, jointures des mains blanches, cheveux en bataille.

Korvine claque la porte avec violence et s'avance vers le fantôme de Blanche. La lassitude a cédé la place à la colère. Il tend la main.

— Donnez-moi ça.

Elle ne bouge pas d'un centimètre.

— Donnez-moi cette photo ! Vous savez que je la prendrai de force.

Ses joues pâles s'empourprent légèrement sous l'effet de la colère. L'image d'une lionne s'impose dans l'esprit de Korvine.

Son mari fait irruption dans le couloir.

— Gabriel, je refuse de parler à ce flic.

Korvine la dévisage sans un regard pour Gabriel.

— Si j'étais vous, je ferais pas ça.

— Sortez de chez moi.

Belle, belle, furieuse et forte comme une lionne.

Korvine fait deux pas supplémentaires. À côté de lui, Gabriel chiale comme un gosse. Larmes mêlées de sang.

— Donnez-moi cette photo.

Serrant le cadre contre sa poitrine, Blanche fait demi-tour et s'élance dans l'escalier.

— Blanche !

Il se tourne vers Gabriel.

— Vous, ne bougez surtout pas de là !

Puis il bondit à la poursuite de Blanche. Dans sa précipitation, il manque de perdre l'équilibre et se rattrape de justesse à la rambarde. Les talons de Blanche disparaissent au moment où il parvient sur le palier du premier étage. Un bruit de verrou que l'on tire.

La chambre de Sylvain.

Redoublant de rage, Korvine se précipite sur la porte et frappe de toutes ses forces. Comprenant l'inutilité de son geste, il recule de trois pas et se projette avec violence sur le bois. La porte cède dans un fracas épouvantable à la quatrième reprise.

Blanche s'est jetée sur le lit. Son corps est agité de tremblements convulsifs. Le matelas étouffe ses cris, trop longtemps contenus.

Il l'appelle d'une voix douce.

— Blanche.

Les cris s'interrompent. Pas les tremblements. Korvine fait un pas dans sa direction. Un crissement sous ses semelles. Le cadre photo gît, brisé, au pied du lit.

— Blanche, levez-vous.

Elle tourne la tête et il comprend à la faible intensité de son regard que toute trace de résistance l'a quittée. Pour de bon.

— Plus de mensonges.

Un tic nerveux traverse son visage de porcelaine.

— Plus de petits secrets entre nous.

Il referme la porte.

— Vous avez aidé Hector Varèse à enlever les trois enfants.

Interdite, Blanche le regarde sans rien dire.

— Nous sommes sur le même bateau, vous, votre mari, moi et toute cette ville. Tous embarqués dans la même galère.

— Vous ne savez rien !

— Cela ne vous va pas de parler sur ce ton.

Il pointe le doigt en direction de la cloison.

— Pensez à vos enfants. Pensez à Vincent et Raphaëlle.

Pensez à ceux qui sont encore en vie, a-t-il envie de leur crier.

— Pensez à ce qu'ils pourraient entendre si je parlais trop fort. Vous savez que j'obtiendrai ce que je veux. Comme vous, je n'ai plus rien à perdre. J'ai tout vu, Blanche. Je sais tout. Varèse, les vidéos, les suicides, vos allers-retours l'été dernier à Plats. Il me manque juste quelques éléments et pour ça, j'ai besoin de vous.

Silence. Il ajoute :

— Hector Varèse est mort.

— Vous mentez ! crie-t-elle en se jetant sur lui et en martelant sa poitrine de coups de poing.

— Blanche, Blanche.

— Vous n'avez pas le droit de m'appeler comme ça.

La tête lui tourne.

— Nous sommes tous responsables.

Elle secoue la tête, faiblement, et se laisse retomber sur le bord du lit. Korvine s'avance plus près et lui saisit les poignets avec délicatesse pour la forcer à se relever et lui faire face.

— Vous savez tout depuis le début.

La folie des trois derniers jours, le sang sur ses mains, la lâcheté de son mari.

— J'ai peur.

— De quoi ?

— Nous sommes tous responsables.

Blanche tente de se dégager. Un léger tremblement agite ses épaules.

— Vous n'avez pas le droit d'être là.

— Ne faites pas ça, Blanche.

— J'ai assez payé.

— S'il vous plaît.

Blanche se raidit, puis ses muscles se relâchent d'un coup.

Korvine la laisse s'asseoir et tire une chaise pour lui.

Un désir sournois né dans les tréfonds de son ventre, mêlé de dégoût. Pour lui-même.

Des mots.

— J'ai cru devenir folle. Gabriel tournait en rond comme un lion en cage, il n'a pas décroché un mot pendant six jours. Pourquoi ? Qu'est-ce que nous avions fait de si terrible ? Cette punition, nous ne l'avons pas méritée.

Entrecoupés de larmes et de coups de poing sur un ennemi invisible.

— À partir de là, ça n'a fait qu'empirer. Ça a duré des semaines !

Les larmes, encore des larmes. Une minute, deux minutes passent. Ses doigts jouent nerveusement sur la cloison, à côté d'un réveil d'enfant à l'effigie de Mickey Mouse. Le tic-tac des ongles sur le métal. Korvine, refrénant son désir pour une morte vivante. Quelque part, au-dessus de leur tête, cinq visages leur sourient et réclament leur dû. Cinq visages souriant sur une photo de famille amputée.

— On voulait se protéger, c'est tout, dit Blanche d'une voix déterminée. Les flics n'ont rien fait, on… on n'avait pas d'autre solution.

— Que s'est-il passé après ?

— J'ai reçu un coup de fil du professeur Varèse, la veille de l'enterrement de Sylvain. Le 9 août. Il voulait me voir. J'étais effondrée, j'ai accepté. Il m'a auscultée, m'a prescrit des anxiolytiques, puis il a commencé à parler de ses recherches sur le cerveau. Puis de son projet. Sur le coup, je l'ai pris pour un fou. Quand je le lui ai avoué, il a ri. Ensuite, il est redevenu sérieux et m'a dit que si Sylvain était mort et qu'il était désormais impossible de revenir en arrière, il était encore temps d'éviter que le phénomène ne se propage. Il a évoqué Vincent et Raphaëlle, les autres enfants de la ville, la folie du monde dans lequel ils vivaient, combien ils étaient vulnérables, la nécessité pour les parents de s'organiser. J'ai fini par me lever et quitter son cabinet, hors de moi. Une colère noire. Il m'a rattrapée dans le couloir, m'a tendu sa carte et m'a dit que je pouvais toujours le rappeler si je changeais d'avis.

Korvine fronce les sourcils.

— Ce que vous avez fait.

— Deux jours plus tard, j'ai découvert trois vidéos sur l'ordinateur de Vincent. Sur l'une d'entre elles, sa sœur était nue. Sur le coup, j'ai paniqué, je l'ai forcé à me dire où il se l'était procurée, qui l'avait tournée et où. Comme il ne voulait rien dire, j'ai questionné sa sœur, aussi muette. Je les ai interrogés pendant toute la nuit, sans relâche, mais ils n'ont pas cédé. C'est en préparant mon sac pour aller au boulot au petit matin que je suis tombée sur la carte de Varèse.

— Qui n'a pas été étonné que vous le rappeliez.

Blanche secoue la tête.

— Une demi-heure plus tard, j'étais à nouveau dans son cabinet.

— Et cette fois-ci, c'est vous qui étiez demandeuse.

— Il avait déjà réfléchi à tous les détails. Les analyses des enfants, les comités de vigilance, le réaménagement de son laboratoire dans la propriété de son père, à Plats, l'échéancier. Les chiffres, les résultats escomptés… Ses yeux brillaient. J'étais censée faire l'interface entre lui et les parents. Mon rôle était de persuader les familles de mes relations du bien-fondé de sa démarche. J'avais un mois, le temps que les travaux à Plats soient terminés et les installations opérationnelles. Je me suis préparée à ce que ce soit difficile.

— Ça n'a pas été le cas ?

— Au contraire ! J'ai eu l'impression d'arriver en territoire conquis à chaque coup. Comme s'ils n'attendaient que moi.

— Vous n'étiez pas la seule à avoir vu les vidéos.

— Comment cacher un truc pareil aussi longtemps ?

— Tout le monde savait.

Comme Sorel, se dit Korvine. Comme Claude Faure, comme Farida Gouy.

— La plupart des parents dont les gamins étaient impliqués.

— Pourquoi ne pas les avoir simplement arrêtés ?

— Varèse ne voulait pas.

— Mais pourquoi ? C'est aberrant !

— Vous auriez voulu qu'on les enferme comme des animaux ?

— Ce n'est pas ce que je veux dire.

— Qu'on leur interdise d'aller à l'école, de se voir entre eux, de jouer, d'aller au sport ? Certains d'entre nous l'ont fait. Ça a duré quoi, une semaine, deux semaines, et après ? D'autres films, d'autres enregistrements, d'autres vidéos. Ils nous échappaient et on ne pouvait pas les surveiller éternellement. La vie continue, lieutenant. En bien comme en mal.

— Donc vous avez tous accepté sa proposition ?

— Qu'est-ce que ça coûtait ? Il faisait ses analyses, nous tenait au courant, et grâce à ses recherches, on avait une chance de voir nos enfants guérir un jour.

— Mais guérir de quoi ? De quel mal souffraient-ils ?

Blanche le dévisage un instant sans comprendre le sens de sa question. Ses yeux se voilent, la rendant inaccessible une fraction de seconde. Puis sa voix gonfle sous l'effet de la colère et du désespoir.

— Mon fils s'est suicidé, ma fille tourne des vidéos porno sous le regard bienveillant de mon deuxième fils, et vous trouvez ça normal, vous ?

— Je…

— Écoutez-moi ! hurle-t-elle, hors d'elle. Écoutez-moi nom de Dieu de connard de flic borné ! Vous croyez avoir tout vu ! Vous pensez que parce que vous ramassez des cadavres, des criminels et des junkies à la pelle, ça vous donne le monopole de la compassion et de la vérité ? Mais je vous le dis, vous ne savez rien de ce que j'ai vécu et de ce que je vis. Bien au chaud derrière votre badge et votre flingue, vous n'en soupçonnez pas le plus petit millième. Vous avez débarqué, il y a trois jours, avec votre gueule enfarinée, croyant tout savoir sur tout le monde, cherchant les coupables, tournant dans les rues de la ville comme un cador au volant de sa belle voiture de flic, mais vous arriviez déjà trop tard ! Nous, ça faisait déjà six mois qu'on se prenait en main, six mois qu'on avait ravalé notre chagrin et tenté de trouver les solutions. Six mois qu'on se battait, main dans la main, pour donner un avenir à nos enfants. Vous étiez où pendant tout ce temps ? Répondez-moi ! Vous étiez où ?

Subjugué, Korvine n'ose plus bouger. Les bras de Blanche gesticulant devant son visage, le souffle sucré de sa colère, la vie dans son regard, et cette nuance d'espoir qui ne faiblit toujours pas. Malgré les suicides et les vidéos. Malgré les cadavres et les vivants.

Tournon, une ville d'exception ?

La liste, les comités montés par Hector Varèse. Les procès de Tournon, les comptes à régler : tout mettre sur la table ou brûler définitivement la ville. Un projet vieux comme le monde. Manipuler les cerveaux, laisser libre cours à l'excellence et éliminer systématiquement la médiocrité.

— Hector Varèse, lui, était là, lâche-t-elle pour finir, à bout de souffle.

— Et ils l'ont cru ?

La surprise, dans ses yeux.

— Bien sûr, quelle question !

Korvine tousse, sort une cigarette de son paquet sans l'allumer et se met à rire.

Un rire noir.

L'absurdité des bouleversements des dernières semaines. Compter les morts et enterrer les vivants.

Un cercle infernal.

La ville refuse de livrer son secret, elle s'y accroche comme à une chimère dont chaque habitant détient une part de vérité. Son secret, ce ne sont ni les expériences de Varèse, ni les vidéos de Priest et d'Amir Grandier, ni les morts. Plus sombre et plus simple à la fois. Varèse a été l'homme providentiel pour certaines personnes. Priest, le coupable idéal dans un régime de la peur. La Raison scientifique et technique pour résoudre le problème, puis le règne du spectacle des vidéos avec la menace pédophile que tous se sont accordés à faire reposer sur les épaules de Priest, à ses dépens.

La plupart des parents savaient pour les vidéos, Korvine en a maintenant la conviction.

Ces deux phénomènes dissimulent une seule et même chose, un secret qui doit rester entre les murs de la ville. Si Korvine essaie d'adopter un point de vue d'ensemble, ce sont les raisons qui ont pu pousser les habitants à faire tout ça qui passent au premier plan : les vidéos, les suicides, les disparitions, les expériences. Le suicide de Sylvain Cahard a été l'élément déclencheur.

Rien de plus.

La peur.

Korvine tousse un bon coup, glisse une main dans sa poche à la recherche de son briquet.

Un bruit de pas dans le couloir. La porte s'ouvre sur son mari, livide.

Korvine lui fait signe d'entrer et se lève.

Gabriel Cahard se tient immobile, face à sa femme. Le regard perdu en direction d'un clou sur le mur.

Korvine les regarde sans rien dire.

— J'ai fait tout ça pour nous.

Le téléphone de Korvine sonne, il ne répond pas, ne quittant pas des yeux le reflet de Blanche dans les pupilles de son mari.

— Qu'est-ce qu'on fait ? murmure Gabriel.

Du bout des lèvres, Blanche crache :

— On va attendre.

— Attendre quoi ?

— Attendre que tout ça se tasse, Gaby.

Des années à accumuler, à se projeter, à vivre au futur en rêvant que tout sera facile. À se voiler la face.

Gabriel plante ses yeux dans ceux de sa femme.

— Tu as tué des innocents, Blanche.

— Tais-toi ! Nous sommes tous responsables de ce qui s'est passé ! Pas moi, nous tous !

Gabriel secoue la tête.

— Tu es folle.

— Tu savais ce qui se passait ! crie-t-elle. Et tu as laissé faire parce que ça t'arrangeait bien.

— Mais ça n'est pas le cas ! Tu as toujours agi comme si la réalité n'était qu'une illusion. Tu m'accuses d'avoir craqué à la mort de Sylvain, mais c'est toi qui t'es murée dans une espèce de force de façade.

— Qu'est-ce que tu racontes, il suffit de prendre la voiture, de la remplir de valises, de mettre Vincent et Raphaëlle à l'arrière et de tirer un trait sur tout ça.

— Tu ne m'écoutes pas, Blanche.

— Arrête !

Gabriel lève la main pour l'interrompre.

— Et tu sais le pire ?

Blanche secoue la tête, Gabriel lui saisit la main avec délicatesse.

— Le pire c'est que la situation t'échappe encore, maintenant que tout est fini.

Il redresse le torse et dit d'une voix calme :

— Je t'aime tant.

En les écoutant parler, Korvine commence à prendre conscience qu'il avait déjà toutes les réponses sous les yeux.

Jusqu'à l'écœurement.

Les vidéos, les gosses. Un mur infranchissable, le suicide individuel comme choix collectif. Et comme conséquence. L'un ne va pas sans l'autre. Les ombres enfantines et leurs cadavres. Les corps et les esprits écrasés, broyés, fracassés, jetés aux ordures.

Blanche a lâché la main de son mari et serre les dents. De minuscules veines bleutées dansent le long de son cou jusqu'à la naissance de ses épaules. Le masque tombe enfin.

— Vous ne connaissiez pas mon nom avant de me rencontrer pour la première fois, n'est-ce pas ?

Elle reprend sa respiration.

— Ici, tout le monde connaît notre nom de famille.

Korvine tend une main vers elle. Comme piquée, elle se lève brusquement.

— Pas les étrangers.

Cinq visages cloués au-dessus d'un lit.

Elle se bouche les oreilles avec les mains. Ces mots qui la blessent depuis de longs mois.

— Vous ne comprendrez jamais.

Korvine se rapproche.

Son téléphone sonne une nouvelle fois. Il l'ignore.

— Vous avez été l'instrument de Varèse, rien de plus.

Expier tes fautes. Lui dans le rôle du prêtre exorciste, toi dans celui de l'âme damnée.

— Ça vous fait plaisir, n'est-ce pas !

— Et lundi est arrivé, répond Korvine sans se laisser atteindre par sa remarque cinglante. Patrick a sauté de la fenêtre de sa chambre et vous avez perdu le contrôle.

— J'ai voulu réunir les comités, plaide Blanche. Je suis allée le voir, je l'ai supplié, mais il a perdu les pédales.

— Vous avez menacé de le dénoncer, mais il ne pouvait pas supporter de voir son œuvre détruite, alors il vous a persuadée de le laisser accélérer les expériences.

— Je m'y suis opposée !

— Mais il a réussi à vous persuader.

— Après les trois premiers suicides, personne ne voulait plus le suivre.

— Et du statut d'intermédiaire, vous êtes devenue responsable et complice du pire.

— Son produit était presque prêt ! Il n'avait plus qu'à le tester !

— Vous l'avez donc aidé à enlever Amir Grandier, Jo Lalaune et Dalila Martinez, puis à veiller sur eux dans son laboratoire privé.

— Il voulait aussi Vincent et Raphaëlle !

— Quand je suis venu vous voir hier soir, vous en reveniez, n'est-ce pas ?

— Non, non…

Gabriel dévisage sa femme, effaré.

— Blanche, c'est vrai ?

— Non, je jure que non, dit-elle d'une voix de plus en plus faible.

— Mais vous avez craqué et vous l'avez lâché. Quelques heures plus tard, je trouvais son labo, et pris de panique, il injectait un produit mortel dans le sang des enfants pour effacer les témoins, avant de chercher à s'enfuir. Acculé, il a fini par se tirer une balle dans la tête. Voilà la vérité, et vous le savez !

— Non !

Korvine abat son poing sur la porte avec violence.

— Vous allez me donner une liste de toutes les personnes impliquées. Maintenant ! Combien ?

— Une soixantaine.

— Les noms ?

— Essentiellement les parents des enfants présents sur les vidéos.

— Les noms, merde !

Alertés par le bruit, Raphaëlle et Vincent sortent de leurs chambres. Leurs cris viennent se mêler à ceux de leur mère. Korvine réalise que son téléphone sonne sans s'arrêter depuis plus d'une minute.

Il fait quelques pas dans leur direction pour leur intimer l'ordre de retourner d'où ils viennent, quand une odeur de plastique brûlé lui parvient.

Il se retourne d'un brusque mouvement du bassin.

Gabriel le bouscule et dévale l'escalier. Blanche a disparu de son champ de vision.

Une bouffée de chaleur, suivie d'un retour de flammes. Korvine bondit en direction de la chambre de Sylvain. Il voit le briquet dans une main de Blanche, le cadre brisé dans l'autre, le verre qui lui entaille la paume jusqu'au sang. Les papiers punaisés sur le mur. La flamme qui les lèche. Le feu a déjà pris et gagne les lattes en bois du plafond. Blanche, hypnotisée par les cinq paires d'yeux qui la jugent en souriant, avant qu'ils ne roussissent.

— Mais qu'est-ce que vous faites ? Vous êtes folle, y a vos gosses à l'étage !

Blanche est hystérique.

Korvine lui assène deux gifles, saisit la couverture du lit pour éteindre le feu sur le mur.

Blanche hurle et le frappe, le frappe et le frappe encore des deux poings.

— Folle ! Folle !

Larmes plein les yeux, larmes sur les joues, larmes sur les bras de Korvine qui la serre de toutes ses forces, les cinq visages intacts. La fumée, la douleur et la colère.

— Pourquoi, Gabriel ? Pourquoi tu ne me soutiens pas, même maintenant ?

Quelqu'un essaie d'arracher Blanche à son étreinte. Raphaëlle. Korvine serre plus fort encore. Coups de poing, coups de pied, un choc sur sa nuque. Il recule de quelques pas, hébété.

Le fils, Vincent, tient un tabouret dans les mains.

Une voix hurle dans ses oreilles :

— Sortez !

La sonnerie stridente du téléphone.

— Sortez d'ici !

Korvine perd l'équilibre, dévale l'escalier et se rattrape de justesse à la rambarde à mi-parcours. Devant lui, Gabriel s'élance vers la porte d'entrée et une fois dehors se met à courir comme un dératé. Sans regarder en arrière, loin des sirènes et des cris, des sonneries et des hurlements. Korvine se précipite derrière lui, Blanche le suit.

Dehors, le Rhône puissant et tumultueux dresse sa masse compacte devant eux, emportant avec lui le peu de raison qu'il leur reste. Violence maîtrisée par une colossale machine à dresser l'eau. Rangée de platanes, contre-canal puant les eaux usées, rangée d'acacias, digue, berges et enfin, le fleuve. Le bruit rageur du moteur de l'Audi qui bondit dans la rue.

Les cris de Blanche se mêlent au sifflement du mistral dans les roseaux et aux ordres de Korvine qui lui ordonne de rentrer, pendant qu'il dégaine son arme de service et qu'il tire.

Une fois, deux fois, trois fois.

Le véhicule zigzague pendant une vingtaine de mètres et finit par s'immobiliser contre un muret. Korvine se précipite dans sa direction. La portière s'ouvre.

Gabriel sort, blême.

Blanche Cahard les rattrape et se précipite vers son mari.

— Gaby, Gaby, pardonne-moi !

Gabriel se laisse tomber dans ses bras, en larmes.

— Pardonne-moi, je t'en supplie

— Je suis désolé, ma chérie. Tellement désolé.

La sonnerie du téléphone, lancinante.

Korvine la tire en arrière d'un geste sec.

— Et les gosses ?

— Quoi, les gosses ?

— Pourquoi est-ce qu'ils font ces films, bordel ? Pourquoi est-ce qu'ils se suicident ?

Blanche plonge ses yeux dans les siens avec pitié, comme s'il avait subitement perdu la raison.

Korvine comprend soudain.

— Vous ne savez pas ?

Elle cligne des paupières, regarde son mari, puis Korvine à nouveau, donnant l'impression d'avoir reçu un coup derrière la tête.

— Mais qu'est-ce que vous avez foutu pendant six mois ?

Le silence de Blanche le frappe comme un électrochoc. Il baisse son arme et regarde le cadran de son téléphone. Revel.

Il décroche.

— T'es où ?

Korvine pose les yeux sur le couple Cahard, recroquevillé sur le bitume, à côté de leur voiture.

— Chez les fous.

— Qu'est-ce qui s'est passé ?

Korvine regagne sa voiture tout en résumant les aveux de Blanche Cahard. Maintenant qu'il est établi que la cause de tout ce merdier n'est pas une secte, ni un trafic génétique et encore moins un complot militaire, quelle explication reste-t-il ?

La plus simple.

La plus évidente.

La ville se décide, en conclut Korvine.

Une soixantaine de personnes concernées. Une opération de grande envergure pour une ville qui en a rêvé.

Quand la ville se décide à parler.

Hector Varèse avait des projets, lui a expliqué Blanche. Mais ses projets ne concernaient que lui. Pour la ville, il n'avait rien d'autre à proposer que son plan de carrière.

— Quand ils ont découvert les vidéos, ils ont voulu régler le problème à leur manière. Hector à leur tête. Punir les enfants n'était pas possible. Ils étaient trop nombreux, cela allait finir par se savoir et le bruit, c'est précisément ce qu'ils voulaient tous éviter.

— Pourquoi ?

— Chacun ses raisons. Varèse voulait préserver sa clinique, mais untel espérait cacher la nouvelle à ses proches, un autre espérait que cela ne figure sur aucun carnet de notes ou casier judiciaire de son fils, ou encore celui-là refusait de perdre la clientèle de son cabinet de médecin. Autant de bonnes raisons individuelles qui contribuent à une mauvaise décision collective. Hector Varèse a pris les choses en main, il a réuni tout le monde fin août et leur a promis la solution miracle comme d'autres vendent des détachants universels, des centrales nucléaires ou des couteaux suisses.

— C'est délirant !

— La honte, Richard. La honte, la culpabilité et la peur. Ces foutues merdes qui rongent le cerveau humain dès qu'il est confronté à des phénomènes qu'il ne peut pas expliquer… Sébastien Priest n'est pas le gourou pédophile que tout le monde attendait, il n'y a aucune bande organisée qui terrorisait les gosses et les forçait à se filmer, Hector Varèse n'est pas à la tête d'un vaste réseau d'enlèvements.

— La peur, répète Revel.

— Toujours.

— Et la solution miracle qu'il leur a vendue, elle marchait ?

— À ton avis ?

Korvine croise ses yeux injectés de sang dans le rétroviseur. Il hoche la tête en silence, puis insère la clef dans le démarreur et quitte la rue des Cahard.

— On se retrouve à la clinique, lâche-t-il avant de mettre fin à la communication.

23

Jeudi 10 février – 12:00

Korvine a la désagréable surprise de croiser Marie Miller dans le hall de la clinique dès son arrivée. En grande discussion avec son coéquipier. Regards complices, sourires en coin, Revel fait la roue. L'ancienne assistante de Varèse a finalement repris du service.

Elle a choisi sa carrière, pense-t-il en haussant les épaules. Il pousse la porte vitrée et s'avance vers eux, interrompant leur échange.

— Tu es déjà là, dit-il froidement.

— J'étais en chemin, répond Revel comme pour s'excuser.

Korvine le tire à l'écart. Coup d'œil interrogateur de Marie Miller.

— Les gamins sont-ils réveillés ?

— Pas encore. J'en parlais justement avec le docteur Miller. C'est elle qui s'en occupe.

Korvine pousse un soupir d'agacement. Un nouvel ordre se met déjà en place.

— Elle n'a pas perdu de temps !

— Elle veut se rendre utile, c'est tout.

— Qu'est-ce qu'elle t'a dit ?

— Ils sont en réanimation. Le sérum que Hardt leur a administré dans le labo de Varèse met plus de temps à agir que prévu. Le poison s'avère plutôt coriace. Un dérivé d'Inkepak assez résistant. Marie Miller a dû trouver la parade et faire le nécessaire. Elle n'est pas encore certaine du résultat pour Amir Grandier et Dalila Martinez. Le petit Lalaune réagit mieux.

— Tu veux dire qu'ils ne sont pas encore tirés d'affaire ?

Revel secoue la tête, d'un air désolé.

Un raclement de gorge derrière Korvine. Il se retourne. Marie Miller lui sourit.

— Toujours aussi agréable, lieutenant Korvine.

Sa main sur son avant-bras.

— Suivez-moi.

Ils se fraient un passage au milieu des visiteurs et gagnent l'aile sud. Il est midi, la clinique s'anime au rythme des derniers soins de la matinée et des cloches des cantinières.

Christophe Hardt est affairé dans l'une des trois salles blanches du laboratoire d'analyses médicales de la clinique, tournant les boutons d'un appareil de petite taille en forme de scanner.

Revel tape au carreau de la vitre qui les sépare, le légiste lève la tête et leur fait signe d'entrer.

— Les premiers résultats d'analyses, leur annonce-t-il fièrement, une fois la porte refermée.

Korvine jette un œil aux éprouvettes et aux machines inconnues qui s'empilent de toute part, dans un labyrinthe de fils électriques et de tuyaux. Il désigne du menton l'appareil sur lequel Hardt travaillait à leur arrivée.

— De quoi il s'agit ?

— Un appareil de stéréotaxie cérébrale. L'une des fameuses machines qui ont fait une si mauvaise publicité à la clinique il y a un an.

Korvine hoche la tête.

— Quel rapport avec les gosses ?

— Je n'ai jamais cru les prophètes de l'imagerie médicale du cerveau qui prétendent pouvoir accéder aux commandes du corps humain avec une caméra sophistiquée. Tout ça, c'est des histoires de gros sous, de marchés industriels. Des machines à fric avant d'être des outils de santé, même s'ils le sont aussi… C'est comme pour le produit miracle de Varèse.

— Tu n'y crois pas, ou ça ne peut pas fonctionner ?

Hardt secoue la tête.

— Qu'est-ce qu'on fout ici, alors ?

La voix claire de Marie Miller.

— Ce que nous faisons depuis le début, lieutenant. Chercher ce qui a poussé ces enfants à se filmer et à se suicider. Il y a une autre question à se poser ?

Korvine lève les yeux au ciel.

— Jouons cartes sur table ! Varèse est-il responsable d'une quelconque façon du suicide de ces enfants, oui ou merde ?

Revel est le premier à crever le silence qui suit.

— D'après Hardt, la piste scientifique est a priori écartée, je me trompe ?

Korvine réprime une quinte de toux et se tourne vers Marie Miller.

— Non ! Bien sûr que non !

Grimace et geste agacé de la main. Korvine se tourne vers le légiste pour qu'il confirme.

— Varèse était un mégalo qui caressait le doux rêve du voleur de feu. Pour faire bref, son produit et ses machines ne servent à rien. C'est d'ailleurs pour ça que j'ai été si rapide. Quand il n'y a rien à chercher…

Hardt marque une seconde d'hésitation.

— Varèse était quelqu'un de très influent à Tournon, comme tu le sais, mais il n'avait pas des moyens illimités. Son projet est sponsorisé. Son labo coûte cher. Très cher. Ses recherches sur la dépression, son dada, tout ça. Bref, il manque d'argent, la clinique est menacée de fermeture. Pas assez rentable. Les soucis créés par la directive ministérielle sur les appareils de radiothérapie. Il a besoin de ressources. Il fait des promesses. De grosses promesses.

Korvine s'adosse à la porte d'entrée.

— D'accord, mais si ces putains de produits chimiques n'ont aucun effet, qu'est-ce qui pousse ces gamins à se foutre en l'air ? Et les problèmes de trésorerie, Revel ?

— Je vérifie dans les comptes de la clinique ou sur l'un des comptes en banque de Varèse.

Korvine sort une cigarette, l'enfile entre ses lèvres et quitte la salle blanche.

Richard Revel le rejoint sur le trottoir, face à la clinique, vingt minutes plus tard, l'air soucieux.

— Alors ?

— On n'a rien trouvé. Aucune grosse somme versée au cours des douze derniers mois.

— Mais qui le finançait, dans ce cas ?

— A priori tout le monde.

— Comment ça ?

— Tout le monde. Les patients, les parents des patients. Chaque acte médical pratiqué sur les enfants au cours de l'année écoulée a été majoré d'environ 50 %.

— Ce sont les parents qui payaient pour ses recherches ?

— Il semblerait.

— Marie Miller confirme, pour les tarifs ?

— Elle est pas comptable.

— Mais elle pratiquait les analyses avec lui. Elle confirme, oui ou non ?

— Oui.

— Ce qui veut dire…

Que tout le monde est au courant de tout depuis le début, se retient d'ajouter Korvine en serrant les dents. Gisèle Buffat, les parents Chalembel, Hector Varèse, Farida Gouy… Les comités de vigilance, les parents des enfants sur les films, les magouilles de Varèse pour faire tourner ses recherches.

Blanche n'a pas menti.

— Ce type était décidément très fort ! Il ment pour leur soutirer de l'argent. Il invente, leur vend l'impossible pour obtenir ce qu'il veut.

— Accroître les performances cérébrales des gamins, soupire Revel.

— Qui peut croire une connerie pareille ?

Pour sauver sa clinique et ses travaux minables sur les phénomènes dépressifs.

— Voilà pourquoi les suicides des gamins l'affectent tant. Mauvaise publicité.

Revel le regarde sans rien ajouter.

La vérité, toujours si évidente qu'elle crève les yeux.

Varèse doit rendre des comptes pour ses expériences ratées. La multiplication des vidéos le met dans la merde. Varèse accélère le processus, mais ça ne suffit toujours pas. Ses recherches piétinent, les parents-sponsors réclament leur dû. Les suicides font capoter toute l'affaire. Varèse enlève trois enfants, dont Amir, mais les flics débarquent. Panser les plaies de la ville, soulever les vieilles affaires, des cadavres plein les placards.

Une conséquence de plus. Les gamins toujours au centre du jeu.

— Qu'est-ce qu'on fait ?

— On attend et on réfléchit.

Les deux hommes n'échangent pas un mot jusqu'à ce qu'un policier apparaisse de l'autre côté de la rue, un quart d'heure plus tard.

— Le docteur Miller me fait dire que vous pouvez monter.

— Elle a dit pourquoi ?

— Le premier gamin vient de se réveiller.

Korvine est pris d'une soudaine quinte de toux, plus puissante que toutes les autres, puis ses douleurs disparaissent l'espace d'un instant, comme par magie. Avant de revenir. Plus fortes, plus violentes encore.

Il déglutit avec peine et parvient à articuler :

— Enfin.

24

Jeudi 10 février – 13:53

Couloir du deuxième étage, service de réanimation. Crissements de pas sur le carrelage, murmures derrière les portes des chambres, le bruit d'un poste de télévision diffusant son lot de slogans publicitaires. Une odeur entêtante de poisson empuantit l'atmosphère. Mêlée à des relents de Javel et d'urine. Quelque part, un patient râle à propos d'une cuvette qui n'a pas été remise à sa place, et une sonnette d'alerte résonne dans le bureau des infirmières.

Deux agents de police filtrent les entrées. Accès interdit aux familles. L'enquête avant tout le reste. Les vivants y compris. Korvine s'avance et serre les mains qui se tendent d'un geste machinal. Le policier de garde, une jeune recrue à la peau imberbe, déverrouille l'un des battants pour le laisser passer. Il se faufile sans un mot, laissant Revel derrière lui au cas où Stéphane et Salima Grandier chercheraient à entrer malgré les consignes.

Le bruit s'estompe une fois le verrou tiré.

Septième chambre sur sa droite, gardée par un autre agent.

La porte s'ouvre brusquement sur Marie Miller qui avance d'un pas rapide, tête baissée, manquant de le percuter.

— Amir est réveillé ?

Elle plonge ses yeux dans les siens comme pour dire : ne me jugez pas. Korvine hausse un sourcil.

— Il faut le ménager.

Il fait un geste de la main en direction du sas d'entrée, à l'autre bout du couloir. Elle consulte brièvement le cadran de sa montre.

— Une demi-heure, pas plus.

Sans autre formalité, il la remercie du regard, franchit le seuil de la chambre et tire la porte derrière lui.

Korvine s'installe en face d'Amir sans un mot. Il attend que le gamin se décide. Ses cheveux humides tirés en arrière lui donnent un air sordide. Ses yeux sont d'un bleu perçant. Presque métallique. Son réveil est pénible et ses pensées doivent s'organiser avec parcimonie.

Le plus dur, c'est de le lancer.

Korvine a tout le temps. Sourire aux lèvres, il s'avance et tire une chaise qu'il installe sous la fenêtre. Ses doigts tripotent nerveusement son paquet de cigarettes.

Amir le dévisage un instant, curieux. Au bout d'un laps de temps qui paraît durer une éternité, le gamin se redresse, rabat les draps et s'assoit sur le bord du lit, jambes pendantes dans le vide.

— C'est vous qui avez tué Sébastien et Varèse ?

— Non. Le professeur Varèse s'est suicidé peu après notre arrivée dans l'endroit où vous étiez séquestrés.

Amir hoche la tête d'un air grave. Korvine décide que c'est le moment de poser sa première question.

— Quand est-ce que ça a commencé ?

Un silence. Le garçon semble peser le pour et le contre avant de parler. Il descend du lit, teste l'état de ses forces et, estimant que tout va bien, il s'adosse au montant.

— J'étais là la nuit où Sylvain s'est suicidé.

Korvine appuie son regard.

— Raphaëlle m'a appelé avec son portable quand ils ont trouvé le cadavre. Je suis venu en vélo aussi vite que j'ai pu. Et je l'ai vu.

Les paroles de Blanche Cahard défilent en boucle dans sa tête. La découverte du corps de l'enfant au milieu de la nuit, en allant boire un verre d'eau.

Avancer dans le couloir.

La porte entrouverte.

Aller jusqu'à la porte au lieu de descendre boire.

Blanche n'a fait que se lever, poussée par une soif inextinguible et pourtant, sans pouvoir se l'expliquer, elle savait déjà que quelque chose de personnel était en jeu.

Le corps de Sylvain, baignant dans son sang.

Si rouge, si sombre.

— Le 7 août.

Blanche a allumé la lumière et a poussé un hurlement de douleur.

Un corps, un visage, un sourire sur les lèvres.

Amir continue de parler.

— Quand je suis arrivé, la mère de Sylvain était devenue folle, Gabriel et Raphaëlle étaient occupés à la ceinturer pour qu'elle ne fasse pas de connerie. Vincent était planté devant la porte de la salle de bains. Je me suis avancé derrière lui et je l'ai vu. Je n'ai vraiment réalisé ce que j'avais sous les yeux que quand sa mère s'est mise à me frapper et à m'insulter, hurlant que tout était de ma faute, à moi et à ses copains.

L'image de Blanche qui vide les bulles de ses frustrations une par une, avec lenteur, avec fermeté, s'imprime sur les rétines de Korvine. Les bulles éclatent par milliers, balayées par ses cris. Elle n'est plus maîtresse de la situation. Elle ne l'a jamais été. Sa respiration est coupée, ses yeux la brûlent, la peau de son visage la démange.

Contrairement à eux.

Contrairement à son mari, à son fils, à Amir, à la terre.

— Elle me dévisageait avec colère, comme si j'étais un monstre, un foutu monstre tout droit sorti des Enfers pour retirer la vie de son fils. J'ai reçu un coup plus violent que les autres et je me suis senti tomber. J'avais un mal fou à respirer, ma tête tournait, je ne voyais plus rien. Des mains m'ont saisi sous les bras et m'ont tiré dehors. J'ai su plus tard par Raphaëlle que Blanche avait essayé de m'étrangler et que sans Gabriel et elle, il y aurait eu deux victimes, cette nuit-là.

Amir s'interrompt comme pour reprendre son souffle. Korvine laisse passer une minute.

— Pourquoi pensait-elle que tu étais responsable de la mort de Sylvain ?

— Elle était choquée, je pense.

— Elle te croyait impliqué dans son suicide ?

— Jamais de la vie ! réplique Amir, les joues en feu et des éclairs dans les yeux. Sylvain était l'un de mes meilleurs amis. Si j'avais su qu'il voulait se couper les veines, j'aurais tout fait pour l'en empêcher.

— Je te crois.

— Je vous jure.

— Je te crois, répète Korvine en hochant la tête.

Ses doigts sur son paquet de cigarettes.

— Si je comprends bien, elle a eu une réaction violente. Tu étais là à ce moment-là, ça s'arrête là.

— On ne l'aurait jamais cru capable de faire un truc pareil.

— Qui ça, « on » ?

Amir le regarde sans comprendre.

— Nous, je veux dire, ses amis, sa sœur. Tout le monde.

— Sylvain n'avait jamais parlé de mettre fin à ses jours ?

— Jamais !

— Tu as l'air catégorique.

— Sylvain était le mec le plus cool que je connaisse.

— C'est-à-dire ?

— Il se marrait tout le temps. Toujours là pour arranger les petits conflits, un petit mot gentil par-ci, un service rendu par-là.

— Parlait-il de lui, de ses problèmes ?

Amir paraît méditer la question.

— Non. En fait, il faisait tout le temps le con, mais on ne savait pas grand-chose de lui, à part ce que Raphaëlle racontait de la vie à la maison.

Il ajoute, plus bas, comme pour lui-même :

— Il savait tout de nous et on ne savait rien de lui.

— C'est ce que tu as pensé après sa mort.

Des larmes dans les yeux, Amir acquiesce en silence.

— Nous tous. Je veux dire, c'est ce qu'on a tous pensé le jour où il a été enterré. On s'est tous dit qu'on avait merdé quelque part, qu'on n'avait pas su voir sa détresse, qu'il était malheureux, tout ça. Qu'il était toujours là pour nous mais qu'au final, on n'avait jamais été là pour lui.

— Nous, c'est tes copains et toi ?

Hochement de tête.

— Qui exactement ? Toi, Raphaëlle ?

— C'est ça.

— Qui d'autre encore ?

— Marion, Patrick, Bastien, Léa, Stéphanie, tout le monde quoi !

— Ils étaient tous là pour son enterrement ?

— Oui.

— Et c'est à ce moment-là que vous vous êtes dit tout ça ?

Amir ferme les yeux.

— Vous vous êtes revus après ?

— Oui.

— Le jour même ? Le lendemain ?

— À la sortie du cimetière. Marion, Stéphanie et Bastien arrêtaient pas de chialer. On pouvait pas croire que Sylvain était mort, comme ça, sans même en avoir parlé. C'était pas logique, ça collait pas avec le reste, pas comme ça… On s'est tous regardés et Léa a dit un truc bizarre qui nous a tous fait réfléchir.

— Quoi ?

— Que si Sylvain l'avait fait, pourquoi pas nous aussi.

— Elle vous a proposé de vous suicider ?

Amir secoue la tête et la main, comme si ses paroles étaient insensées.

— Non, non ! Jamais de la vie ! Ce qu'elle a dit exactement, c'est, si Sylvain est mort comme ça, pourquoi est-ce que ça nous arriverait pas aussi à nous, dans les semaines et les mois qui viendraient, comme s'il y avait un truc que lui avait compris, mais pas nous, pas encore.

— C'est quoi ce truc ?

— J'en sais rien. Même aujourd'hui, j'en sais rien. Alors, après ce qu'a dit Léa, il y a eu comme un malaise entre nous, et je me suis dit que Sylvain ne voudrait pas qu'on pense des choses pareilles, qu'il avait sûrement ses raisons de faire ce qu'il a fait. J'arrêtais pas de penser à ce que sa mère m'avait dit, cette nuit-là, que j'étais responsable et tout le reste. Et je me suis dit, enfin, j'ai pensé qu'il fallait faire quelque chose, ensemble, qu'il fallait qu'on réagisse, que c'est ce que Sylvain voulait nous dire à travers sa mort.

— Tu te sentais coupable ?

— Bien sûr que je l'étais ! On l'était tous ! C'était notre meilleur ami et il est mort sans même nous avoir parlé !

— Mais tu ne l'as pas tué, je veux dire, tu n'es pour rien dans sa mort. Blanche Cahard a dit ça par colère ou par désespoir, elle n'en pensait pas un mot.

Amir semble hésiter. Il relève la tête, se frotte le visage avec sa main libre et finit par lâcher.

— Peut-être, j'en sais rien, de toute façon, ça change pas grand-chose.

Korvine tend le bras vers l'adolescent et pose sa main sur le rebord du lit.

— Ça change tout au contraire. La mère de Sylvain a eu une réaction d'adulte sous le coup d'une émotion violente. Elle t'a accusé à tort. Ça ne fait pas de toi le responsable de sa mort.

Soudain mal à l'aise, Amir détourne les yeux. Korvine se penche davantage et essaie d'attraper son bras. L'adolescent le retire d'un geste sec.

Ne pas rompre le fil.

— Qu'est-ce qui s'est passé ensuite, au cimetière ?

— On s'est donné rendez-vous au squat, là où Mélissa

et Frédérique allaient souvent. Pour parler, discuter de tout ça, boire du Coca et de la bière, se retrouver ensemble, je sais pas. J'ai fait croire à mes parents que j'allais à la piscine, et quand je suis arrivé, presque tout le monde était là. C'est là que j'ai compris que la mort de Sylvain était un moment important dans notre vie. Que c'était un déclic, que quelque chose de fort était en train de se jouer, sauf que je savais pas quoi et que ça me rendait mal à l'aise… Mélissa a proposé de faire un joint, j'ai fumé un peu, j'avais la tête qui tournait, ça aurait dû nous calmer, mais au lieu de ça, tout le monde était chaud. Je sais pas si c'était de la colère ou quoi, mais on était chauds, alors, je sais pas comment ça c'est fait, mais on s'est retrouvés à filmer Mélissa et Simon en train de rouler et de fumer un pétard, avec le caméscope de Frédérique, un vieux truc qu'elle avait tiré à ses parents il y a des semaines de ça, à l'époque où elle se voyait comme une future actrice ou quelque chose dans ce genre-là. On se sentait bien, on riait. C'était chouette de se retrouver après la mort, le cimetière, tout ça. Patrick et Michaël, le frère de Bastien, faisaient les cons devant la caméra. On se marrait bien, mais y avait pas de cassette dans l'appareil, et quelqu'un a dit, je sais plus qui, peut-être moi ou Marion, que ça serait cool de trouver un vrai caméscope numérique, et qu'on pourrait se retrouver ici tous les jours, et faire des petits films, en mémoire de Sylvain, pour lui montrer qu'il était pas mort pour rien, que le groupe était soudé. Après, je me rappelle plus trop, j'étais un peu bourré ou défoncé. J'ai pas l'habitude de boire de la bière.

— Vous vous êtes revus ?

— Le lendemain et pendant tout le reste des vacances. Au début, on a fait des photos avec l'appareil numérique de Léa, et aussi des petits films marrants, mais pas très longs, à cause de la faible capacité de la carte mémoire. Puis Patrick a réussi à prendre le caméscope de ses parents et on a commencé à faire des trucs plus longs. C'était génial. On était libres de faire ce qu'on voulait et on se marrait bien. Puis la rentrée est arrivée, il a fallu retourner au bahut. J'ai eu peur que tout ça, ça s'arrête, alors pour se voir plus souvent, tous ceux qui pouvaient se sont inscrits à la Maison pour Tous et aux jeux de rôle.

— C'est là qu'intervient Sébastien Priest.

— Le deuxième ou troisième vendredi, Patrick a gaffé et Séb a deviné qu'on venait pas vraiment là pour jouer, vu que la plupart d'entre nous filaient toujours au bout d'une heure alors que normalement, ça devait durer jusqu'à tard. Ce con de Patrick lui a parlé des vidéos, et Séb a voulu en voir une. Je sais pas comment ça s'est fait exactement, parce qu'on avait peur qu'il nous balance, qu'il nous fasse la morale ou un truc dans le genre, mais non, rien, ça l'a fait marrer, et il a dit que c'était comme les jeux de rôle, finalement. Il a dit qu'il avait du matériel et qu'au lieu de faire ça à l'arrache dans une salle de la Maison pour Tous, on n'avait qu'à venir chez lui, que ça posait pas de problème.

— Des jeux d'adolescents…

Devant la moue dubitative de Korvine, Amir s'empresse de préciser que Sébastien Priest n'avait rien derrière la tête.

— C'était un mec cool, pas un pédophile ou un tordu comme vous croyez ou comme tout le monde a cru ces derniers jours. C'était l'un des nôtres et il savait vraiment se servir d'une caméra. Il m'a appris plein de choses, comment transférer tout ça sur le PC, comment faire un montage. Il avait tous les logiciels qu'il fallait.

Korvine secoue la tête sans rien dire pour ne pas interrompre le récit d'Amir. Pensant à Sébastien Priest, aux adolescents nus dans son appartement, 7, rue de la Gare, aux sourires, aux jeux innocents, aux dérives, à l'enchaînement des évènements au cours des trois derniers jours. À la colère de Blanche la nuit où son fils est mort, à la culpabilité d'Amir et de ses copains.

Aux vivants et aux morts.

À Blanche presque morte, à Sylvain, comme s'il était toujours vivant six mois plus tard.

— Qu'est-ce qui s'est passé ?

— Il a su pour nous, pour les vidéos, je veux dire. Je ne sais pas comment, mais il a su très vite.

— Qui ça ? Sorel, le flic ?

Amir écarte l'hypothèse d'un revers de la main.

— Le professeur. Varèse, le mec de la clinique. Séb a juré qu'il n'y était pour rien et je le crois. Probablement un des gamins. Mais on n'a jamais su lequel. Peu importe.

Amir reprend sa respiration. Un léger tremblement dans la voix dû à l'effort. Des gouttes de transpiration perlent sur son front. Le bleu acier de ses yeux gagne en intensité, ses pupilles se dilatent, probablement sous l'effet des antidouleurs administrés par Marie Miller.

— Il connaissait l'existence des vidéos et c'est l'essentiel. D'après ce que m'ont raconté les uns et les autres, c'était une fixation chez lui. Pas le contenu des vidéos, je veux dire, il s'en foutait, d'ailleurs, il n'y avait rien de bien intéressant. Ce qui le travaillait, c'était : pourquoi ? Pourquoi nous faisions tout ça ? Varèse a réussi à persuader la mère de Raphaëlle et de

Vincent de fouiller dans leurs affaires et de récupérer leurs vidéos, et là, ils ont vu celles où on se lâchait un peu, où on délirait entre nous.

— Tu veux parler des films de nus.

— C'est ça.

Un silence.

— Je sais ce que vous pensez. Faut être dérangé pour faire des films pareils, avec Séb, tout ça, mais c'est pas ce que vous croyez. Nous, on était juste dans le feu de l'action, dans nos délires, on se marrait bien. C'était une sorte de jeu entre nous, on testait nos limites. De toute façon, c'est des trucs qu'on avait déjà fait entre nous, pour rigoler, avant, du temps où Sylvain était encore en vie. Genre, hé, mec, montre-nous les poils de ton zob, qu'on se marre ! Et tous les autres de faire pareil pour comparer la taille de leur bite. On était entre potes, quoi ! Frédérique et Mélissa, elles avaient pas froid aux yeux et ça les choquait pas parce qu'on était entre nous, qu'on faisait rien de mal, qu'il y avait pas de mauvaises intentions, sinon, ça se serait arrêté net. C'était excitant, un peu, bien sûr, parce que bon, aucun d'entre nous avait jamais couché avec une fille ou un garçon, mais y avait aussi Patrick ou Bastien, qu'étaient même pas pubères, voyez. On jouait.

— Mais de là à vous filmer !

— C'est quoi la différence ?

— Bon sang, Amir, ne me fais pas croire que tu es stupide au point de ne pas voir la différence. Il y a un fossé entre jouer à touche-pipi entre copains et réaliser des petits films susceptibles d'être numérisés, téléchargés, balancés sur Internet et circuler entre les mains de n'importe qui !

Amir secoue la tête.

— Pas pour nous. Je veux dire, on pensait pas à ça.

Les vidéos restaient entre nous et on savait tous qu'il fallait pas les faire circuler.

— Tu te rends compte des conséquences.

— On faisait rien de mal ! C'est Varèse qui a tout déclenché !

— Quand il a découvert les vidéos ?

— À partir de ce moment-là, continue Amir sans répondre, ils ont carrément pété les plombs.

— Ils ?

— Lui, la mère de Sylvain, les autres. Tout le monde.

Korvine enchaîne :

— Tu sais pourquoi ils ont réagi comme ça ?

— Ils pensaient qu'on était malades, fous, ou irresponsables, quoi. Comme vous.

— Qu'est-ce que tu en penses ?

— Je ne sais pas.

— Quelle a été votre réaction ?

— Vous savez bien.

Korvine fait non de la tête.

— Ça s'est emballé. Bon, on a compris que c'était peut-être mieux de tout arrêter. En tout cas, c'est ce que voulait Séb, mais, merde ! ils avaient pas à nous traiter comme des gamins ! Sylvain était mort depuis plus d'un mois déjà, et quoi ? Personne en parlait, c'est comme s'il ne s'était jamais rien passé, et nous, il y avait pas un jour sans qu'on pense à lui, sans qu'on se rappelle des moments passés avec lui, ses conneries, ses blagues, cette manière qu'il avait de résoudre les engueulades comme s'il ne s'agissait de rien de grave. Il nous manquait, quoi ! Et Blanche et les autres parents, tout ce qu'ils faisaient, c'était de se taire, et de piquer une crise quand ils ont découvert les vidéos.

— Alors, vous avez continué, c'est ça ?

— Bien sûr, qu'on a continué ! C'était important, pour nous.

— Toi ou un autre, vous leur avez expliqué le pourquoi de ces films et de ces suicides ?

Amir ne répond pas.

— Pas même toi ?

Amir se tait encore. Korvine ne brise pas le silence. Son silence.

Au bout d'une longue minute, il enchaîne, pour ne pas le perdre. Ses efforts sont pitoyables, mais Amir commence à fatiguer.

— Et toi ?

— Quoi, moi ?

— Ton rôle.

— Ils ont pensé que j'étais le meneur. C'était injuste comme réaction.

— Tu étais le meneur ?

— J'ai très bien compris votre question et je réponds : ils ont pensé que j'étais le meneur. Ce qui ne veut pas dire que je le suis réellement. Mais Varèse n'était plus le seul.

— Qui ?

— J'en ai marre de ce petit jeu de questions-réponses.

L'aiguille de la montre indique la demie, Korvine baisse sa manche et se retourne d'un air las vers Amir, assis de l'autre côté du bureau.

Un gamin, pense-t-il en caressant son paquet de Camel du bout des doigts. Rien qu'un gamin.

— Tu veux qu'on fasse une pause ?

— Non, je veux qu'on finisse.

— Alors réponds à mes questions.

— Je sais pas comment, ni pourquoi, mais tous les parents étaient au courant ou beaucoup, en tout cas, et il y a eu ces histoires de prises de sang et d'analyses à la clinique. Au début, on a pas trop fait gaffe, parce que personne passait en même temps, et puis au bout de deux mois, on a bien compris qu'il y avait un truc bizarre avec ces analyses.

— Pourquoi, bizarre ?

— Parce qu'à part quelques-uns d'entre nous, comme Justine ou Dalila — leurs pères se sont carrément déchaînés sur elles, Justine, on l'a pas vue au bahut pendant au moins deux semaines, et je sais que c'est parce que son connard de père l'avait tabassée et qu'il avait peur que ça se sache —, y a rien eu. Je veux dire, pas d'engueulade, pas de sermon, pas de mesure disciplinaire ou ce genre de choses. On nous a juste laissés continuer à faire notre vie comme si de rien n'était.

— À part les analyses.

— C'est ça. À l'exception de ces foutues analyses.

Korvine se redresse, détourne les yeux et finit par se relever pour aller se planter devant la fenêtre munie de barreaux.

— Vous avez arrêté quand ?

— Les vidéos ? Début janvier. Le groupe a arrêté de se voir. On a continué à aller aux jeux de rôle et de temps en temps chez Séb, mais on ne filmait plus.

— Il y en a pourtant eu d'autres.

Amir lui jette un coup d'œil affolé.

— Dimanche soir, on s'est vus chez Séb. Discuter, fumer un pétard, comme d'hab'. Avant que je parte, Patrick est venu me voir. Il m'a dit de venir en bas de chez lui le lendemain sans me faire voir avec le caméscope et de préparer l'enregistrement.

Korvine fait volte-face d'un mouvement brusque.

— Qu'est-ce qu'il a dit d'autre ?

— Juste qu'il voulait que je braque l'objectif sur la

fenêtre de sa chambre, entre dix heures quarante-cinq et onze heure et quart.

— C'est tout ? dit Korvine d'une voix pressante.

— Je vous jure que c'est tout. Je savais pas qu'il allait sauter par la fenêtre, sinon, c'est sûr, j'aurais essayé de l'en empêcher.

— Alors tu l'as filmé, et après tu as balancé la vidéo à tes amis.

— Merde, le temps que je comprenne qu'il avait sauté, le caméscope tournait encore, j'ai pas eu le réflexe de l'éteindre. J'ai eu peur, je me suis tiré vite fait. C'est arrivé à la maison que j'ai réalisé ce qui s'était passé et que j'avais filmé les derniers instants de Patrick, putain !

Des larmes plein les yeux, des sanglots coincés dans la gorge, ses yeux qui virent au gris.

— Là, j'ai paniqué parce que j'ai compris que tout recommençait comme pour Sylvain.

Des photos glissent une par une dans l'esprit de Korvine. Comme pour Marie, Michaël, Bastien…

La tête d'Amir se balance nerveusement de gauche à droite.

— J'ai voulu faire quelque chose pour que ça s'arrête, alors j'ai appelé Séb, mais il ne répondait pas, j'ai essayé chez Marion, puis Raphaëlle, mais elles étaient au bahut, alors au bout d'un moment, j'ai téléchargé le film, j'ai coupé les vingt minutes où j'ai attendu qu'il se passe quelque chose à la fenêtre de Patrick, je l'ai gravé sur un CD, puis je l'ai envoyé par mail à Marion, Raphaëlle, Frédérique et Bastien.

Amir se prend la tête entre les mains.

— Je vous jure que je pensais pas que ça dégénérerait comme ça ! Je voulais pas qu'ils meurent tous ! Je comprends pas comment ça a pu déraper comme ça.

Je veux dire, on ne faisait rien de mal, on tirait pas dans le tas avec des armes à feu comme ça s'est fait dans des bahuts aux États-Unis ou en Allemagne, ces dernières années, on a pris personne en otage, on avait pas de flingues, on n'était pas pour le suicide collectif ou ce genre de conneries.

D'autres photos défilent. Léa, Aline, Marion, Simon…

— J'ai rien fait de mal.

Amir lève les yeux sur Korvine.

— J'ai peur.

— Peur de quoi ?

Une larme plus grosse que les autres coule sur la joue d'Amir pendant qu'il secoue la tête.

— Varèse est mort.

Sa tête continue de se balancer de gauche à droite, une autre larme vient rejoindre la première, une troisième, un ruisseau.

— On voulait juste se faire du bien malgré la mort de Sylvain.

— Je sais, fait Korvine en se rapprochant du lit.

Des gamins.

Rien que des jeux stupides de gamins qui pleurent l'un des leurs. Pour tromper la violence du silence de leurs parents.

— Rien de mal…

— Je sais, je sais.

Amir qui s'accroche au bras qui se tend. Puis contre lui, son visage trempé de larmes dans le cou de Korvine, son souffle bruyant, ses hoquets de douleur.

Situation devenue explosive, les vidéos, les suicides, puis les vidéos des suicides. Deux mondes s'affrontent. Les enfants culpabilisés deviennent coupables aux yeux de tous, portant les fautes de leurs parents, expiant leurs fautes. Les enfants se prennent pour des bourreaux, leurs parents pour des victimes.

— Je sais.

Leurs jeux stupides se muent en crimes. Blanche et Varèse ont allumé un feu pendant que les gosses étaient partis chercher du bois. Renversement de l'ordre naturel.

Les larmes, les larmes.

Je ne suis qu'un spectateur, pense Korvine. Un grain de sable dans une machine destinée à exploser.

Six mois plus tôt, un adolescent se suicide. Aujourd'hui, un autre pleure dans ses bras. Entre les deux, une multitude de causes et de conséquences, d'irresponsabilité et de pourriture. Trois jours de folie. Véritable condensé d'une société en train de mourir à petit feu et entraînant ses enfants dans un processus d'autodestruction. Trois jours de mort, comme en réponse à son désarroi. Soigner sans chercher à guérir. Une punition pour chacun, un juste châtiment pour tous. D'autres hommes et d'autres femmes en ont poussé encore d'autres à mentir, à trahir leurs enfants en croyant bien faire et à les jeter dans les tentacules de leurs propres dérives.

Les sacrifier sur l'autel de leur guerre des vanités.

La suite, Alexandre Korvine la connaît. La carotte et le bâton. Une ville comme les autres. Recroquevillée sur elle-même. En faillite. Les nouvelles technologies pour chaque foyer, les téléviseurs et les jeux vidéo dans chaque chambre d'enfant, un mobile pour chacun, la jouissance immédiate dans chaque armoire et la fureur destructrice dans chaque ventre. Le plaisir instantané, aucun désir refoulé. L'exact contrepied de leur mal-être en un bien-être étouffant et sans limites. Hector Varèse les soignait, mais les vidéos ont continué.

Voilà pour la carotte.

Pour le reste, ils n'ont pas imaginé d'autres solutions que de relancer les recherches sur la dépression du laboratoire de Varèse. Un sauveur pour un peuple en détresse. Et cobayes à volonté. Hector Varèse se chargeait de tout. Avec la bénédiction de ses fidèles. Et leur argent.

Les premiers suicides ont rallumé l'incendie.

Tout le monde était au courant pour les vidéos.

Des pères et des mères, des flics et des employés, des avocats et des juges. Tous ceux qui avaient les moyens de payer ou assez de pouvoir pour compenser.

De la même manière que tous savaient pour Sylvain.

Au volant de sa voiture, vitre baissée, face à la clinique, Korvine tire une bouffée sur sa cigarette et murmure :

— Je sais, je sais.

Sylvain Cahard.

Le premier à s'être suicidé. Puis les autres. Portant la culpabilité de leurs parents.

Korvine relève la tête. Des cris attirent son attention de l'autre côté de la rue. Un homme replet d'une quarantaine d'années claque la portière d'un monospace de couleur bordeaux et se précipite à la suite d'une femme de petite taille à la chevelure en désordre qui hurle en se dirigeant vers le bâtiment. Il reconnaît Stéphane et Salima Grandier, hésite à traverser et à aller tenter de leur expliquer. La sincérité de leur inquiétude est visible à vingt mètres.

L'enfer sur terre est pavé de bonnes intentions, se dit-il en secouant la tête avec lassitude.

Le moteur d'un camion de livraison vient couvrir les cris. Korvine jette son mégot encore fumant par la fenêtre et remonte la vitre.

Épilogue

Lundi 14 février – 14:00

Les photos de famille amputées s'étalent sous ses yeux, noir sur blanc et rouge sur noir. Écrasant toute forme d'espoir. Rendant suspecte la moindre envie de croire qu'il existait une infime possibilité pour tout éviter.

Retourne d'où tu viens, semblent-elles dire à Korvine. Et ne te mêle plus de nos affaires.

L'ordinateur portable d'Hector Varèse, trouvé dans son laboratoire privé, les films découverts au cours des perquisitions et les révélations d'Amir livrent leurs derniers secrets. Archives, coupures de presse scannées ou photographiées, photographies numériques et un grand nombre de vidéos dont Korvine soupçonnait l'existence. Le musée des horreurs dans sa plus banale expression. Fouiner dans les moindres recoins. Savoir avant les autres. Comprendre.

À la recherche du premier suicide et des réactions en chaîne.

Sur les traces de Sylvain Cahard.

Trente semaines du quotidien épluchées, classées

pour retrouver la trace de celui qui a mis le feu aux poudres, mort au début du mois d'août.

Digérer.

Korvine passe une heure supplémentaire à rédiger une synthèse précise des évènements qui ont secoué Tournon du 7 au 10 février, avant d'aller frapper à la porte du bureau de Richard Revel pour lui faire ses adieux. Vide. Son jeune coéquipier est absent. Personne dans les bureaux adjacents ne sait où il se trouve. Korvine hésite à laisser un mot. Il finit par sortir son carnet et griffonner quelques lignes, mais il se ravise, arrache la page et la fourre dans sa poche. Puis il regagne le bureau de Bongrand.

Le commissaire prend la note de service des mains de Korvine et retourne s'enfoncer derrière son immense bureau.

— Ils sont tous là.

— Soixante.

— Soixante et un exactement.

Bongrand hoche la tête.

— Et les suicides ?

— Plus un seul depuis cinq jours.

— Tout est fini.

Une quinte de toux, il reprend sa respiration.

— On ne gagne pas à tous les coups.

Le commissaire tapote du plat de la main sur le tas de feuilles imprimées que Korvine lui a tendues cinq minutes plus tôt.

— Vous reprenez du service aux stups à Valence la semaine prochaine. Après une semaine de repos bien méritée. Mon travail ici sera terminé dès que toutes les personnes auront été entendues. Le vôtre aussi.

Korvine reste immobile.

— Vous consignerez l'ensemble des entretiens sur ceci, que vous me remettrez dès que ce sera fini, demain soir ou après-demain au plus tard.

Le visage vide de toute émotion, le commissaire lui tend un CD-ROM, une clef de cryptage et lui souffle le code d'accès avant de lui faire comprendre que leur entretien est clos.

— Une dernière chose. J'aimerais que vous mettiez de côté tout ce qui touche Claude Faure et Raphaël Sorel. L'agent Sorel fait déjà l'objet d'une enquête interne, c'est inutile de le mêler à tout ça, et Faure est proche de la retraite. Vous voyez ce que je veux dire.

Korvine acquiesce d'un mouvement lent.

— Revel n'est pas là aujourd'hui ?

Bongrand hoche la tête d'un air amusé.

— Le lieutenant Korvine se serait-il attaché à sa jeune recrue ?

— C'est un bon flic.

Le commissaire sourit, avant de préciser que Richard Revel est parti se reposer mais qu'il sera là dans moins d'une heure.

Korvine quitte la pièce sans ajouter un mot, sous le regard circonspect de son supérieur.

De retour dans son bureau, il introduit la clef dans son ordinateur, tape le code et insère le CD-ROM dans son rangement. Les noms des membres des comités Varèse apparaissent, des adresses, des numéros de comptes en banque, de sécurité sociale. Une cinquantaine de feuillets par personne. Des vies humaines et les dossiers médicaux et familiaux qui y sont liés. Toutes les informations ont déjà été collectées. Du boulot soigné.

Cinq jours.

Tout le monde était au courant.

Des siècles.

De nouveaux moyens de pression sur les habitants de la ville.

Korvine ouvre une session Word, sort son rapport et commence lentement à rédiger une version numéro deux. Quelques croisements utiles, faire son travail, rien que son putain de travail. Il lit et relit, souligne les noms importants, garde l'essentiel, puis il imprime le tout en vingt exemplaires qu'il fourre dans dix-neuf enveloppes destinées à quelques quotidiens régionaux et nationaux, un avocat et un procureur. Sur la vingtième, il inscrit avec soin les coordonnées personnelles du commissaire Michel Bongrand, après avoir pris soin de vider le disque dur, puis il tend le bras et éteint l'ordinateur.

Quelques minutes plus tard, en sortant de la poste et en s'installant au volant, les poumons en feu, Alexandre Korvine s'autorise un sourire.

Encore un détail à régler.

Il glisse une main dans la poche intérieure de sa veste et en sort l'enveloppe contenant les résultats de ses analyses. Il l'ouvre et lit lentement ce qu'elle contient, avant de froisser le tout avec calme et méthode.

Une semaine plus tôt.

Une éternité.

Il sort son briquet. Le papier s'enflamme aussitôt. Korvine le lâche dans le caniveau et claque la portière. Posée sur le siège passager, une photo. Cinq visages tournés vers l'objectif.

C'est fini.

Blanche, Gabriel, Vincent, Raphaëlle. Et Sylvain. Décédé un mois d'août de l'ère humaine, les veines tranchées au moyen d'une lame de rasoir.

Pour rien.

Ou presque.

Mesurant chaque geste, Korvine sort le paquet de Camel de la poche intérieure de sa veste, en extrait une cigarette qu'il allume avec délectation. Ses poumons se remplissent progressivement de nicotine. Très exactement sept secondes plus tard, la substance toxique atteint son cerveau et le processus délicat d'intoxication de ses voies respiratoires débute. Les cils vibratiles se paralysent, la quantité de mucus augmente de manière significative dans ses bronches, les macrophages perdent de leur efficacité, le goudron se dépose avec délicatesse sur les parois de ses voies respiratoires et le rythme cardiaque s'intensifie pour oxygéner le sang en quantité suffisante. Trois milligrammes de poison et son esprit s'endort une fraction de seconde en même temps que son système nerveux. Le temps qu'il lui faut pour jouir de sa cigarette.

DU MÊME AUTEUR

SALUT À TOI Ô MON FRÈRE, Gallimard, 2018.

ILS ONT VOULU NOUS CIVILISER, Flammarion, 2017.

GASOIL, In8, « Autour de minuit », 2017.

EN DOUCE (*prix Transfuge du meilleur polar 2016 ; prix Mezeray 2016*), Ombres Noires, 2016.

AU FER ROUGE, Ombres Noires, 2015.

L'HOMME QUI A VU L'HOMME (*prix Amila-Meckert 2014*), Ombres Noires, 2014.

COMME UN CRABE, DE CÔTÉ, Les Petits Polars du Monde, 2014.

NO MORE NATALIE, In8, « Polaroïd », 2013.

QUE TA VOLONTÉ SOIT FAITE, Les Petits Polars du Monde, 2013.

LA VIE MARCHANDISE (essai), coécrit avec Bernard Floris, La Tengo, 2013.

DANS LE VENTRE DES MÈRES (*prix Virtuel du polar 2013*), Ombres Noires, 2012.

LES VISAGES ÉCRASÉS (*Trophée 813 du meilleur roman francophone 2011 ; Grand Prix du roman noir 2012 du Festival international du film policier de Beaune ; prix des lecteurs du Festival de polar de Villeneuve-lès-Avignon*), Le Seuil, « Roman noir », 2011.

ZONE EST, Fleuve Noir, « Thriller », 2011.

FRACTALE (France Culture, 2010), La Tengo, « Pièces à conviction », 2011.

LA GUERRE DES VANITÉS (*prix Mystère de la critique 2011*), Gallimard, 2010, Folio Policier n° 682.

PENDANT QU'ILS COMPTENT LES MORTS (essai), coécrit avec Brigitte Font le Bret et Bernard Floris, La Tengo, 2010.

UN SINGE EN ISÈRE, Baleine, « Le Poulpe », 2010.

LE CINQUIÈME CLANDESTIN, La Tengo, « Mona Cabriole », 2009.

MARKETING VIRAL, Au Diable Vauvert, 2008.

MODUS OPERANDI (*prix Plume libre 2008*), Au Diable Vauvert, 2007.

Jeunesse

UN ROYAUME POUR DEUX, Syros, « Souris Noire », 2017.

LUZ, Syros, « Rat Noir », 2012.

INTERCEPTION (*prix Cognac 2013*), Rageot, 2012.

UN CRI DANS LA FORÊT (*1re édition : 2010*), Syros, « Souris Noire », 2012.

LIQUIDATION TOTALE (roman-jeu), sous le pseudonyme d'Erik Vance, Solar, 2011.

Composition: Nord Compo
Impression Novoprint
le 10 avril 2018
Dépôt légal : avril 2018
1er dépôt légal dans la collection : janvier 2013

ISBN 978-2-07-045014-5/ Imprimé en Espagne.

338440